# Los diarios de Carrie

**Candace Bushnell** vivió en Connecticut hasta que, con 19 años, se mudó a Nueva York para estudiar y trabajar. Pronto comenzó su carrera como escritora en las revistas *Mademoiselle*, *Self Magazine* y *Esquire*, en las que publicó artículos humorísticos sobre el mundo de las mujeres, las citas y las relaciones. En 1994 empezó a colaborar con el periódico *NY Observer,* escribiendo la columna «Sexo en Nueva York», que, tras convertirse en un libro y en una exitosa serie de televisión, dio el salto a la gran pantalla. En los últimos años, Bushnell ha publicado un best seller tras otro y ha conseguido que millones de mujeres se sientan identificadas con su visión de la vida, del trabajo y del amor.

Candace Bushnell está casada y vive en Manhattan.

# CANDACE BUSHNELL

## Los diarios de Carrie

Traducción de
**Concepción Rodríguez González**

**DEBOLS!LLO**

Título original: *The Carrie Diaries*

Primera edición en Debolsillo: mayo, 2011

© 2010, Candace Bushnell
© 2010, Random House Mondadori, S. A.
   Travessera de Gràcia, 47-49. 08021 Barcelona
© 2010, Concepción Rodríguez González, por la traducción

Printed in Spain – Impreso en España

ISBN: 978-84-9908-193-9
Depósito legal: B-13033-2011

Compuesto en Fotocomposición 2000, S. A.

Impreso en Liberdúplex, S. L. U.
Sant Llorenç d'Hortons (Barcelona)

P 881939

*Para Calvin Bushnell*

# 1
## Una princesa de otro planeta

Dicen que en un verano pueden pasar muchas cosas.

O no.

Es el primer día del último año del instituto, y, en mi opinión, estoy exactamente igual que el año pasado.

Y lo mismo le pasa a mi mejor amiga, Lali.

—Bradley, no olvides que este año tenemos que echarnos novio —dice mientras enciende el motor de la camioneta roja que ha heredado de uno de sus hermanos mayores.

—Gilipolleces. —Se suponía que íbamos a echarnos novio el año pasado y no lo hicimos. Abro la puerta del coche, entro y meto la carta en el libro de biología, donde supongo que no podrá hacer más daño—. ¿No podemos dejar a un lado todo eso de los novios? Ya conocemos a todos los chicos del instituto. Y…

—Eso es verdad —dice Lali mientras pone la marcha atrás y echa un vistazo por encima del hombro. De todos mis amigos, Lali es la que mejor conduce. Su padre es poli e insistió en que aprendiera a conducir cuando ella tenía doce años, por si acaso—. Pero he oído que hay un chico nuevo —añade.

—¿Y? El último chico nuevo que vino a nuestro instituto resultó ser un drogata que nunca se cambiaba de ropa.

—Jen P. dice que es mono. Muy mono.

—Ya… —Jen P. era la presidenta del club de fans de Leif Garrett en sexto curso—. Si es mono de verdad, Donna LaDonna se quedará con él.

—Tiene un nombre muy raro… —dice Lali—. Sebastian no sé qué. ¿Sebastian Pitt?

—¿Sebastian Kydd? —pregunto, casi sin aliento.

—Eso es —confirma mi amiga mientras se adentra en el aparcamiento del instituto. Me mira con suspicacia—. ¿Lo conoces?

Titubeo un poco antes de aferrarme con los dedos a la manija de la puerta. Siento el corazón en la garganta; temo que, si abro la boca, saltará afuera.

Niego con la cabeza.

Ya hemos atravesado la puerta principal cuando Lali se fija en mis botas. Son de charol blanco y una de ellas tiene una pequeña grieta junto a uno de los dedos, pero son botas auténticas de gogó de principios de los setenta. Supongo que estas botas han tenido una vida mucho más interesante que la mía.

—Bradley —dice mientras observa mi calzado con desdén—, como tu mejor amiga que soy, no puedo permitir que lleves esas botas el primer día del último año.

—Demasiado tarde —replico en tono alegre—. Además, alguien tiene que alborotar por aquí.

—No cambies nunca. —Lali forma una pistola con los dedos, besa la punta del índice y me apunta antes de dirigirse hacia su taquilla.

—Buena suerte, Ángel —le digo.

Cambiar. Ja. No es que tenga muchas oportunidades de hacerlo. No después de la carta.

Querida señorita Bradshaw:

Le agradecemos que nos haya enviado una solicitud para ingresar en el seminario avanzado de verano para escritores de The New School.

Aunque sus historias son ingeniosas y prometedoras, lamentamos informarle de que no podremos ofrecerle una plaza en nuestro programa en esta ocasión.

Recibí la carta el martes pasado. La releí al menos quince veces, solo para estar segura, y luego tuve que tumbarme. No es que crea que tengo mucho talento ni nada de eso, pero, por una vez en mi vida, esperaba tenerlo.

En cualquier caso, no le he hablado de ello a nadie. Tampoco le he dicho a nadie que envié una solicitud, ni siquiera a mi padre. Él cree que sería una buena científica. Y, si no me van las estructuras moleculares, siempre puedo hacer biología y dedicarme a estudiar bichos.

Estoy en mitad del pasillo cuando veo a Cynthia Viande y a Tommy Brewster, la pareja bonita de Castlebury. Tommy no es muy brillante, pero es el jugador más importante del equipo de baloncesto. Cynthia, sin embargo, es la delegada de la clase de último año, la presidenta del comité de baile de graduación y un miembro destacado de la Sociedad de Honor Nacional; a los diez años ya había conseguido todas las insignias de las girl scouts. Tommy y ella llevan saliendo tres años. Intento no pensar mucho en ellos, pero alfabéticamente mi apellido va justo delante del de Tommy, por lo cual mi taquilla siempre está al lado de la suya y debo sentarme junto a él en la asamblea, así que estoy obligada a verlo (y a Cynthia) todos los días.

—Y no pongas esa cara de bobo durante la asamblea —le reprende Cynthia—. Hoy es un día muy importante para mí. Ah, y no te olvides de que el sábado hemos quedado para cenar con papá.

—¿Qué pasa con mi fiesta? —protesta Tommy.

—Puedes salir de fiesta el viernes por la noche —replica Cynthia de mala gana.

Tal vez Cynthia tenga escondido su corazoncito en algún lugar, pero, si lo hay, nunca lo he visto.

Abro la puerta de mi taquilla. De pronto, Cynthia levanta la vista y me ve. Tommy me observa con un rostro inexpresivo, como si no tuviera ni la menor idea de quién soy, pero Cynthia es demasiado educada para eso.

—Buenas, Carrie —dice a modo de saludo, como si tuviera treinta años en lugar de diecisiete.

Cambiar. Es difícil hacerlo en esta pequeña ciudad.

—Bienvenida al infierno —dice una voz a mi espalda.

Es Walt. El novio de otra de mis mejores amigas, Maggie. Walt y Maggie llevan dos años saliendo, y los tres lo hacemos casi todo juntos. Eso suena un poco raro, pero Walt es como una más de las chicas.

—Walt —dice Cynthia—, eres justo la persona a la que estaba buscando.

—Si lo que quieres es que me una al comité de baile de graduación, la respuesta es no.

Cynthia hace caso omiso de la pequeña broma de Walt.

—Se trata de Sebastian Kydd. ¿De verdad va a venir a Castlebury? Otra vez no...

Tengo los nervios de punta, como las ramas de un árbol de Navidad.

—Eso es lo que dice Doreen. —Walt se encoge de hombros, como si le importara un comino.

Doreen es la madre de Walt, aunque también es una de las consejeras académicas en el Instituto Castlebury. Ella afirma saberlo todo, y le pasa la información a Walt... la buena, la mala y la que es completamente falsa.

—He oído que lo han echado de un colegio privado por traficar con drogas —dice Cynthia—. Necesito saber si vamos a tener problemas con él.

—No tengo ni la menor idea —replica Walt antes de dedicarle una gigantesca sonrisa falsa. Para Walt, Cynthia y Tommy son casi tan molestos como para mí.

—¿Qué clase de drogas? —pregunto con aire despreocupado mientras nos alejamos.

—¿Analgésicos?

—¿Como en *El valle de las muñecas*? —Es mi libro secreto favorito, junto con el *DSM-III*, un diminuto manual diagnóstico y estadístico sobre los trastornos mentales—. ¿Dónde demonios se consiguen analgésicos hoy día?

—Ay, Carrie, no lo sé —dice Walt, que ha perdido todo interés—. ¿Se los dará su madre?

—No es probable.

Me esfuerzo por recordar mi único encuentro con Sebastian Kydd, pero se me escapa.

Yo tenía doce años y empezaba a adentrarme en una etapa complicada. Tenía las piernas delgaduchas, el pecho plano como una tabla, dos espinillas y una mata salvaje de rizos. También llevaba unas gafas de ojos de gata y un gastado ejemplar del libro de Mary Gordon Howard *¿Qué pasa conmigo?* Estaba obsesionada con el feminismo. Mi madre estaba remodelando la cocina de los Kydd, así que nos detuvimos en su casa para echar un vistazo al proyecto. De pronto, Sebastian apareció en la puerta principal. Y sin ningún motivo aparente, como llovido del cielo, le dije:

—Mary Gordon Howard cree que la mayor parte de las relaciones sexuales pueden considerarse violaciones.

Se hizo el silencio durante un buen rato. La señora Kydd sonrió. Estábamos a finales de verano, y su bronceado quedaba resaltado por sus pantalones cortos con un estampado espiral en tonos rosados y verdes. Llevaba una sombra de ojos blanca y pintalabios de color rosa. Mi madre siempre decía que la señora Kydd era considerada una gran belleza.

—Esperemos que no pienses lo mismo cuando te cases.

—Bueno, no pienso casarme. No es más que una forma legalizada de prostitución.

—¡Virgen santa! —La señora Kydd se echó a reír.

Y Sebastian, que se había parado en el patio de camino hacia la calle, dijo:

—Me piro.

—¿Otra vez, Sebastian? —exclamó la señora Kydd con cierto fastidio—. Pero si las Bradshaw acaban de llegar.

Sebastian se encogió de hombros.

—Voy a casa de Bobby a tocar la batería.

Yo lo seguí con la mirada en silencio y boquiabierta. Estaba claro que Mary Gordon Howard nunca había conocido a Sebastian Kydd.

Fue amor a primera vista.

Durante la asamblea, me siento al lado de Tommy Brewster, que está golpeando al chico que tiene delante con un cuaderno. Una chica del pasillo pregunta si alguien tiene un tampón, mientras que otras dos situadas detrás de mí susurran comentarios emocionados sobre Sebastian Kydd, quien parece volverse más y más famoso cada vez que alguien menciona su nombre.

—Me han dicho que estuvo en la cárcel…

—Su familia perdió todo su dinero…

—Ninguna chica ha conseguido retenerlo más de tres semanas…

Me quito a Sebastian Kydd de la cabeza fingiendo que Cynthia Viande no es una compañera de estudios, sino una extraña especie de pájaro. Hábitat: cualquier escenario que la soporte. Plumaje: falda de lana, camisa blanca con suéter de cachemira, zapatos cómodos y un collar de perlas que probablemente sean auténticas. No deja de cambiarse los papeles de un brazo a otro y de tirarse de la falda, así que puede que esté un poco nerviosa, después de todo. Sé que yo lo estaría. No querría estarlo, pero lo estaría. Me temblarían las manos y mi voz sonaría como un graznido, y después me odiaría por no haber sabido hacerme con el control de la situación.

El director, el señor Jordan, se acerca al micrófono y suelta un rollo sobre llegar a tiempo a las clases y sobre un nuevo sistema de castigos, y luego la señora Smidgens nos explica que el periódico escolar, *The Nutmeg*, busca reporteros y que hay una truculenta historia sobre la comida de la cafetería entre los asuntos por tratar esta semana. Por fin, Cynthia se acerca al micro.

—Este es el año más importante de nuestras vidas. Nos encontramos al borde de un gran precipicio. Dentro de nueve meses, nuestras vidas se verán irremisiblemente alteradas —dice, como si se creyera Winston Churchill o algo así. Casi espero que añada que lo único que debemos temer es el miedo en sí, pero solo agrega—: Así que este año estará lleno de últimos momentos. Momentos que recordaremos siempre.

De pronto, Cynthia compone una expresión de fastidio cuando las cabezas de todos los presentes se vuelven hacia el centro del auditorio.

Donna LaDonna se acerca por el pasillo. Va vestida como una novia, lleva un vestido blanco con un profundo escote en V. Su enorme canalillo queda resaltado por un diminuto diamante colgado de una delicada cadena de platino. Su piel es como el alabastro; en una de sus muñecas, una constelación de pulseras plateadas cascabelea cuando ella mueve el brazo. La sala se queda en silencio.

Cynthia se inclina hacia el micrófono.

—Buenas, Donna. Me alegra que hayas podido venir.

—Gracias —replica Donna antes de sentarse.

Todo el mundo se echa a reír.

Donna inclina la cabeza hacia Cynthia y le brinda un pequeño saludo con la mano, como si le indicara que puede continuar. Donna y Cynthia son amigas, de esa forma extraña en que lo son dos chicas que pertenecen al mismo círculo social y que en realidad no se caen bien.

—Como iba diciendo —comienza Cynthia una vez más en un intento de volver a captar la atención de los presentes—, este año estará lleno de últimos momentos. Momentos que recordaremos siempre. —Le hace un gesto al tipo encargado de los audiovisuales y empieza a oírse la melodía de «The Way We Were» por el altavoz.

Suelto un gruñido y entierro la cara en mi cuaderno. Empiezo a reírme como todos los demás, pero luego recuerdo la carta y me deprimo de nuevo.

Sin embargo, cada vez que me siento mal intento recordar lo que aquella niñita me dijo una vez. Tenía una personalidad increíble… y era tan fea que resultaba hasta mona. Y era evidente que ella lo sabía también.

—¿Carrie? —preguntó—. ¿Y si yo fuera una princesa en otro planeta y nadie de este mundo lo supiera?

Todavía ahora esa pregunta me desconcierta. Porque ¿acaso no es cierto? Seamos quienes seamos, podríamos ser las princesas de algún otro lugar. O escritoras. O científicas. O presidentas. O cualquier otra cosa que queramos ser, aunque todos los demás no estén de acuerdo.

## 2
### La clase de cálculo

—¿Quién sabe cuál es la diferencia entre el cálculo integral y el cálculo diferencial?

Andrew Zion levanta la mano.

—¿No tiene algo que ver con la forma en que se utilizan las diferenciales?

—Muy listo —dice el señor Douglas, el profesor—. ¿Alguien tiene otra teoría?

La Rata levanta la mano.

—En el cálculo diferencial se toma un pequeño punto infinitesimal y se calcula el tipo de cambio de una variable a otra. En el cálculo integral, se toma un pequeño elemento diferencial y se integra desde el límite inferior hasta otro límite. Así se combinan todos esos pequeños puntos infinitesimales en una cantidad más grande.

Vaya, pienso. ¿Cómo demonios sabe eso la Rata?

Nunca aprobaré este curso. Será la primera vez que me fallen las matemáticas. Desde que era una cría, las matemáticas han sido una de mis asignaturas más fáciles. Hacía todos los deberes y siempre sacaba sobresalientes en los exámenes sin apenas tener que estudiar. Sin embargo, ahora tendré que estudiar si quiero sobrevivir.

Estoy aquí sentada, preguntándome si lograré aprobar el curso cuando de repente llaman a la puerta. Sebastian Kydd entra en el aula vestido con un viejo polo azul marino. Tiene los ojos de color avellana rodeados de abundantes pestañas, y su cabello muestra reflejos de color rubio oscuro debidos al agua del mar y al sol. Su nariz, algo torcida, como si le hubieran dado un puñetazo en una pelea y no se la hubieran arreglado, es lo único que lo salva de ser demasiado guapo.

—Ah, señor Kydd, me preguntaba cuándo pensaba aparecer —comenta el señor Douglas.

Sebastian le sostiene la mirada sin amilanarse.

—Debía encargarme de unas cosas primero.

Le echo un vistazo escondida detrás de mi mano. Este sí que es de otro planeta… un planeta en el que todos los humanos están perfectamente formados y tienen un pelo increíble.

—Siéntese, por favor.

Sebastian observa toda el aula y su mirada se detiene en mí. Se fija en mis botas blancas de gogó antes de levantar la vista hasta mi falda a cuadros azul claro y mi suéter de cuello vuelto sin mangas. Luego me mira a la cara, que ya está en llamas. La comisura de su boca se eleva en un gesto divertido, para luego expresar confusión y, por último, indiferencia. Toma asiento al fondo de la clase.

—Carrie —dice el profesor Douglas—, ¿podrías decirme cuál es la ecuación básica para el movimiento?

Gracias a Dios que aprendí esa ecuación el año pasado. La recito como un lorito:

—X elevada a la quinta potencia por Y elevada a la décima potencia menos un número entero aleatorio conocido generalmente como N.

—Correcto —contesta el señor Douglas. Escribe otra ecuación en la pizarra, se aparta un poco y mira directamente a Sebastian.

Me llevo la mano al pecho para controlar el martilleo de mi corazón.

—Señor Kydd —dice—, ¿podría decirme qué representa esta ecuación?

Renuncio a seguir con la timidez. Me doy la vuelta para observarlo.

Sebastian se reclina contra el respaldo de la silla y da golpecitos con el bolígrafo sobre el libro de cálculo. Su sonrisa parece tensa, como si no conociera la respuesta o la supiera y no pudiera creer que hubiera alguien lo bastante estúpido para preguntarla.

—Representa el infinito, señor. Pero no el viejo infinito, sino la clase de infinito que se encuentra en un agujero negro.

Me mira y me guiña un ojo.

Vaya… Eso sí que es un agujero negro, sin duda.


—Sebastian Kydd está en mi clase de cálculo —le susurro a Walt cuando me coloco a su lado en la fila de la cafetería.

—Por Dios, Carrie —replica Walt, que pone los ojos en blanco—. Tú también no, por favor. Todas las chicas de este instituto hablan de Sebastian Kydd. Incluida Maggie.

El almuerzo consiste en pizza… la misma pizza que nuestro instituto lleva años sirviendo, la que sabe a vómito y debe de ser el resultado de alguna receta secreta del sistema educativo. Cojo una bandeja y después una manzana y un trozo de tarta de merengue de limón.

—Pero Maggie sale contigo.

—Intenta decirle eso a ella.

Llevamos nuestras bandejas hasta la mesa de siempre. El grupo VIP se sienta en el lado opuesto de la cafetería, cerca de las máquinas expendedoras. Puesto que somos alumnos de último año, deberíamos haber reclamado una mesa junto a la suya, pero Walt y yo decidimos hace mucho tiempo que el instituto se parece muchísimo a la India (un perfecto ejemplo del sistema de castas) y juramos no participar nunca, así que no hemos cambiado de mesa. Por desgracia, al igual que tantas otras protestas contra la aplastante marea de la naturaleza humana, la nuestra ha pasado totalmente desapercibida.

La Rata se une a nosotros, y Walt y ella comienzan a hablar sobre latín, una asignatura que a ambos se les da mejor que a mí. Luego se acerca Maggie. Maggie y la Rata se llevan bien, pero la Rata dice que nunca querría intimar demasiado con Maggie porque es demasiado emocional. A mí me parece que la emotividad excesiva resulta interesante, ya que te distrae de tus propios problemas. Está claro que Maggie está a punto de echarse a llorar.

—Acabo de ir al despacho de la orientadora educativa… otra vez. ¡La tía me ha dicho que mi suéter era demasiado atrevido!

—Eso es indignante —replico.

—A mí me lo vas a decir… —asegura Maggie mientras se cuela entre Walt y la Rata—. Esa mujer me odia. Le he dicho que aquí no había ninguna regla a la hora de vestir, y que no tenía derecho a decirme lo que debo ponerme o lo que no.

La Rata me mira a los ojos y se ríe por lo bajo. Lo más probable es que esté recordando lo mismo que yo: la vez que enviaron a casa a

Maggie desde el campamento de las girl scouts porque llevaba el uniforme demasiado corto. Vale, eso fue hace siete años, pero, cuando vives en la misma ciudad pequeña de siempre, recuerdas ese tipo de cosas.

—¿Y qué te ha dicho ella? —le pregunto.

—Que no me enviará a casa por esta vez, pero que si vuelve a verme con este suéter me expulsará temporalmente.

—Es una zorra —comenta Walt para sacarle importancia.

—¿Cómo puede discriminar a alguien por un suéter?

—Quizá debamos presentar una queja al consejo escolar. Hacer que la despidan —señala la Rata. Estoy segura de que no pretendía parecer sarcástica, pero lo ha sido un poco.

Maggie estalla en lágrimas y sale corriendo hacia el lavabo de chicas.

Walt echa un vistazo alrededor de la mesa.

—Bueno, cabroncetas, ¿quién de vosotras piensa ir tras ella?

—¿Ha sido por algo que he dicho? —inquiere la Rata con aire inocente.

—No. —Walt suelta un suspiro—. Todos los días hay alguna crisis.

—Yo iré. —Le doy un mordisco a la manzana y voy tras ella.

Empujo las puertas de la cafetería con todas mis fuerzas.

Y me doy de bruces contra Sebastian Kydd.

—¡Vaya! —exclama—. ¿Dónde está el fuego?

—Lo siento —murmuro.

De pronto vuelvo atrás en el tiempo, a la época en que tenía doce años.

—¿Esto es la cafetería? —pregunta antes de señalar las puertas oscilantes. Se asoma por el pequeño cuadro de cristal de una de ellas—.

Tiene una pinta asquerosa. ¿Hay algún lugar fuera del campus donde se pueda comer?

¿Fuera del campus? ¿Desde cuándo el Instituto Castlebury tiene un campus? ¿Me está preguntando si quiero comer con él? No, no es posible. A mí no. Aunque tal vez no recuerde que me conoce de antes.

—Hay una hamburguesería calle arriba. Pero hay que ir en coche.

—Tengo coche —asegura.

Y nos quedamos inmóviles, mirándonos el uno al otro. Noto que otros chicos pasan a nuestro lado, pero no los veo.

—Vale, gracias —dice.

—De nada. —Asiento al recordar a Maggie.

—Nos vemos —dice antes de alejarse.

Regla número uno: ¿por qué la única vez que un chico mono habla contigo tienes que ayudar a una amiga en crisis?

Entro a la carrera en el servicio de chicas.

—¿Maggie? No vas a creerte lo que acaba de ocurrir. —Miro bajo las puertas y veo sus zapatos en el compartimento que está justo al lado de la pared—. ¿Mags?

—Me siento totalmente humillada —lloriquea.

Regla número dos: las mejores amigas que se sienten humilladas siempre son más importantes que los chicos monos.

—Vamos, Mags, no puedes dejar que te afecte tanto lo que digan otras personas. —Sé que eso no sirve de mucha ayuda, pero mi padre lo dice todo el tiempo y es lo único que se me ocurre por el momento.

—¿Y cómo se supone que puedo lograrlo?

—Mirando a todo el mundo como si fuera un chiste con patas. Venga, Mags. Sabes que el instituto es una ridiculez. En menos de un año nos habremos largado de aquí, y nunca volveremos a ver a ninguna de estas personas.

—Necesito un cigarrillo —asegura Maggie con un gruñido.

La puerta se abre y entran las dos Jen. Jen S. y Jen P. son animadoras, y forman parte del grupo VIP. Jen S. tiene el pelo liso y oscuro y parece una bonita y pequeña albóndiga. Jen P. era mi mejor amiga en tercero. Era bastante simpática, hasta que empezamos el instituto y decidió ascender en la escala social. Se pasó dos años acudiendo a un gimnasio para poder convertirse en una animadora; incluso salió con el mejor amigo de Tommy Brewster, que tiene unos dientes de caballo. No sé si sentir lástima por ella o admirar su férrea determinación. El año pasado sus esfuerzos dieron fruto y fue aceptada por fin en la panda VIP, lo cual significa que ahora apenas me habla.

Por alguna razón, hoy sí piensa hacerlo, porque, cuando me ve, exclama «¡Hola!», como si todavía fuéramos buenas amigas.

—¡Hola! —contesto con el mismo falso entusiasmo.

Jen S. me saluda con la cabeza mientras ella y su tocaya sacan las barras de labios y las sombras de ojos de sus bolsos. Una vez oí a Jen S. decirle a otra chica que, si una quiere conseguir a los chicos, debe tener un «sello» distintivo. Al parecer, para Jen S., eso consiste en una gruesa franja de lápiz de ojos azul oscuro sobre el párpado superior. Imagínate…

Se inclina hacia el espejo para asegurarse de que su lápiz de ojos sigue intacto mientras Jen P. se vuelve hacia mí.

—¿Sabes quién ha vuelto al Instituto Castlebury?

—¿Quién?

—Sebastian Kydd.

—¿En seeerio? —Miro hacia el espejo y me froto un ojo, fingiendo que se me ha metido algo dentro.

—Yo quiero salir con él —asegura con toda la confianza en sí misma del mundo—. Por lo que he oído, sería un novio perfecto para mí.

—¿Por qué quieres salir con alguien a quien ni siquiera conoces?

—Porque sí. No necesito ninguna razón.

—Los chicos más guapos de toda la historia del Instituto Castlebury —dice Jen S., como si estuviera haciendo uno de esos bailecitos de las animadoras.

—¡Jimmy Watkins!

—¡Randy Sandler!

—¡Bobby Martin!

Jimmy Watkins, Randy Sandler y Bobby Martin formaban parte del equipo de fútbol cuando nosotras estábamos en segundo. Todos se graduaron hace al menos dos años.

¿A quién le importa?, me gustaría gritar.

—Sebastian Kydd —añade Jen S.

—Uno de los miembros del Salón de la Fama, eso seguro. ¿No estás de acuerdo, Carrie?

—¿Quién? —pregunto solo para fastidiarla.

—Sebastian Kydd —responde Jen P. malhumorada mientras ella y Jen S. salen por la puerta.

—¿Maggie? —pregunto.

Ella odia a las dos Jen, y no saldrá hasta que se hayan ido del baño.

—¿Se han ido? Gracias a Dios. —Maggie abre la puerta del compartimento y se dirige al espejo. Se pasa un peine por el pelo—. No puedo creer que Jen P. crea que va a conseguir a Sebastian Kydd. Esa chica no tiene ningún sentido de la realidad. Bueno, ¿qué ibas a decirme?

—Nada —respondo, harta ya de Sebastian.

Si oigo a alguien más mencionar su nombre, me pego un tiro.


—¿Qué pasa con Sebastian Kydd? —pregunta la Rata minutos después. Estamos en la biblioteca, intentando estudiar algo.

—¿Qué pasa con él?

Subrayo una ecuación en amarillo mientras pienso en lo inútil que es subrayar. Te hace creer que aprendes algo, pero en realidad solo aprendes a utilizar el rotulador fluorescente.

—Te guiñó un ojo. En clase de cálculo.

—¿Eso hizo?

—Bradley —dice la Rata con expresión incrédula—, no irás a decirme que no te diste cuenta…

—¿Cómo iba a saber que me guiñaba un ojo a mí? Quizá se lo guiñara a la pared.

—¿Cómo sabemos que el infinito existe? No es más que una teoría. Y creo que deberías salir con él —insiste—. Es mono, y listo. Sería un buen novio.

—Es lo que todas las chicas del instituto piensan. Y eso incluye a Jen P.

—¿Y qué? Tú también eres guapa e inteligente. ¿Por qué no ibas a poder salir con él?

Regla número tres: las mejores amigas siempre creen que te mereces al mejor tipo, incluso cuando el mejor tipo apenas sabe que existes.

—¿Porque es probable que a él solo le gusten las animadoras?

—Vaya un argumento, Bradley. Ni siquiera sabes si eso es verdad. —Y luego adopta una expresión soñadora, apoyando la barbilla sobre su mano—. Los tíos son una caja llena de sorpresas.

Esa expresión soñadora no es propia de la Rata. Ella tiene un montón de amigos, pero siempre ha sido demasiado práctica para enamorarse de nadie.

—¿Qué significa eso? —le pregunto intrigada por la nueva Rata que tengo delante de mí—. ¿Has descubierto a algún chico asombroso últimamente?

—A uno —contesta.

Y regla número cuatro: las mejores amigas también pueden ser una caja llena de sorpresas.

—Bradley… —Se queda callada un momento—. Tengo novio.

¡¿Qué?! Me ha dejado tan pasmada que no puedo decir nada. La Rata nunca ha tenido novio. Ni siquiera ha tenido una auténtica cita con nadie.

—Es bastante apañado —señala.

—¿Apañado? ¿Has dicho «apañado»? —pregunto en cuanto recupero la voz—. ¿Quién es? Quiero saberlo todo sobre ese chico tan «apañado».

La Rata suelta una risilla nerviosa, algo que tampoco es propio de ella en absoluto.

—Lo conocí este verano. En el campamento.

—Ajá. —Me siento bastante desconcertada, y también algo dolida, por no haber oído hablar de ese misterioso novio de la Rata antes, pero, pensándolo bien, es lógico. Nunca veo a la Rata durante el verano, ya que ella siempre se va a un campamento especial del gobierno en Washington.

Y de pronto me siento feliz por ella. La abrazo antes de empezar a dar saltitos como una niña pequeña el día de Navidad. No sé por qué me parece tan buena noticia. No se trata más que de un estúpido novio. Pero aun así…

—¿Cómo se llama?

—Danny. —Sonríe con la mirada perdida, como si estuviera viendo alguna película secreta en el interior de su cabeza—. Es de Washington. Fumamos hierba juntos y…

—Espera un momento. —Levanto las manos—. ¿Hierba?

—Mi hermana Carmen me habló de ella. Dice que te relaja antes del sexo.

Carmen tiene tres años más que la Rata y es la chica más primorosa que te puedas imaginar. Lleva medias en verano, no te digo más.

—¿Y qué tiene que ver Carmen contigo y con Danny? ¿Carmen fuma porros? ¿Carmen mantiene relaciones sexuales?

—Oye, Bradley, incluso la gente lista mantiene relaciones sexuales.

—Eso significa que nosotras deberíamos mantenerlas.

—Habla por ti.

¿Eh? Cojo el libro de cálculo de la Rata y lo cierro de golpe.

—Vamos a ver, Rata, ¿de qué estás hablando? ¿Has mantenido relaciones sexuales?

—Sí —responde al tiempo que asiente, como si no fuera nada del otro mundo.

—¿Cómo puede ser que hayas practicado sexo y yo no lo haya hecho? Se supone que eres una empollona. Se supone que debes descubrir una cura para el cáncer, no acostarte con un tío en la parte trasera de un coche en medio de una nube de marihuana.

—Lo hicimos en el sótano de sus padres —dice la Rata antes de recuperar su libro.

—¿En serio? —Intento imaginarme a la Rata desnuda sobre el catre de un chico en un sótano húmedo. No consigo hacerlo—. ¿Y qué tal?

—¿El sótano?

—¡El sexo! —exclamo en un susurro, aunque siento ganas de decirlo gritando para hacer que la Rata vuelva a la tierra.

—Ah, eso. Estuvo bien. Muy divertido. Pero se trata de esa clase de cosas en las que tienes que esforzarte. No puedes ponerte a ello sin más. Hay que experimentar.

—¿De verdad? —Entorno los párpados con suspicacia. No sé muy bien cómo tomarme estas noticias. Este verano, mientras yo escribía un estúpido relato para intentar ingresar en un estúpido programa, la Rata perdía su virginidad—. ¿Y cómo supiste cómo hacerlo, para empezar?

—Leí un libro. Mi hermana me dijo que todo el mundo debería leer un manual de instrucciones antes de hacerlo, para saber lo que se debe esperar. De lo contrario, puede resultar una decepción terrible.

Frunzo el ceño mientras intento añadir un libro sobre sexo a la imagen de la Rata y ese tal Danny haciéndolo en el sótano de sus padres.

—¿Crees que vais a… seguir juntos?

—Claro que sí —responde la Rata—. Danny va a ir a Yale, como yo. —Sonríe y vuelve a observar su libro de cálculo, como si ya estuviera todo dicho.

—Puf… —Cruzo los brazos.

Pero supongo que tiene sentido. La Rata es tan organizada que habrá resuelto su vida romántica cuando cumpla los dieciocho.

Yo, sin embargo, no tengo nada que resolver.

# 3
## *Doble riesgo*

—N o sé si lograré aprobar este año —dice Maggie. Saca un paquete de tabaco que le ha robado a su madre y enciende un cigarrillo.

—Ya… —replico distraída. Todavía me desconcierta que la Rata tenga relaciones sexuales.

¿Y si todo el mundo está practicando sexo menos yo?

Mierda.

Cojo un ejemplar de *The Nutmeg* casi sin darme cuenta. El titular grita: SE SIRVE YOGUR EN LA CAFETERÍA. Pongo los ojos en blanco y lo dejo a un lado. Con la excepción del puñado de chicos que trabajan en *The Nutmeg*, nadie más lo lee. Sin embargo, alguien debe de haberlo dejado sobre la vieja mesa de picnic que hay dentro del antiguo granero situado justo al límite de los terrenos del instituto. La mesa ha estado aquí siempre, y tiene grabados los años de graduación, las iniciales de los amantes y sentimientos generales hacia Castlebury, tales como «Castlebury apesta». Los profesores nunca vienen aquí, así que es la zona de fumadores no oficial.

—Al menos, tomaremos yogur este año —digo sin ningún motivo en especial.

31

¿Y si nunca llego a mantener relaciones sexuales? ¿Y si muero en un accidente de coche antes de tener la oportunidad de hacerlo?

—¿Qué se supone que significa eso? —pregunta Maggie.

Ay, madre… Ahora viene la temida discusión sobre el cuerpo. Maggie dirá que cree que está gorda y yo diré que me parezco a un chico. Maggie dirá que le gustaría tener mi aspecto y yo diré que a mí me gustaría tener el suyo. Y eso no supondrá ninguna diferencia, porque dos minutos después ambas seguiremos aquí, con el mismo cuerpo, sintiéndonos mal por algo que no podemos cambiar.

Como el hecho de no haber sido aceptada en la maldita New School.

¿Qué pasará si un chico quiere mantener relaciones sexuales conmigo y yo estoy demasiado asustada para soportarlo?

Como era de esperar, Maggie dice:

—¿Se me ve gorda? Parezco gorda, ¿a que sí? Me siento gorda.

—Maggie, tú no estás gorda. —Los tíos babean al ver a Maggie desde que ella tenía trece años, un hecho que ella parece decidida a ignorar.

Aparto la mirada. Por detrás de ella, en el oscuro recoveco que hay al otro extremo del granero, la punta encendida de un cigarrillo se mueve arriba y abajo.

—Hay alguien aquí dentro —susurro.

—¿Quién? —Se da la vuelta justo cuando Peter Arnold sale de entre las sombras.

Peter es el segundo chico más listo de nuestra clase, y bastante gilipollas. Antes era un muchacho con la cara rechoncha y la piel pálida, pero parece que le ha ocurrido algo durante el verano. Ha crecido.

Y, al parecer, ha empezado a fumar.

Peter hace buenas migas con la Rata, pero en realidad apenas lo conozco. En lo que se refiere a relaciones, todos nosotros somos como pequeños planetas con nuestro propio sistema solar de amigos. Hay una ley no escrita que establece que los sistemas solares raramente se entrecruzan... hasta ahora.

—¿Os importa que me quede con vosotras? —pregunta.

—Pues la verdad es que sí. Estábamos charlando sobre cosas de chicas. —No sé por qué soy así con los chicos, sobre todo con los chicos como Peter. Una mala costumbre, supongo. Peor que fumar. Pero es que no quiero que el aburrido de Peter arruine nuestra conversación.

—No, no nos importa. —Maggie me da una patada por debajo de la mesa.

—Por cierto, yo no creo que estés gorda —dice Peter.

Sonrío con sorna e intento intercambiar una mirada con Maggie, pero ella no se da cuenta. Está mirando a Peter. Así que yo también lo hago. Tiene el pelo más largo y ha conseguido librarse de la mayoría de sus granos, pero hay algo más.

Confianza en sí mismo.

Madre mía... Primero la Rata y ahora Peter. ¿Es que todo el mundo va a cambiar este año?

Maggie y Peter siguen ignorándome, así que cojo el periódico y finjo leerlo. Eso llama la atención de Peter.

—¿Qué piensas de *The Nutmeg*? —me pregunta.

—No dice más que tonterías —replico.

—Gracias —añade él—. Soy el editor.

Genial. Ya he vuelto a hacerlo.

—Si tan inteligente eres, ¿por qué no escribes para el periódico? —me pregunta Peter—. En serio, ¿no le dices a todo el mundo que quieres ser escritora? ¿Has escrito alguna vez?

Tal vez no pretendiera sonar tan agresivo, pero lo cierto es que la cuestión me ha pillado desprevenida. ¿Se habrá enterado Peter de la carta de rechazo de la New School? Eso es imposible.

Estoy cabreada.

—¿Qué más da si he escrito algo o no?

—Si dices que eres escritora, será porque has escrito algo —comenta Peter con tono engreído—. De lo contrario, deberías ser animadora o algo así.

—Y tú deberías meter la cabeza en una olla de agua hirviendo.

—Quizá lo haga. —Se echa a reír de buena gana.

Peter debe de ser uno de esos tipos detestables que están tan acostumbrados a que los insulten que ya ni siquiera se ofenden.

No obstante, sigo dolida. Cojo mi bolsa de baño.

—Tengo que entrenar —afirmo, como si no me mereciera la pena continuar con la conversación.

—¿Qué problema tiene esta? —pregunta Peter cuando salgo por la puerta.

Bajo la colina en dirección al gimnasio arrastrando los tacones de mis botas por la hierba. ¿Por qué siempre pasa lo mismo? Le digo a la gente que quiero ser escritora y pone los ojos en blanco. Me cabrea mogollón. En especial porque llevo escribiendo desde que tenía seis años. Tengo bastante imaginación, y durante un tiempo escribí historias sobre una familia de lápices, los Número 2, que siempre intentaban escapar de un tipo malvado llamado el Sacapuntas. Luego escribí sobre una chiquilla que padecía una misteriosa enfermedad que le daba el aspecto de una mujer de noventa años. Y este verano, para poder entrar en ese estúpido programa para escritores, escribí todo un libro sobre un chico que se convierte en televisor, y nadie en su familia lo nota hasta que consume toda la electricidad de la casa.

Si le hubiera dicho a Peter la verdad sobre lo que he escrito, se habría echado a reír. Igual que la gente de la New School.

—¡Carrie! —grita Maggie. Corre campo a través para alcanzarme—. Siento lo de Peter. Dice que bromeaba sobre lo de escribir. Tiene un extraño sentido del humor.

—No me digas…

—¿Te apetece ir al centro comercial después del entrenamiento de natación?

Clavo la vista en el instituto, al otro lado de los prados, y me fijo en el aparcamiento situado más allá. Está exactamente igual que siempre.

—¿Por qué no? —Saco la carta de mi libro de biología, la arrugo y me la meto en el bolsillo.

¿A quién le importa Peter Arnold? ¿A quién le importa la New School? Algún día seré escritora.

Algún día, pero no hoy.

—Estoy harta de este puñetero lugar —dice Lali, mientras deja sus cosas en un banco de la sala de taquillas.

—Yo también. —Bajo la cremallera de mis botas—. El primer día de natación. Lo odio.

Saco de la bolsa uno de mis viejos bañadores Speedo y lo cuelgo de la taquilla. Empecé a nadar antes de saber caminar. La foto mía que más me gusta es una en la que tengo cinco meses y estoy sentada sobre un pequeño flotador amarillo en el estrecho de Long Island. Llevo puesto un sombrerito blanco muy mono y un bañador de lunares, y sonrío de oreja a oreja.

—Tú estarás bien —dice Lali—. Soy yo la que tengo problemas.

—¿Como cuáles?

—Como Ed —señala con una mueca. Se refiere a su padre.

Asiento. En ocasiones, Ed se comporta más como un niño que como un padre, a pesar de que es poli. En realidad, es más que poli, es detective; el único de la ciudad. Lali y yo siempre nos reímos de eso, ya que no logramos imaginar qué es lo que «detecta» en realidad, porque nunca ha habido un crimen grave en Castlebury.

—Ha pasado por el instituto —comenta Lali mientras se quita la ropa—. Nos hemos peleado.

—¿Cuál es el problema ahora?

Los Kandesie se pelean como si fueran guerreros mongoles, pero luego siempre solucionan las cosas, bromean y hacen cosas extravagantes, como esquiar sobre el agua con los pies descalzos. Podría decirse que en cierta época más o menos me adoptaron, y a veces deseaba haber nacido Kandesie en lugar de Bradshaw, porque así estaría todo el día riéndome, escuchando rock y jugando al béisbol con la familia las tardes de verano. Mi padre se moriría si lo supiera, pero así son las cosas.

—Ed se niega a pagarme la universidad. —Lali me mira con los brazos en jarras.

—¡¿Qué?!

—Dice que no la pagará —repite—. Me lo ha dicho hoy. Asegura que él no fue y que le va muy bien —comenta mi amiga en tono burlón—. Tengo dos posibilidades. O bien voy a la escuela militar o bien consigo un trabajo. A él le importa una mierda lo que yo quiero.

—Ay, Lali…

La miro fijamente, desconcertada. ¿Cómo es posible? Son cinco hermanos en la familia de Lali, así que siempre han andado justos de dinero. Pero Lali y yo siempre habíamos creído que ella iría a la universidad… que ambas iríamos, y que luego haríamos algo importante con nuestras vidas. En la oscuridad, metida dentro de un saco de dormir situado en el suelo junto a la litera de Lali, compartíamos nuestros secretos entre susurros de emoción. Yo iba a ser escritora y Lali ganaría la medalla de oro en estilo libre.

Ahora a mí me han rechazado en la New School y Lali ni siquiera puede ir a la universidad.

—Supongo que me quedaré atrapada en Castlebury para siempre —dice Lali furiosa—. Quizá pueda trabajar en Ann Taylor y ganar cinco dólares la hora. O tal vez consiga un trabajo en el supermercado. O… —Se da una palmada en la frente—… podría trabajar en el banco. Aunque creo que se necesita un diploma universitario para ser cajero.

—Las cosas no serán así —insisto—. Ocurrirá algo…

—¿Algo como qué?

—Conseguirás una beca de natación…

—La natación no es una profesión.

—Puedes ir a la escuela militar. Tus hermanos…

—Los dos están en la escuela militar y la detestan —asegura ella cabreada.

—No puedes permitir que Ed te arruine la vida —le digo con bravuconería—. Encuentra algo que quieras hacer y hazlo sin más. Si deseas algo de verdad, Ed no puede detenerte.

—Ya… —replica Lali con ironía—. Lo único que necesito es averiguar qué es ese «algo». —Sujeta su viejo traje de baño y mete las piernas por los agujeros—. No soy como tú, ¿vale? No sé qué es lo que quiero hacer durante el resto de mi vida. Además, ¿por qué debería saberlo? Solo tengo diecisiete años. Lo único que sé es que no quiero que alguien me diga lo que «no» puedo hacer.

Se da la vuelta y se dispone a coger su gorro de baño, pero tira mi ropa al suelo sin querer. Me agacho para recogerla y, cuando lo hago, veo que la carta de la New School se ha salido del bolsillo y ha ido a parar a los pies de Lali.

—Ya lo cojo yo —digo mientras hago el intento, pero ella es demasiado rápida.

—¿Qué es esto? —pregunta mientras sujeta el trozo de papel arrugado.

—Nada —respondo con una sensación de impotencia.

—¿Nada? —Sus ojos se abren como platos cuando lee la dirección del remite—. ¿Nada? —repite mientras alisa el papel.

—Lali, por favor…

Sus ojos se mueven de un lado a otro mientras lee la breve misiva.

Mierda. Sabía que tendría que haber dejado la maldita carta en casa. Debería haberla hecho pedazos y haberla tirado a la basura. O haberla quemado, aunque no es tan fácil quemar una carta, por más dramático que quede en los libros. Pero no, en lugar de eso, la he llevado encima con la esperanza de que me sirviera como una especie de perverso incentivo para trabajar más duro.

Ahora me siento paralizada por mi propia estupidez.

—Lali, no lo hagas… —susurro.

—Solo un minuto —dice ella mientras lee la carta una vez más. Levanta la mirada, sacude la cabeza y aprieta los labios en un gesto compasivo—. Lo siento, Carrie.

—Yo también. —Me encojo de hombros con la esperanza de poder restarle importancia. Por dentro, tengo el cuerpo lleno de cristales rotos.

—Lo digo en serio. —Dobla la carta y me la devuelve antes de ponerse las gafas de natación—. Yo estoy aquí quejándome de Ed y a ti te han rechazado en la New School. Menuda mierda.

—Pues sí.

—Parece que ambas nos quedaremos aquí colgadas durante un tiempo —dice mientras me pasa el brazo por encima del hombro—. Aunque vayas a Brown, eso está a solo cuarenta y cinco minutos de aquí. Nos veremos siempre que queramos.

Cuando abre la puerta que conduce a la piscina, nos envuelve el vapor químico del cloro y de los líquidos de limpieza. Me planteo pedirle que no le hable a nadie sobre la carta de rechazo. Pero eso solo empeoraría las cosas. Si actúo como si no tuviera importancia, Lali lo olvidará.

Mi amiga arroja la toalla hacia las gradas y corre por las baldosas.

—¡La última es un huevo podrido! —grita antes de tirarse en bomba al agua.

# 4
## *El gran amor*

Regreso a casa y me encuentro con un gran revuelo.

Un chico diminuto con un peinado punk corre por el patio, seguido por mi padre, que a su vez es seguido por mi hermana Dorrit, que a su vez es seguida por mi otra hermana, Missy.

—¡Ya verás como te atrape en esta casa de nuevo! —grita mi padre mientras el chico, Paulie Martin, consigue llegar hasta su bicicleta y se aleja pedaleando.

—¿Qué demonios ha pasado aquí? —le pregunto a Missy.

—Pobre papá…

—Pobre Dorrit —replico mientras suelto los libros.

Como si se burlara de mi situación, la carta de la New School se cae del cuaderno.

Ya basta, me digo.

La recojo, camino hasta el garaje y la arrojo a la basura.

De inmediato me siento perdida sin ella, así que la recupero del cubo.

—¿Has visto eso? —pregunta mi padre con tono jactancioso—. He logrado echar a ese chulito de mi propiedad. —Señala a Dorrit—. Y tú… vuelve a casa. Y no se te ocurra llamarlo de nuevo.

—Paulie no es tan malo, papá. Solo es un crío… —le digo.

—Es un M-I-E-R-D-A —asegura mi padre, que se enorgullece de no decir tacos casi nunca—. Es un rufián. ¿Sabías que fue arrestado por comprar cerveza?

—¿Paulie Martin compró cerveza?

—Salió en el periódico —señala mi padre—. En *The Castlebury Citizen*. Y ahora intenta corromper a Dorrit.

Missy y yo intercambiamos una mirada cómplice. Conociendo a Dorrit, seguro que es más bien todo lo contrario.

Dorrit era una niña muy dulce. Hacía cualquier cosa que Missy y yo le pidiéramos, incluyendo locuras tales como fingir que nuestra gata y ella eran gemelas. Siempre hacía cosas para la gente (tarjetas, pequeños álbumes de recortes, salvamanteles de ganchillo); el año pasado decidió que quería ser veterinaria y se pasaba prácticamente todo el tiempo libre después del colegio sosteniendo animales enfermos mientras les ponían las inyecciones.

Sin embargo, ahora ya tiene casi trece años, y últimamente se ha convertido en una niña problemática, llorando y con mi padre gritándonos a Missy y a mí. Mi padre insiste en que Dorrit está atravesando una mala época y en que pronto la dejará atrás, pero Missy y yo no estamos tan seguras. Mi padre es un gran científico que descubrió una fórmula para una nueva clase de aleación metálica utilizada en los cohetes espaciales *Apolo*, y Missy y yo siempre bromeamos diciendo que si las personas fueran teorías en vez de seres humanos, papá lo sabría todo sobre nosotras.

Pero Dorrit no es una teoría. Y, últimamente, Missy y yo hemos echado en falta cosas de nuestras habitaciones (un pendiente por aquí, un brillo de labios por allá), el tipo de cosas que se pierden con facilidad u olvidas dónde has dejado. Missy pensaba enfrentarse a ella, pero descubrimos que la mayor parte de nuestras cosas estaban detrás de los cojines del sofá.

De cualquier forma, Missy todavía está convencida de que Dorrit va camino de convertirse en una pequeña delincuente; sin embargo, a mí me preocupa más su rabia interior. Missy y yo éramos unos verdaderos trastos cuando teníamos trece años, pero ninguna de nosotras se pasaba la vida cabreada.

No han pasado ni dos minutos cuando Dorrit aparece en la puerta de mi habitación, buscando pelea.

—¿Qué hacía Paulie Martin aquí? —le pregunto—. Ya sabes que papá cree que eres demasiado joven para salir con chicos.

—Estoy en octavo —responde Dorrit obstinadamente.

—Ni siquiera estás en el instituto. Tienes muchos años por delante para echarte novio.

—Todas las demás tienen novio. —Se quita un trocito de esmalte de una uña—. ¿Por qué no iba a tenerlo yo?

Esta es la razón por la que espero no convertirme en madre nunca.

—El mero hecho de que todos los demás hagan algo no significa que tú también debas hacerlo. Recuerda —añado, imitando a mi padre—… que somos Bradshaw. No tenemos por qué parecernos a nadie más.

—Pues puede que yo esté harta de ser una estúpida Bradshaw. ¿Qué tiene de bueno ser una Bradshaw? Si quiero tener novio, lo tendré. Lo único que pasa es que Missy y tú estáis celosas porque vosotras no salís con nadie. —Me fulmina con la mirada, corre hasta su habitación y cierra la puerta con estruendo.

Encuentro a mi padre en la sala de estar, tomándose un gin tonic mientras ve la tele.

—¿Qué se supone que debo hacer? —me pregunta con tono de impotencia—. ¿Castigarla? Cuando yo era pequeño, las niñas no se comportaban así.

—Eso fue hace treinta años, papá.

—Da igual —dice él mientras se presiona las sienes—. El amor es algo sagrado. —Una vez que se embarca en una de estas charlas, ya no hay vuelta atrás—. El amor es espiritual. Requiere autosacrificio y compromiso. Y disciplina. No se puede amar de verdad sin disciplina. O sin respeto. Cuando pierdes el respeto de tu cónyuge, lo pierdes todo. —Se queda callado unos instantes—. ¿Eso tiene algún sentido para ti?

—Claro, papá —respondo, ya que no quiero herir sus sentimientos.

Hace un par de años, después de que mi madre muriera, mis hermanas y yo intentamos animarlo a buscar pareja, pero se negó incluso a considerar la idea. No estaba dispuesto a salir con nadie. Dijo que ya había disfrutado del gran amor de su vida, y que cualquier cosa por debajo de eso le parecería ridícula. Se sentía bendecido, aseguró, por haber conocido esa clase de amor, que solo se tiene una vez en la vida, aunque no hubiera durado para siempre.

Nadie creería que un riguroso científico como mi padre pudiera ser un romántico empedernido, pero así es.

Eso me preocupa a veces. No por mi padre, sino por mí.

Me dirijo a mi habitación, me siento frente a la antigua máquina de escribir de mi madre, una Royale, e introduzco una hoja de papel.

«El gran amor», escribo. Y luego encierro la frase entre signos de interrogación.

¿Y ahora qué?

Abro el cajón y saco una historia que escribí hace algunos años, cuando tenía trece. No es más que un estúpido relato sobre una niña que salva a un chiquillo enfermo donándole un riñón. Antes de caer enfermo, él nunca se había fijado en ella, a pesar de que la niña siempre andaba a su alrededor. Sin embargo, después del trasplante de riñón, se enamoró locamente de ella.

Es una historia que jamás le enseñaría a nadie, ya que es demasiado sensiblera, pero, aun así, nunca he sido capaz de tirarla a la basura. Me asusta. Me hace sentir que, en secreto, soy una romántica igual que mi padre.

Y los románticos acaban quemados.

¡Vaya!… ¿Dónde está el fuego?

Jen P. tenía razón. Puedes enamorarte de un chico al que no conoces.

Ese verano en el que tenía trece años, Maggie y yo salíamos por Castlebury Falls. Allí había un risco desde el que los chicos se tiraban a un profundo estanque, y a veces Sebastian aparecía para lucir palmito mientras Maggie y yo lo observábamos sentadas desde el otro lado del río.

—Venga —me animaba Maggie—. Tú te lanzas al agua mucho mejor que esos chicos.

Yo sacudía la cabeza y me rodeaba las rodillas con los brazos en un gesto protector. Era demasiado tímida. La mera idea de ser vista me aterrorizaba.

Sin embargo, no me importaba mirar. No podía apartar los ojos de Sebastian mientras él escalaba por un lado de la roca con agilidad y aplomo. En la parte superior, los chicos peleaban en broma, se empujaban los unos a los otros y se lanzaban desafíos que requerían cada vez más habilidad. Sebastian siempre era el más valiente de todos; escalaba más alto que todos los demás y se lanzaba al agua con un abandono que revelaba que jamás se había preocupado por la muerte.

Era libre.

Es el elegido. Mi gran amor… pensaba yo.

Y luego me olvidé de él.

Hasta ahora.

Cojo la arrugada carta de rechazo de la New School y la guardo en el cajón junto con la historia de la niña que donó un riñón. Apoyo la barbilla sobre las manos y contemplo la máquina de escribir.

Este año tiene que ocurrirme algo bueno. Y punto.

## 5

## *Langostas de roca*

—**M**aggie, sal del coche.

—No puedo.

—Por favor…

—¿Qué pasa ahora? —pregunta Walt.

—Necesito un cigarrillo.

Maggie, Walt y yo estamos sentados en el coche de Maggie, que está aparcado en el callejón sin salida que hay al final de la calle de Tommy. Llevamos aquí dentro al menos quince minutos, porque a Maggie le entra no sé qué paranoia relacionada con las multitudes y se niega a salir del coche cuando vamos a una fiesta. No obstante, tiene el mejor coche. Un Cadillac gigantesco con capacidad para nueve personas que engulle gasolina como si fuera agua, con un equipo estéreo cuadrafónico y una guantera llena de cigarrillos de su madre.

—Ya te has fumado tres.

—No me siento bien —lloriquea Maggie.

—Tal vez te sintieras mejor si no te hubieras fumado todos esos cigarrillos seguidos —le digo. Me pregunto si la madre de Maggie se da cuenta de que cada vez que su hija le devuelve el coche le faltan alrededor de cien cigarrillos. Le pregunté a Maggie sobre eso una vez, pero ella se limitó a poner los ojos en blanco antes de decirme que su madre es tan despistada que no se daría cuenta ni de que una bomba explota en su casa—. Vamos… —la animo—. Sabes que lo que pasa es que estás asustada.

Ella me dirige una mirada asesina.

—Ni siquiera nos han invitado a esta fiesta.

—Tampoco nos han dicho que no viniéramos. Así que eso significa que podemos entrar.

—No soporto a Tommy Brewster —murmura antes de cruzar los brazos.

—¿Desde cuándo te tiene que caer bien alguien para ir a su fiesta? —señala Walt. Maggie le fulmina con la mirada y él se encoge de hombros—. Ya estoy harto. Voy a entrar.

—Yo también —me apresuro a añadir.

Salimos del coche. Maggie nos mira a través del parabrisas y enciende otro cigarrillo. Luego cierra deliberadamente las cuatro puertas.

Hago una mueca.

—¿Quieres que me quede con ella?

—¿Quieres pasarte toda la noche en el coche?

—La verdad es que no.

—Yo tampoco —asegura Walt—. Y no pienso consentir este tipo de gilipolleces durante el resto del curso.

Me sorprende la vehemencia de Walt. Por lo general, tolera las neuras de Maggie sin rechistar.

—Además, ¿qué es lo peor que puede pasarle? —añade—. ¿Que choque contra un árbol?

—Tienes razón. —Miro a nuestro alrededor—. No hay muchos árboles.

Empezamos a caminar calle arriba hacia la casa de Tommy. Lo único bueno de Castlebury es que, aunque es un lugar de lo más aburrido, a su manera es muy hermoso. Incluso aquí, en esta flamante urbanización en la que apenas hay árboles, el césped de los jardines tiene un color verde intenso y la calle es como un lazo negro y fresco. El aire es cálido y hay luna llena. Las luces iluminan las casas y los prados que hay alrededor. En octubre todo estará lleno de calabazas.

—¿Maggie y tú tenéis problemas?

—No lo sé —contesta Walt—. Últimamente es como un grano en el culo. No sé qué demonios le pasa. Solíamos pasarlo bien.

—Quizá esté atravesando una mala época.

—Lleva atravesando una mala época todo el verano. Yo también tengo problemas de los que podría quejarme.

—¿Como cuáles?

—¿Todos? —replica él.

—¿Vosotros también mantenéis relaciones sexuales? —le pregunto de repente. Si quieres conseguir información de alguien, debes hacer preguntas que no se esperen. Por lo general se quedan tan desconcertados que te dicen la verdad.

—Tercera base*—admite Walt.

—¿Eso es todo?

—No estoy seguro de querer ir más allá.

Suelto una risotada, en señal de que no me lo trago.

—¿No es en eso en lo que pensáis todos los chicos? ¿En ir más allá?

* El argot que emplean los adolescentes para referirse al sexo de forma indirecta incluye este juego de palabras asociado al béisbol: «primera base», besos con o sin lengua; «segunda base», tocamientos y masturbación, y «tercera base», sexo oral y masturbación sin penetración. (N. de la t.)

—Depende de la clase de chico que seas —dice él.

El volumen de la música (de Jethro Tull) amenaza con derribar la casa de Tommy. Estamos a punto de entrar cuando un coche amarillo recorre la calle a toda pastilla con un rugido, gira en el callejón sin salida y aparca en el bordillo justo por detrás de nosotros.

—¿Quién coño es ese? —pregunta Walt molesto.

—No tengo ni idea. Pero el amarillo es un color mucho más guay que el rojo.

—¿Conocemos a alguien que conduzca un Corvette amarillo?

—No —respondo intrigada.

Me encantan los Corvette. En parte porque mi padre cree que son malísimos, pero sobre todo porque en mi conservadora ciudad resultan glamurosos y son una señal de que la gente que los conduce pasa de lo que piensen los demás. Hay un concesionario de Corvette en la ciudad, y, cada vez que paso por allí, elijo el coche que conduciría si tuviera oportunidad. Aunque un día mi padre me arruinó la diversión al informarme de que la carrocería de un Corvette está fabricada con plástico en lugar de con metal, y que si tienes un accidente el coche se queda destrozado. Ahora, cada vez que veo un Corvette, me imagino el plástico rompiéndose en un millón de trocitos.

El conductor se toma su tiempo para salir; apaga las luces y luego sube y baja las ventanillas, como si no lograra decidir si quiere asistir a la fiesta o no. Al final, la puerta se abre y Sebastian Kydd sale del coche como si fuera el mismísimo Great Pumpkin,* si Great Pumpkin tuviera dieciocho años, midiera uno ochenta y cinco de es-

* Great Pumpkin: la traducción literal sería «Gran Calabaza». Es un personaje comparable a Santa Claus o el Conejito de Pascua, al que se menciona en las tiras cómicas de *Peanuts*, creadas por Charles M. Schulz. *(N. de la t.)*

tatura y fumara Marlboro. Contempla la casa, sonríe con desdén y echa a andar.

—Buenas noches —dice antes de saludarnos a Walt y a mí con un gesto de cabeza—. Espero que sean buenas, cuando menos. ¿Entramos?

—Después de ti —replica Walt, que pone los ojos en blanco.

«Entramos»… Juntos. Se me doblan las rodillas.


Sebastian desaparece de inmediato entre la multitud mientras Walt y yo nos vamos abriendo paso hacia la barra. Cogemos un par de cervezas y luego regresamos a la puerta principal para asegurarnos de que el coche de Maggie sigue al final de la calle. Un instante después me encuentro con la Rata y Peter, que están apoyados contra un altavoz.

—Espero que no tengas que ir al servicio —grita la Rata a modo de saludo—. Jen P. ha visto a Sebastian Kydd, ha enloquecido porque es tan guapo que «no ha podido soportarlo», y ha empezado a hiperventilar, así que ahora Jen S. y ella se han encerrado en el cuarto de baño.

—¡Ja! —replico mientras observo detenidamente a la Rata. Intento descubrir si su mirada es distinta desde que mantiene relaciones sexuales, pero lo cierto es que me parece la misma.

—En mi opinión, a Jen P. le sobran muchas hormonas —añade la Rata sin dirigirse a nadie en particular—. Debería haber una ley al respecto.

—¿Qué pasa? —pregunta Peter a voz en grito.

—Nada —responde la Rata antes de mirar a su alrededor—. ¿Dónde está Maggie?

—Encerrada en el coche.

—Cómo no… —La Rata asiente y da un trago de su cerveza.

—¿Maggie está aquí? —pregunta Peter animado.

—Todavía está en el coche —le explico—. Tal vez tú logres sacarla de allí dentro. Yo me he rendido.

—No hay problema —grita él.

Sale corriendo como un hombre con una misión.

La escena del baño parece demasiado interesante para perdérsela, así que subo las escaleras. El cuarto de baño está al final de un largo pasillo, y hay una fila de chicos esperando para entrar. Donna LaDonna no deja de llamar a la puerta.

—Jen, soy yo. Déjame entrar —exige.

La puerta se abre un poco y Donna se cuela dentro. Los de la fila se vuelven locos.

—¡Oye! ¿Qué pasa con nosotros? —grita alguien.

—He oído que hay un aseo en la planta baja.

Muchos de los chicos, molestos, pasan por mi lado en el mismo momento en que Lali sube a toda prisa las escaleras.

—¿Qué narices está pasando aquí?

—Jen P. ha enloquecido al ver a Sebastian Kydd y se ha encerrado en el baño con Jen S. Acaba de entrar Donna LaDonna para intentar sacarla de ahí dentro.

—Esto es absurdo —comenta Lali. Se acerca a la puerta y empieza a aporrearla mientras grita—: ¡Salid de ahí de una maldita vez, imbéciles! ¡La gente tiene que mear! —Después de pasarse varios minutos golpeando la puerta y gritando sin éxito, se encoge de hombros con exasperación y vocifera a voz en grito—: ¡Vámonos a The Emerald!

—Claro —replico con fanfarronería, como si fuéramos allí a menudo. The Emerald es uno de los pocos bares de la ciudad que (según mi padre) tiene fama de estar siempre lleno de personajes de dudosa reputación, por ejemplo: alcohólicos, divorciados y drogadictos. Solo he estado allí tres veces, y cada una de ellas miré con desesperación a mi alrededor para ver si descubría a alguno de esos famosos degenerados, pero nunca conseguí ver a nadie que encajara con esa descripción. De hecho, yo era la única que parecía sospechosa: no dejaba de temblar como una hoja, aterrada por la posibilidad de que alguien me pidiera el carnet de identidad y, al ver que no lo tenía, llamara a la policía.

Pero eso fue el año pasado. Este año cumpliré diecisiete. Maggie y la Rata tienen casi dieciocho, y Walt ya es mayor de edad, así que no pueden echarlo de una patada.

Lali y yo nos reunimos con Walt y la Rata, que también quieren ir al bar. Nos acercamos al coche de Maggie, donde Peter y ella mantienen una profunda conversación. Eso me irrita bastante, aunque no sé por qué. Decidimos que Maggie llevará a Walt a The Emerald, la Rata llevará a Peter y yo iré con Lali.

Gracias a la rápida conducción de Lali, somos las primeras en llegar. Aparcamos la camioneta tan lejos del edificio como nos es posible, para evitar cualquier eventual detección.

—Oye, esto es muy raro —digo mientras esperamos—. ¿Te has fijado en que Peter y Maggie estaban absortos en su conversación? Resulta de lo más extraño, sobre todo porque Walt me ha dicho que Maggie y él tienen problemas.

—Menuda sorpresa… —dice Lali con un resoplido—. Mi padre cree que Walt es gay.

—Tu padre cree que todo el mundo es gay. Incluso Jimmy Carter. De todas formas, Walt no puede ser gay. Lleva dos años con Maggie. Y sé con seguridad que han hecho algo más que enrollarse, porque él me lo ha contado.

—Un chico puede mantener relaciones sexuales con una chica y ser gay —insiste Lali—. ¿Recuerdas a la señora Crutchins?

—Pobre señora Crutchins... —digo con un suspiro antes de admitir su razonamiento.

Era nuestra profesora de lengua el año pasado. Tenía unos cuarenta años y estaba soltera; un buen día conoció a «un hombre maravilloso» del que hablaba a todas horas. En menos de tres meses, se casaron. Sin embargo, un mes después anunció a la clase que iba a anular su matrimonio. Los rumores decían que su marido había resultado ser gay. La señora Crutchins nunca lo admitió ni lo desmintió, pero dejaba escapar pequeños comentarios del tipo: «Hay cosas con las que una mujer no puede vivir». Después de eso, la señora Crutchins, que siempre había sido una mujer alegre y una apasionada de la literatura inglesa, pareció encogerse como un balón desinflado.

La Rata aparca su Gremlin verde a nuestro lado, y detrás de ella llega el Cadillac. Es terrible lo que dicen sobre las mujeres al volante, pero lo cierto es que realmente Maggie es una conductora malísima. Cuando intenta aparcar el coche, sube las ruedas delanteras al bordillo. Sale del coche, mira los neumáticos y luego se encoge de hombros.

Un momento después, todos hacemos lo posible por entrar en The Emerald con aire indiferente, aunque en realidad no es un local tan sórdido... al menos, no a primera vista. Tiene bancos tapizados en cuero rojo y una pequeña pista de baile con una de esas bolas de discoteca, y la camarera es una mujer teñida de rubio que parece la encarnación de la expresión «tía buena».

—¿Mesa para seis? —pregunta, como si fuéramos sin duda lo bastante mayores para beber.

Nos agrupamos en uno de los bancos. Cuando viene la camarera, le pido un Singapore Sling. Siempre que voy a un bar intento pedir la bebida más exótica de la carta. El Singapore Sling es un cóctel que lleva distintos tipos de alcohol, entre los cuales se incluye uno llamado Galliano, y se sirve con una cereza al marrasquino y una sombrillita. Peter, que se ha pedido un whisky con hielo, mira mi bebida y se ríe con sorna.

—Demasiado obvio —dice.

—¿De qué estás hablando? —le pregunto sin malicia mientras le doy un trago al cóctel a través de la pajita.

—Resulta demasiado evidente que no tienes edad para beber. Solo alguien menor de edad pediría una copa con fruta y sombrillita. Y con pajita —añade.

—Ya, pero luego puedo llevarme la sombrilla a casa. ¿Qué puedes llevarte a casa tú aparte de la resaca?

La Rata y Walt consideran que esto es bastante divertido y deciden pedir solo bebidas con sombrillita durante el resto de la noche.

Maggie, por lo general, bebe Ruso Blanco, pero esta noche pide un whisky con hielo. Eso confirma que pasa algo entre Maggie y Peter. Cuando a Maggie le gusta un chico, hace exactamente lo mismo que él. Toma la misma bebida, se pone el mismo tipo de ropa y se interesa de repente por los deportes que a él le gustan, aunque sean del todo absurdos, como el descenso en piragua. Durante el segundo año, antes de que ella y Walt empezaran a salir, a Maggie le gustaba un chico de lo más raro que hacía descensos en piragua todos los fines de semana. Ni recuerdo las horas que tuve que pasar congelándome encima de una roca, esperando a que pasara al lado en su canoa. Vale, ya sé que en realidad no era una canoa, sino un kayak, pero insistí en llamarlo canoa solo para molestar a Maggie por obligarme a congelarme el culo.

Y en un momento dado, la puerta de The Emerald se abre y por un instante todos olvidan lo que están bebiendo.

De pie junto a la camarera están Donna LaDonna y Sebastian Kydd. Donna le ha puesto la mano sobre el cuello, y cuando él levanta un par de dedos, le coloca la otra en la cara, le gira la cabeza y empieza a besarlo.

Después de unos diez segundos de ese excesivo despliegue de afecto, Maggie no lo soporta más.

—Qué asco… —exclama—. Donna es una furcia. No puedo creerlo.

—No es tan mala —asegura Peter.

—¿Y tú cómo lo sabes? —pregunta Maggie.

—La ayudé con los estudios hace un par de años. En realidad, es bastante graciosa. Y lista.

—Aun así, no debería enrollarse con un tío en medio de The Emerald.

—Pues él no parece estar oponiendo mucha resistencia —murmuro mientras le doy un sorbo a la bebida.

—¿Quién es ese chico? —quiere saber Lali.

—Sebastian Kydd —responde la Rata.

—Sé cómo se llama —protesta Lali—. Lo que quiero saber es quién es en realidad.

—Nadie lo sabe —replico—. Antes iba a un colegio privado.

Lali no consigue apartar los ojos de él. De hecho, ninguno de los presentes en el bar aparta la vista del numerito que están montando. Pero ahora me doy cuenta de que estoy harta de Sebastian Kydd y de las payasadas que hace para llamar la atención.

Chasqueo los dedos frente a la cara de Lali para que salga de su ensimismamiento.

—Vamos a bailar.

Lali y yo nos acercamos a la máquina de discos y elegimos algunas canciones. No solemos beber alcohol a menudo, así que ambas notamos el mareo típico de cuando se está un poco borracho, ese momento en el que todo parece divertido. Elijo mi canción favorita, «We Are Family», de Sister Sledge, y Lali opta por «Legs», de ZZ Top. Nos acercamos a la pista y empiezo a moverme siguiendo los pasos de un montón de bailes diferentes: el *pony*, el *electric slide*, el *bump*, el *hustle* y otros que he inventado yo misma. La música cambia y Lali y yo empezamos a realizar ese loco baile en línea que inventamos hace un par de años, durante un campeonato amistoso de natación; uno en el que hay que balancear los brazos en el aire, flexionar las rodillas y mover el culo. Cuando nos enderezamos, Sebastian Kydd también está en la pista.

Baila bastante bien, pero no esperaba otra cosa de él. Se mueve un poco con Lali y luego se vuelve hacia mí, me agarra de la mano y empieza a bailar el *hustle*. Se me da bastante bien, así que en cierto momento una de sus piernas se introduce entre las mías y empiezo a mover las caderas, ya que eso, después de todo, es parte del baile.

—¿No te conozco? —pregunta.

—Sí, en realidad, sí —respondo.

—Es cierto. Nuestras madres son amigas —añade él.

—Eran amigas —lo corrijo—. Fueron juntas a Smith.

La música termina y los dos nos vamos hacia nuestras respectivas mesas.

—¡Casi me parto de risa! —La Rata asiente con aprobación—. Deberías haber visto la expresión de Donna LaDonna cuando ha visto que bailaba contigo.

—Estaba bailando con las dos —señala Lali.

—Pero mucho más con Carrie.

—Eso es solo porque Carrie es más baja que yo —aclara Lali.

—Lo que tú digas.

—Exacto —agrego yo antes de levantarme para ir al baño.

El aseo está al final de un estrecho pasillo, al otro lado del bar. Cuando salgo, Sebastian Kydd está de pie junto a la puerta de al lado, como si esperara para entrar.

—Hola —dice. Lo suelta con un tono impostado, como si estuviera actuando en una película, pero lo cierto es que está tan bueno que no me importa.

—Hola —respondo con mucha cautela.

Sonríe. Y luego dice algo que suena absolutamente ridículo.

—¿Dónde has estado escondida durante toda mi vida?

Casi me echo a reír, pero él parece hablar en serio. Se me ocurren varias respuestas, pero al final le digo:

—Perdona, pero ¿no estabas aquí con otra persona?

—¿A qué te refieres con «estar»? Es una chica que he conocido en una fiesta.

—Pues te aseguro que a mí me parece una cita.

—Lo estamos pasando bien —añade—. Por ahora. ¿Todavía vives en la misma casa?

—Supongo que sí…

—Genial. Me pasaré por allí a verte algún día. —Y, tras eso, se aleja caminando.

Esta es una de las cosas más extrañas e intrigantes que me han sucedido nunca. Y a pesar del tufillo a peli mala que ha tenido toda la escena, lo cierto es que espero que lo haya dicho en serio.

Regreso a la mesa de lo más emocionada, pero el ambiente ha cambiado. La Rata está hablando con Lali y parece aburrida, Walt tiene una expresión taciturna y Peter agita con impaciencia los cubitos de hielo de su vaso. De pronto, Maggie decide que quiere irse.

—Supongo que eso significa que yo también me voy —comenta Walt con un suspiro.

—Te dejaré en casa a ti primero —señala Maggie—. También llevaré a Peter a casa. Vive cerca de donde yo vivo.

Nos subimos a nuestros respectivos vehículos. Me muero por contarle a Lali lo de mi encuentro con el famoso Sebastian Kydd, pero, antes de que pueda abrir la boca, Lali me suelta que «está bastante mosqueada con la Rata».

—¿Por qué?

—Por lo que ha dicho. Sobre ese tío, Sebastian Kydd. Lo de que bailaba contigo y no conmigo. ¿Es que no ha visto que estaba bailando con las dos?

Regla número cinco: muéstrate siempre de acuerdo con tus amigas, aun cuando salgas perdiendo, para que no se enfaden.

—Lo sé —le digo, aunque me detesto a mí misma—. Él bailaba con las dos.

—De todas formas, ¿por qué iba a querer bailar contigo? —pregunta Lali—. Sobre todo, estando con Donna LaDonna…

—No tengo ni idea. —Sin embargo, luego recuerdo lo que me ha dicho la Rata: ¿por qué no iba Sebastian a bailar conmigo? ¿Tan mal estoy? No lo creo. Tal vez le parezca que soy inteligente, interesante e ingeniosa. Como Elizabeth Bennet en *Orgullo y prejuicio*.

Rebusco en el bolso y encuentro uno de los cigarrillos de Maggie. Lo enciendo, retengo el humo durante un breve instante y luego lo echo por la ventana.

—¡Ja! —digo en voz alta y sin ningún motivo en particular.

# 6
## *Mala química*

He tenido novios antes y, para ser sincera, todos fueron una decepción.

No había nada terrible en esos chicos. Fue culpa mía. Soy una especie de esnob en lo que se refiere al sexo masculino.

Hasta ahora, el mayor problema de los chicos con los que he salido es que no eran demasiado inteligentes. Y, al final, acabo odiándome a mí misma por estar con ellos. Me asustaba fingir ser algo que no era. Me di cuenta de lo fácil que resultaba, y eso me hizo comprender que las demás chicas también lo hacían… lo de fingir, quiero decir. Una chica puede empezar fingiendo en el instituto y seguir así el resto de su vida, hasta que explota y sufre una crisis emocional, algo que les ha ocurrido a unas cuantas madres de por aquí. De repente, un día estallan y no vuelven a levantarse de la cama en tres años.

Pero me estoy apartando del tema. Novios. He tenido dos importantes: Sam, que era un colgado, y Doug, que estaba en el equipo de baloncesto. Sam era el que más me gustaba de los dos. Podría haber llegado a quererlo, pero sabía que no duraría mucho. Sam era guapo pero estúpido. Iba a clases de carpintería, algo que yo ni siquiera sabía que existía hasta que me regaló para San Valentín una cajita de madera que él mismo había hecho. A pesar de su falta de inteligencia (o quizá gracias a ella, por más perturbador que resulte), cuando estaba con él me parecía tan atractivo que me daba vueltas la cabeza. Iba a su casa después de clase y nos quedábamos en el sótano con sus hermanos, escuchando *Dark Side of the Moon*, de Pink Floyd, mientras se pasaban una pipa de agua. Luego Sam y yo subíamos a su habitación y nos enrollábamos durante horas. La mitad del tiempo tenía la impresión de que no debería estar allí, de que estaba desperdiciando un tiempo precioso con una actividad que no me conduciría a nada (en otras palabras, que no utilizaba mi tiempo de manera «constructiva», como diría mi padre). Sin embargo, me sentía tan bien que no podía dejarlo. Puede que mi mente me dijera que me levantara, me fuera a casa, estudiara, escribiera historias y viviera la vida, pero mi cuerpo era como una criatura marina sin huesos, incapaz de moverse en tierra. Ni siquiera recuerdo haber mantenido una conversación con Sam. No hacíamos más que tocarnos y besarnos en una burbuja de tiempo que parecía no tener conexión alguna con la vida real.

Más tarde, mi padre nos llevó a mis hermanas y a mí de excursión cultural por Alaska durante dos semanas, y allí conocí a Ryan, que era alto y delicado como la madera pulida. Ryan iba a ir a la universidad de Duke, y yo me enamoré de él. Cuando regresé a Castlebury, apenas soportaba mirar a Sam. Él no dejaba de preguntarme si había conocido a otra persona. Fui una cobarde y le dije que no, sobre todo porque Ryan vivía en Colorado y sabía que no volvería a verlo. Con todo, Ryan había hecho estallar la burbuja de Sam y la había convertido en un pequeño charco de jabón líquido. Al fin y al cabo, de eso están hechas las burbujas: de aire y un poco de jabón. Se acabaron las maravillas de la buena química, del buen rollo.

Con mala química, sin embargo, ni siquiera consigues una burbuja. ¿Doug y yo? Mala química.

Doug era un año mayor, un estudiante de último año cuando yo iba a tercero. Era uno de los deportistas, un jugador del equipo de baloncesto, amigo de Tommy Brewster, Donna LaDonna y el resto de la tropa VIP. Doug no era muy listo. Tampoco era tan guapo como para que hubiera un montón de chicas detrás de él, pero era bastante atractivo. Lo único malo de él eran los granos. No tenía muchos, solo un par de ellos que siempre parecían estar en el máximo apogeo de su ciclo vital. Pero yo sabía que tampoco era perfecta. Si quería tener novio, tendría que pasar por alto los pequeños defectos.

Nos presentó Jen P. y, como era de esperar, a finales de semana él se acercó a mi taquilla y me preguntó si quería ir al baile.

Eso estuvo bien. Doug vino a recogerme en el pequeño coche blanco de su madre. Pude hacerme una idea de cómo era su madre viendo el coche: una mujer nerviosa con la piel pálida y la melena rizada apretada de quien su hijo se avergonzaba. Me deprimió bastante, pero me dije a mí misma que debía vivir la experiencia hasta el final. En el baile, estuve con las dos Jen, con Donna LaDonna y con otras chicas mayores. Todas permanecían de pie con una pierna a un lado, así que yo hice lo mismo y fingí que no me sentía intimidada.

—Hay unas vistas preciosas desde la parte superior de la calle Mott —dijo Doug después del baile.

—¿Ese lugar no está al lado de la casa encantada?

—¿Crees en fantasmas?

—Claro. ¿Tú no?

—No —dijo él—. Ni siquiera creo en Dios. Eso son cosas de chicas.

Juré que me parecería menos a las chicas.

Había unas buenas vistas desde la parte superior de la calle Mott. Se veía todo, desde los manzanares hasta las luces de Hartford. Doug dejó la radio encendida y luego colocó la mano bajo mi barbilla, me volvió la cabeza y me besó.

No fue horrible, pero tampoco hubo pasión. Me quedé sorprendida cuando me dijo:

—Se te da bien besar. Supongo que has practicado mucho.

—No. Casi nada.

—¿En serio? —preguntó.

—En serio —respondí.

—Porque no quiero salir con una chica que haya salido con todos los tíos…

—No he estado con nadie. —Pensé que estaba loco. ¿Es que no sabía nada sobre mí?

Había más coches aparcados a nuestro alrededor, y seguimos enrollándonos. La noche empezaba a resultarme deprimente. Así que eso era, ¿no? Así era salir con alguien VIP. Sentarse en un coche rodeado de otros coches en los que todo el mundo se enrollaba y ver hasta dónde se podía llegar, como si fuera una especie de requisito. Empecé a preguntarme si los demás lo disfrutaban tan poco como yo.

Con todo, asistía a los partidos de baloncesto de Doug e iba a su casa después de clase, aunque había cosas que me apetecían mucho más, como leer novelas románticas. Su casa era tan espantosa como la había imaginado: un lugar diminuto en una calle diminuta (Maple

Lane), que podría haber estado en Ciudad Cualquiera, Estados Unidos. Supongo que si hubiera estado enamorada de Doug eso no me habría importado. No obstante, si hubiera estado enamorada de Doug habría sido incluso peor, porque habría mirado a mi alrededor y me habría dado cuenta de que así sería mi vida, y en ese momento se habría hecho pedazos mi sueño.

Sin embargo, en lugar de decir: «Doug, no quiero verte más», me rebelé.

Ocurrió después de otro baile. Casi había dejado que Doug llegara a la tercera base, así que él supuso que era el momento de meterme en cintura. El plan era quedarnos en el coche con otra pareja: Donna LaDonna y un tío llamado Roy, que era el capitán del equipo de baloncesto. Ellos estaban en el asiento delantero. Nosotros, en el trasero. Íbamos a un sitio en el que nunca nos pillarían, un lugar en el que nadie nos encontraría: un cementerio.

—Espero que no sigas creyendo en fantasmas —dijo Doug antes de darme un apretón en la pierna—. De lo contrario, pensarás que nos están observando.

No respondí. Estaba estudiando el perfil de Donna LaDonna. Su cabello era como un remolino de algodón de azúcar blanco. Pensé que se parecía a Marilyn Monroe. Deseé parecerme también a Marilyn Monroe. Marilyn, supuse yo, sabría qué hacer.

Cuando Doug se bajó la cremallera de los pantalones e intentó agacharme la cabeza, tuve suficiente. Salí del coche. La única palabra que me venía a la cabeza una y otra vez era «farsa». Todo aquello era una farsa. Resumía todo lo que estaba mal entre ambos sexos.

Estaba demasiado enfadada para tener miedo. Empecé a caminar por el pequeño sendero que serpenteaba entre las lápidas. Tal vez creyera en fantasmas, pero no me asustaban. Era la gente la que daba problemas. ¿Por qué no podía ser como cualquier otra chica y darle a Doug lo que quería? Me imaginé a mí misma como una figurita de plastilina, y luego una mano que bajaba y me estrujaba hasta que la plastilina salía a borbotones entre los dedos.

Para distraerme, empecé a contemplar las lápidas. Las tumbas eran bastante antiguas; algunas tenían más de cien años. Comencé a buscar un tipo en particular. Resultaba un poco macabro, pero mi estado de ánimo también lo era. Tal como cabía esperar, encontré una: «Jebediah Wilton. Muerto a los 4 meses. 1888». Me dio por pensar en la madre de Jebediah y en el dolor que debió de sentir al enterrar a su bebé. Imaginé que sería mucho más doloroso que dar a luz. Me puse de rodillas y me cubrí la boca antes de gritar.

Supongo que Doug creyó que regresaría enseguida, porque no se molestó en buscarme hasta un buen rato después. Detuvo el coche y abrió la puerta.

—Sube —dijo Doug.

—No.

—Zorra —dijo Roy.

—Sube al coche —me ordenó Donna LaDonna—. Termina ya con esta escenita. ¿Es que quieres que venga la poli o qué?

Me subí al coche.

—¿Ves? —le dijo Donna LaDonna a Doug—. Te dije que no lo haría.

—No pienso acostarme con alguien solamente para impresionarte —aseguré yo.

—Vaya… —dijo Roy—. Sí que es una zorra…

—No soy una zorra —señalé—. Solo una mujer que tiene cerebro.

—¿Ahora eres una mujer? —preguntó Doug con una sonrisa desdeñosa—. No me vengas con esas…

Sabía que eso habría debido avergonzarme, pero me aliviaba tanto que se hubiera terminado que no pude enfadarme. Estaba claro que Doug no volvería a pedirme que saliera con él.

No obstante, lo hizo. Lo primero que me encontré el lunes por la mañana fue a Doug de pie junto a mi taquilla.

—Necesito hablar contigo —me dijo.

—Pues habla.

—Ahora no. Luego.

—Estoy ocupada.

—Eres una mojigata —dijo con desprecio—. Una frígida. —Al ver que yo no respondía, añadió con un tono escalofriante—: De acuerdo. Ya sé cuál es tu problema. Ahora lo entiendo.

—Genial —repliqué.

—Me pasaré por tu casa después de clase.

—No lo hagas.

—No hace falta que me digas lo que debo hacer —me advirtió mientras hacía girar una pelota de baloncesto imaginaria sobre su dedo índice—. No eres mi madre. —Lanzó la pelota imaginaria hacia un aro invisible y se marchó.

Doug se pasó por mi casa esa tarde. Levanté la mirada de mi máquina de escribir y vi su patético coche blanco en el camino de entrada, como un ratón que se aproxima con cautela a un trozo de queso.

Del piano salió un acorde desafinado de Stravinski y luego oí los suaves pasos de Missy bajando las escaleras.

—¿Carrie? —me llamó desde abajo—. Aquí hay alguien que ha venido a verte.

—Dile que no estoy.

—Es Doug…

—Vamos a dar una vuelta en coche —dijo Doug.

—No puedo —dije—. Estoy ocupada.

—Escucha… —añadió él—. No puedes hacerme esto. —Estaba suplicando, y comencé a sentir lástima por él—. Me lo debes —susurró—. No es más que un paseo en coche…

—De acuerdo —accedí. Supuse que tal vez se lo debiera por haberlo humillado delante de sus amigos—. Mira —le dije cuando nos subimos al coche y empezamos a avanzar hacia su casa—. Siento mucho lo de la otra noche. Lo que pasa es que…

—Lo sé. No estás preparada —dijo Doug—. Lo entiendo. Con todo lo que has pasado…

—No, no se trata de eso. —Sabía que no tenía nada que ver con la muerte de mi madre. Sin embargo, no me atrevía a decirle a Doug la verdad: que mi reticencia se debía a que no lo encontraba atractivo en absoluto.

—No pasa nada —dijo—. Te perdono. Voy a darte la oportunidad de compensarme.

—¡Ja! —exclamé con la esperanza de que estuviera bromeando.

Doug pasó de largo su casa y siguió avanzando hacia el camino de tierra que conducía al río. Entre su triste casita y el río había kilómetros y kilómetros de marismas, desiertas en noviembre. Empecé a asustarme.

—Doug, para.

—¿Por qué? —preguntó él—. Tenemos que hablar.

En ese momento supe por qué los chicos odian esa frase: «Tenemos que hablar». Me provocó una sensación de hastío y ganas de vomitar.

—¿Adónde vamos? Por ahí no hay nada.

—Está el Árbol Arma —dijo.

El Árbol Arma estaba mucho más abajo, junto al río; se llamaba así porque un rayo le había arrancado las ramas y le había dado forma de pistola. Comencé a evaluar mis posibilidades de huida. Si llegábamos hasta el río, podría saltar del coche y correr por el estrecho sendero que se perdía entre los árboles. Doug no podría seguirme por allí con el coche, pero estaba claro que me alcanzaría corriendo. ¿Y qué haría después? ¿Violarme? Podría violarme y matarme después. No quería perder mi virginidad con Doug Haskell, por el amor de Dios, y menos de esa forma. Decidí que tendría que matarme primero.

Aunque tal vez solo quisiera hablar.

—Escucha, Doug, siento lo de la otra noche…

—¿Lo sientes?

—Por supuesto. Pero no quería acostarme contigo habiendo otras personas en el coche. Eso es asqueroso.

Estábamos a casi un kilómetro de la civilización.

—Ya… Bueno, supongo que eso puedo entenderlo. Pero Roy es el capitán del equipo de baloncesto y…

—Roy es repugnante. De verdad, Doug. Tú eres mucho mejor que él. Ese tío es un capullo.

—Es uno de mis mejores colegas.

—Tú deberías ser el capitán del equipo de baloncesto. Eres más alto y más guapo. Y más listo. Si quieres saber mi opinión, Roy se está aprovechando de ti.

—¿Tú crees? —Apartó la vista de la carretera para mirarme. Cada vez había más baches, ya que era un camino más adecuado para tractores que para coches, así que Doug tuvo que reducir la velocidad.

—Pues claro —dije con soltura—. Todo el mundo lo sabe. Todo el mundo dice que eres mejor jugador que Roy...

—Es cierto.

—Y... —Eché un vistazo al velocímetro. Treinta kilómetros la hora. El coche se sacudía como un viejo toro salvaje. Si quería escapar, tenía que hacerlo en ese momento—. Y tengo que irme a casa ya, Doug. —Bajé la ventanilla. Una gélida ráfaga de viento azotó mi cara como si fuera una bofetada—. El coche está lleno de barro. Tu madre te matará.

—Mi madre ni siquiera se dará cuenta.

—Venga, Doug. Para el coche.

—Iremos al Árbol Arma. Luego te llevaré a casa. —Pero no parecía muy seguro de esto último.

—Voy a salir. —Agarré la manija de la puerta.

Doug intentó apartarme la mano y el coche se salió del camino y chocó contra una pila de mazorcas de maíz secas.

—Por Dios, Carrie. ¿Por qué demonios has hecho eso?

Salimos del coche para inspeccionar los daños. No había demasiados. Paja atrapada en el parachoques, más que nada.

—Si tú no hubieras... —empecé a decir, con el alivio y la rabia atascados en la garganta—. El mero hecho de que quisieras demostrar a tus estúpidos amigos que no eres un fracasado...

Él me fulmino con la mirada. Su aliento formaba nubes de vapor en el aire que lo envolvían como una misteriosa niebla.

Luego le dio un puñetazo al techo del coche.

—No te habría follado ni aunque me hubieses pagado por ello —gritó antes de hacer una pausa para tomar aliento—. Tienes suerte… tienes suerte de que considerara siquiera la idea de acostarme contigo. Tienes suerte de que quisiera salir contigo en primer lugar. Fue solo porque sentía lástima por ti.

¿Qué otra cosa podía decir?

—Vale. En ese caso, deberías alegrarte.

—Oh, te aseguro que estoy muy alegre. —Le dio una buena patada al neumático delantero—. Estoy dando saltos de alegría.

Me di la vuelta y empecé a retroceder por la carretera. Mi espalda era un manojo de nervios. Cuando estuve a unos quince metros de distancia, empecé a silbar. A los treinta metros, oí el ruido del motor del coche, pero seguí andando. Al final, pasó a mi lado mirando hacia delante, como si yo no existiera. Cogí una brizna de hierba seca y la hice pedazos entre los dedos. Luego observé cómo los trocitos se alejaban flotando.

Le conté toda esta historia a la Rata y a Maggie. Incluso se la conté a Walt. La conté una y otra vez, pero hice que pareciera divertida. La convertí en algo tan divertido que la Rata no podía parar de reírse. Las risas siempre consiguen alejar las penas.

## 7

## *Pintando la mona*

—C arrie, no lograrás librarte de esta con un comentario ingenioso —dice la señora Givens mientras señala el bote de pintura.

—No tenía pensado hacer ningún comentario ingenioso —insisto, como si fuera completamente inocente.

Tengo un problema con la autoridad. De verdad. Me quedo hecha polvo. Me convierto en auténtica gelatina cuando debo enfrentarme a algún adulto.

—¿Qué pensabas hacer con la pintura, entonces? —La señora Givens es una de esas señoras de mediana edad a las que no se puede mirar sin pensar: «Si alguna vez llego a convertirme en alguien como ella, pégame un tiro». Se carda el pelo hasta convertirlo en una mata seca que parece a punto de incendiarse en cualquier momento. De pronto me imagino a la señora Givens con la cabeza en llamas corriendo por los pasillos del instituto, y casi me da la risa.

—¿Carrie? —me llama.

—La pintura es para mi padre… para uno de sus proyectos.

—Esto no es propio de ti, Carrie. Nunca te habías metido en problemas antes.

—Se lo prometo, señora Givens. Esto no es nada.

—Muy bien. Puedes dejarme la pintura aquí y recogerla después de clase.

—Givens me ha confiscado el bote de pintura —le susurro a la Rata cuando entramos en clase de cálculo.

—¿Cómo lo ha encontrado?

—Me ha pillado cuando intentaba guardarlo en la taquilla.

—Mierda… —dice la Rata.

—Ya te digo. Tendremos que recurrir al plan B.

—¿Cuál es el plan B?

—Hay que entrar en acción —le explico—. Ya pensaré en algo.

Me siento y miro por la ventana. Estamos en octubre. La época idónea para encontrar una hoja roja perfecta y plancharla entre dos trozos de papel encerado. O para introducir clavos en una manzana crujiente mientras el jugo se desliza entre tus dedos. O para vaciar el viscoso contenido de una calabaza y tostar las semillas hasta que estén a punto de explotar. Pero, sobre todo, es el momento idóneo para pintar el año de nuestra graduación en el instituto en el tejado del granero. Siempre son los chicos los que se encargan de eso. Pero la Rata y yo decidimos que este año lo haríamos nosotras. ¿Por qué los chicos siempre se encargan de todo lo divertido? Lali también quiso unirse al grupo. Ella traería la escalera, y la Rata y yo nos encargaríamos de la pintada. Más tarde, Maggie dijo que también iba a participar. Maggie resulta bastante inútil en este tipo de situaciones, pero se me ocurrió que podría ocuparse de las bebidas y el tabaco. Y luego Maggie se lo contó todo a Peter. Le advertí expresamente que no le dijera nada, pero me replicó que no podía hacer algo así, y ahora Peter está entusiasmado, aunque asegura que no tomará parte en el acto en sí. En lugar de eso, planea quedarse allí para dirigirnos.

Después de cálculo, me dirijo al granero para echar una ojeada a la estructura. Tiene al menos cien años, y, aunque parece bastante firme, el tejado es más alto e inclinado de lo que yo pensaba. Pero si nos acobardamos, es probable que los chicos lo hagan la semana que viene, y no quiero que eso ocurra. Se acabó lo de desperdiciar las oportunidades. Quiero dejar una especie de impronta en el Instituto Castlebury para que cuando sea vieja pueda decir: «Lo hice. Pinté el año de nuestra graduación en el viejo granero». De un tiempo a esta parte, no le tengo tanta manía al instituto como solía, y he estado de bastante buen humor. Hoy llevo puesto un peto, unas zapatillas Converse y una camiseta de cuadros rojos y blancos que compré en una tienda retro para la ocasión. También me he hecho dos trenzas, y llevo una cinta de cuero alrededor de la cabeza.

Estoy aquí de pie, mirando el tejado, cuando de repente me siento inundada por una misteriosa felicidad y empiezo a realizar mi mejor imitación de John Belushi en *Desmadre a la americana*. Doy una vuelta completa al granero y, al llegar al lugar de inicio, veo que Sebastian Kydd está allí mirándome con curiosidad mientras saca un cigarrillo de su paquete de Marlboro.

—¿Te diviertes? —pregunta.

—Desde luego —respondo. Debería sentirme abochornada, pero no lo estoy. Odio esa estúpida norma según la cual las chicas deben avergonzarse por todo, por lo que hace mucho tiempo decidí que no lo haría—. ¿Y tú? ¿Lo pasas bien?

—Relativamente.

Estoy segura de que se está divirtiendo, pero no conmigo. Después de esa noche en The Emerald... nada. No me ha llamado, ni se ha pasado por casa... Lo único que he conseguido de él es que me mire con perplejidad cuando me ve en clase de cálculo, en los pasillos o en el granero.

Me digo a mí misma que no pasa nada; de todas formas, no necesito tener novio... Pero eso no evita que mi mente siga sus propios derroteros cada vez que él está cerca. Es casi tan malo como tener doce años... peor aún, porque me recuerda que a estas alturas ya debería haber espabilado un poco.

Echo un vistazo a Sebastian pensando que es una suerte que no pueda leerme los pensamientos, pero él ya no me presta atención. Contempla por encima de mi hombro a las dos Jen, que ascienden con mucho cuidado por la colina con sus tacones altos, como si nunca hubieran caminado sobre la hierba. Su aparición no resulta sorprendente. Las dos Jen siempre siguen a Sebastian a todas partes, como dos pequeños y alegres remolques.

—Anda... —comento—. Ya está aquí tu club de fans.

Él me mira con expresión interrogante, pero no dice nada. En mis fantasías, Sebastian es una persona perspicaz e inteligente. Pero lo cierto es que en realidad no sé nada de él.

Lali viene a buscarme en la camioneta esa noche a las nueve en punto. Llevamos jerséis negros de cuello vuelto, pantalones de ese mismo color y zapatillas de deporte. Hay una luna llena espectacular. Lali me pasa una cerveza, yo pongo la radio y empezamos a cantar a gritos. Estoy segura de que esto va a ser lo mejor que hemos hecho en nuestra vida. Estoy segura de que este va a ser el auténtico «momento del último año»... Un momento para recordar.

—¡Que te jodan, Cynthia Viande! —grito sin ningún motivo aparente.

—¡Que te jodan, Instituto Castlebury! —exclama Lali—. ¡Que se jodan los VIP también!

Llegamos al camino de acceso del instituto a casi ciento treinta kilómetros la hora y nos adentramos directamente en el césped. Intentamos subir colina arriba, pero la camioneta se queda atascada, así que decidimos dejar el coche en un oscuro rincón del aparcamiento. Mientras nos afanamos en sacar la escalera de la parte trasera, oigo el revelador ronroneo de un motor de ocho cilindros en V y, cómo no, Sebastian Kydd aparca exactamente a nuestro lado.

¿Qué demonios está haciendo aquí?

Baja la ventanilla.

—¿Necesitáis ayuda, chicas?

—No.

—Sí —dice Lali. Me dirige una de esas miradas que significan: «Cállate». Y yo se la devuelvo.

Sebastian sale del coche. Es como una pantera que acaba de despertarse de la siesta. Incluso bosteza.

—¿Una noche floja?

—Podría decirse así —dice Lali.

—Podrías mover el culo y ayudarnos, ya que al parecer no piensas marcharte —añado.

—¿Podemos confiar en ti? —pregunta Lali.

—Depende de lo que queráis confiarme —responde él.

Al final, llevamos la escalera hasta el granero, y es entonces cuando aparece la Rata con la pintura y una enorme brocha. Dos gigantescas luces cónicas se mueven en el aparcamiento, lo que indica que Maggie ya ha llegado en su Cadillac. Maggie asegura que no puede estar pendiente de las luces largas y las cortas, así que por lo general deja ciegos a sus colegas los motoristas. Aparca el coche y asciende por la colina con Walt y Peter pisándole los talones. Peter se ocupa de examinar la pintura.

—¿Roja? —pregunta, y luego, como si no lo hubiéramos oído la primera vez, repite—: ¿Roja?

—¿Qué tiene de malo el rojo?

—No es el color que se utiliza tradicionalmente en Castlebury para esto. Debería ser azul.

—Queríamos que fuese roja —señalo—. Quien hace la pintada, elige el color.

—Pero no es el color correcto —insiste Peter—. Durante el resto del curso, cuando mire por la ventana, veré el año de nuestra graduación pintado en rojo y no en azul.

—¿Y qué más da? —pregunta Sebastian.

—El rojo es una provocación. Es mandar a la mierda la tradición —dice Walt—. Pero, bueno, ¿no es esa la intención?

—Tienes razón, hermano. —Sebastian asiente.

Maggie se rodea el pecho con los brazos.

—Estoy asustada.

—Fúmate un cigarrillo —replica Walt—. Eso calmará tus nervios.

—¿Quién tiene las bebidas? —pregunta Lali. Alguien le pasa una botella de whisky. Ella da un trago y se limpia la boca con la manga.

—Vale, Bradley. Subamos a ese tejado —dice la Rata.

Al unísono, echamos la cabeza hacia atrás y alzamos la vista hacia lo alto. La luna anaranjada se ha escondido tras el tejado, que proyecta una sombra negra y rectangular. Bajo esa luz escalofriante, nuestra meta parece tan alta como el Everest.

—¿Vais a subir ahí? —pregunta Sebastian atónito.

—A Bradley se le daba muy bien la gimnasia —dice la Rata—. Muy, pero que muy bien. Hasta que cumplió los doce años, al menos. ¿Recuerdas cuando diste aquel salto en la barra de equilibrios y aterrizaste de c…?

—Preferiría no hacerlo —replico antes de echarle una miradita de soslayo a Sebastian.

—Yo subiría también, pero me dan miedo las alturas —explica Lali. Las alturas, de hecho, son lo único a lo que admite tenerle miedo, probablemente porque cree que eso la convierte en una persona más interesante—. Cada vez que cruzo el puente hacia Hartford tengo que tumbarme en el suelo para no marearme.

—¿Y si eres tú la que conduce? —pregunta la Rata.

—En ese caso, se detiene en medio del tráfico y se sienta allí temblando hasta que llega la policía y se lleva su coche —respondo. Me parece una posibilidad de lo más divertida.

Lali me mira con rabia.

—Eso no es cierto. Si conduzco yo es diferente.

—Claro, claro… —añade Walt.

Maggie da un buen trago de whisky.

—Quizá deberíamos irnos a The Emerald. Me está entrando frío.

De eso nada… No después de todo este esfuerzo.

—Vete a The Emerald si quieres, Mags. Yo pienso acabar esto —le digo con la esperanza de parecer convencida.

Peter le frota los hombros a Maggie, un gesto que a Walt no le pasa desapercibido.

—Nos quedaremos. Iremos a The Emerald más tarde.

—Está bien —dice la Rata con tono mordaz—. El que no quiera estar aquí debería marcharse ya. Los que quieran quedarse, que se callen de una vez.

—Yo me quedo —dice Walt, que enciende un cigarrillo—. Y no pienso callarme.

El plan es sencillo: Lali y Peter sujetarán la escalera mientras yo subo. Una vez que esté arriba, Sebastian subirá con el bote de pintura. Coloco la mano sobre uno de los peldaños. El metal acanalado está bastante frío. Mira hacia arriba, me recuerdo a mí misma. El futuro está ante ti. No mires abajo. Nunca mires atrás. Nunca dejes que te vean sudar.

—Venga, Carrie.

—Puedes hacerlo.

—Ha llegado arriba. Ay, madre mía… ¡Está en el tejado! —Esa es Maggie.

—¿Carrie? —dice Sebastian—. Estoy justo detrás de ti.

La luna llena se ha convertido en una brillante esfera blanca rodeada por un millón de estrellas.

—¡Aquí arriba todo es precioso! —grito—. Deberíais echar una ojeada.

Me incorporo poco a poco y doy unos cuantos pasos para probar mi equilibrio. No es tan difícil. Me recuerdo a mí misma que todos los chicos han hecho esto en el pasado. Sebastian se encuentra en el extremo superior de la escalera con la pintura. Con el bote en una mano y la brocha en la otra, comienzo a avanzar hacia un lado del tejado.

Empiezo a pintar mientras el grupo de abajo entona una especie de cántico.

—Uno... Nueve... Ocho...

—MIL NOVECIENTOS OCHENTA Y...

Y justo cuando estoy a punto de pintar el último número, me resbalo.

El bote sale disparado de mi mano, rebota una vez y rueda por el tejado, dejando un impresionante rastro de pintura a su paso. Oigo un golpe sordo cuando cae sobre la hierba. Luego... nada.

—¿Carrie? —pregunta la Rata vacilante—. ¿Te encuentras bien?

—Estoy bien.

—¡No te muevas! —grita Peter.

—No me muevo.

Y es cierto. No me estoy moviendo. Pero luego, con agonizante lentitud, empiezo a resbalarme. Intento clavar la punta del pie en las tablillas que hay entre las tejas para detenerme, pero mi zapatilla resbala sobre la mancha de pintura roja. Me aseguro a mí misma que no voy a morir. No ha llegado mi hora. Si fuera a morir, lo sabría, ¿verdad? Una parte de mi cerebro es consciente de las raspaduras de mi piel, pero todavía no siento dolor. Me imagino con una escayola que me cubre de la cabeza a los pies, pero en ese momento una mano firme sujeta mi muñeca y tira de mí hacia arriba. Veo que, por detrás de mí, el extremo de la escalera se aparta del borde, y se oye un fuerte estrépito cuando cae sobre los arbustos.

Todo el mundo está gritando.

—Estamos bien, ¿vale? Estamos bien. No hay heridos —grita Sebastian, y en ese momento empieza a oírse el ruido de la sirena de un coche de policía.

—Ya puedo despedirme de Harvard —dice Peter.

—Esconde la escalera en el granero —ordena Lali—. Si la poli nos pregunta, diremos que hemos venido aquí a fumarnos unos cigarrillos.

—Maggie, dame la botella —dice Walt. Se oye un ruido de cristales rotos cuando arroja la botella al granero.

Sebastian tira de mi brazo.

—Tenemos que llegar al otro lado.

—¿Por qué?

—No preguntes. Solo hazlo —me ordena mientras caminamos por el tejado—. Túmbate de espaldas con las rodillas flexionadas.

—Pero desde aquí no veo lo que pasa… —protesto.

—Te haré un informe. No te muevas y no digas ni una palabra, y reza para que los polis no nos descubran.

Mi respiración es tan fuerte como el ruido de un tambor.

—Hola, agentes —dice Walt cuando se acerca la policía.

—¿Qué estáis tramando, chicos?

—Nada, solo fumábamos unos cigarrillos —dice Peter.

—¿Habéis estado bebiendo?

—No —responden a coro.

Se produce un silencio seguido del sonido de unos pasos sobre la hierba mojada.

—¿Qué demonios es esto? —pregunta uno de los polis. La luz de su linterna se eleva hacia el tejado y se pierde en el cielo—. Chicos, ¿habéis pintado el granero? Eso es un delito. Una invasión de la propiedad privada.

—Hola, Marone —le dice Lali a uno de los polis—. Soy yo.

—Vaya… —dice Marone—. Lali Kandesie. Oye, Jack, es Lali, la hija de Ed.

—¿Quieres que echemos un vistazo por los alrededores? —pregunta Jack con cautela ahora que sabe que está delante de la hija de su jefe.

—No. Me parece que todo está en orden —contesta Marone.

Jack suelta un resoplido.

—Está bien, chicos. Se acabó la fiesta. Nos aseguraremos de que subís a vuestros coches y llegáis a casa sanos y salvos. —Y, tras eso, todos se marchan.

Sebastian y yo nos quedamos tumbados en el tejado. Alzo la vista hacia las estrellas, muy consciente de que su cuerpo se encuentra a escasos centímetros del mío. Si esto no es romántico, no sé qué puede serlo.

Sebastian se asoma por el borde.

—Creo que se han ido.

De repente nos miramos el uno al otro y nos echamos a reír. La risa de Sebastian (nunca había oído nada parecido) es ronca, profunda y ligeramente dulce, como una fruta madura. Imagino que el sabor de su boca también será algo afrutado, aunque también ácido, con un toque de nicotina. En cualquier caso, las bocas de los chicos nunca son como crees que van a ser. Algunas veces están agarrotadas y los dientes son afilados, y otras son suaves, como cuevas llenas de almohadones.

—Bueno, Carrie Bradshaw —me dice—, ¿cuál es tu gran plan ahora?

Me llevo las rodillas al pecho.

—No tengo ningún plan.

—¿Tú? ¿Sin un plan? Será la primera vez.

¿En serio? ¿Eso es lo que piensa de mí? ¿Que soy una especie de bicho raro que siempre planea las cosas? Siempre me he considerado bastante espontánea.

—No siempre tengo un plan.

—Pues parece que siempre sabes a donde vas.

—¿De verdad?

—Desde luego. Yo apenas puedo seguirte.

¿Qué significa eso? ¿Esto es un sueño o qué? ¿De verdad estoy manteniendo esta conversación con Sebastian Kydd?

—Siempre puedes llamarme.

—Ya lo he hecho. Pero tu teléfono siempre comunica. Esta noche iba a pasarme por tu casa, pero, cuando vi que te subías a la camioneta de Lali, te seguí. Supuse que estarías tramando algo interesante. —¿Está diciendo que le gusto?—. Sin duda, eres todo un personaje.

¿Un personaje? ¿Eso es bueno o malo? ¿Qué clase de chico se enamora de un personaje?

—Supongo que puedo ser... divertida, a veces.

—Eres muy divertida. Y muy interesante. Eso es bueno. La mayoría de las chicas son un rollo.

—¿En serio?

—Venga, Carrie. Tú eres una chica. Deberías saberlo.

—Yo creo que las chicas son bastante interesantes. Quiero decir que son mucho más interesantes que los chicos. Los chicos sí que son un rollo.

—¿Yo soy aburrido?

—¿Tú? Tú no eres aburrido en absoluto. Solo quería decir...

—Lo sé. —Se acerca un poco más—. ¿Tienes frío?

—Estoy bien.

Se quita la chaqueta. Cuando me la pongo, se fija en mis manos.

—Madre mía —dice—, eso debe de doler bastante.

—Duele… un poco. —Me escuecen muchísimo los arañazos de las palmas—. Aunque no es lo peor que me ha ocurrido. Una vez me caí de la parte trasera de la camioneta de los Kandesie y me rompí la clavícula. No me enteré de que la tenía rota hasta el día siguiente. Lali me obligó a ir al médico.

—Lali es tu mejor amiga, ¿eh?

—Pues sí. Ha sido mi mejor amiga desde que teníamos diez años. Oye… —Me quedo callada un momento antes de hacerle la pregunta—: ¿Quién es tu mejor amigo?

—No tengo ningún mejor amigo —responde mientras contempla los árboles.

—Supongo que los chicos son así —replico, como si pensara en voz alta. Me miro las manos—. ¿Crees que conseguiremos bajar de este tejado?

—¿Quieres bajar de este tejado?

—No.

—Pues no pienses en ello. Al final, alguien vendrá a buscarnos. Lali, tal vez, o tu amiga la Rata. Esa tía es guay.

—Sí. —Asiento—. Tiene toda su vida planeada. Ha solicitado un ingreso anticipado en Yale. Y, sin duda, se lo concederán.

—Eso debe de ser genial —comenta él con un toque de amargura.

—¿Te preocupa tu futuro?

—¿No le preocupa a todo el mundo?

—Supongo que sí… Pero creí… no sé. Creí que irías a Harvard o algo así. ¿No estabas en un colegio privado?

—Lo estaba. Pero me di cuenta de que no quería ir a Harvard.

—¿Cómo es posible que alguien no quiera ir a Harvard?

—Porque es una gilipollez. Vas a Harvard. Luego hay que hacer un máster en derecho. O en empresariales. Después vendrá lo del traje y trabajar para una gran corporación. Coger el interurbano todos los días hasta Nueva York. Y luego alguna chica me obligará a casarme con ella y, antes de que me dé cuenta, tendré hijos y una hipoteca. Se acabó el juego.

—Puf… —No es exactamente lo que una chica desea oírle decir a un chico, pero gana muchos puntos por ser sincero—. Sé lo que quieres decir. Siempre he dicho que nunca me casaré. Es muy poco original.

—Cambiarás de opinión. Todas las mujeres lo hacen.

—Yo no. Yo seré escritora.

—Tienes pinta de escritora —dice él.

—¿En serio?

—Claro. Da la impresión de que siempre hay algo que te ronda la cabeza.

—¿Tan transparente soy?

—Un poco, sí. —Se inclina hacia delante y me besa.

Y de repente mi vida se divide en dos: en un antes y un después.

## 8

## Los misterios del amor

—Cuéntame exactamente lo que te dijo.

—Dijo que yo era interesante. Y todo un personaje.

—¿Dijo que le gustabas?

—Creo que más bien le gustaba la idea que él se ha hecho de mí.

—Que te guste la idea que tienes de alguien, es distinto a que te guste esa persona de verdad —dice Maggie.

—Creo que si un chico dice que eres interesante y todo un personaje significa que le pareces especial —argumenta la Rata.

—Pero eso no quiere decir que quiera estar contigo. Puede que piense que eres especial… y rara —dice Maggie.

—Bueno, ¿qué ocurrió cuando nos marchamos? —pregunta la Rata, pasando por alto el comentario de la otra.

—Lali vino a rescatarnos. Él se fue a casa. Dijo que ya había tenido suficientes emociones por esa noche.

—¿Te ha dicho algo desde entonces? —pregunta Maggie.

Me rasco un picor imaginario.

—No, pero da igual.

—Te llamará —asegura la Rata con confianza.

—Por supuesto que llamará. Tiene que llamarte —dice Maggie, quizá con demasiado entusiasmo.

Han pasado cuatro días desde el incidente de la pintura en el granero, y estamos diseccionando lo ocurrido por enésima vez. Al parecer, la Rata y Walt volvieron después de que Lali nos rescatara, y, al ver que habíamos desaparecido junto con la escalera, se figuraron que estábamos bien. El lunes, cuando aparecimos en el instituto, no podíamos dejar de reírnos. Cada vez que uno de nosotros miraba por la ventana y veía «198» y esa enorme mancha roja, nos partíamos de risa. Cynthia Viande hizo referencia al incidente y dijo que el vandalismo contra la propiedad privada no quedaría impune, y que los perpetradores, si eran descubiertos, serían llevados a juicio.

Todos nos reímos por lo bajo.

Todos salvo Peter.

—¿De verdad los polis pueden llegar a ser tan estúpidos? —pregunta una y otra vez—. Porque estábamos allí. Y ellos nos vieron.

—¿Y qué es lo que vieron? ¿A unos cuantos chicos cerca de un viejo granero?

—Ese tal Peter... madre mía... —me dice Lali más tarde—. Es un paranoico. ¿Qué diablos estaba haciendo allí, para empezar?

—Creo que le gusta Maggie.

—Pero Maggie está con Walt...

—Lo sé.

—¿Es que ahora tiene dos novios? ¿Cómo es posible tener dos novios?

—Oye —dice Peter más tarde, cuando se acerca a mí en el pasillo—. No tengo muy claro si podemos confiar en Sebastian o no. ¿Y si nos delata?

—No te preocupes. Él sería la última persona que nos delataría.

Cuando oigo el nombre de Sebastian siento un vuelco en el estómago.

Desde el beso, la presencia de Sebastian ha sido como una sombra invisible sobre mi piel. No puedo ir a ningún sitio sin que esté él. En la ducha, sus manos me aplican el champú. Su rostro flota tras las palabras de mis libros de texto. El domingo, Maggie, Walt y yo fuimos a un rastrillo, y mientras rebuscaba entre las pilas de camisetas de los años sesenta solo pensaba en cuál le gustaría a Sebastian.

Llamará, seguro.

Pero no lo hace.


Pasa una semana, y el sábado por la mañana preparo de mala gana una pequeña maleta. Miro con perplejidad la ropa que he dejado sobre la cama. Son como los pensamientos aleatorios e inconexos de un millar de desconocidos. ¿En qué estaba pensando cuando compré ese suéter de los años cincuenta con abalorios? ¿Y ese pañuelo de color rosa para la cabeza? ¿Y esos leggins con las rayas amarillas? No tengo nada que ponerme para la entrevista. ¿Cómo puedo ser quien se supone que soy vestida de esa manera?

¿Y quién se supone que debo ser?

Limítate a ser tú misma.

Pero ¿quién soy?

¿Y si llama mientras estoy fuera? ¿Por qué no ha llamado todavía?

Tal vez le haya ocurrido algo.

¿Como qué? Lo has visto todos los días en el instituto y estaba bien.

—¿Carrie? —me llama mi padre—. ¿Estás lista?

—Casi. —Doblo una falda de cuadros y el suéter de abalorios antes de meterlos en la maleta; añado un cinturón ancho y una bufanda de Hermès que era de mi madre. La compró en un viaje a París que hizo con mi padre hace unos años.

—¿Carrie?

—¡Ya voy!

Corro escaleras abajo.

Mi padre siempre se pone nervioso antes de un viaje. Estudia los mapas y estima el tiempo y la distancia. Solo se siente cómodo con lo desconocido o lo inesperado si se trata de un número en una ecuación. No dejo de recordarle que no es para tanto. Brown es su alma máter, y solo está a cuarenta y cinco minutos de distancia.

Pero él se agobia. Lleva el coche al centro de lavado. Va a sacar dinero. Revisa su peine de viaje.

Dorrit pone los ojos en blanco.

—¡Vas a estar fuera menos de veinticuatro horas!

Llueve durante el viaje. Mientras nos dirigimos al este, me fijo en que las hojas de los árboles ya han empezado a huir de sus ramas, como las bandadas de pájaros que emigran al sur durante el invierno.

—Carrie —dice mi padre—, no te ahogues en un vaso de agua. No te machaques tanto por cosas sin importancia. —Por lo general, percibe cuándo algo va mal, aunque rara vez es capaz de dar con el motivo.

—No lo hago, papá.

—Porque si lo haces —continúa, calentando motores para uno de sus temas favoritos—, pierdes dos veces. Pierdes lo que has perdido, pero también pierdes la perspectiva. En la vida pasan muchas cosas. La vida es más grande que las personas. Se trata de la naturaleza. El ciclo vital… Escapa a nuestro control.

Pues no debería ser así. Tendría que haber una ley que dijera que siempre que un chico besa a una chica tiene la obligación de llamarla en menos de tres días.

—Así que, en resumen, viejo, la vida pasa y luego te mueres.

Lo digo de una manera que hace reír a mi padre. Por desgracia, puedo oír a Sebastian en el asiento trasero, riéndose también.

—Carrie Bradshaw, ¿no es así? —El tipo llamado George se cambia mi expediente de una mano a otra y me estrecha la mano—. Y usted debe de ser el señor Bradshaw.

—Así es —dice mi padre—. Curso de 1958.

George me estudia con la mirada.

—¿Estás nerviosa?

—Un poco.

—No lo estés. —Esboza una sonrisa tranquilizadora—. El profesor Hawkins es uno de los mejores. Tiene un doctorado en literatura inglesa y en física. He visto en tu solicitud que te interesan la ciencia y la escritura. Aquí en Brown podrás hacer las dos cosas. —Se ruboriza un poco, como si se diera cuenta de que está actuando como un vendedor. Añade de pronto—: Además, tienes muy buen aspecto.

—Gracias —replico en un murmullo. Me siento como un cordero que se dirige al matadero.

Comprendo de inmediato que me estoy comportando como una estúpida y que exagero demasiado. George tiene razón, en Brown todo es perfecto: los encantadores edificios de ladrillo rojo del campus de Pembroke College; College Green, salpicado de voluptuosos olmos que aún conservan las hojas; y la magnífica biblioteca John Carter Brown, con su pórtico de gigantescas columnas. Lo único que tengo que hacer es insertar mi imagen en esa imagen típica de una postal.

Sin embargo, a medida que transcurre el día después de la entrevista en el desaliñado despacho del profesor («¿Cuáles son sus objetivos, señorita Bradshaw?», «Me gustaría causar algún tipo de impacto en la sociedad, me gustaría contribuir en algo importante»), después del paseo turístico por el campus, los laboratorios de química, la sala de ordenadores, los dormitorios de los estudiantes de primer año y finalmente la cena con George en Thayer Street, empiezo a sentirme más y más frágil, como una muñeca de papel de seda. A mitad de la cena, cuando George menciona que hay un concierto de un grupo de rock en el teatro Avon, siento que no puedo negarme, aunque preferiría tumbarme en la habitación del hotel y pensar en Sebastian.

—Ve —me anima mi padre. Ya le han informado de que George es la clase de joven (inteligente, bien educado y amable) con el que siempre ha deseado que yo saliera.

—Te va a encantar Brown —dice George en el coche. Conduce un Saab.

Tiene un buen motor, aunque un poco caro, de corte europeo. Como George, pienso. Si no estuviera tan obsesionada con Sebastian, es probable que lo encontrara atractivo.

—¿Por qué te gusta tanto Brown? —pregunto.

—Soy de Nueva York, así que supone un agradable respiro. Por supuesto, pasaré este verano en la ciudad. Eso es lo bueno de Brown. Los programas de prácticas. Trabajaré para el *New York Times*.

De pronto, George me resulta mucho más interesante.

—Siempre he querido vivir en Nueva York —comento.

—Es el mejor sitio del mundo. Pero, por ahora, me basta con Brown. —Me sonríe vacilante—. Necesito explorar otras facetas de mí mismo.

—¿Cómo eras antes?

—Un tipo torturado —responde con una sonrisa—. ¿Y tú?

—Bueno, yo también soy una chica algo torturada —replico, pensando en Sebastian.

Sin embargo, cuando llegamos al teatro me hago la promesa de sacarme a Sebastian de la cabeza. Hay varios grupos de estudiantes sentados fuera junto a unas diminutas mesas de estilo francés, bebiendo cerveza y coqueteando. Mientras nos abrimos paso entre la multitud, George me pasa el brazo sobre los hombros y me da un apretón. Levanto la vista para mirarlo con una sonrisa.

—Eres una auténtica monada, Carrie Bradshaw —me susurra entonces al oído.

Nos quedamos hasta la hora del cierre, y cuando regresamos al coche George me besa. Me besa de nuevo en el camino de acceso al hotel. Es un beso limpio e indeciso, el beso de un hombre tradicional. Saca un bolígrafo de la guantera.

—¿Puedo pedirte el número de teléfono?

—¿Para qué? —pregunto entre risas.

—Para poder llamarte, boba. —Intenta besarme de nuevo, pero aparto la cabeza.

Me siento algo mareada, y la cerveza me ataca con todas sus fuerzas en cuanto me tumbo. Me pregunto si le habría dado mi número a George de no haber estado tan borracha. Es probable que tampoco le hubiera dejado que me besara. Pero seguro que Sebastian me llama ahora. Los chicos siempre llaman en cuanto hay otro hombre interesado. Son como los perros: jamás notan si has cambiado de peinado, pero detectan si hay otro hombre olisqueando su territorio.

Estamos de vuelta en Castlebury a media tarde del domingo, pero está claro que mis teorías no eran correctas. Sebastian no ha llamado. Maggie, sin embargo, sí lo ha hecho. Varias veces. Estoy a punto de telefonearla cuando vuelve a llamarme.

—¿Qué haces? ¿Puedes pasarte a verme?

—Acabo de volver —le digo, súbitamente decepcionada.

—Ha ocurrido algo. Algo importante. No puedo explicártelo por teléfono. Tengo que decírtelo en persona. —Maggie parece muy preocupada, así que me pregunto si sus padres van a divorciarse.


La madre de Maggie, Anita, me abre la puerta. Anita tiene un aspecto ojeroso, pero resulta evidente que en otro tiempo fue bastante guapa. Es una mujer muy, muy amable… de hecho, demasiado. Es tan amable que siempre me da la sensación de que la amabilidad se ha tragado a la auténtica Anita, y de que un buen día la señora hará algo drástico, como quemar la casa.

—Ay, Carrie —dice Anita—, me alegra muchísimo que hayas venido. Maggie se niega a salir de su habitación, y no quiere contarme lo que le pasa. Tal vez tú puedas lograr que baje las escaleras. Te estaría muy agradecida.

—Veré lo que puedo hacer, señora Stevenson —le digo en tono tranquilizador.

Esconderse en su habitación es algo que Maggie lleva haciendo desde que yo recuerdo. No sabría decir cuántas veces he tenido que convencerla para que saliera.

La habitación de Maggie es enorme, con ventanas que van del suelo al techo en tres de las paredes y un armario que ocupa toda la longitud de la cuarta. Casi todo el mundo en la ciudad conoce la casa de los Stevenson, ya que fue diseñada por un famoso arquitecto contemporáneo y está fabricada principalmente a base de cristal. El interior del edificio es bastante espartano, porque el padre de Maggie no soporta el desorden.

Abro un poco la puerta de su habitación mientras Anita se queda a un lado, nerviosa.

—¿Mags?

Maggie está tumbada en la cama, con un camisón blanco de algodón. Se incorpora bajo las sábanas como un fantasma, aunque un fantasma algo maleducado.

—¡Anita! —grita—. ¡Te dije que me dejaras en paz!

El rostro de Anita expresa temor, culpabilidad e impotencia, aunque siempre muestra más o menos lo mismo cuando se encuentra cerca de Maggie. Se aleja cuando yo entro.

—¿Mags? —pregunto con cautela—. ¿Te encuentras bien?

Maggie se sienta con las piernas cruzadas encima de la cama y apoya la cabeza sobre las palmas de las manos.

—No lo sé. He hecho algo terrible.

—¿Qué?

—No sé cómo decírtelo.

Adivino que tendré que esperar bastante para escuchar esa terrible revelación, así que me siento en esa cosa acolchada semejante a un taburete que Maggie utiliza como silla. Según su padre, se trata de un asiento ergonómico de diseño sueco creado para corregir la postura y evitar los dolores de espalda. También tiene una especie de amortiguador, así que reboto arriba y abajo por simple diversión.

Sin embargo, de pronto siento que estoy harta de los problemas de los demás.

—Escucha, Mags —digo con firmeza—, no tengo mucho tiempo. Debo pasarme por el Hamburger Shack para recoger a Dorrit.

—Es cierto, más o menos. Es probable que al final tenga que ir a buscarla.

—Pero ¡Walt estará allí! —grita.

—¿Y?

Los padres de Walt insisten en que trabaje después de clase a fin de conseguir dinero para la universidad, pero el único curro que Walt ha tenido nunca es el del Hamburger Shack, donde le pagan cuatro dólares la hora. Y solo trabaja media jornada, así que me resulta difícil creer que algún día consiga reunir dinero suficiente ni para un semestre.

—Eso quiere decir que vas a verlo.

—¿Y?

—¿Le dirás que me has visto?

Esto se vuelve cada vez más irritante.

—No lo sé. ¿Debería decirle que te he visto?

—¡No! —exclama—. Llevo evitándolo todo el fin de semana. Le dije que iría a Filadelfia a visitar a mi hermana.

—¿Por qué?

—¿No lo entiendes? —Suspira de manera dramática—. Peter.

—¿Peter? —repito algo desconcertada.

—Me he acostado con él.

—¡¿Qué?! —Tengo las piernas encajadas en el asiento sueco y reboto con tanta fuerza que el chisme se cae al suelo, y yo con él.

—¡Chist! —susurra Maggie.

—No lo entiendo —digo mientras intento librarme del artilugio ergonómico—. ¿Te has acostado con Peter?

—He mantenido relaciones sexuales con él.

Otra que muerde el polvo.

—¿Cuándo? —pregunto una vez que logro alejarme del suelo.

—La noche pasada. En el bosque que hay detrás de mi casa. —Asiente—. ¿Recuerdas la noche que pintamos el granero? No dejaba de mirarme. Me llamó ayer por la mañana y dijo que tenía que verme. Dijo que llevaba más de tres años enamorado de mí en secreto, pero que temía hablar conmigo porque me consideraba tan maravillosa que creía que no me dignaría dirigirle la palabra. Luego fuimos a dar un paseo, y empezamos a enrollarnos de inmediato.

—¿Y luego qué? ¿Lo hicisteis sin más? ¿En medio del bosque?

—No hay por qué asombrarse tanto. —Maggie parece un poco dolida, aunque también algo arrogante—. Se nota que tú nunca lo has hecho.

—¿Cómo sabes que yo no lo he hecho?

—¿Lo has hecho?

—Todavía no.

—Pues eso.

—Así que te acostaste con él. ¿Encima de las hojas? ¿Qué pasa con las ramas? Podrías haberte clavado una en el culo.

—Créeme, cuando estás haciéndolo no te preocupas por cosas como las ramas.

—¿En serio? —Tengo que admitir que siento una tremenda curiosidad—. ¿Y qué tal fue?

—Asombroso. —Suspira—. No sé muy bien cómo describirlo, pero fue la sensación más maravillosa que he sentido en mi vida. Creo que es una de esas cosas que, una vez que la pruebas, solo quieres hacerlas una y otra vez. Y... —Hace una pausa para dar efecto a sus palabras—... creo que tuve un orgasmo.

Me quedo con la boca abierta.

—Eso es increíble.

—Lo sé. Peter dice que las chicas casi nunca tienen orgasmos la primera vez. Dice que debo de ser una persona muy sexual.

—¿Peter ya lo había hecho antes? —Si es así, me pego un tiro.

—Eso parece —dice Maggie con aire de suficiencia.

Durante un minuto, ninguna de las dos dice nada. Maggie tira de un hilo de la colcha con expresión soñadora mientras yo miro por la ventana, preguntándome cómo es posible que me haya quedado tan rezagada. De pronto, el mundo parece dividido en dos clases de personas: las que lo han hecho y las que no.

—Bueno —digo finalmente—. ¿Eso significa que Peter y tú estáis saliendo?

—No lo sé —susurra—. Creo que estoy enamorada de él.

—¿Y qué pasa con Walt? Creí que estabas enamorada de Walt.

—No. —Sacude la cabeza—. Creí que estaba enamorada de Walt hace un par de años. Pero, últimamente, es más un amigo que otra cosa.

—Entiendo.

—Solíamos llegar hasta la tercera base, pero Walt nunca quería pasar de ahí. Y eso me dio que pensar. Quizá Walt no me quería, después de todo. Llevamos juntos dos años. Lo más normal es que un chico quiera hacerlo después de dos años.

Me entran ganas de señalar que tal vez se esté reservando, pero lo cierto es que resulta bastante extraño.

—Entonces, ¿tú estabas dispuesta y él no? —pregunto, solo para aclarar las cosas.

—Yo quise hacerlo el día de mi cumpleaños, pero él se negó.

—Qué raro… —le digo—. Es muy, pero que muy raro.

—Y eso significa algo.

No necesariamente. Pero no tengo suficiente ánimo para contradecirla.

De repente, y aunque sé que en realidad no tiene nada que ver conmigo, experimento una profunda sensación de pérdida. Maggie, Walt y yo éramos una especie de unidad. Durante los dos últimos años íbamos a todos lados juntos. Nos colábamos en el club de campo por las noches y robábamos carritos de golf; enfriábamos un pack de seis cervezas en el arroyo y hablábamos sin parar sobre todo, desde los quarks hasta con quién salía Jen P. ¿Qué va a pasar ahora con nosotros tres? Porque lo cierto es que no logro imaginarme a Peter ocupando el lugar de Walt en nuestras aventurillas de poca monta.

—Supongo que tendré que romper con Walt —dice Maggie—. Pero no sé cómo. ¿Qué se supone que voy a decirle?

—Podrías intentar decirle la verdad.

—Carrie —dice con un tono zalamero—, me pregunto si tú podrías…

—¿Qué? ¿Romper con él? ¿Quieres que rompa con Walt en tu nombre?

—No, solo que vayas preparándolo —responde ella.

¿Maggie y Peter? No se me ocurren dos personas que encajen peor. Maggie es frívola y sensiblera. Y Peter es demasiado serio. Aunque puede que sus personalidades se contrarresten entre sí.

Aparco el coche en el estacionamiento del Hamburger Shack, apago el motor y pienso: «Pobre Walt».

El Hamburger Shack es uno de los pocos restaurantes que hay en la ciudad, y es famoso por sus hamburguesas cubiertas de cebolla y pimientos a la parrilla. Por aquí, eso es lo más parecido a la alta cocina. A la gente de Castlebury le chiflan la cebolla y los pimientos a la parrilla, y, aunque a mí me encanta cómo huelen, Walt, que tiene que encargarse de asar la cebolla y los pimientos, asegura que el olor le da ganas de vomitar. Se le pega a la piel, e, incluso cuando duerme, solo sueña con cebollas y pimientos.

Lo veo tras el mostrador, junto a la parrilla. Los únicos clientes son tres chicas adolescentes con el pelo teñido de múltiples tonos de rosa, azul y verde.

Acabo de pasar junto a ellas, cuando, de repente, me doy cuenta de que una de esas punks es mi hermana.

Dorrit se está comiendo un aro de cebolla, como si todo fuera de lo más normal.

—Hola, Carrie —me dice a modo de saludo—. ¿Te gusta mi pelo? —Coge su batido y vacía el vaso chupando ruidosamente por la pajita.

—Papá te matará —replico. Dorrit se encoge de hombros. Miro a sus amigas, que son igual de patéticas—. Ve al coche. Me reuniré contigo en un minuto.

—Aún no he acabado mis aros de cebolla —dice en un tono calmado. Detesto esa habilidad de mi hermana para hacer caso omiso de la autoridad, en especial cuando la voz de la autoridad soy yo.

—Vete al coche —insisto antes de alejarme.

—¿Qué vas a hacer tú?

—Tengo que hablar con Walt.

Walt lleva puesto un delantal lleno de manchas, y tiene la frente cubierta de sudor.

—Odio este trabajo —dice mientras se enciende un cigarrillo en el aparcamiento.

—Pero las hamburguesas están buenas.

—Cuando salga de aquí, no quiero volver a ver una hamburguesa en toda mi vida.

—Walt —le digo—, Maggie...

Él me interrumpe.

—No ha ido a ver a su hermana a Filadelfia.

—¿Cómo lo sabes?

—Primero: ¿cuántas veces visita a su hermano? ¿Una vez al año? Y segundo: conozco a Maggie lo bastante bien para saber cuándo está mintiendo.

Me pregunto si sabe lo de Peter también.

—¿Qué vas a hacer?

—Nada, supongo. Esperaré a que ella rompa conmigo, eso es todo.

—Quizá debas romper tú con ella.

—Demasiado esfuerzo. —Walt arroja el cigarrillo hacia los arbustos—. ¿Para qué debería molestarme cuando el resultado será el mismo de todas formas?

Creo que a veces Walt es un poquito pasivo...

—Pero puede que si tú rompieras primero...

—¿Y evitarle a Maggie la sensación de culpabilidad? De eso nada.

Mi hermana se acerca con su nuevo pelo fluorescente.

—Será mejor que papá no te pille fumando —dice.

—Escucha, niñata. Primero: yo no estaba fumando. Y segundo: tú tienes cosas más importantes de las que preocuparte que los cigarrillos. Tu pelo, por ejemplo.

Walt sacude la cabeza mientras Dorrit regresa al coche.

—Mi hermano pequeño es igual que ella. Los jóvenes de esta generación... no tienen respeto por nada.

# 9
## *Un artista del engaño*

C uando llegamos a casa, a nuestro pobre padre casi le da un infarto al ver el pelo de Dorrit. Luego entra en su habitación para mantener una charla con ella. Eso es lo peor, que mi padre vaya a tu habitación para hablar. Intenta que te sientas mejor, pero nunca lo consigue. Por lo general, te cuenta una larga historia sobre algo que le ocurrió a él cuando era niño, o algo que hace referencia a la naturaleza. Y seguro que eso es lo que está haciendo con Dorrit.

La puerta de Dorrit está cerrada, pero nuestra casa tiene ciento cincuenta años, así que puedes oír cada una de las palabras de una conversación si estás al otro lado de la puerta. Y es justo ahí donde estamos Missy y yo.

—Bueno, Dorrit —dice mi padre—, sospecho que lo que has hecho con tu… ejem… cabello está indirectamente relacionado con la superpoblación, un problema cada vez más importante en nuestro planeta. La Tierra no fue creada para sustentar esta enorme cantidad de gente agrupada en espacios reducidos… y los resultados suelen ser estas mutilaciones del cuerpo humano: piercings, tintes para el pelo, tatuajes… El deseo de destacar es un instinto básico del hombre, y se manifiesta de formas cada vez más extremas. ¿Comprendes lo que te digo?

—No.

—Lo que quiero decir... —continúa— es que debes resistirte a esos instintos injustificados. Un ser humano de provecho es capaz de dominar sus deseos imprudentes o indeseables. ¿Me explico con claridad?

—Claro, papá —responde Dorrit con ironía.

—En cualquier caso, yo sigo queriéndote —dice mi padre, que termina de esa forma todas sus «charlas». Y después suele llorar. Y tú te sientes tan mal que prometes no volver a hacerle enfadar.

En esta ocasión, sin embargo, los sollozos se ven interrumpidos por el timbre del teléfono.

Por favor, que sea Sebastian, rezo cuando Missy contesta. Mi hermana tapa astutamente el auricular con la mano.

—¿Carrie? Es para ti. Es un chico.

—Gracias —replico con tranquilidad. Me llevo el teléfono a mi habitación y cierro la puerta.

Tiene que ser él. ¿Quién más podría ser?

—¿Hola? —pregunto con voz alegre.

—¿Carrie?

—¿Sí?

—Soy George.

—George... —repito, intentando que mi voz no suene decepcionada.

—¿Llegaste a casa sin problemas?

—Claro.

—Bueno, lo pasé genial el sábado por la noche. Me preguntaba si te gustaría que volviéramos a salir juntos.

No lo sé. Pero lo ha pedido con demasiada educación para rechazarlo. Y no quiero herir sus sentimientos.

—Vale.

—Hay una posada rural muy agradable en la carretera que va de aquí a Castlebury. Pensé que podríamos ir el próximo sábado.

—Suena genial.

—Te recogeré sobre las siete. Cenaremos a las ocho y podré llevarte a casa alrededor de las once.

Colgamos y me voy al baño para examinar mi cara. De pronto siento el impulso de cambiar mi apariencia de forma radical. Quizá debiera teñirme el pelo de azul y rosa, como Dorrit. O cortármelo muy corto y de punta. O teñírmelo de rubio platino. Cojo un perfilador y empiezo a pintar el contorno de mi boca. Luego relleno el interior con una barra roja y bajo las comisuras de mis labios. Dibujo dos lágrimas negras en mis mejillas y doy un paso atrás para evaluar los resultados.

No está mal.

Me voy con la cara de payaso triste a la habitación de Dorrit. Está hablando por teléfono. Por lo que oigo de la conversación, intuyo que está intercambiando impresiones con alguna de sus amigas. Cuelga con brusquedad el auricular cuando me ve.

—¿Y bien? —le pregunto.

—¿Y bien qué?

—¿Qué te parece mi maquillaje? Estaba considerando la posibilidad de ir así a clase.

—¿Se supone que eso es un comentario relacionado con mi pelo?

—¿Qué te parecería si mañana me presentara en el instituto con esta pinta?

—Me daría igual.

—Apuesto a que sí…

—¿Por qué eres tan mezquina? —grita Dorrit.

—¿Soy mezquina?

Tiene razón. Estoy siendo mezquina. Estoy de mal humor.

Y todo por culpa de Sebastian. A veces creo que todos los problemas del mundo son culpa de los hombres. Si no hubiera hombres, las mujeres siempre seríamos felices.

—Venga, Dorrit. Solo bromeaba.

Dorrit se coloca las manos encima de la cabeza.

—¿De verdad me queda tan mal? —susurra.

Mi cara de payaso ya no parece una broma.

Cuando mi madre se puso enferma, Dorrit empezó a preguntarme qué ocurriría. Yo sonreía, porque he leído en algún sitio que si sonríes, aun cuando te sientes mal, el movimiento de los músculos faciales engaña al cerebro y le hace creer que eres feliz.

—Pase lo que pase, todos estaremos bien —le digo a Dorrit.

—¿Lo prometes?

—Claro, Dorrit. Ya lo verás.

—¡Ha venido alguien! —grita Missy.

Dorrit y yo nos miramos, dejando a un lado nuestra pequeña discusión.

Bajamos a toda prisa las escaleras. Allí, en la cocina, está Sebastian. Pasea la mirada entre mi cara de payaso triste y el pelo rosa y azul de Dorrit. Y empieza a sacudir la cabeza muy despacio.


—Si piensas relacionarte con los Bradshaw debes estar preparado. Esto puede llegar a ser una locura. Cualquier cosa es posible.

—Y que lo digas… —conviene Sebastian. Lleva una cazadora negra de cuero, la misma que tenía puesta en la fiesta de Tommy Brewster y la noche que pintamos el granero… la noche que nos besamos.

—¿Siempre te pones esa cazadora? —pregunto mientras Sebastian toma la curva que conduce a la autopista.

—¿No te gusta? La compré cuando vivía en Roma.

De pronto me siento como arrollada por una ola gigantesca. He estado en Florida y en Texas, y en los alrededores de Nueva Inglaterra, pero jamás he viajado a Europa. Ni siquiera tengo pasaporte. Ahora desearía haberlo hecho, porque seguro que así sabría qué decirle a Sebastian. Deberían hacer pasaportes para las relaciones.

Un chico que ha vivido en Roma. Suena muy romántico.

—¿En qué piensas? —pregunta Sebastian.

Pienso que lo más probable es que no te guste porque nunca he estado en Europa y no soy lo bastante sofisticada.

—¿Has estado en París alguna vez? —pregunto.

—Claro —responde—. ¿Tú no?

—En realidad, no.

—Eso suena parecido a estar «un poco embarazada». O has estado o no.

—No he estado allí físicamente. Pero eso no quiere decir que no haya viajado hasta allí muchas veces con la imaginación.

Se echa a reír.

—Eres una chica muy rara.

—Gracias. —Miro por la ventana para ocultar mi sonrisa. No me importa que piense que soy rara. El mero hecho de tenerlo cerca me hace feliz.

No le pregunto por qué no me ha llamado. No le pregunto dónde se ha metido. Cuando lo encontré en mi cocina, apoyado contra la encimera como si ese fuera su sitio, fingí que todo era de lo más normal, que no me sorprendía en absoluto.

—¿Interrumpo algo? —preguntó él, como si no fuera extraño que de repente hubiese decidido aparecer.

—Depende de lo que signifique para ti interrumpir.

Me sentí como si estuviera cubierta de diamantes, como si el sol me hubiese iluminado de repente.

—¿Te apetece salir?

—Claro.

Corrí escaleras arriba y me limpié el maquillaje de payaso. Era muy consciente de que debería haber respondido que no, o al menos haberme hecho un poco de rogar, porque ¿qué chica acepta una cita imprevista en tales condiciones? Eso sienta malos precedentes, le hace creer al chico que puede verte siempre que quiera, que puede tratarte como le dé la gana. Sin embargo, no permití que eso me impidiera salir con él. Mientras me ponía las botas, me pregunté si llegaría a arrepentirme de ser tan facilona.

No obstante, ahora no me arrepiento. ¿Quién inventó esas normas sobre las citas? ¿Y por qué no puedo estar exenta de ellas?

Posa su mano sobre mi pierna. Como si nada. Como si lleváramos saliendo mucho tiempo. Me pregunto una cosa: si fuera su novia de verdad, ¿sentiría siempre esta sensación maravillosa que me provoca su mano sobre mi pierna? Me parece que sí. Me resulta imposible creer que pueda sentir otra cosa cuando estoy con él.

Me he perdido en mis pensamientos.

—No es tan genial, ¿sabes? —me dice.

—¿A qué te refieres? —Me vuelvo de nuevo hacia él, aunque por un instante mi felicidad se encuentra abocada al borde de un inexplicable abismo.

—A Europa —responde.

—Ah… —digo con un suspiro—. Europa.

—Hace dos veranos, cuando vivía en Roma, recorrí los países vecinos (Francia, Alemania, Suiza, España…), y cuando regresé aquí, me di cuenta de que este lugar es igual de hermoso.

—¿Castlebury? —pregunto con una exclamación ahogada.

—Es tan hermoso como Suiza.

¿A Sebastian Kydd le gusta realmente Castlebury?

—Siempre te he imaginado —le digo indecisa— viviendo en Nueva York. O en Londres. O en algún otro lugar excitante.

Frunce el ceño.

—No me conoces tan bien. —Y justo cuando estoy a punto de pegarme un tiro por miedo a haberlo insultado, añade—: Pero lo harás. De hecho… —continúa—, puesto que pienso que deberíamos llegar a conocernos mejor, voy a llevarte a ver una exposición de arte.

—Ah… —Asiento. Tampoco sé absolutamente nada sobre arte. ¿Por qué no estudié historia del arte cuando tuve la oportunidad?

Soy un caso perdido.

Sebastian lo descubrirá y me dejará plantada antes de que tengamos una auténtica primera cita.

—Max Ernst —dice—. Es mi artista favorito. ¿Quién es el tuyo?

—¿Peter Max? —Es el único nombre que se me ocurre en ese momento.

—Qué graciosa eres… —replica antes de echarse a reír.

Me lleva al museo de arte Wadsworth Atheneum, en Hartford. He ido allí de excursión con el colegio un millón de veces, y siempre nos obligaban a sujetar la mano pegajosa de otro compañero de clase para no perdernos. Odiaba que nos llevaran de esa forma y que nos regañara algún ayudante del profesor, que siempre solía ser la madre de alguien.

Cuando me coge de la mano, me pregunto dónde estaría Sebastian entonces.

Contemplo nuestros dedos entrelazados y veo algo que me deja asombrada.

¿Sebastian Kydd se muerde las uñas?

—Vamos —dice mientras tira de mí hacia delante. Nos detenemos frente a un cuadro de un niño y una niña sentados en un banco de mármol junto a un lago de ensueño perdido en las montañas. Sebastian está detrás de mí, con la cabeza apoyada sobre la mía y los brazos alrededor de mis hombros—. A veces desearía poder entrar en este cuadro. Cerrar los ojos y despertarme ahí. Y quedarme para siempre.

¿Y qué pasa conmigo?, grita una vocecilla en mi cabeza. No sé por qué, pero de pronto no me gusta que me deje fuera de esa fantasía.

—¿No te aburrirías?

—No, si tú estás allí conmigo.

Estoy a punto de caerme. Se supone que los chicos no dicen esas cosas. O, mejor dicho, se supone que sí lo hacen, pero no es cierto. En realidad, ¿quién dice cosas como esa?

Un chico que está desesperadamente enamorado de ti. Un chico que se da cuenta de lo increíble y maravillosa que eres, aunque no seas animadora ni la chica más guapa del instituto. Un chico que te considera hermosa tal como eres.

—Mis padres están en Boston —dice—. ¿Quieres venir a mi casa?

—Claro. —Imagino que iría a cualquier parte con tal de estar con él.


Mi teoría es que se puede saber cómo es una persona al ver su habitación, pero, en el caso de Sebastian, no es cierto. Su dormitorio se parece más a la habitación de invitados de una antigua casa de huéspedes que a la guarida de un chico. Tiene un edredón rojo y negro hecho a mano, y un antiguo timón de madera colgado en la pared. Nada de pósteres, ni fotografías, ni álbumes, ni pelotas de béisbol… ni siquiera unos calcetines sucios. Miro por la ventana para contemplar un prado de color marrón apagado y, más allá, los austeros ladrillos amarillos de una clínica de rehabilitación. Cierro los ojos e intento fingir que estoy con Sebastian en el cuadro de Max Ernst, bajo un cielo azul celeste.

Ahora que estoy realmente en su habitación (con él, de verdad), me siento un poco inquieta.

Sebastian coge mi mano y me conduce hasta la cama. Coloca las manos a ambos lado de mi cara y me besa.

Apenas puedo respirar. Sebastian Kydd… y yo. Está ocurriendo de verdad.

Después de un rato, levanta la cabeza y me mira. Está tan cerca que puedo ver las diminutas motas verde oscuro que hay alrededor del iris de sus ojos. Está tan cerca que podría contarlas si me lo propusiera.

—No me has preguntado por qué no te he llamado —me dice.

—¿Se supone que debía hacerlo?

—La mayoría de las chicas lo habrían hecho.

—Puede que yo no sea como la mayoría de las chicas. —Eso suena bastante arrogante, pero no pienso decirle que me he pasado las dos últimas semanas en un estado de pánico emocional, saltando cada vez que sonaba el teléfono, mirándolo de reojo en clase, prometiéndome que nunca, jamás, volvería a hacer algo malo si él me hablaba de nuevo como lo hizo la noche del granero… Y después odiándome a mí misma por ser tan estúpida e infantil.

—¿Has pensado en mí? —pregunta con malicia.

Ay, madre. Una pregunta trampa. Si digo que no, se sentirá insultado. Si digo que sí, pareceré patética.

—Puede que un poco.

—Yo he pensado en ti.

—Entonces, ¿por qué no me has llamado? —le pregunto con tono juguetón.

—Tenía miedo.

—¿De mí? —Me echo a reír, pero él parece extrañamente serio.

—Tenía miedo de enamorarme de ti. No quiero enamorarme de nadie ahora mismo.

—Ah. —Siento el corazón en la boca del estómago.

—¿Y bien? —me pregunta mientras recorre mi mandíbula con los dedos.

Ajá. Sonrío. Solo es otra de sus preguntas trampa.

—Tal vez no hayas conocido a la chica adecuada —murmuro.

Acerca los labios a mi oreja.

—Esperaba que dijeras eso.

# 10
## *El rescate*

M is padres se conocieron en una biblioteca.

Mi madre trabajaba como bibliotecaria después de las clases. Mi padre fue en busca de un libro, la vio y se enamoró.

Se casaron seis meses después.

Todo el mundo dice que mi madre se parecía a Elizabeth Taylor, pero en esa época a todas las chicas monas las comparaban con Elizabeth Taylor. De cualquier forma, siempre me imagino a Elizabeth Taylor sentada tras un modesto mostrador de roble. Mi padre, un tipo con el pelo rubio rapado, larguirucho y con gafas, se aproxima al mostrador y mi madre/Liz Taylor se levanta para atenderlo. Lleva puesta una de esas faldas de cancán con estampado floreado y pompones de color rosa.

Esa falda está en algún lugar del desván, guardada en una bolsa de cremallera con el resto de las viejas cosas de mi madre, entre las que se incluyen su vestido de boda, sus zapatos estilo años veinte en blanco y negro, sus zapatillas de ballet y el megáfono con su nombre pintado, «Mimi», de la época en que era animadora.

Rara vez vi a mi madre sin un bonito vestido, y siempre iba peinada y maquillada como es debido. Durante una época, ella confeccionaba su propia ropa y gran parte de la nuestra. Preparaba deliciosos almuerzos siguiendo las recetas del libro de cocina de Julia Child. Decoraba la casa con antigüedades locales, tenía los jardines y el árbol de Navidad más bonitos del vecindario, y siguió sorprendiéndonos con elaboradas cestas de Pascua mucho después de que dejáramos de creer en el Conejito de Pascua.

Mi madre era como el resto de las madres, pero un poco mejor, porque le parecía que presentar el hogar y a la familia bajo la mejor luz posible era un trabajo que merecía la pena, y además conseguía que todo pareciera sencillo.

Y aunque utilizaba el perfume White Shoulders y pensaba que los pantalones vaqueros eran para los granjeros, también asumía que las mujeres debían abrazar ese maravilloso ideal llamado feminismo.

El verano antes de que empezara el segundo año de primaria, mi madre y sus amigas decidieron leer *El consenso*, de Mary Gordon Howard. Era una novela bastante gruesa que transportaban dentro y fuera del club en grandes bolsos de lona llenos de toallas, loción bronceadora y pomadas para las picaduras de insectos. Todas las mañanas, una vez acomodadas en sus sillas alrededor de la piscina, una mujer tras otra sacaba *El consenso* de su bolso. Aún tengo la portada grabada en la memoria: la imagen de un solitario barco en un mar azul, rodeada por las fotografías en blanco y negro de ocho mujeres jóvenes. En la parte posterior había una fotografía de la propia Mary Gordon Howard tomada de perfil; era una mujer de rostro aristocrático que, para mi joven mente, se parecía a George Washington con perlas y un traje de tweed.

—¿Has llegado a la parte de los pesarios? —le preguntó una señora a otra en un susurro.

—Chist. Todavía no. No me lo cuentes.

—¿Qué es un pesario, mamá? —pregunté.

—No es algo de lo que una niña deba preocuparse.

—¿Tendré que preocuparme por ello cuando sea adulta?

—Puede que sí, puede que no. Seguro que para entonces habrá muchos métodos nuevos.

Me pasé todo el verano tratando de descubrir qué había en ese libro que conseguía atrapar de tal forma la atención de las damas del club; tanto que la señora Dewittle ni siquiera se dio cuenta de que su hijo David se había caído del trampolín y necesitaba diez puntos en la cabeza.

—¡Mamá! —grité más tarde, intentando llamar su atención—. ¿Por qué Mary Gordon Howard tiene dos apellidos?

Mi madre dejó de leer el libro y marcó la página por la que iba con el dedo índice.

—Gordon es el apellido de soltera de su madre, y Howard, el apellido de su padre.

Pensé en ello.

—¿Y si se casa?

Mi madre pareció complacida por la pregunta.

—Está casada. Se ha casado tres veces.

Pensé que casarse tres veces debía de ser lo más glamuroso del mundo. Por aquel entonces, no conocía a ningún adulto que se hubiera divorciado ni siquiera una vez.

—Pero nunca adopta el apellido de su marido. Mary Gordon Howard es una gran feminista. Cree que las mujeres deberían ser capaces de definirse a sí mismas y que no deberían permitir que los hombres les arrebaten su identidad.

Pensé que ser feminista debía de ser lo más glamuroso del mundo.

Hasta la aparición de *El consenso*, nunca había pensado mucho en el poder de los libros. Había leído un montón de libros ilustrados, y después las novelas de Roald Dahl y *Las crónicas de Narnia*, de C. S. Lewis. Pero ese verano comencé a vislumbrar que los libros podían cambiar a la gente. Pensé que yo también podría convertirme en escritora y feminista.

La Navidad de ese mismo año, mientras estábamos sentados a la mesa comiéndonos el *Bûche de Noël* que mi madre había tardado dos días en preparar, ella anunció algo. Iba a volver a estudiar para conseguir el título de arquitectura. Nada cambiaría, salvo que papá tendría que prepararnos la cena algunas noches.

Años más tarde, mi madre consiguió un trabajo en el despacho de arquitectura Beakon and Beakon. Me encantaba ir a su oficina después del colegio.

El despacho se encontraba en un antiguo edificio situado en el centro de la ciudad. Todas las estancias tenían una moqueta suave y estaban perfumadas con el fino aroma del papel y la tinta. Mi madre trabajaba en un peculiar escritorio inclinado en el que diseñaba elegantes estructuras con mano diestra y delicada. Había dos personas trabajando para ella, dos hombres jóvenes que parecían adorarla, así que yo nunca llegué a pensar que no se podía ser feminista si llevabas medias y tacones altos y te recogías el pelo con un precioso pasador.

Yo pensaba que ser feminista estaba relacionado con la manera en que una conduce su vida.

Cuando cumplí trece años, leí en el periódico local que Mary Gordon Howard iba a venir a nuestra biblioteca pública para dar una conferencia y firmar libros. Mi madre ya no estaba lo bastante bien de salud para salir de casa, así que decidí que iría sola y la sorprendería con un libro firmado. Me hice dos trenzas y aseguré los extremos con lazos amarillos. Me puse un vestido amarillo con un estampado de aires indios y unas sandalias de cuña. Antes de marcharme, fui a ver a mi madre.

Estaba tumbada en la cama, con las persianas medio bajadas. Como siempre, se oía el tictac mecánico del reloj de péndulo, y me imaginé los pequeños dientes del mecanismo mordisqueando un diminuto trozo de tiempo con cada uno de sus inexorables movimientos.

—¿Adónde vas? —preguntó mi madre. Su voz, antes meliflua, había quedado reducida a un ronco graznido.

—A la biblioteca —respondí con una sonrisa de oreja a oreja. Me moría por contarle mi secreto.

—Eso está bien —dijo—. Estás muy guapa. —Respiró hondo antes de continuar—. Me gustan tus lazos. ¿De dónde los has sacado?

—De tu viejo costurero.

Toqueteé los lazos, no muy segura de si debería haberlos cogido o no.

—No, no —dijo mi madre—. Póntelos. Para eso son, ¿no? Además, estás muy guapa —repitió.

Empezó a toser. Me aterrorizaba ese sonido agudo y frágil, que se parecía más al jadeo de un animal indefenso que a una auténtica tos. Llevaba tosiendo un año cuando descubrieron que estaba enferma. La enfermera entró en el cuarto, quitó la capucha de una jeringuilla con los dientes y le dio unos golpecitos a mi madre en el brazo con los dedos.

—Ya está, querida, ya está… —dijo en un tono sereno y tranquilizador mientras clavaba la aguja—. Ahora te dormirás. Dormirás durante un rato, y cuando despiertes te sentirás mejor.

Mi madre me miró y me guiñó un ojo.

—Lo dudo —dijo mientras empezaba a dormirse.

Cogí mi bici y recorrí ocho kilómetros por Main Street hasta la biblioteca. Era tarde, y mientras pedaleaba me dio por pensar que Mary Gordon Howard me rescataría.

Mary Gordon Howard me reconocería como su igual.

Mary Gordon Howard me vería y sabría instintivamente que yo también era una escritora feminista, y que algún día escribiría un libro que cambiaría el mundo.

Me puse de pie sobre los pedales para coger velocidad. Había depositado muchas esperanzas en mi drástica transformación.

Cuando llegué a la biblioteca, arrojé la bicicleta hacia los arbustos y corrí escaleras arriba hasta la sala de lectura principal.

Había dos filas de mujeres acomodadas en sillas plegables. La gran Mary Gordon Howard, con la mitad inferior del cuerpo oculta tras un podio, se encontraba ante ellas. Parecía una mujer vestida para el campo de batalla, con un severo traje de color metálico realzado con enormes hombreras. Capté una energía oculta de hostilidad en el ambiente y me escabullí por detrás de una estantería.

—¿Sí? —le gritó a una mujer de la primera fila que había levantado la mano. Era nuestra vecina de al lado, la señora Agnosta.

—Lo que usted dice está muy bien —comenzó a decir la señora Agnosta con mucho tiento—, pero ¿y si la vida que llevas no te hace infeliz? Lo que quiero decir es que no tengo muy claro que la vida de mi hija deba ser diferente de la mía. De hecho, me gustaría muchísimo que mi hija fuera como yo.

Mary Gordon Howard frunció el ceño. En sus orejas había enormes piedras azules. Cuando movió la mano para ajustarse el pendiente, me fijé en que llevaba un reloj de diamantes en la muñeca. Por alguna razón, no esperaba que Mary Gordon Howard llevara tantas joyas. Luego agachó la cabeza como un toro y miró a la señora Agnosta como si estuviera a punto de embestirla. Por un segundo temí de verdad por la salud de la señora Agnosta, que sin duda no tenía ni la menor idea de dónde se había metido y solo había ido allí en busca de un poco de cultura para amenizar la tarde.

—Eso, querida mía, se debe a que es usted una narcisista clásica —declaró Mary Gordon Howard—. Está tan enamorada de sí misma que imagina que una mujer solo puede ser feliz si es como usted. Usted es exactamente el tipo de mujer al que me refiero cuando hablo de las que suponen un obstáculo en el progreso de las demás.

Bueno, pensé, lo más probable es que eso sea cierto. Si dependiera de la señora Agnosta, todas las mujeres se pasarían el día horneando galletitas y limpiando el cuarto de baño.

Mary Gordon Howard echó un vistazo a la sala con la boca fruncida en una expresión triunfal.

—Y ahora, si no hay más preguntas, será un honor para mí firmar sus libros.

No hubo más preguntas. Supuse que el auditorio estaba demasiado asustado.

Me puse en la fila, con el ejemplar de *El consenso* de mi madre apretado contra el pecho. La directora de la biblioteca, la señorita Detooten, a quien conocía desde que era una niña, se encontraba junto a Mary Gordon Howard y le entregaba los libros que debía firmar. Mary Gordon Howard exhaló varios suspiros de fastidio. Al final, se volvió hacia la señorita Detooten y susurró:

—Amas de casa ignorantes, me temo.

En ese momento, solo había dos personas por delante de mí.

«No —quise protestar—. Eso no es cierto en absoluto.» Y deseé poder hablarle de mi madre y de cómo *El consenso* había cambiado su vida.

La señorita Detooten se removió con incomodidad y se ruborizó a causa del bochorno. Luego se volvió y reparó en mí.

—Vaya, ¡ha venido Carrie Bradshaw! —exclamó con una voz demasiado alegre y sugerente, como si yo fuera una persona a la que Mary Gordon Howard le gustaría conocer.

Mis dedos apretaron el libro con fuerza. Me resultaba imposible mover los músculos de la cara, y me imaginé el aspecto que debía de tener con los labios paralizados en una estúpida y tímida sonrisa.

La Gorgona, como había empezado a llamarla mentalmente, miró hacia mí y, tras fijarse en mi aspecto, regresó a su tarea de firmar libros.

—Carrie va a ser escritora —canturreó la señorita Detooten—. ¿No es cierto, Carrie?

Asentí.

De pronto, la Gorgona me prestó toda su atención. Dejó el bolígrafo a un lado.

—¿Y por qué? —preguntó.

—¿Cómo dice? —susurré. Sentía la comezón del rubor en mi cara.

—¿Por qué quieres ser escritora?

Miré a la señorita Detooten en busca de ayuda, pero ella parecía tan aterrorizada como yo.

—Yo… no lo sé.

—Si no se te ocurre ninguna buena razón para hacerlo, no lo hagas —comentó la Gorgona con sequedad—. Ser escritor implica tener algo que decir. Y mejor si es interesante. Si no tienes nada interesante que decir, no te conviertas en escritora. Sé algo útil. Médico, por ejemplo.

—Gracias —susurré.

La Gorgona extendió la mano para que le entregara el libro de mi madre. Por un momento, consideré la posibilidad de apartarlo y salir corriendo de allí, pero me sentía demasiado intimidada. La Gorgona garabateó su nombre con letras diminutas y afiladas.

—Gracias por venir, Carrie —dijo la señorita Detooten cuando me devolvió el libro.

Notaba que tenía la boca seca. Asentí sin decir nada y me marché de allí.

Me sentía demasiado débil para coger la bici. En lugar de eso, me senté en el bordillo mientras intentaba recuperar mi amor propio. Esperé a que las venenosas olas de la vergüenza rompieran sobre mí y, cuando pasaron, me puse en pie con la sensación de haber perdido una dimensión. Me subí a la bici y pedaleé hasta casa.

—¿Cómo te ha ido? —murmuró mi madre más tarde, cuando se despertó. Yo estaba sentada en la silla que había junto a su cama, sujetándole la mano. Mi madre siempre cuidaba muy bien sus manos. Si alguien hubiera visto solo sus manos, jamás habría pensado que ella estaba enferma.

Me encogí de hombros.

—No tenían el libro que buscaba.

Mi madre asintió.

—Tal vez la próxima vez.

Nunca le conté a mi madre que había ido a ver a su heroína, Mary Gordon Howard. Jamás le dije que Mary Gordon Howard había firmado su libro. Y, por supuesto, no le dije que Mary Gordon Howard no era feminista. ¿Cómo se puede ser feminista y tratar a las demás mujeres como si fueran basura? Si haces eso, no eres más que una chica mezquina como Donna LaDonna. Nunca le hablé a nadie de aquel incidente. Pero lo guardé para mí, como una terrible paliza que puedes expulsar de tu mente pero nunca olvidar del todo.

Todavía siento un poco de vergüenza cuando pienso en ello. Deseaba que Mary Gordon Howard me salvara.

Pero eso fue hace mucho tiempo. Ya no soy una niña. No tengo por qué avergonzarme.

Me doy la vuelta y aplasto la mejilla contra la almohada mientras pienso en mi cita con Sebastian.

Lo cierto es que ahora tampoco necesito que me rescaten.

# 11
## *Competición*

—He oído que Donna LaDonna está saliendo con Sebastian Kydd —dice Lali antes de ajustarse las gafas.

¡¿Qué?! Hundo el dedo del pie en el agua y me ajusto los tirantes del Speedo mientras intento recuperar la compostura.

—¿En serio? —pregunto con tono indiferente—. ¿Cómo te has enterado de eso?

—Donna se lo dijo a las dos Jen, y ellas se lo están diciendo a todo el mundo.

—Tal vez se lo haya inventado —comento mientras estiro las piernas.

—¿Por qué iba a hacer eso?

Me subo al bloque que hay a su lado y me encojo de hombros.

—A sus marcas. Listos. ¡Ya! —exclama el entrenador Nipsie.

Mientras estamos en el aire, grito de repente:

—¡He tenido una cita con Sebastian Kydd!

Veo un atisbo de su expresión alucinada cuando cae en plancha a la piscina.

El agua está fría, apenas a veintitrés grados. Nado una vuelta, y, cuando veo que Lali viene detrás de mí, empiezo a aporrear el agua.

Lali es mejor nadadora que yo, pero a mí se me dan mejor los saltos. Durante casi ocho años hemos competido juntas, y también la una contra la otra. Nos hemos levantado a las cuatro de la madrugada, nos hemos tragado extraños brebajes a base de huevo crudo para hacernos más fuertes, hemos pasado semanas en campamentos de natación, nos hemos tirado mutuamente del bañador para meterlo entre las nalgas, hemos inventado ridículos bailes de la victoria y nos hemos pintado la cara con los colores del colegio. Nos han gritado los entrenadores, nos han regañado las madres y hemos chillado como niñas. Se nos considera una mala combinación, pero hasta el momento nadie ha sido capaz de separarnos.

Nadamos una agotadora carrera mixta de ocho vueltas. Lali me supera en la sexta, y, cuando toco la pared, está de pie frente a mí, chorreando agua sobre mi calle.

—Bonita forma de animar la competición —dice mientras chocamos las manos.

—Pero es cierto…

—¡¿Qué?!

—Anoche. Vino a mi casa. Me llevó a ver un museo. Luego fuimos a su casa y nos enrollamos.

—Sí, claro… —Flexiona el pie y lo sube hasta la parte trasera del muslo.

—Vivió un verano en Roma. Y… —Miro a mi alrededor para asegurarme de que nadie me oye—… se muerde las uñas.

—Venga, Bradley…

—Lali —susurro—, te estoy diciendo la verdad.

Deja de estirar la pierna y me mira. Por un segundo me da la impresión de que está enfadada. Luego sonríe con sorna y me suelta:

—Vamos, Carrie. ¿Por qué iba a salir contigo Sebastian Kydd?

Por un instante nos quedamos atrapadas en uno de esos terribles momentos en que una amiga va demasiado lejos y te planteas si habrá un intercambio de palabras feas. Dirás algo desagradable y a la defensiva. Ella dirá algo hiriente y cruel. Y luego te preguntarás si volveréis a dirigiros la palabra alguna vez.

Pero puede que no lo haya dicho en serio. Así que le das otra oportunidad.

—¿Por qué no iba a hacerlo? —pregunto, intentando quitarle hierro al asunto.

—Pues por Donna LaDonna —dice echándose atrás—. Bueno, si se está viendo con ella… no creo que empiece a salir con otra persona.

—Tal vez no se esté viendo con ella —señalo con la garganta constreñida. Estaba deseando contarle a Lali todo lo de la cita, hablarle de cada cosa que hizo y dijo él, pero ya no puedo.

¿Y si de verdad está saliendo con Donna LaDonna? Quedaría como una completa estúpida.

—¡Bradshaw! —grita el entrenador Nipsie—. ¿Qué demonios te pasa hoy? ¡Súbete al trampolín de una vez!

—Lo siento —le digo a Lali, como si de algún modo todo fuera culpa mía. Cojo la toalla y me dirijo hacia los trampolines.

—Y necesito que claves el salto de navaja con tirabuzón completo para el campeonato del jueves —señala a voz en grito el entrenador Nipsie.

Genial.

Subo los peldaños hasta la tabla e intento visualizar mi salto. Sin embargo, lo único que veo es a Donna LaDonna y a Sebastian juntos la noche que estuvimos en The Emerald. Tal vez Lali tenga razón.

¿Por qué se iba a molestar en perseguirme si está saliendo con Donna LaDonna? No obstante, puede que no esté con ella y que Lali solo pretenda fastidiarme. Pero ¿por qué querría hacer algo así mi amiga?

—¡Bradshaw! —me advierte el entrenador Nipsie—. ¡No tenemos todo el día!

De acuerdo. Doy cuatro pasos, salto con fuerza sobre mi pierna izquierda y salto estirada hacia arriba. En cuanto estoy en el aire, sé que el salto será un desastre. Mis brazos y mis piernas se tuercen a un lado y entro en el agua con la parte posterior de la cabeza.

—Vamos, Bradshaw. Ni siquiera lo estás intentando… —me regaña el entrenador.

Por lo general soy bastante dura, pero esta vez los ojos se me llenan de lágrimas. No sé si es por el dolor de cabeza o por la humillación, pero, en cualquier caso, ambas cosas duelen. Echo un vistazo a Lali en busca de una mirada amiga, pero ella no me presta atención. Está sentada en las gradas, y a su lado, a menos de un paso de distancia, está Sebastian.

¿Por qué siempre aparece de improviso? No estoy preparada para esto.

Vuelvo al trampolín. No me atrevo a mirarlo, pero sé que me está observando. Mi segundo intento es algo mejor, y cuando salgo del agua reparo en que Lali y Sebastian han empezado a hablar. Lali me mira y levanta el puño.

—¡Ánimo, Bradley!

—Gracias. —Saludo con la mano. Sebastian me mira y me guiña un ojo.

Mi tercer salto es bastante bueno, pero Lali y Sebastian están tan absortos en su animada conversación que ni siquiera se dan cuenta.

—Hola —saludo cuando me acerco a ellos escurriéndome el agua del pelo.

—Ah, hola —dice Lali, como si fuera la primera vez que me ve en todo el día. Ahora que Sebastian está aquí, supongo que debe de estar arrepentida por lo que ha dicho.

—¿Te ha dolido? —pregunta Sebastian cuando me siento a su lado. Me da unos golpecitos en la cabeza y dice con ternura—: La cabecita. Me ha parecido que sufrías algún daño en la zona.

Le echo un vistazo a Lali, que tiene los ojos abiertos como platos.

—No. —Me encojo de hombros—. Pasa muchas veces. No es nada.

—Estábamos hablando de la noche que fuimos a pintar el granero —dice Lali.

—Fue desternillante —replico intentando comportarme como si todo fuera normal, como si no me sorprendiera que Sebastian estuviera esperándome.

—¿Quieres que te lleve a casa?

—Claro.

Me sigue hasta la sala de taquillas y, por alguna razón, estoy aliviada. Y me doy cuenta de que no quiero dejarlo a solas con Lali.

Lo quiero para mí sola. Es demasiado nuevo para empezar a compartirlo.

Y luego me siento fatal. Lali es mi mejor amiga.


Salgo al aparcamiento a través del gimnasio y no por la piscina. Todavía tengo el pelo húmedo y los vaqueros pegados a los muslos. Estoy en medio del asfalto cuando un Toyota beige se detiene a mi lado. La ventanilla se baja y Jen S. asoma la cabeza.

—Hola, Carrie —saluda con tono despreocupado—. ¿Adónde vas?

—A ningún sitio.

Jen P. se inclina sobre su amiga.

—¿Te apetece venir al Hamburger Shack?

Las observo con una expresión deliberadamente incrédula. Jamás en la vida me han preguntado si quería ir con ellas al Hamburger Shack… por Dios, jamás me han pedido que vaya con ellas a ninguna parte. ¿De verdad se creen que soy imbécil?

—No puedo —contesto sin mucho interés.

—¿Por qué no?

—Tengo que irme a casa.

—Tienes tiempo para una hamburguesa —dice Jen S.

Tal vez sea mi imaginación, pero detecto una ligera amenaza en su tono. Sebastian toca el claxon.

Doy un respingo. Jen S. y Jen P. intercambian una mirada.

—Sube —me apremia Jen P.

—De verdad, chicas. Otra vez será.

Jen S. me asesina con la mirada. Y esta vez no hay duda alguna sobre la hostilidad de su voz.

—Como quieras —dice mientras sube la ventanilla.

Se quedan allí paradas, viendo cómo me acerco a Sebastian y me subo al coche.

—Hola —dice él antes de inclinarse hacia delante para darme un beso.

Me aparto.

—Será mejor que no lo hagas. Nos están vigilando. —Señalo el Toyota beige—. Las dos Jen.

—¿Y qué más da? —dice, y me besa de nuevo.

Yo le sigo el juego, pero me aparto pocos segundos después.

—Las Jen… —le recuerdo—. Son las mejores amigas de Donna LaDonna.

—¿Y?

—Bueno, es obvio que van a decírselo. Que estás conmigo —señalo con pies de plomo, ya que no quiero parecer presuntuosa.

Él frunce el ceño, gira la llave para encender el motor e introduce la segunda marcha. El coche avanza emitiendo un chirrido. Echo un vistazo por la ventanilla de atrás. El Toyota está justo detrás de nosotros. Me hundo en el asiento.

—No puedo creerlo —murmuro—. Nos están siguiendo.

—Ay, por el amor de Dios… —dice él cuando mira por el espejo retrovisor—. Puede que haya llegado el momento de darles una lección.

El motor ruge como un animal salvaje y Sebastian mete la cuarta marcha. Giramos bruscamente hacia la autopista y alcanzamos los ciento veinte kilómetros la hora.

—Creo que las estamos perdiendo.

—¿Por qué lo hacen? ¿Qué narices les pasa a esas chicas?

—Se aburren. No tienen nada mejor que hacer.

—Bueno, pues será mejor que encuentren otra cosa.

—¿O qué? ¿Les darás una paliza? —Suelto una risita nerviosa.

—Algo parecido. —Me masajea la pierna y sonríe. Describimos un giro brusco en la autopista para dirigirnos a Main Street. Cuando nos acercamos a mi casa, reduce la velocidad.

—Aquí no —le digo, presa del pánico—. Verán tu coche en la puerta.

—¿Adónde vamos, entonces?

Medito unos instantes.

—A la biblioteca.

A nadie se le ocurriría buscarnos allí, salvo tal vez a la Rata, que sabe que la biblioteca pública de Castlebury es mi lugar secreto favorito. Está ubicada en una mansión de ladrillos blancos construida a principios de 1900, cuando Castlebury era una floreciente población industrial con millonarios que querían hacer ostentación de sus riquezas y construían grandiosas residencias junto al río Connecticut. Sin embargo, ahora casi nadie tiene dinero para mantenerlas, así que todas se han convertido en propiedades públicas o asilos.

Sebastian se introduce rápidamente en el camino de entrada y aparca detrás del edificio. Salgo del coche y me asomo por la esquina. El Toyota beige reduce la velocidad en Main Street y pasa de largo la biblioteca. Dentro del coche, las dos Jen giran la cabeza de un lado a otro como si fueran marionetas, intentando encontrarnos.

Me inclino hacia delante, muerta de risa. Cada vez que intento enderezarme, miro a Sebastian y me entra el ataque de nuevo. Me acerco a trompicones al aparcamiento y me caigo al suelo sujetándome el vientre.

—¿Carrie? —dice él—. ¿De verdad te resulta tan divertido?

—Sí. —Y me entra otro ataque de risa. Sebastian me observa, pero al final se rinde y enciende un cigarrillo.

—Toma —dice al tiempo que me lo ofrece.

Me pongo en pie y me agarro a él para no caerme.

—¿No te parece gracioso?

—Para morirse.

—¿Cómo es posible que no te rías?

—Me río. Pero me gusta mucho más ver cómo te ríes tú.

—¿En serio?

—Sí. Me hace feliz. —Me rodea con el brazo y entramos en la biblioteca.

Lo guío hasta la cuarta planta. Casi nadie sube hasta aquí, ya que todos los libros versan sobre ingeniería, botánica e incomprensibles investigaciones científicas. La mayoría de la gente pasa de subir cuatro tramos de escaleras para leer algo así.

En la parte central de la estancia hay un viejo diván tapizado en cretona.

Llevamos al menos media hora enrollados cuando oímos una voz fuerte y cabreada que nos da un buen susto.

—Buenas, Sebastian… Me preguntaba adónde habrías huido.

Sebastian está encima de mí. Miro por encima de su hombro y veo a Donna LaDonna junto a nosotros, como una valquiria furiosa. Tiene los brazos cruzados a la altura de sus imponentes pechos. Si pudieran matar, yo estaría muerta.

—Eres despreciable —le dice a Sebastian con una mueca de asco antes de concentrar su atención en mí—. Y tú, Carrie Bradshaw, eres incluso peor.

—No lo entiendo —digo con un hilo de voz.

Sebastian parece sentirse culpable.

—Lo siento, Carrie. No tenía ni la menor idea de que reaccionaría así.

Pero ¿cómo es posible que «no tuviera ni la menor idea»?, me pregunto cada vez más furiosa. Mañana se hablará de esto en todo el instituto. Y será a mí a quien miren como si fuera una estúpida o una zorra.

Sebastian tiene una mano en el volante y da golpecitos sobre las falsas incrustaciones de madera con una de sus uñas mordidas, como si se sintiera tan perplejo como yo. Lo más probable es que debiera gritarle, pero parece tan mono e inocente que no consigo hacerlo.

Lo miro con dureza y cruzo los brazos.

—¿Estás saliendo con ella?

—Es complicado.

—¿Qué?

—No es tan sencillo.

—Es como estar un poco embarazada. O lo estás, o no lo estás.

—No lo estoy, pero ella cree que sí.

¿Y quién tiene la culpa de eso?

—¿No puedes decirle que no estás saliendo con ella?

—No es tan fácil. Ella me necesita.

Ahora sí que estoy harta. ¿Cómo puede responder a eso cualquier chica que se precie a sí misma? ¿Se supone que debo decirle: «No, por favor, yo también te necesito»? ¿Y qué gilipollez es esa de la «necesidad», en cualquier caso?

Se adentra en el camino de acceso a mi casa y aparca el coche.

—Carrie…

—Creo que debo irme. —Mi voz tiene un matiz cortante. Pero ¿qué otra cosa puedo hacer? ¿Y si a él le gusta más Donna LaDonna y solo me está utilizando para ponerla celosa?

Salgo del coche y cierro de un portazo.

Corro hacia la entrada. Estoy casi enfrente de la puerta cuando oigo el sonido rápido y satisfactorio de sus pasos detrás de mí.

Me agarra del brazo.

—No te vayas —dice. Dejo que me dé la vuelta y que ponga las manos sobre mi cabello—. No te vayas… —repite en un susurro. Inclina su rostro hacia el mío—. Puede que yo te necesite a ti.

## 12
### *No siempre puedes conseguir lo que quieres*

—Maggie, ¿qué te pasa?

—Nada —contesta ella con frialdad.

—¿Estás enfadada conmigo? —pregunto con voz ahogada.

Ella se detiene, se vuelve y me dirige una mirada asesina. Y ahí está. La expresión de fama internacional que significa: «Estoy enfadada contigo y tú deberías saber por qué, así que no pienso explicártelo».

—¿Qué he hecho?

—Es más bien lo que no has hecho.

—Vale, ¿qué no he hecho?

—Decírmelo —responde antes de echar a andar.

Repaso una buena cantidad de posibilidades, pero no se me ocurre nada.

—Mags... —Corro tras ella por el pasillo—. Siento no haber hecho lo que sea. De verdad que no sé de qué se trata.

—Sebastian —replica con sequedad.

—¿Eh?

—Sebastian y tú. Llego a clase esta mañana y todo el mundo lo sabe. Todo el mundo menos yo. Y eso que se supone que soy una de tus mejores amigas.

Estamos casi en la puerta de la asamblea, donde voy a entrar a sabiendas de que tendré que enfrentarme a la hostilidad de las amigas de Donna LaDonna y a un ejército de chicos que no son amigos suyos pero quieren serlo.

—Maggie... —le ruego—. Sucedió sin más. No tuve tiempo de llamarte. Era lo primero que pensaba contarte esta mañana.

—Lali lo sabe —dice. No se traga mi explicación.

—Lali estaba allí. Estábamos en la piscina cuando vino a buscarme.

—¿Y?

—Venga, Mags... Lo único que me falta es que tú también te cabrees conmigo.

—Ya veremos. —Abre la puerta del salón de actos—. Hablaremos de esto más tarde.

—Vale.

Suspiro cuando se aleja. Avanzo pegada a la pared posterior y corro por el pasillo hacia el lugar que tengo asignado tratando de llamar la atención lo menos posible. Cuando por fin llego a mi fila, me detengo en cuanto me doy cuenta de que algo va muy, pero que muy mal. Busco la letra B para asegurarme de que no me he equivocado.

No lo he hecho. Pero mi sitio está ocupado por Donna LaDonna.

Miro a mi alrededor en busca de Sebastian, pero no está por ninguna parte. Cobarde.

No me queda más remedio. Voy a tener que enfrentarme a la situación.

—Perdona —digo mientras paso junto a Susie Beck, que en los últimos dos años se ha vestido de negro cada día; junto a Ralph Bomenski, un chico frágil de piel pálida cuyos padres poseen una gasolinera y le obligan a trabajar allí haga el tiempo que haga; y junto a Ellen Brack, que mide un metro ochenta centímetros de estatura y parece desear que se la trague la tierra… Un sentimiento que entiendo a la perfección.

Donna LaDonna hace caso omiso de mi acercamiento. Su cabello es como un diente de león gigante que le obstaculiza el campo de visión. Habla animadamente con Tommy Brewster. Es la conversación más larga que les he visto mantener. De cualquier forma, parece lógico, ya que Tommy pertenece a su círculo de amistades. Habla en voz tan alta que casi se la puede oír a tres filas de distancia.

—Algunas personas no saben cuál es su lugar —dice—. Todo tiene una jerarquía. ¿No sabes lo que les ocurre a los gallos que no se quedan en su lugar?

—No —responde Tommy, aunque no añade nada más. Me ha visto, pero vuelve a fijar rápidamente los ojos en el lugar que les corresponde… en la cara de Donna LaDonna.

—Los matan a picotazos. Los demás gallos —asegura Donna con tono amenazador.

Vale. Ya es suficiente. No pienso soportar esto siempre. La pobre Ellen Brack ha subido las rodillas hasta las orejas. Está claro que no hay espacio en esta sala para las dos.

—Perdona —digo con educación.

No hay respuesta. Donna LaDonna sigue con su perorata.

—Y, además, ha intentado robarle el novio a otra chica.

Venga ya… Donna LaDonna ha robado el novio a casi todas sus amigas en un momento u otro, y solo para recordarles que puede hacerlo.

—Y fíjate bien en que he dicho «intentado». Porque lo más triste de todo esto es que no lo ha conseguido. Él me llamó anoche y me dijo lo z… —De pronto, Donna se inclina hacia delante y le susurra al oído a Tommy para que yo no pueda oír la palabra—… que es esa chica.

Tommy suelta una ruidosa carcajada.

¿Sebastian la llamó por teléfono?

De eso nada. No pienso dejar que me cabree más.

—Perdona —repito una vez más, pero esta vez con un tono de voz mucho más alto y autoritario. Si no se da la vuelta, quedará como una completa estúpida.

Se da la vuelta. Me recorre de arriba abajo con una mirada corrosiva.

—Carrie… —me dice—. Puesto que parece que eres una persona a la que le gusta cambiar las reglas, creí que podríamos intercambiar nuestros sitios hoy.

Muy lista, pienso. Por desgracia, no está permitido.

—¿Por qué no intercambiamos nuestros lugares otro día?

—Ooooooh… —dice con voz burlona—. ¿Te preocupa meterte en problemas? ¿Una chica tan buena como tú? No quieres arruinar tu precioso expediente, ¿verdad?

Tommy echa la cabeza hacia atrás y suelta otra carcajada, como si todo eso le resultara terriblemente gracioso. Imbécil. Se reiría de un palo si alguien se lo dijera.

—De acuerdo —le digo a Donna—. Si no te mueves, supongo que tendré que sentarme encima de ti.

Pueril, sí, pero efectivo.

—No te atreverás…

—¿En serio? —Alzo el bolso de mano como si pensara dejarlo sobre su cabeza.

—Lo siento, Tommy —dice al tiempo que se pone en pie—. Pero algunas personas son tan infantiles que no merece la pena perder el tiempo con ellas.

Pasa a mi lado al salir y me da un pisotón deliberado en el pie. Finjo no darme cuenta. Pero ni siquiera cuando se va encuentro consuelo. Mi corazón late al ritmo de un centenar de tambores. Me tiemblan las manos.

¿De verdad Sebastian la llamó por teléfono?

¿Dónde está Sebastian, para empezar?

Consigo soportar la sesión en el salón de actos recriminándome por mi comportamiento. ¿En qué estaba pensando? ¿Por qué he cabreado a la chica más poderosa del instituto? ¿Por un chico? Porque he tenido la oportunidad, por eso. Y la he aprovechado. No he podido evitarlo. Y eso me convierte en una persona irrazonable y quizá algo desagradable también.

Esto me va a meter en un buen lío. Y lo más probable es que me lo merezca.

¿Y si todo el mundo se cabrea conmigo durante el resto del curso?

Si pasa eso, escribiré un libro sobre este tema. Lo enviaré al seminario de verano para escritores de la New School, y esta vez aceptarán mi solicitud. Luego me mudaré a Nueva York, haré nuevas amistades y les daré a todos en las narices.

Sin embargo, justo cuando salimos de la asamblea, Lali se reúne conmigo.

—Estoy orgullosa de ti —me dice—. No puedo creer que te enfrentaras a Donna LaDonna.

—Bueno, no fue nada. —Me encojo de hombros.

—Te he estado observando todo el tiempo. Pensaba que te echarías a llorar o algo así. Pero no lo has hecho.

No soy de las que lloran. Nunca lo he sido. Aun así...

La Rata se une a nosotras.

—Estaba pensando que... Tal vez Danny, Sebastian, tú y yo podamos quedar para una cita doble cuando Danny venga a verme.

—Claro —replico, deseando que no lo hubiera dicho delante de Lali. Puesto que Maggie está cabreada conmigo, lo último que me hace falta es que Lali se sienta desplazada también.

—Quizá podamos salir todos. En grupo —añado con deliberación, por el bien de Lali—. ¿Desde cuándo necesitamos a los novios para pasarlo bien?

—Tienes razón —contesta la Rata, que ha captado la indirecta—. Ya sabes lo que se dice: las mujeres necesitan tanto a los hombres como un pez una bicicleta.

Todas asentimos para mostrar nuestro acuerdo. Quizá un pez no necesite una bicicleta, pero está claro que necesita amigos.


—¡Ay!

Alguien me ha clavado algo en la espalda. Me doy la vuelta esperando ver a uno de los esbirros de Donna LaDonna. Pero se trata de Sebastian, que tiene un lápiz en la mano y sonríe.

—¿Cómo estás? —me pregunta.

—Bien —respondo con un tono cargado de sarcasmo—. Donna LaDonna estaba sentada en mi sitio cuando he llegado al salón de actos.

—¿En serio? —inquiere con despreocupación.

—No te he visto en la asamblea.

—Porque no estaba allí.

—¿Dónde estabas? —No puedo creer que haya dicho eso. ¿Desde cuándo me he convertido en su madre?

—¿Importa mucho? —pregunta él.

—He tenido una escenita. Con Donna LaDonna.

—Muy bien.

—Ha sido horrible. Ahora me odia de verdad.

—Ya sabes cuál es mi lema —dice antes de darme un toque juguetón con el lápiz en la punta de la nariz—: hay que evitar los problemas femeninos a toda costa. ¿Qué vas a hacer esta tarde? Sáltate el entrenamiento de natación y vayamos a algún sitio.

—¿Qué pasa con Donna LaDonna? —Es lo que se aproxima más a preguntarle si la ha llamado.

—¿Qué pasa con ella? ¿Quieres que venga también? —Lo fulmino con la mirada—. Pues entonces, olvídala. Ella no es importante —dice en el momento en que nos sentamos en clase de cálculo.

Tiene razón, pienso mientras abro el libro por el capítulo de los números enteros. Nunca se sabe cuándo aparecerá un número entero para arruinarte toda la ecuación. Quizá eso piense Donna LaDonna de mí. Soy un número entero al que hay que detener.

—¿Carrie?

—¿Sí, señor Douglas?

—¿Podrías venir aquí y terminar esta ecuación?

—Claro. —Cojo un trozo de tiza y contemplo los números de la pizarra. ¿Quién habría imaginado que el cálculo sería más fácil que salir con alguien?

—De modo que ya habéis sacado la artillería pesada —dice Walt con cierta satisfacción, refiriéndose al incidente de la asamblea. Enciende un cigarrillo e inclina la cabeza hacia atrás antes de echar el humo hacia el tejado del granero.

—Sabía que te gustaba —dice la Rata con expresión radiante.

—¿Mags? —pregunto.

Maggie se encoge de hombros y aparta la mirada. Sigue sin hablarme. Aplasta el cigarrillo con el pie, coge los libros y se aleja de nosotros.

—¿Qué le pasa? —pregunta la Rata.

—Está cabreada conmigo porque no le he contado lo de Sebastian.

—Menuda estupidez —replica la Rata. Mira a Walt—. ¿Estás seguro de que no está enfadada contigo?

—Yo no he hecho nada. Estoy libre de culpa —insiste Walt.

Walt se está tomando lo de la ruptura demasiado bien. Han pasado dos días desde que Maggie y él «hablaron», y su relación parece casi la misma que antes, salvo por el hecho de que ahora Maggie sale oficialmente con Peter.

—Posiblemente Maggie esté cabreada porque no pareces molesto —añado.

—Dice que éramos más amigos que amantes. Y yo estoy de acuerdo —dice Walt—. No se puede tomar una decisión y luego enfadarse porque la otra persona está de acuerdo contigo.

—No —dice la Rata—. Porque eso requeriría cierto grado de lógica. No se trata de una crítica —se apresura a añadir al ver la expresión alarmada de mi rostro—. Pero es cierto. Maggie es la persona menos lógica que conozco.

—Pero es la mejor. —Pienso que lo más acertado será ir tras ella, pero Sebastian aparece en ese preciso momento.

—Vámonos de aquí —dice—. Acaba de abordarme Tommy Brewster y no ha dejado de preguntarme no sé qué sobre gallos...

—Hacéis buena pareja, chicos —señala Walt sacudiendo la cabeza—. Como Bonnie y Clyde.


—¿Qué te apetece hacer? —pregunta Sebastian.

—No lo sé. ¿Qué quieres hacer tú? —Ahora que estamos en el coche de Sebastian, de pronto me siento insegura. Nos hemos visto tres días seguidos. ¿Qué significa eso? ¿Estamos saliendo?

—Podríamos ir a mi casa.

—O podríamos hacer algo... —Si vamos a su casa, lo único que haremos será enrollarnos. No quiero ser la chica que se enrolla con él. Quiero más. Quiero ser su novia.

Pero ¿cómo demonios se consigue eso?

—Vale —replica. Apoya la mano sobre mi pierna y la desliza hasta mi muslo—. ¿Adónde quieres ir?

—No lo sé —respondo abatida.

—¿Al cine?

—Vale. —Me animo un poco.

—Hay una retrospectiva del magnífico Clint Eastwood en el teatro Chesterfield.

—Perfecto. —No estoy segura de quién es exactamente Clint Eastwood, pero si acepto no tengo que admitirlo—. ¿De qué va la película?

Él me mira y sonríe.

—Vamos... —dice, como si no pudiera creer que le haya preguntado eso—. No se trata de una sola película, sino de varias: *El bueno, el feo y el malo* y *El fuera de la ley*.

—Fantástico —comento con la esperanza de parecer lo bastante entusiasmada para disimular mi ignorancia. Oye, no es culpa mía. No tengo ningún hermano, así que no sé absolutamente nada sobre los gustos culturales masculinos.

Me apoyo en el respaldo del asiento y sonrío, decidida a encarar esta cita como si fuera una aventura antropológica.

—Esto es genial —dice Sebastian, que asiente a medida que se va entusiasmando más y más con el plan—. Genial. ¿Y sabes una cosa?

—¿Qué?

—Tú eres genial. Me moría de ganas de ver esa retrospectiva, pero pensaba que ninguna chica querría acompañarme a verla.

—Ah —replico complacida.

—Por lo general, a las chicas no les gusta Clint Eastwood. Pero tú eres diferente, ¿sabes? —Aparta los ojos de la carretera por un segundo para mirarme. Su expresión es tan seria que casi puedo ver cómo se derrite mi corazón y cómo se convierte en un charquito de pegajoso jarabe—. Lo que quiero decir es que me da la impresión de que eres algo más que una chica. —Titubea en busca de la descripción perfecta—. Es como… si fueras un chico en el cuerpo de una chica.

—¡¿Qué?!

—Calma, calma. No he dicho que parezcas un chico, sino que eres como un chico. Ya sabes. Eres práctica y fuerte. Y no tienes miedo a las aventuras.

—Oye, tío… El mero hecho de ser chica no implica que no se pueda ser fuerte, práctica y amante de las aventuras. Así son la mayoría de las chicas… hasta que se juntan con los chicos. Son los tíos los que las hacen parecer estúpidas.

—Ya sabes lo que dicen: todos los tíos son gilipollas y todas las mujeres están locas.

Me quito el zapato y le doy con él.


Cuatro horas más tarde, salimos del teatro arrastrando los pies. Tengo los labios abrasados de tantos besos, y me siento un poco mareada. Noto el pelo enredado, y seguro que tengo manchas de máscara de pestañas por toda la cara. Cuando salimos de la oscuridad a la luz, Sebastian me coge, me besa de nuevo y me aparta el cabello de la cara.

—Entonces, ¿qué piensas?

—Ha estado bastante bien. Me encanta la parte en que Clint Eastwood salva a Eli Wallach de la horca de un disparo.

—Sí —dice al tiempo que me rodea con el brazo—. Esa es mi parte favorita también.

Me peino un poco el pelo con los dedos en un intento de tener un aspecto más respetable… porque no quiero parecer una chica que se ha estado enrollando con un tío en un cine durante medio día.

—¿Qué tal estoy?

Sebastian retrocede un paso y sonríe con aprobación.

—Te pareces a Tuco.

Le doy una patada en el trasero. Tuco es el nombre del personaje de Eli Wallach, también conocido como «el feo».

—Creo que te voy a llamar así a partir de ahora —añade con una carcajada—. Tuco. La pequeña Tuco. ¿Qué te parece?

—Te mataré —replico, y lo persigo a través del aparcamiento hasta el coche.

# 13
## *Criaturas del amor*

P aso desapercibida los dos días siguientes y me mantengo alejada de Donna LaDonna saltándome la asamblea y evitando la cafetería durante el almuerzo. Al tercer día, Walt me encuentra en la sección de libros de autoayuda de la biblioteca. Estoy leyendo a escondidas un libro de Linda Goodman, *Los signos del zodiaco y el amor*, en un vano intento por descubrir si Sebastian y yo tenemos un futuro juntos. El problema es que no conozco su fecha de nacimiento. Mi única esperanza es que sea aries y no escorpio.

—¿Astrología? Ay, no... Tú no, Carrie —dice Walt.

Cierro el libro y vuelvo a dejarlo en la estantería.

—¿Qué tiene de malo la astrología?

—Es una gilipollez —responde Walt con una mueca de desprecio—. Es absurdo creer que se puede predecir la vida de la gente a partir de su fecha de nacimiento. ¿Sabes cuántas personas nacen cada día? Dos millones quinientas noventa y cinco personas exactamente. ¿Cómo es posible que dos millones quinientas noventa y cinco personas tengan algo en común?

—¿No te ha dicho nadie que últimamente estás de un humor de perros?

—¿De qué hablas? Siempre he sido así.

—No es por la ruptura, ¿verdad?

—No, no lo es.

—Entonces, ¿a qué se debe?

—Maggie no deja de llorar.

Suelto un suspiro.

—¿Es por mi culpa?

—No todo es por tu culpa, Bradley. Al parecer, ha tenido una especie de pelea con Peter. Me ha enviado a buscarte. Está en el servicio de chicas que hay al lado del laboratorio de química.

—No tienes por qué hacerle de recadero.

—No me importa —asegura Walt, como si toda la situación fuera inevitable—. Es más fácil que no hacerlo.

A Walt le pasa algo, sin duda, pienso mientras corro a buscar a Maggie. Siempre ha sido un poco sarcástico y algo cínico, que es precisamente lo que más me gusta de él. Pero jamás me ha parecido tan harto del mundo; es como si el día a día le hubiera arrebatado la fortaleza para seguir adelante.

Abro la puerta del pequeño aseo que hay en la parte antigua del instituto, el que no utiliza casi nadie porque el espejo está hecho un asco y las instalaciones son de hace unos sesenta años. Las pintadas arañadas en las puertas también parecen de hace sesenta años. Mi favorita es: «Si quieres pasar un buen rato, llama a Myrtle». Por favor, ¿cuándo fue la última vez que alguien llamó «Myrtle» a su hija?

—¿Quién está ahí? —grita Maggie.

—Soy yo.

—¿Hay alguien contigo?

—No.

—Vale —dice antes de salir del aseo. Tiene la cara hinchada y llena de manchas ocasionadas por las lágrimas.

—Por Dios, Maggie... —le digo antes de ofrecerle una toallita de papel.

Se suena la nariz y me mira por encima del pañuelo.

—Sé que estás muy ocupada con Sebastian ahora, pero necesito tu ayuda.

—Vale —replico con mucho tiento.

—Porque tengo que ir al médico. Y no quiero ir sola.

—Claro. —Sonrío, contenta de que las cosas se hayan arreglado entre nosotras—. ¿Cuándo?

—Ahora.

—¿¿Ahora??

—A menos que tengas algo mejor que hacer.

—No, nada. Pero ¿por qué ahora, Maggie? —pregunto, cada vez más suspicaz—. ¿A qué clase de médico tienes que ir?

—Ya sabes —contesta bajando la voz—. A uno de esos médicos que se encargan de... las cosas de mujeres.

—¿Como el aborto? —No puedo evitarlo. Las palabras salen de mi boca en una exclamación ahogada.

Maggie parece aterrorizada.

—Ni siquiera menciones esa palabra.

—¿Estás...?

—¡No! —responde en un susurro furioso—. Pero creí que podría estarlo. Aunque me bajó la regla el lunes...

—Así que lo has hecho... sin protección.

—Esas cosas no se planean, ¿sabes? —dice Maggie a la defensiva—. Y él siempre eyacula fuera.

—Ay, Maggie… —Aunque en realidad nunca he practicado el sexo, conozco bastante bien las teorías, y la principal dice que el método de «la marcha atrás» es famoso por su escaso éxito. Y Maggie también debería saberlo—. ¿No estás tomando la píldora?

—Bueno, lo estoy intentando. —Me mira con rabia—. Por eso quiero ir a ese médico de East Milton.

East Milton está justo al lado de nuestra ciudad, pero dicen que se cometen muchos delitos, así que nadie va. Ni siquiera pasan por allí bajo ninguna circunstancia. Para ser sincera, ni siquiera puedo creerme que haya un consultorio médico.

—¿Cómo has encontrado a ese médico?

—En las Páginas Amarillas. —Por el tono de su voz, sé que está mintiendo—. Llamé y pedí una cita para hoy a las doce y media. Y tú tienes que venir conmigo. Eres la única persona en la que puedo confiar. Porque no puedo ir con Walt, ¿no te parece?

—¿Por qué no vas con Peter? Es la persona responsable de todo esto, ¿no?

—Está cabreado conmigo —dice Maggie—. Cuando se enteró de que podría estar embarazada, se asustó y no quiso hablar conmigo en veinticuatro horas.

Hay algo en todo esto que no tiene sentido.

—Pero, Maggie… —me atrevo a replicar—, cuando te vi el domingo por la tarde dijiste que te habías acostado con Peter por primera vez…

—No, no es cierto.

—Sí, sí que lo es.

—No me acuerdo. —Coge un puñado de toallas de papel y se tapa la cara con ellas.

—Esa no fue la primera vez, ¿verdad? —Ella niega con la cabeza—. Te habías acostado con él antes.

—La noche que estuvimos en The Emerald —me confiesa.

Asiento con lentitud. Me acerco a la diminuta ventana del baño y contemplo el exterior.

—¿Por qué no me lo dijiste?

—Ay, Carrie, no podía… —dice entre sollozos—. Lo siento mucho. Quería decírtelo, pero estaba asustada. ¿Y si la gente lo descubría? ¿Y si se enteraba Walt? Todo el mundo me consideraría una furcia.

—Yo jamás te consideraría una furcia. No pensaría que eres una furcia ni aunque te acostaras con cien hombres.

Eso la hace reír.

—¿Crees que una mujer puede acostarse con cien hombres?

—Creo que sí, si se esfuerza mucho, mucho. Tendría que acostarse con un tipo diferente cada semana. Durante dos años. No tendría tiempo para otra cosa que para el sexo.

Maggie tira el papel a la basura y se mira al espejo mientras se da unas palmaditas en la cara con agua fresca.

—Eso me recuerda a Peter. No piensa en otra cosa más que en el sexo.

¿En serio? Mierda. ¿Quién se habría imaginado que el empollón de Peter fuera semejante semental?


Tendríamos que haber llegado al consultorio médico en menos de quince minutos, pero ya han pasado treinta y todavía no hemos logrado encontrarlo. Hasta el momento, hemos estado a punto de chocar contra dos coches, nos hemos subido a cuatro bordillos y hemos atropellado un puñado de patatas fritas. Maggie insistió en que nos detuviéramos de camino en un McDonald's, y una vez que metimos la comida en el coche salió del aparcamiento dando tales bandazos que mis patatas fritas salieron volando por la ventanilla.

¡Se acabó!, deseo gritar. Pero no puedo hacerlo… no si quiero llevar a una de mis mejores amigas a un matasanos para que le recete píldoras anticonceptivas. Así que, cuando consulto mi reloj de muñeca y veo que son más de las doce y media, sugiero con delicadeza que nos detengamos en la próxima gasolinera.

—¿Por qué? —pregunta Maggie.

—Allí hay mapas.

—No necesitamos un mapa.

—¿Qué te pasa? ¿Es que ahora eres un tío o qué? —Abro la guantera y miro en el interior, desesperada. Está vacía—. Además, necesitamos cigarrillos.

—La idiota de mi madre… —dice Maggie—. Está intentando dejarlo. Odio que haga eso.

Por suerte, el tema de los cigarrillos nos hace olvidar que nos hemos perdido, que estamos en la ciudad más peligrosa de Connecticut y que somos unas fracasadas. Además, es suficiente para que paremos en una gasolinera, donde me veo obligada a coquetear con el empleado lleno de granos mientras Maggie hace una visita urgente al mugriento cuarto de baño.

Le muestro al empleado el trozo de papel con la dirección.

—Ah, claro —dice—. Esa calle está justo a la vuelta de la esquina. —Luego empieza a hacer sombras chinescas en el costado del edificio.

—Se te da muy bien hacer el conejito —comento.

—Lo sé —dice él—. Voy a dejar este trabajo muy pronto. Pienso dedicarme a hacer sombras chinescas para fiestas de niños.

—Estoy segura de que tendrás una gran clientela. —De pronto, me siento un poco emocionada por este tierno chico lleno de granos que quiere hacer sombras chinescas para fiestas de niños. No se parece en nada a ninguno de los alumnos del Instituto Castlebury.

Cuando Maggie regresa, la obligo a entrar en el coche a toda prisa. Mientras abandonamos la gasolinera, coloco los dedos de la mano para formar un perro ladrando.

—¿A qué ha venido eso? —pregunta Maggie—. Lo de la mano. ¿Desde cuándo te dedicas a hacer sombras chinescas?

Desde que tú decidiste practicar sexo sin contármelo, me entran ganas de decirle, pero no lo hago.

—Siempre las he hecho, lo que pasa es que nunca te has fijado.

La consulta del médico se encuentra en una calle residencial llena de pequeñas casas amontonadas unas junto a otras. Cuando llegamos al número 46, Maggie y yo nos miramos la una a la otra, como si la dirección no pudiera estar bien. No es más que otra casa: un pequeño bungalow azul con la puerta roja. Detrás de la casa descubrimos otra puerta con un cartel que reza CONSULTORIO MÉDICO. Pero, ahora que hemos encontrado por fin al doctor, Maggie está aterrorizada.

—No puedo hacerlo —dice derrumbada contra el volante—. No puedo entrar ahí.

Sé que debería echarle la bronca por haberme hecho venir hasta East Milton para nada, pero sé muy bien cómo se siente. Desea aferrarse al pasado, ser la de siempre. Está demasiado asustada para avanzar hacia el futuro. Porque ¿quién sabe lo que puede depararnos el futuro?

No obstante, es probable que ya sea demasiado tarde para echarse atrás.

—Mira —le digo—. Entraré ahí para ver qué tal está. Si está bien, volveré a buscarte. Si no he vuelto en cinco minutos, llama a la policía.

Pegado a la puerta hay un trozo de papel que dice: «Llamen con fuerza». Llamo con fuerza. Llamo con tanta fuerza que casi me salen moratones en los nudillos.

La puerta se abre un poco y una mujer de mediana edad ataviada con un uniforme de enfermera se asoma por la rendija.

—¿Sí?

—Mi amiga tiene una cita.

—¿Para qué? —pregunta.

—¿Para una receta de píldoras anticonceptivas? —susurro.

—¿Tú eres esa supuesta amiga? —exige saber.

—No —contesto desconcertada—. Mi amiga está en el coche.

—Será mejor que entre rápido. El doctor está ocupadísimo hoy.

—Vale —digo antes de asentir. Siento la cabeza como la de uno de esos perros que los camioneros colocan en el salpicadero.

—O traes a tu «amiga» o entras de una vez —dice la enfermera.

Me vuelvo y le hago un gesto a Maggie con la mano. Y, por una vez en su vida, sale a la primera del coche.

Entramos en la clínica. Nos encontramos en una diminuta sala de espera que debía de haber sido originalmente la sala para desayunar de la casa. El papel de las paredes tiene teteras dibujadas. Hay seis sillas de metal y una mesita de café llena de ejemplares de revistas para niños. Una chica de nuestra edad más o menos ocupa una de las sillas.

—El doctor os atenderá muy pronto —le dice la enfermera a Maggie antes de marcharse.

Nos sentamos.

Contemplo a la chica, que nos mira con hostilidad. Lleva un peinado típico de los ochenta, corto por delante y muy largo por detrás. Se ha pintado los párpados con una línea negra que se transforma en dos pequeñas alas, como si los ojos fueran a salir volando de su cara. Parece dura, desgraciada y algo cabreada. En realidad, parece que quisiera darnos una paliza. Intento sonreírle, pero ella me mira encolerizada y coge una de las revistas para niños. Luego vuelve a dejarla sobre la mesa y dice:

—¿Se puede saber qué miras?

No estoy preparada para otra pelea de chicas, así que respondo con la mayor dulzura posible:

—Nada.

—¿En serio? —dice ella—. Pues será mejor que no mires nada.

—No miro nada. Lo prometo.

Al final, antes de que la cosa llegue a más, la puerta se abre y aparece la enfermera, que escolta a otra chica a la que lleva agarrada por los hombros. La muchacha se parece un poco a su amiga, pero llora en silencio y se limpia las lágrimas de las mejillas con la manga.

—Estás bien, querida —dice la enfermera con sorprendente amabilidad—. El doctor dice que todo ha ido bien. Nada de aspirinas durante los tres próximos días. Y nada de sexo en al menos dos semanas. —La chica asiente sin dejar de llorar.

Su amiga se levanta de un salto y le rodea la cara con las manos.

—Venga, Sal. Todo va bien. Todo saldrá bien. —Y, tras una última mirada asesina, se aleja con su compañera.

La enfermera sacude la cabeza y luego mira a Maggie.

—El doctor te atenderá ahora.

—Maggie —susurro—, no tienes por qué hacer esto. Podemos ir a cualquier otro sitio…

Pero Maggie se pone en pie con expresión decidida.

—Tengo que hacerlo.

—Es lo correcto, querida —dice la enfermera—. Es mucho mejor tomar precauciones. Ojalá todas las chicas tomarais precauciones.

Y por algún motivo, me mira directamente a mí.

Vaya, señora… Tranquilícese. Todavía soy virgen.

Aunque puede que no siga siéndolo por mucho tiempo. Quizá debería tomarme la píldora también. Solo por si las moscas.

Después de diez minutos, Maggie sale de la consulta sonriente, como si le hubieran quitado un peso de encima. Le da las gracias a la enfermera efusivamente. De hecho, se lo agradece tantas veces que me veo obligada a recordarle que tenemos que regresar al instituto.

Ya fuera, me dice:

—Ha sido muy fácil. Ni siquiera he tenido que quitarme la ropa. Solo me ha preguntado cuándo fue la última vez que tuve la regla.

—Genial —digo mientras subo al coche. No puedo sacarme de la cabeza la imagen de la chica que lloraba. ¿Lloraba porque se sentía triste o a causa del alivio? ¿O solo estaba asustada? En cualquier caso, ha sido espantoso. Abro un poco la ventanilla y enciendo un cigarrillo—. Mags, ¿cómo te has enterado de la existencia de este lugar? Y dime la verdad.

—Peter me habló de él.

—¿Y cómo lo conocía él?

—Donna LaDonna se lo dijo —susurra.

Asiento y echo el humo por fuera de la ventanilla, al aire frío.

Me parece que todavía no estoy lo bastante preparada para todo esto.

## 14

### *Aguanta ahí*

—¡M issy! —grito mientras aporreo la puerta del baño—. Missy, necesito entrar.

Silencio.

—Estoy ocupada —dice al final.

—¿Haciendo qué?

—No es asunto tuyo.

—Missy, por favor. Sebastian llegará en menos de treinta minutos.

—¿Y? Puede esperar.

No, no puede... eso creo. O, mejor dicho, la que no puede esperar soy yo. Me muero de ganas de salir de casa. Me muero de ganas de largarme de aquí.

Llevo diciéndome eso toda la semana. La parte de «largarme de aquí», sin embargo, es inespecífica. Puede que sencillamente quiera alejarme de mi vida.

Durante las dos últimas semanas, desde el incidente de la biblioteca, las dos Jen han estado acosándome. Se asoman a la piscina en los entrenamientos de natación y me abuchean cuando realizo los saltos. Me han seguido al centro comercial, al supermercado e incluso a la farmacia, donde vivieron la emocionante experiencia de verme comprar tampones. Y ayer encontré una tarjeta en mi taquilla. En la parte delantera había un dibujo de un sabueso con un termómetro en la boca y una bolsa de agua caliente en la cabeza. Dentro, alguien había escrito la palabra «No» antes de las letras impresas «Espero que te mejores pronto», y debajo «Ojalá estuvieras muerta».

—Donna nunca haría algo así —protestó Peter.

Maggie, la Rata y yo lo fulminamos con la mirada.

Peter levantó las manos a la defensiva.

—Queríais saber mi opinión, ¿no? Pues esa es mi opinión.

—¿Quién más haría algo así? —preguntó Maggie—. Es la única que tiene una razón de peso.

—No necesariamente —dijo Peter—. Mira, Carrie, no quiero herir tus sentimientos, pero puedo prometerte que Donna LaDonna ni siquiera sabe quién eres.

—Ahora sí —señaló la Rata.

Maggie estaba alucinada.

—¿Por qué no iba a saber quién es Carrie?

—No me refiero a que no sepa quién es Carrie Bradshaw, lo que digo es que Carrie Bradshaw no ocupa un lugar importante en su lista de preocupaciones.

—Gracias —le dije a Peter. Lo cierto es que empezaba a odiarlo.

Y luego me enfadé con Maggie por salir con él. Y luego con la Rata por ser amiga de ellos. Y ahora estoy furiosa con mi hermana Missy por encerrarse en el baño.

—Voy a entrar —aseguro en tono amenazador. Pruebo a abrir la puerta. No tiene echado el cerrojo. Dentro, Missy está en la bañera con las piernas embadurnadas de crema depilatoria Nair.

—¿Te importa? —pregunta antes de cerrar de un tirón la cortina de la bañera.

—¿Te importa a ti? —replico mientras me dirijo al espejo—. Llevas aquí dentro más de veinte minutos. Tengo que arreglarme.

—¿Qué narices te pasa?

—Nada —replico con un gruñido.

—Será mejor que acabes con ese malhumor, o Sebastian tampoco querrá estar contigo.

Salgo del baño como una exhalación. En mi dormitorio, cojo *El consenso*, lo abro por la primera página y observo con rabia la diminuta firma de Mary Gordon Howard. Parece la letra de una bruja. Le doy una patada al libro y lo envío debajo de la cama. Me tumbo y me cubro la cara con las manos.

Ni siquiera habría recordado ese maldito libro ni a la maldita Mary Gordon Howard si no me hubiera pasado las últimas horas buscando mi bolsito especial: el bolso francés que mi madre me dejó. Se sentía culpable por habérselo comprado, ya que era muy caro; no obstante, lo pagó con su propio dinero y siempre decía que toda mujer debería tener un bolso y unos zapatos buenos de verdad.

Ese bolso de mano es mi posesión más preciada. Lo trato como si fuera una joya y solo lo utilizo en ocasiones especiales. Y siempre vuelvo a guardarlo en su funda de tela y después en su caja original. Tengo la caja escondida en el fondo del armario. Pero esta vez, cuando he ido a sacarla, no estaba allí. En su lugar estaba *El consenso*, que también había escondido al fondo del armario. La última vez que utilicé ese bolso fue hace seis meses, cuando Lali y yo fuimos a Boston. Ella no dejaba de mirarlo y de preguntarme si se lo prestaría alguna vez. Le dije que sí, aunque el mero hecho de imaginar a Lali con el bolso de mi madre me puso la carne de gallina. A ella también debió de ponérsele la carne de gallina... lo suficiente para que nunca me lo haya vuelto a pedir. Después de ese viaje, recuerdo muy bien haberlo guardado en su bolsa, porque decidí que no lo usaría de nuevo hasta que fuera a Nueva York.

Sin embargo, Sebastian me ha dicho que cenaríamos en ese restaurante francés de lujo que hay en Hartford, The Brownstone, y si esta no es una ocasión especial, no sé cuál lo será.

Y ahora el bolso ha desaparecido. Todo mi mundo se ha venido abajo.

Dorrit, pienso de repente. Ha pasado de sisarme los pendientes a robarme el bolso.

Entro en tromba en su habitación.

Dorrit ha estado demasiado tranquila esta semana. No ha causado sus acostumbrados alborotos, y eso en sí ya resulta sospechoso. Ahora está tumbada en su cama, hablando por teléfono. En la pared, por encima de ella, hay un póster de un gato tumbado en la rama de un árbol. «Aguanta ahí», dice el pie de foto.

Dorrit tapa el auricular del teléfono con la mano.

—¿Sí?

—¿Has visto mi bolso?

Aparta la mirada, lo cual que me permite confirmar que es culpable.

—¿Qué bolso? ¿Tu bolso grande de cuero? Creo que lo he visto en la cocina.

—El bolso de mamá.

—No lo he visto —dice con exagerada expresión de inocencia—. ¿No lo tenías escondido en tu armario?

—Allí no está.

Dorrit se encoge de hombros y sigue con su conversación telefónica.

—¿Te importa que mire en tu habitación? —le pregunto con voz despreocupada.

—Adelante —responde ella. Es astuta. Si dijera que sí le importa se notaría que es culpable.

Busco en sus ármarios, en sus cajones y bajo la cama. Nada.

—¿Lo ves? —pregunta Dorrit con el típico tono de «ya te lo dije». Pero, en su momento triunfal, sus ojos se desvían hacia el gigantesco panda de peluche que hay sobre la mecedora, en uno de los rincones de la habitación. El oso panda que supuestamente le regalé cuando nació.

—Ay, no, Dorrit… —le digo sacudiendo la cabeza—. El señor Panda no…

—¡No lo toques! —grita. Se levanta de un salto de la cama y deja caer el teléfono al suelo.

Cojo al señor Panda y salgo a la carrera.

Dorrit me sigue. Noto que el señor Panda ha engordado sospechosamente mientras me dirijo a mi habitación.

—¡Déjalo en paz! —exige Dorrit.

—¿Por qué? —pregunto—. ¿Es que el señor Panda se ha portado mal últimamente?

—¡No!

—Creo que sí. —Palpo la parte trasera del oso de peluche y encuentro una larga abertura que ha sido cerrada con mucho cuidado con imperdibles.

—¿Qué pasa aquí? —Missy se acerca a toda prisa, con las piernas llenas de espuma.

—Esto —respondo mientras quito los imperdibles.

—Carrie, ¡no lo hagas! —grita Dorrit cuando meto la mano por la abertura. Lo primero que encuentro es la pulsera plateada que no veía desde hace meses. Después de la pulsera viene una pequeña pipa, del tipo que se usa para fumar marihuana—. No es mía, te lo prometo. Es de Cheryl, una amiga mía —insiste Dorrit—. Me pidió que se la guardara.

—Claro, claro... —replico mientras le entrego la pipa a Missy. Un momento después, mi mano topa con la superficie suave y granulosa del bolso de mi madre—. ¡Ajá! —exclamo antes de sacarlo. Lo coloco sobre la cama, donde las tres lo miramos con expresión atónita.

Está destrozado. Toda la parte delantera (con la elegante solapa que mi madre solía utilizar para guardar el talonario y las tarjetas de crédito) está llena de manchas rosadas. Manchas rosadas del mismo tono que el esmalte de uñas que lleva Dorrit.

Estoy demasiado desconcertada para decir algo.

—Dorrit, ¿cómo has podido? —grita Missy—. Ese era el bolso de mamá. ¿Por qué has tenido que estropear el bolso de mamá? ¿No pudiste estropear el tuyo, por ejemplo?

—¿Por qué Carrie tiene que quedarse siempre con todo lo que era de mamá? —responde Dorrit a gritos.

—Eso no es cierto —le digo, aunque me sorprendo a mí misma por lo tranquilas y razonables que suenan mis palabras.

—Mamá le dejó ese bolso a Carrie porque es la mayor —dice Missy.

—Eso es mentira —asegura Dorrit entre sollozos—. Se lo dejó porque la quería más a ella.

—Dorrit, eso no es cierto…

—Sí que lo es. Mamá quería que Carrie fuera igual que ella. Pero ahora mamá está muerta y Carrie sigue viva. —Es la clase de comentario que te provoca un nudo en la garganta.

Dorrit sale corriendo de la habitación. Y de pronto estallo en lágrimas.

No se me da bien llorar. Se supone que algunas mujeres lloran con mucho estilo, como las chicas de *Lo que el viento se llevó*. Pero lo cierto es que jamás lo he visto en la vida real. Cuando lloro, mi cara se hincha, se me caen los mocos y no puedo respirar.

—¿Qué diría mamá? —le pregunto a Missy entre suspiros.

—Bueno, creo que en estos momentos no puede decir nada —contesta Missy.

El humor negro. No sé qué haríamos sin él.

—Eso es verdad, sí… —Suelto una risita entre un hipido y otro—. No es más que un bolso de mano, ¿verdad? No es una persona ni nada de eso.

—Creo que deberíamos pintar de rosa al señor Panda —dice Missy—. Eso le enseñaría a Dorrit una buena lección. Dejó un bote de esmalte rosa abierto bajo el lavabo. Estuve a punto de tirarlo cuando cogí la crema depilatoria.

Salgo corriendo hacia el cuarto de baño.

—¿Qué haces? —chilla Missy cuando empiezo mi obra de arte.

Una vez terminada, la sostengo en alto para inspeccionarla.

—Está genial —dice Missy, que asiente a modo de elogio.

Lo giro de un lado a otro, satisfecha. Es verdad que está genial.

—Cuando es deliberado —le digo al darme cuenta de una cosa—, es chic.

—Madre mía… Me encanta tu bolso —me dice efusivamente la jefa de comedor. Lleva un vestido negro de lycra y el pelo cardado con marcadas ondas—. Nunca he visto uno parecido. ¿Ese es tu nombre? ¿Carrie?

Asiento.

—Yo soy Eileen —dice—. Me encantaría tener un bolso como ese con mi nombre.

Coge dos menús y los sostiene en alto mientras nos acompaña a una mesa para dos situada frente a la chimenea.

—Es la mesa más romántica del establecimiento —susurra mientras nos entrega los menús—. Que lo paséis bien, chicos.

—Lo haremos —dice Sebastian, que desdobla su servilleta con una sacudida.

Le muestro el bolso.

—¿Te gusta?

—No es más que una faltriquera, Carrie —responde.

—Sebastian, este no es un bolso cualquiera. Y no deberías llamar faltriquera a un bolso de mano. La faltriquera era lo que utilizaba la gente para llevar las monedas en el siglo XVII. Solían esconderla por dentro de la ropa para engañar a los ladrones. Un bolso, sin embargo, ha sido creado para ser visto. Y este no es un bolso viejo cualquiera. Era de mi madre… —Me quedo callada. Está claro que no le interesa lo más mínimo la procedencia de mi bolso.

Pufff. Hombres, pienso mientras abro el menú.

—Me gusta quien lo lleva —dice.

—Gracias. —Todavía estoy un poco enfadada con él.

—¿Qué te gustaría pedir?

Supongo que debemos comportarnos con formalidad ahora que estamos en un restaurante de lujo.

—Todavía no lo he decidido.

—¿Camarero? —dice Sebastian—. ¿Podría traernos un par de martinis, por favor? Con aceitunas en lugar de cáscara de limón en forma de espiral. —Se inclina hacia mí—. Aquí preparan los mejores martinis.

—A mí me gustaría tomar un Singapore Sling.

—Carrie… —me dice—. No puedes tomarte un Singapore Sling.

—¿Por qué no?

—Porque este es un sitio donde la especialidad son los martinis. Y un Singapore Sling es lo que piden los niños. —Me mira por encima del menú—. Y hablando de niños, ¿qué te pasa esta noche?

—Nada.

—Estupendo. En ese caso, intenta comportarte con normalidad.

Abro la carta y lo miro con el entrecejo fruncido.

—Las chuletillas de cordero son excelentes. Y también la sopa francesa de cebolla. Era mi plato favorito en Francia. —Levanta la mirada y sonríe—. Solo intento ser útil.

—Gracias —le digo con cierto tono sarcástico. Pero me disculpo de inmediato—: Lo siento.

¿Qué demonios me pasa? ¿Por qué estoy de tan mal humor? Nunca he estado de mal humor con Sebastian.

—Bueno —dice antes de cogerme de la mano—, ¿cómo te ha ido la semana?

—Fatal —contesto justo en el momento en el que llega el camarero con los martinis.

—Un brindis —propone— por las semanas horribles.

Doy un sorbo a la bebida y la dejo con cuidado en la mesa.

—Hablo en serio, Sebastian. Esta semana ha sido espantosa.

—¿Por mi culpa?

—No. No ha sido por tu culpa. O, al menos, no directamente. Lo que pasa es que Donna LaDonna me odia…

—Carrie —me interrumpe—, si no puedes soportar la polémica, no deberías salir conmigo.

—Sí que puedo…

—Está bien.

—¿Siempre hay polémica cuando sales con alguien?

Se reclina en la silla y me mira con arrogancia.

—Por lo general, sí.

Ajá. Sebastian es un tipo al que le encanta el drama. Pero a mí también. Así que tal vez seamos perfectos el uno para el otro. Tengo que hablar de esto con la Rata, pienso.

—Así que sopa francesa de cebolla y chuletillas de cordero para ti, ¿no? —pregunta para pedírselo al camarero.

—Perfecto. —Le sonrío por encima del borde de la copa de martini.

Pero hay un problema: no quiero tomar sopa francesa de cebolla. He comido cebolla y queso toda mi vida. Quiero probar algo exótico y sofisticado, como los caracoles. Pero ya es demasiado tarde. ¿Por qué hago siempre lo que Sebastian quiere?

Cuando levanto la copa, una mujer pelirroja que lleva puesto un vestido rojo sin medias choca contra mí y derrama la mitad de mi bebida.

—Lo siento, encanto —dice arrastrando las palabras. Da un paso atrás para fijarse en lo que parece una escena romántica entre Sebastian y yo—. El amor juvenil… —comenta con una sonrisa burlona antes de alejarse haciendo eses.

Intento arreglar el lío con la servilleta.

—¿A qué ha venido eso?

—Es una borracha de mediana edad. —Sebastian se encoge de hombros.

—No puede evitar tener la edad que tiene, ¿sabes?

—Ya. Pero no hay nada peor que una mujer de cierta edad que ha bebido demasiado.

—¿De dónde sacas todas esas ideas?

—Venga, Carrie. Todo el mundo sabe que las mujeres aguantan mal la bebida.

—¿A los hombres se les da mejor?

—¿Por qué estamos manteniendo esta discusión?

—Supongo que pensarás que las mujeres también son malas conductoras y malas científicas.

—Hay excepciones. Por ejemplo, tu amiga la Rata.

¡¿Cómo dices?!

Llega nuestra sopa de cebolla, cubierta de burbujeante queso fundido.

—Ten cuidado —me aconseja—. Está muy caliente.

Dejo escapar un suspiro y soplo una cucharada de queso derretido.

—Aún quiero ir a Francia algún día.

—Yo te llevaré —asegura, y se queda tan fresco—. Quizá podamos ir este verano. —Luego se inclina hacia delante, animado de pronto con esta idea—. Comenzaremos por París. Luego cogeremos el tren hasta Burdeos. Es la región del vino. Después bajaremos a las regiones del sur: Cannes, Saint-Tropez…

Me imagino la torre Eiffel. Una villa blanca sobre una colina. Lanchas motoras. Biquinis. Los ojos de Sebastian se clavan en los míos, serios, conmovedores. «Te quiero, Carrie —susurra en mi imaginación—. ¿Te casarás conmigo?»

Tenía la esperanza de ir a Nueva York este verano, pero si Sebastian quiere llevarme a Francia, allí estaré.

—¿Hola?

—¿Eh? —Levanto la vista y veo a una mujer rubia que lleva una cinta en la cabeza y sonríe de oreja a oreja.

—Tengo que preguntártelo. ¿Dónde has conseguido ese bolso?

—¿Le importa? —le dice Sebastian a la rubia. Quita el bolso de la mesa y lo coloca en el suelo.

La mujer se aleja mientras Sebastian pide otra ronda de martinis. Pero la magia del momento se ha roto, y cuando llegan las chuletillas de cordero nos limitamos a comer en silencio.

—Oye —le digo—. Somos como un viejo matrimonio.

—¿Y eso por qué? —pregunta con tono indiferente.

—Ya sabes, porque estamos comiendo sin decir nada. Eso es lo que más temo. Me entristece ver a esas parejas de los restaurantes que apenas se miran el uno al otro. ¿Para qué se molestan en salir? Si no tienes nada que decir, ¿por qué no te quedas en casa?

—Tal vez la comida del restaurante sea mejor.

—Qué gracioso… —Dejo el tenedor, me limpio la boca con la servilleta y echo una ojeada al restaurante—. Sebastian, ¿qué te pasa?

—¿Qué te pasa a ti?

—Nada.

—Estupendo.

—Ocurre algo.

—Estoy comiendo, ¿vale? ¿Es que no puedo comerme las chuletillas de cordero sin que me des la lata?

Me encojo de vergüenza. Ahora no mido más de un palmo. Abro bien los ojos y me obligo a no parpadear. Me niego a llorar. Pero la verdad es que me ha dolido.

—Claro —contesto con tono despreocupado.

¿Nos estamos peleando? ¿Cómo demonios ha ocurrido?

Le doy un mordisquito al cordero y luego suelto el cuchillo y el tenedor.

—Me rindo.

—No te gusta el cordero.

—No es eso. Me encanta el cordero. Pero tú estás enfadado conmigo por algo.

—No estoy enfadado.

—Pues te aseguro que a mí me da esa sensación.

Él también suelta los cubiertos.

—¿Por qué las chicas siempre os comportáis igual? ¿Por qué preguntáis siempre qué pasa? Puede que no pase nada. Puede que el chico solo quiera comer.

—Tienes razón —replico en voz baja antes de ponerme en pie.

Durante un segundo, parece aterrorizado.

—¿Adónde vas?

—Al servicio.

Utilizo el baño, me lavo las manos y observo con detenimiento el reflejo de mi cara en el espejo. ¿Por qué me estoy comportando así? Puede que sea a mí a quien le pasa algo.

De pronto me doy cuenta de que estoy asustada.

Si algo ocurriera y perdiera a Sebastian, me moriría. Si cambiara de opinión y volviera con Donna LaDonna, me moriría dos veces.

Además, mañana por la noche tengo la cita con George. Quería anularla, pero mi padre no me lo ha permitido.

—Sería una grosería por tu parte —me dijo.

—Pero no me gusta ese chico —repliqué, enrabietada como una niña.

—Es una persona muy agradable y no hay razón para que seas desconsiderada con él.

—Lo desconsiderado sería darle esperanzas.

—Carrie —dice mi padre con un suspiro—, quiero que tengas cuidado con Sebastian.

—¿Qué tiene de malo Sebastian?

—Pasas muchísimo tiempo con él. Y los padres sabemos de qué van estas cosas. Conocemos a los demás hombres.

En ese momento me enfadé con mi padre también. Pero no tuve el coraje de anular la cita con George.

¿Y si Sebastian descubre la cita con George y rompe conmigo?

Mataré a mi padre. Lo juro.

¿Por qué no puedo tener ningún tipo de control sobre mi vida?

Estoy a punto de coger el bolso cuando recuerdo que no lo he traído. Está debajo de la mesa, donde Sebastian lo ha escondido. Respiro hondo. Me arreglo un poco para animarme, pinto una sonrisa en mi cara, salgo del baño y actúo como si todo fuera bien.

Cuando vuelvo a la mesa, ya nos han retirado los platos.

—Bueno… —le digo con fingida alegría.

—¿Quieres postre? —pregunta Sebastian.

—¿Y tú?

—Yo te lo he preguntado primero. ¿Te importaría tomar una decisión, por favor?

—Claro. Tomemos postre.

¿Por qué tiene que ser tan insoportable? La tortura china suena incluso mejor.

—Dos tartas de queso —le dice al camarero, pidiendo en mi nombre una vez más.

—Sebastian...

—¿Sí? —Me mira con intensidad.

—¿Sigues enfadado?

—Mira, Carrie, he pasado mucho tiempo planeando esta cita, porque quería llevarte a un restaurante bueno de verdad. Y lo único que haces es regañarme.

—¿Qué? —pregunto. Me ha pillado desprevenida.

—Me da la impresión de que no hago nada bien.

Por un momento, me quedo paralizada por el miedo. ¿Qué estoy haciendo?

Tiene razón, por supuesto. Soy yo quien se está comportando como una idiota, ¿y por qué? ¿Tan asustada estoy por la posibilidad de perderlo que intento alejarlo antes de que pueda romper conmigo?

Ha dicho que quiere llevarme a Francia, por el amor de Dios. ¿Qué más quiero?

—¿Sebastian? —lo llamo con un hilo de voz.

—¿Sí?

—Lo siento.

—No pasa nada. —Me da unas palmaditas en la mano—. Todo el mundo comete errores.

Asiento y me hundo aún más en la silla, pero Sebastian ha recuperado de pronto el buen humor. Tira de mi silla para acercarla a la suya y, ante los ojos de todo el restaurante, me besa.

—Llevo toda la noche deseando hacer esto —susurra.

—Yo también —murmuro.

O al menos, eso creía. Sin embargo, me aparto después de unos segundos. Todavía me siento algo enfadada y confusa.

Tomo otro trago de martini y entierro los sentimientos de rabia en las plantas de mis pies, donde, con un poco de suerte, no me causarán más problemas.

## 15
### *Pequeños delincuentes*

—V aya... —dice George.
— ¿Vaya qué? —le pregunto al entrar en la cocina.

Mi padre y él se están tomando unos gin tonics, como si fueran viejos amigos.

—Ese bolso —dice George—, me encanta.

—¿De verdad?

Pufff... Después de la accidentada cita con Sebastian, en la que terminamos enrollados en el coche en el camino de acceso a mi casa hasta que mi padre empezó a encender y apagar las luces de la fachada, George es la última persona a la que me gustaría ver.

—Estaba pensando una cosa... —le digo a George—. En lugar de conducir hasta esa posada rural, ¿por qué no vamos a The Brownstone? Está más cerca, y la comida es muy buena.

Es una crueldad llevar a George al mismo restaurante al que he ido con Sebastian. Pero el amor me ha convertido en alguien perverso.

George, por supuesto, no tiene ni la menor idea de eso. Es irritantemente agradable.

—Iremos a donde quieras, por mí no hay problema.

—Pasadlo bien —dice mi padre con tono esperanzado.

Nos subimos al coche y George se inclina para darme un beso. Yo giro la cabeza y el beso acaba a un lado de mi boca.

—¿Qué tal estos días? —me pregunta.

—Una locura. —Estoy a punto de hablarle de las dos semanas salvajes que he pasado con Sebastian, del acoso al que me han sometido Donna LaDonna y las dos Jen, y de la horrible tarjeta que apareció en mi taquilla, pero me contengo. George no tiene por qué enterarse de la existencia de Sebastian todavía. En lugar de eso, le digo—: Tuve que llevar a una amiga al médico para que le recetara píldoras anticonceptivas, y en la consulta había una chica que había abortado y...

Asiente sin apartar los ojos de la carretera.

—Como crecí en la ciudad, siempre me he preguntado qué hacía la gente en las poblaciones pequeñas. Pero supongo que las personas consiguen meterse en problemas vivan donde vivan.

—¡Ja! ¿Alguna vez has leído *Peyton Place*?

—Cuando no estoy ocupado con las lecturas de clase, leo sobre todo biografías.

Hago un gesto de asentimiento. Solo llevamos juntos diez minutos, pero la situación ya resulta tan incómoda que no sé si conseguiré soportar la noche entera.

—¿Así la llaman? —pregunto con tiento—. ¿«La ciudad»? ¿Nada de «Nueva York» o «Manhattan»?

—Sí —responde, y suelta una risotada—. Sé que suena arrogante. Como si Nueva York fuera la única ciudad del mundo. Pero lo cierto es que los neoyorquinos son un poco arrogantes. Y creen de verdad que Manhattan es el centro del universo. La mayoría de los habitantes de la ciudad no pueden imaginarse viviendo en otro sitio.

—Me echa una ojeada—. Eso suena horrible, ¿no? ¿Te parece que soy un imbécil?

—Desde luego que no. A mí me encantaría vivir en Manhattan. —Quiero decir «la ciudad», pero me da miedo parecer presuntuosa.

—¿Has estado alguna vez allí? —pregunta.

—Podría decirse que no. Fui una o dos veces cuando era pequeña. Hicimos una excursión escolar al planetario para ver las estrellas.

—Yo crecí prácticamente en el planetario. Y en el Museo de Historia Natural. Lo sabía todo sobre los dinosaurios. Y me encantaba el zoo de Central Park. La casa de mi familia está situada en la Quinta Avenida, y cuando era niño oía los rugidos de los leones por las noches. Genial, ¿eh?

—Sí, genial —replico mientras me rodeo con los brazos.

Es extraño, pero siento frío y estoy como un flan. Tengo una súbita premonición: voy a vivir en Manhattan. Voy a oír los rugidos de los leones de Central Park. No sé cómo llegaré hasta allí, pero lo haré.

—¿Tu familia vive en una casa? —pregunto, como si fuera estúpida—. Creí que en Nueva York todo el mundo vivía en pisos.

—Es un piso —dice George—. El típico piso de ocho habitaciones construido antes de la guerra. Pero hay verdaderas casas: adosadas y demás. No obstante, toda la gente de la ciudad llama «casa» a su piso. No me preguntes por qué. Otra muestra de afectación, supongo. —Me mira de reojo—. Deberías venir a visitarme. Mi madre pasa todo el verano en la casa de Southampton, así que el piso está casi vacío. Hay cuatro dormitorios libres —añade con rapidez para que no me haga una idea equivocada.

—Claro. Sería fantástico. —Y si hubiera conseguido entrar en ese maldito programa para escritores, sería todavía mejor.

A menos que en lugar de eso me vaya a Francia con Sebastian.

—Oye —me dice—, te he echado de menos, ¿sabes?

—No puedes echarme de menos, George —replico con cierta irritación—. Ni siquiera me conoces.

—Te conozco lo suficiente para echarte en falta. Para pensar en ti, por lo menos. ¿Eso te parece bien?

Debería decirle que tengo novio... pero es demasiado pronto. Apenas lo conozco.

Sonrío sin decir nada.


—¡Carrie! —Eileen, la jefa de comedor de The Brownstone, me saluda como si fuéramos viejas amigas; luego mira a George de arriba abajo y asiente con aprobación.

A George le hace gracia.

—¿Te conocen? —pregunta. Me agarra del brazo mientras Eileen nos conduce hasta la mesa.

Asiento con aire misterioso.

—¿Qué es lo mejor de aquí? —pregunta al coger el menú.

—Los martinis. —Sonrío—. La sopa francesa de cebolla está bastante buena. Y también las chuletillas de cordero.

George sonríe.

—Sí al martini, pero no a la sopa francesa de cebolla. Es uno de esos platos que los norteamericanos consideramos franceses, pero que ningún francés que se precie pediría jamás.

Frunzo el ceño y me pregunto una vez más si conseguiré aguantar hasta el final de la cena. George pide caracoles y *cassoulet*,* que es lo que yo habría pedido anoche si Sebastian me lo hubiera permitido.

—Quiero saberlo todo sobre ti —dice George, al tiempo que me coge la mano por encima de la mesa.

Yo la aparto, aunque disimulo mi reticencia fingiendo que solo quiero tomar otro sorbo de martini. ¿Cómo explica alguien todo sobre sí mismo?

—¿Qué quieres saber?

—Para empezar, ¿debo esperar verte en Brown el otoño que viene? Bajo la vista.

—Mi padre quiere que vaya, pero yo siempre he querido vivir en Manhattan. —Y, antes de darme cuenta, le estoy contando mis sueños de convertirme en escritora y el fallido intento de ingresar en el curso de verano para escritores.

A él no le parece raro ni humillante.

—He conocido a unos cuantos escritores en mi vida —dice con picardía—. El rechazo es parte del proceso. Al menos, al principio. Muchos escritores ni siquiera consiguen que les publiquen nada hasta que han escrito dos o tres libros.

—¿En serio? —Mis esperanzas remontan el vuelo.

—Pues claro —asegura con firmeza—. El mundo editorial está lleno de manuscritos que han sido rechazados por veinte firmas antes de que alguien les dé una oportunidad y los convierta en un superventas.

* *Cassoulet:* plato típico del sur de Francia. Es un guiso hecho con alubias blancas y distintas carnes, parecido a la fabada. (*N. de la t.*)

Eso es lo que me pasa a mí, pienso. Estoy disfrazada de chica normal y corriente, pero dentro de mí hay una estrella esperando a que alguien le dé una oportunidad.

—Oye —dice George—, si quieres, a mí me encantaría leer algo de lo que has escrito. Tal vez pueda ayudarte.

—¿Lo harías? —pregunto atónita. Nadie se había ofrecido a ayudarme antes. Nadie me había animado. Clavo la mirada en los tiernos ojos castaños de George. Es un tipo muy agradable.

¡Maldita sea! Deseaba que me aceptaran en ese curso de verano para escritores. Quiero vivir en «la ciudad». Y quiero hacer una visita a George y oír los rugidos de los leones de Central Park.

De pronto me muero de ganas de empezar a vivir mi futuro.

—¿No sería increíble que tú acabaras siendo escritora y yo el editor del *New York Times*?

¡Sí!, me entran ganas de gritar.

Solo hay un problema. Tengo novio. No puedo comportarme como una zorra. Tengo que decírselo a George. No hacerlo sería injusto.

—George, hay algo que debo decirte...

Estoy a punto de contarle mi secreto cuando Eileen se acerca a la mesa con expresión solemne.

—¿Carrie? —dice—. Tienes una llamada telefónica.

—¿Sí? —pregunto con voz aguda antes de mirar a Eileen y a George—. ¿Quién podrá ser?

—Será mejor que vayas a averiguarlo. —George se pone en pie cuando me levanto de la mesa.

—¿Hola? —digo al coger el teléfono. Tengo el terrible presentimiento de que es Sebastian. Me ha seguido, ha descubierto que he salido con otro chico y está furioso.

Pero se trata de Missy.

—¿Carrie? —pregunta con una voz aterrada que me hace pensar de inmediato que mi padre o Dorrit se han matado en un accidente—. Será mejor que vuelvas a casa ahora mismo.

Me flaquean las rodillas.

—¿Qué ha ocurrido? —pregunto con un sordo susurro.

—Se trata de Dorrit. Está en la comisaría de policía. —Missy hace una pausa antes de asestar el golpe final—. La han detenido.

—No sé usted… —dice una extraña mujer ataviada con un viejo abrigo de pieles y lo que parece un pijama de seda—, pero yo no puedo más. Se acabó. En lo que a ella se refiere, me lavo las manos.

Mi padre, que está sentado junto a ella en una silla de plástico, asiente con abatimiento.

—Llevo haciendo esto demasiado tiempo —añade la mujer, que parpadea rápidamente—. Cuatro hijos, y tenía que seguir intentando ir a por la niña. Y la tuve a ella. Ahora desearía no haberla tenido. Diga lo que diga la gente, las chicas son mucho más problemáticas que los chicos. ¿Tiene algún hijo, señor… hummm?

—Bradshaw —responde mi padre de manera brusca—. Y no, no tengo hijos, solo tres hijas.

La mujer asiente y le da unas palmaditas en la rodilla a mi padre.

—Pobre hombre… —dice. Al parecer, se trata de la madre de la famosa amiga fumaporros de Dorrit, Cheryl.

—La verdad es que sí —señala mi padre, que cambia de posición en la silla para alejarse un poco de ella. Se le bajan las gafas hasta la punta de la nariz—. Por lo general —dice, embarcándose en una de sus teorías sobre la educación de los hijos—, la preferencia por los hijos de un determinado sexo, en especial cuando se expresa de una manera tan abierta por parte del padre, a menudo provoca una carencia en el niño, una carencia inherente...

—¡Papá! —lo llamo al tiempo que me acerco a él para rescatarlo. Él se sube las gafas, se pone en pie y abre los brazos.

—¡Carrie!

—Señor Bradshaw —saluda George.

—George.

—¿George? —La madre de Cheryl se levanta y empieza a batir las pestañas como si fueran alas de mariposa—. Yo soy Connie.

—Ah... —George asiente, como si de algún modo eso le diera sentido a las cosas.

Connie se cuelga del brazo de George.

—Soy la madre de Cheryl. En realidad, no es mala chica...

—Estoy seguro de que no lo es —replica George con amabilidad.

Ay, por Dios... ¿De verdad la madre de Cheryl está coqueteando con George?

Le hago un gesto a mi padre para que se aleje un poco. No dejo de recordar la pipa de marihuana que encontré dentro del señor Panda.

—¿Se trata de un asunto de...? —No consigo pronunciar la palabra «drogas» en voz alta.

—Chicles —responde mi padre con tono agotado.

—¿Chicles? ¿La han detenido por robar chicles?

—Según parece, es su tercer delito. La pillaron robando en tiendas dos veces antes, pero la policía la dejó marchar. Esta vez no ha tenido tanta suerte.

177

—¿Señor Bradshaw? Soy Chip Marone, el agente responsable de la detención —dice un hombre de rostro radiante vestido de uniforme. Marone… el poli del granero.

—¿Puedo ver a mi hija, por favor?

—Tenemos que tomarle las huellas. Y hacerle las fotos.

—¿Solo por robar chicles? —pregunto atónita. No puedo evitarlo.

Mi padre se queda pálido.

—¿Le va a abrir un expediente? ¿Mi hija de trece años tendrá un expediente como cualquier criminal?

—Esas son las reglas —dice Marone.

Le doy un codazo a mi padre.

—Perdone, pero somos buenos amigos de los Kandesie…

—Esta es una ciudad pequeña —dice Marone, que se frota las mejillas—. Mucha gente conoce a los Kandesie…

—Pero Lali es como una más de nuestra familia. Nos conocemos desde siempre. ¿Verdad, papá?

—Bueno, Carrie —dice mi padre—. No puedes pedirle a la gente que se salte las normas. No está bien.

—Pero…

—Tal vez debamos llamarlos. A los Kandesie —señala George—. Solo para asegurarnos.

—Le puedo asegurar que mi Cheryl nunca se ha metido en problemas —dice Connie, que se aferra al brazo de George mientras le hace ojitos a Marone.

Es evidente que el policía ya ha tenido suficiente.

—Veré lo que puedo hacer —murmura antes de coger el teléfono que hay detrás del mostrador—. Vale —le dice a la persona que hay al otro lado de la línea—. De acuerdo. No hay problema. —Cuelga el teléfono y nos fulmina con la mirada.

—Servicios comunitarios —dice Dorrit con la voz ahogada.

—Tienes suerte de haberte librado con tanta facilidad —replica mi padre.

George, mi padre, Dorrit y yo estamos reunidos en la sala de estar, hablando sobre la situación. Marone ha accedido a liberar a Dorrit y a Cheryl con la condición de que se presenten ante el juez el miércoles, que probablemente las condene a realizar servicios comunitarios para pagar por sus crímenes.

—Espero que te guste recoger basura —dice George en tono bromista antes de darle un pequeño codazo a Dorrit en las costillas. Ella se echa a reír. Los dos están sentados en el sofá. Mi padre le ha dicho a Dorrit que debería irse a la cama, pero ella se ha negado.

—¿Alguna vez te han detenido? —le pregunta Dorrit a George.

—¡Dorrit!

—¿Qué? —pregunta ella, y me mira con una expresión hastiada.

—Lo cierto es que sí. Pero por un crimen mucho peor que el tuyo. Me salté los tornos de entrada al metro y me di de bruces con un poli.

Dorrit levanta la vista para mirarlo a los ojos con admiración.

—¿Qué pasó?

—El poli llamó a mi casa. No te imaginas lo mucho que se cabreó mi padre… Tuve que pasarme toda la tarde en su oficina, colocando los libros de su empresa en orden alfabético y archivando todos sus extractos bancarios.

—¿En serio? —Dorrit tiene los ojos abiertos como platos por el asombro.

—La moraleja de esta historia es que siempre se paga un precio.

—¿Has oído eso, Dorrit? —pregunta mi padre. Se pone en pie, pero tiene los hombros caídos y parece exhausto—. Me voy a la cama. Y tú también, Dorrit.

—Pero…

—Ahora —dice en voz baja.

Dorrit dirige a George una última mirada anhelante antes de correr escaleras arriba.

—Buenas noches, chicos —se despide mi padre.

Empiezo a alisarme la falda sin darme cuenta.

—Siento todo esto. Lo de mi padre, lo de Dorrit…

—No pasa nada —dice George, que me coge de la mano una vez más—. Lo entiendo. Ninguna familia es perfecta. Ni siquiera la mía.

—¿No me digas? —Intento liberar la mano, pero no puedo. En lugar de eso, cambio de tema—. Parece que a Dorrit le caes bien.

—Se me dan bien los niños —replica mientras se inclina hacia delante para besarme—. Desde siempre.

—George… —Giro la cabeza para apartarme—. Yo… en realidad… estoy agotada…

Él suspira.

—Es comprensible. Es hora de irse a casa. Pero volveré a verte pronto, ¿no?

—Claro.

Me ayuda a levantarme y me rodea la cintura con los brazos. Entierro la cara en su pecho en un intento por evitar lo que vendrá a continuación.

—¿Carrie? —Me acaricia el pelo.

Es agradable, pero no puedo permitir que esto vaya más allá.

—Estoy muy cansada —le aseguro con un gemido.

—De acuerdo. —Da un paso atrás, me levanta la cabeza y me roza los labios con los suyos—. Te llamaré mañana.

## 16
### *¿Hasta dónde estarías dispuesta a llegar?*

—¿A qué se debe el retraso? —pregunta Sebastian.

—Tengo que maquillarme —contesto.

Desliza su mano por mi brazo e intenta besarme.

—No necesitas maquillaje.

—Basta… —le digo en un susurro—. Aquí en casa no.

—Pues no tienes ningún problema en mi casa.

—Tú no tienes dos hermanas pequeñas, una de las cuales…

—Lo sé. Ha sido detenida por robar chicles —dice con desdén—. Algo que ocupa una clasificación sin importancia en los anales de la actividad criminal. Está al nivel de poner petardos en los buzones del vecindario.

—Y así empezó tu propia vida como criminal, ¿no? —le pregunto mientras cierro la puerta del cuarto de baño en sus propias narices.

Llama a la puerta.

—¿Sííí?

—Date prisa.

—Me estoy dando prisa —replico—. Toda la que puedo. —No es cierto. Estoy haciendo tiempo.

Estoy esperando a que George me llame. Han pasado dos semanas desde el día que detuvieron a Dorrit, pero, como era de esperar, George me llamó al día siguiente, y también el día después. Le pregunté si hablaba en serio cuando me dijo que le gustaría leer una de mis historias y me dijo que sí, de modo que se la envié. Y ahora no sé nada de él desde hace cinco días, aunque ayer le dejó un mensaje a Dorrit para advertirme de que me llamaría hoy entre las seis y las siete. Maldito sea. Si hubiera llamado a las seis, Sebastian no estaría merodeando por aquí. Son casi las siete. Sebastian se pondrá furioso si me llaman por teléfono cuando estamos a punto de irnos.

Le quito el tapón a un tubo de máscara de pestañas y me inclino hacia delante para pintarme. Es la segunda capa, y mis pestañas se han convertido en pequeñas lanzas puntiagudas. Estoy a punto de aplicarme la tercera capa cuando suena el teléfono.

—¡Están llamando! —grita Missy.

—¡Suena el teléfono! —vocifera Dorrit.

—¡El teléfono! —chillo cuando salgo del cuarto de baño como si tuviera un petardo en el culo.

—¿Eh? —dice Sebastian, que asoma la cabeza por la puerta de mi habitación.

—Podría ser el agente de la condicional de Dorrit.

—¿Dorrit tiene un agente de la condicional? ¿Por robar chicles? —pregunta Sebastian, pero no puedo perder el tiempo explicándoselo.

Cojo el teléfono de la habitación de mi padre justo antes de que lo haga Dorrit.

—¿Hola?

—¿Carrie? Soy George.

—Ah, hola —replico sin aliento antes de cerrar la puerta. ¿Qué te ha parecido mi historia?, deseo preguntarle de inmediato. Necesito saberlo. Ya.

—¿Cómo estás? —me pregunta—. ¿Qué tal Dorrit?

—Está bien. —¿La has leído? ¿Te parece horrible? Si te parece horrible, me pegaré un tiro.

—¿Está realizando los servicios comunitarios?

—Sí, George. —La espera me está matando.

—¿Qué le han asignado?

¿A quién le importa?

—Recoger la basura de las cunetas.

—Ah, el viejo castigo de la basura. Siempre funciona.

—George… —vacilo un poco— ¿has leído mi historia?

—Sí, Carrie. La he leído.

—¿Y?

Se produce un largo silencio en el que contemplo la posibilidad de abrirme las muñecas con una hoja de afeitar.

—Sin duda eres toda una escritora.

¿Lo soy? ¿Soy una escritora? Me imagino corriendo por la habitación, dando saltos sin dejar de gritar: «¡Soy una escritora! ¡Soy una escritora!».

—Y tienes talento.

—Ah… —Me dejo caer en la cama, embargada de felicidad.

—Pero…

Me incorporo de inmediato y aprieto el teléfono, aterrada.

—Bueno, Carrie, en realidad… Esta historia trata sobre una niña que vive en un parque de caravanas de Key West, Florida, y que trabaja en una tienda de helados… ¿Alguna vez has estado en Key West?

—Pues sí. Muchas veces —respondo modosita.

—¿Has vivido en una caravana? ¿Has trabajado en una tienda de helados?

—No. Pero ¿no puedo fingir que lo he hecho?

—Tienes mucha imaginación —dice George—. Pero sé un par de cosas sobre esos cursos para escritores. Buscan algo que parezca auténtico, basado en experiencias personales.

—No te sigo —murmuro.

—¿Sabes cuántas historias reciben sobre chicos que mueren? No parecen ciertas. Tienes que escribir sobre algo que conozcas.

—Pero ¡no conozco nada!

—Seguro que sí. Y si no se te ocurre nada, búscalo.

Mi alegría se disipa como la niebla matinal.

—¿Carrie? —Sebastian llama a la puerta.

—¿Puedo llamarte mañana? —le pregunto a George con rapidez antes de cubrir el auricular del teléfono con la mano—. Tengo que ir a una fiesta del equipo de natación.

—Te llamaré yo. Planearemos algo para vernos, ¿vale?

—Claro. —Cuelgo el teléfono y agacho la cabeza, desesperada.

Mi carrera como escritora está acabada. Ha terminado incluso antes de empezar.

—Carrie… —dice Sebastian, cada vez más molesto, desde el otro lado de la puerta.

—Ya estoy —respondo antes de abrirla.

—¿Quién era?

—Alguien de Brown.

—¿Vas a ir allí?

—Tienen que aceptarme de manera oficial, pero sí, lo más probable es que lo haga.

Me siento como si me estuviera ahogando bajo una gruesa capa de lodo verde.

—¿Qué planes tienes con la universidad? —le pregunto de repente. Es extraño que no le haya preguntado antes por ese tema.

—Voy a tomarme un año sabático —contesta—. Anoche estuve echándole un vistazo a un fragmento del esbozo de mi solicitud para Amherst y me di cuenta. No quiero hacer esto. No quiero formar parte del sistema. Eso te escandaliza, ¿verdad?

—No. Es tu vida.

—Ya, pero ¿cómo te sentirás siendo la novia de un analfabeto?

—No eres ningún analfabeto. Eres inteligente. Muy inteligente.

—Soy normal y corriente —replica. Y añade—: ¿Vamos a ir a esa fiesta o no?

—Sí —contesto—. Lali la organiza todos los años. Si no aparecemos, se sentirá muy dolida.

—Tú mandas —me dice.

Lo sigo al exterior de la casa, aunque desearía que no tuviéramos que ir a la fiesta. «Escribe sobre lo que conoces.» ¿Eso es lo mejor que se le ha ocurrido a George? ¿Un tópico? Puede irse a freír espárragos. Por mí, el mundo entero puede irse a freír espárragos. ¿Por qué las cosas tienen que ser siempre tan difíciles?

—Si no fuera difícil, lo haría todo el mundo —dice Peter, que se ha convertido en el centro de atención del grupo de chicos que rodean el sofá. Peter acaba de ser aceptado por anticipado en Harvard, y todo el mundo está impresionado—. La bioingeniería es la esperanza del futuro —añade mientras yo me acerco a Maggie, que está sentada en un rincón al lado de la Rata.

La Rata parece una prisionera.

—Si te soy sincera, Maggie —dice—, pienso que es una gran oportunidad para Peter. Cuando alguien del Instituto Castlebury entra en Harvard, todos quedamos bien.

—Esto no tiene nada que ver con nosotros —replica Maggie.

—No puedo creer que Peter vaya a ir a Harvard —dice Lali, que se ha detenido un momento antes de ir a la cocina—. ¿No es genial?

—No —señala Maggie con firmeza. Todo el mundo se alegra por Peter… todos menos Maggie, según parece.

Entiendo su desesperación. Maggie pertenece a ese grupo formado por millones de chicos que no tienen ni idea de lo que quieren hacer con sus vidas… como Sebastian, supongo, y como Lali. Cuando alguien cercano a ti lo descubre, te obliga a enfrentarte de algún modo a tu propio muro de indecisión.

—Harvard solo está a una hora y media de aquí —le digo en tono tranquilizador, tratando de evitar que Maggie piense en lo que de verdad le molesta.

—Da igual lo cerca que esté —asegura con desánimo—. Harvard no es como cualquier otra universidad. Si vas a Harvard, te conviertes en alguien que fue a Harvard. Durante el resto de tu vida, lo único que la gente dirá sobre ti es: «Fue a Harvard…».

Tal vez sea porque yo jamás iré a Harvard y estoy celosa, pero odio ese tipo de conversaciones elitistas. Una persona no debería definirse por la universidad a la que fue. Aunque es probable que funcione así en el mundo real.

—Y si Peter va a ser siempre el chico que fue a Harvard… —continúa Maggie—, yo seré siempre la chica que no fue.

La Rata y yo intercambiamos una mirada.

—Si no te importa, voy a por una cerveza —dice la Rata.

—A ella le da igual —comenta Maggie, que la sigue con la mirada—. Ella irá a Yale. Será la chica que fue a Yale. A veces pienso que Peter y la Rata deberían salir juntos. Formarían una pareja perfecta. —Hay un inesperado matiz de amargura en su voz.

—La Rata ya sale con otra persona —le digo con dulzura—, ¿lo recuerdas?

—Es verdad —responde—. Un tío que no vive por aquí. —Hace un gesto de rechazo con el brazo. Es entonces cuando me doy cuenta de que está borracha.

—Vamos a dar un paseo.

—Fuera hace frío —protesta.

—Nos vendrá bien.

De camino a la calle, pasamos por la cocina, donde están Sebastian y Lali. Lali lo mantiene ocupado sacando miniperritos calientes del horno y colocándolos sobre una bandeja.

—Volveremos dentro de un momento —les digo.

—Vale. —Lali apenas nos mira. Le dice algo a Sebastian y él se echa a reír.

Por un instante, me siento alarmada. Luego intento ver el lado positivo del asunto. Por lo menos, mi novio y mi mejor amiga se llevan bien.

Cuando salimos afuera, Maggie me agarra del brazo y susurra:

—¿Hasta dónde estarías dispuesta a llegar para conseguir lo que quieres?

—¿Eh? —Hace mucho frío. Las nubes de vapor de nuestro aliento nos envuelven.

—¿Qué pasaría si quisieras algo con toda tu alma y no supieras cómo conseguirlo? ¿O si supieras cómo conseguirlo pero no estuvieras segura de si deberías hacerlo o no? ¿Hasta dónde estarías dispuesta a llegar?

Por un instante me pregunto si habla de Lali y Sebastian. Luego me doy cuenta de que está hablando de Peter.

—Vayamos al establo —sugiero—. Allí hace menos frío.

Los Kandesie tienen unas cuantas vacas, la mayoría para exposiciones, en un viejo establo que hay detrás de la casa. Por encima de las vacas hay un desván lleno de heno donde Lali y yo nos hemos escondido un millón de veces para contarnos nuestros secretos más importantes. El desván huele bien y está calentito, gracias a las vacas que hay debajo. Me subo a una bala de heno.

—¿Qué te pasa, Maggie? —Me pregunto cuántas veces he formulado esta pregunta en los últimos tres meses. Se está volviendo inquietantemente repetitiva.

Ella saca un paquete de cigarrillos.

—No —le digo para detenerla—. Aquí no puedes fumar. Podrías provocar un incendio.

—Entonces vamos afuera.

—Hace frío. Además, no puedes fumarte un cigarrillo cada vez que te sientas incómoda, Mags. Se está convirtiendo en una especie de apoyo para ti.

—¿Y? —Maggie tiene una expresión perversa.

—¿Qué querías decir antes... cuando me preguntaste hasta dónde estaría dispuesta a llegar? —le pregunto—. No estarás pensando en Peter, ¿verdad? No estarás pensando en… ¿Te estás tomando los anticonceptivos?

—Por supuesto. —Aparta la mirada—. Cuando me acuerdo.

—Mags… —Me acerco a ella de un salto—, ¿te has vuelto loca?

—No. No lo creo.

Me siento junto a ella y me tumbo de espaldas sobre un fardo de heno mientras repaso mis argumentos. Clavo la mirada en el techo, que la naturaleza ha decorado con montones de telarañas, como si quisiera celebrar Halloween. La naturaleza y el instinto en contraposición a la ética y la lógica. Así es como mi padre plantearía el problema.

—Mags —comienzo a decirle—, sé que te preocupa perderlo, pero lo que piensas hacer no es la manera adecuada de retenerlo.

—¿Por qué no? —pregunta testaruda.

—Porque está mal. ¿Es que quieres convertirte en la chica que retuvo a su novio quedándose embarazada?

—Las mujeres han hecho siempre esa clase de cosas.

—Eso no significa que esté bien.

—Mi madre lo hizo —asegura—. Se supone que nadie lo sabe, pero hice mis cálculos y me di cuenta de que mi hermana mayor nació seis meses después de que mis padres se casaran.

—Eso fue hace muchos años. Entonces ni siquiera había anticonceptivos.

—Quizá fuera mejor que ahora tampoco los hubiera.

—Maggie, ¿qué estás diciendo? No es posible que quieras tener un bebé a los dieciocho años. Los bebés son una pesadez. No hacen más que pipí y popó. ¿Acaso quieres cambiar pañales mientras todas las demás personas que conoces salen por ahí a pasarlo bien? ¿Y qué pasaría con Peter? Podrías arruinarle la vida. Eso no parece muy justo, ¿no crees?

—Me da igual —dice. Y luego se echa a llorar.

Acerco mi cara a la suya.

—No estás embarazada, ¿verdad?

—¡No! —replica con ferocidad.

—Vamos, Mags… Ni siquiera te gustan las muñecas.

—Lo sé —dice mientras se limpia los ojos.

—Y Peter está loco por ti. Tal vez vaya a Harvard, pero eso no significa que vaya a dejarte.

—No me han admitido en la Universidad de Boston —suelta de repente—. Lo que oyes. Recibí la carta de rechazo ayer, cuando Peter recibió su admisión en Harvard.

—Ay, Mags…

—Muy pronto, todo el mundo se marchará. Tú, la Rata, Walt…

—Te admitirán en algún otro sitio —le digo para darle ánimos.

—¿Y si no es así?

Buena pregunta. Una a la que no he tenido que enfrentarme hasta ahora. ¿Y si nada sale como se supone que debería? ¿Qué se hace cuando las cosas no salen como uno pensaba? No puedes quedarte de brazos cruzados.

—Echo de menos a Walt —dice.

—Yo también. —Me abrazo las rodillas—. ¿Dónde está Walt, por cierto?

—No me preguntes. Apenas lo he visto en las últimas tres semanas. Eso no es propio de él.

—No, no lo es —convengo. Pienso en lo cínico que ha estado Walt últimamente—. Venga, vamos a llamarlo.

En la casa, la fiesta está en todo su apogeo. Sebastian está bailando con Lali, y eso me molesta un poco, pero tengo cosas más importantes de las que preocuparme que mi mejor amiga y mi novio. Cojo el teléfono y marco el número de Walt.

—¿Sí? —responde su madre.

—¿Está Walt? —pregunto a voz en grito para hacerme oír por encima del estruendo de la fiesta.

—¿Quién es? —pregunta su madre con tono suspicaz.

—Soy Carrie Bradshaw.

—Ha salido, Carrie.

—¿Sabe dónde está?

—Dijo que había quedado contigo —responde con sequedad antes de colgar.

Qué raro, pienso mientras niego con la cabeza. Muy, muy raro.

Entretanto, Maggie se ha convertido en la atracción de la fiesta, ya que se ha subido a un sofá y está haciendo un striptease. Todo el mundo aúlla y aplaude, menos Peter, que intenta fingir que le resulta divertido aunque en realidad se muere de vergüenza. No puedo dejar a Maggie sola, no en el estado en que se encuentra.

Me quito los zapatos de un puntapié y me subo de un salto al sofá.

Sí, soy consciente de que nadie quiere verme hacer un striptease, pero la gente está acostumbrada a verme hacer el tonto. Llevo unos leotardos de algodón blanco bajo la falda de lentejuelas que me compré en una tienda de saldos, así que empiezo a tirar de ellos por la punta del pie. Segundos después, Lali se une a nosotras en el sofá y recorre su cuerpo de arriba abajo con las manos mientras nos empuja a Maggie y a mí a un lado. Estoy apoyada sobre un solo pie, así que me caigo por la parte de atrás del sofá, y arrastro a Maggie conmigo.

Maggie y yo estamos tumbadas en el suelo, muertas de risa.

—¿Estás bien? —pregunta Peter, que se inclina sobre Maggie.

—Estoy bien —responde ella entre risas. Y es cierto. Ahora que Peter le presta atención, todo le parece genial. Al menos, por el momento.

—Carrie Bradshaw, eres una mala influencia —me regaña Peter, que se lleva a Maggie a un lado.

—Y tú un mojigato estirado —murmuro mientras me coloco los leotardos antes de levantarme.

Miro a Peter, que le está sirviendo un whisky a Maggie con una expresión tierna, aunque también algo engreída.

¿Hasta dónde estarías dispuesta a llegar para conseguir lo que quieres?

Y entonces lo entiendo. Podría escribir para el periódico del instituto. Eso me proporcionaría material que podría enviar a la New School. Un material... puaj... real.

No, grita una voz dentro de mi cabeza. En *The Nutmeg* no. Eso sería ir demasiado lejos. Además, si escribes para *The Nutmeg* te convertirás en una hipócrita. Siempre has dicho a quien quisiera escucharte que detestas *The Nutmeg*... incluso a Peter, que es el editor.

Sí, pero ¿qué otro remedio te queda?, pregunta otra vocecilla interior. ¿De verdad piensas quedarte sin hacer nada y dejar que la vida transcurra sin más, como la de cualquier fracasado? Si no intentas al menos escribir para *The Nutmeg*, lo más probable es que jamás te admitan en ese curso para escritores.

Me detesto a mí misma, pero me dirijo al bar, me sirvo un vodka con zumo de arándanos y me acerco a Maggie y a Peter.

—Qué tal, chicos —digo con tono despreocupado antes de darle un trago a la bebida—. Bueno, Peter —comienzo—, he pensado que podría escribir para ese periódico tuyo, después de todo.

Él da un sorbo a su copa y me mira molesto.

—No es mi periódico.

—Ya sabes a lo que me refiero.

—No, no lo sé. Y resulta muy difícil comunicarse con una persona que no es precisa. En eso se basa escribir. En la precisión.

Y en la «autenticidad». Y en «escribir sobre lo que conoces». Otras dos normas que al parecer no sigo. Observo a Peter. Si eso es lo que una admisión en Harvard le hace a una persona, tal vez Harvard deba ser declarada ilegal.

—Sé que técnicamente no es tu periódico, Peter —señalo en el mismo tono que él—. Pero tú eres el editor. Solo hacía referencia a lo que yo creía que eran tus competencias. Pero si no estás al cargo…

Peter mira a Maggie, que le devuelve una mirada extrañada.

—No quería decir eso —asegura—. Si quieres escribir para el periódico, por mí no hay problema. Pero tendrás que hablar con nuestra consejera, la señora Smidgens.

—Está bien —replico con amabilidad.

—¡Vaya, eso es genial! —exclama Maggie—. Me encantaría que os convirtierais en buenos amigos.

Peter y yo nos miramos el uno al otro. Eso no ocurrirá jamás. Pero podemos fingir que sí, por el bien de Maggie.

# 17
## Publicidad engañosa

—¡W alt! —grito antes de alcanzarlo en el pasillo. Se detiene y se aparta un mechón de cabello de la frente. Tiene el pelo un poco más largo de lo habitual y está sudando un poco.

—¿Dónde estuviste el sábado por la noche? Todos te esperábamos en la fiesta de Lali.

—No pude ir —contesta.

—¿Por qué? ¿Qué otra cosa tenías que hacer en una ciudad como esta? —Intento que suene como una broma, pero Walt no se lo toma como tal.

—Lo creas o no, tengo amigos.

—¿En serio?

—Hay una vida fuera del Instituto Castlebury.

—Vamos... —le digo antes de darle un pequeño golpe con el codo—. Solo bromeaba. Te echamos de menos.

—Sí, yo también os eché de menos —asegura mientras se cambia los libros de una mano a otra—. Tuve que aceptar un turno extra en la hamburguesería. Lo que significa que tendré que pasarme todo el tiempo libre estudiando.

—Menudo rollo… —Hemos llegado a la sala de profesores, así que me detengo antes de entrar—. ¿Va todo bien, Walt? ¿De verdad?

—Claro que sí —responde—. ¿Por qué lo preguntas?

—No lo sé.

—Nos vemos —dice. Y cuando se aleja, me doy cuenta de que miente… sobre lo del turno extra en la hamburguesería, por lo menos. Llevé allí a Missy y a Dorrit dos noches el último fin de semana y Walt no estaba trabajando ninguna de ellas.

Hay que descubrir lo que le pasa a Walt, pienso, mientras tomo una nota mental y abro la puerta de la sala de profesores.

Dentro están la señora Smidgens, la asesora de *The Nutmeg*, y la señora Pizchiek, que enseña mecanografía y economía doméstica. Ambas están fumando y charlando sobre la posibilidad de cambiar el color predominante de su ropa, tal y como aconsejan los grandes almacenes G. Fox de Hartford.

—Susie dice que le cambió la vida —dice la señora Pizchiek—. Siempre había llevado azules, y resulta que debía haber llevado naranjas.

—El naranja es para las calabazas —señala la señora Smidgens, lo cual hace que me identifique con ella, porque pienso lo mismo—. Toda esa moda loca de analizar los colores es una estupidez. No es más que otra forma de quitar el dinero a una panda de insensatos. —Y, probablemente, resulta inútil si tienes la piel gris por estar fumando tres paquetes de cigarrillos al día.

—Bueno, pero es divertido —replica la señora Pizchiek, cuyo entusiasmo no se viene abajo—. Nos reunimos un grupo de mujeres un sábado por la mañana y luego vamos a comer por ahí… —De repente levanta la vista y me ve junto a la puerta—. ¿Sí? —pregunta con tono cortante. La sala de profesores es un lugar prohibido para los estudiantes.

—Necesito hablar con la señora Smidgens.

La señora Smidgens debe de estar hasta las narices de la señora Pizchiek, porque, en lugar de pedirme que me marche, dice:

—Carrie Bradshaw, ¿no es así? Bueno, pasa y cierra la puerta.

Sonrío mientras contengo el aliento. Aunque fumo de vez en cuando, estar en un lugar cerrado con dos mujeres que echan humo como si fueran chimeneas hace que desee sacudir la mano por delante de mi cara. Pero eso sería una grosería, así que me limito a respirar por la boca.

—Me preguntaba… —empiezo a decir.

—Ya lo sé. Quieres trabajar en el periódico —dice la señora Smidgens—. Pasa todos los años. Después del primer trimestre, siempre viene alguno de los estudiantes de último año a decirme que quiere formar parte de *The Nutmeg.* Supongo que necesitas completar tus actividades extraescolares, ¿no?

—No —contesto. Rezo para que el humo no me provoque ganas de vomitar.

—¿Por qué, entonces? —pregunta la señora Smidgens.

—Creo que podría proporcionarle una nueva perspectiva al periódico.

Resulta evidente que no ha sido apropiado decirle eso, porque ella replica:

—Ah, ¿de verdad? —Como si hubiera oído esas mismas palabras un millón de veces antes.

—Soy una escritora bastante buena —señalo con cautela. Me niego a rendirme.

La señora Smidgens no está impresionada.

—Todo el mundo quiere escribir. Necesitamos gente que se encargue del diseño. —Ahora sí que intenta deshacerse de mí, pero no me marcho. Me quedo donde estoy, conteniendo el aliento y con los ojos desorbitados. Mi expresión debe de asustarla, porque se ha ablandado un poco—. Supongo que, si te encargaras del diseño, podríamos dejar que intentaras escribir algo. El comité editorial se reúne tres veces por semana: los lunes, los miércoles y los viernes, a las cuatro de la tarde. Si faltas a más de una reunión por semana, estás fuera.

—De acuerdo —murmuro mientras asiento.

—En ese caso, nos veremos esta tarde a las cuatro.

Me despido con un gesto de la mano y salgo pitando de allí.


—Creo que Peter está a punto de dejar a Maggie —dice Lali mientras se quita la ropa. Se estira, desnuda, antes de ponerse el Speedo. Siempre he admirado la falta de modestia de Lali en lo que a su cuerpo se refiere. Yo nunca he sido capaz de dejar a un lado la inseguridad que me provoca estar desnuda, y tengo que retorcer los brazos y las piernas para mantener cierto grado de dignidad cuando me cambio.

—De eso nada. —Me tapo el trasero mientras me quito la ropa interior—. Está enamorado de ella.

—Está «encoñado» con ella —me corrige Lali—. Sebastian me dijo que Peter no deja de preguntarle por las mujeres con las que ha estado. Sobre todo, por Donna LaDonna. ¿Te parece eso propio de un chico que está locamente enamorado de ti?

Oír el nombre de Donna LaDonna todavía me pone los nervios de punta. Han pasado dos semanas desde que comenzó con su campaña de calumnias, y, aunque ya ha quedado reducida a miradas desagradables por el pasillo, sospecho que su furia late bajo la superficie, a punto de estallar en cualquier momento. Quizá Donna planee seducir a Peter para causar problemas.

—¿Te lo ha dicho Sebastian? —Frunzo el ceño—. Resulta curioso. A mí no me ha dicho nada. Si Peter le hubiera comentado que estaba interesado en Donna, Sebastian me lo habría mencionado, sin duda.

—Tal vez Sebastian no te lo cuente todo —dice Lali con un tono despreocupado.

¿Qué se supone que significa eso?, me pregunto mientras la miro. Sin embargo, ella parece no darse cuenta de que ha incumplido una de las normas de protocolo entre amigas, y se inclina hacia delante antes de empezar a sacudir los brazos.

—¿Crees que deberíamos decírselo a Maggie?

—Yo no pienso hacerlo —dice Lali.

—Todavía no ha hecho nada, ¿no? Así que puede que solo fuera un comentario. Además, Peter siempre se está jactando de su amistad con Donna.

—¿No salió Sebastian con ella? —pregunta Lali.

Otro comentario extraño. Lali sabe que sí. Es como si utilizase cualquier excusa para pronunciar el nombre de Sebastian.

Como si quisiera confirmar mis sospechas, añade después:

—Por cierto, Aztec Two-Step da un concierto en el Shaboo Inn dentro de unas semanas. He pensado que Sebastian, tú y yo podríamos ir a verlos. Bueno, pensé en nosotras dos, pero, como siempre estás con Sebastian, supuse que también querrías que fuera. Además, se le da muy bien bailar.

Hubo una época en la que me habría encantado ir a ver a nuestro grupo favorito con Sebastian, pero ahora, de repente, no sé, me pone nerviosa. Sin embargo, ¿cómo puedo negarme sin que parezca raro?

—Suena divertido —digo.

—Será la bomba —conviene Lali entusiasmada.

—Se lo preguntaré esta tarde. —Me retuerzo el pelo antes de metérmelo bajo el gorro de natación.

—Ah, no te preocupes por eso —dice Lali, como si no tuviera importancia—. Yo misma se lo preguntaré cuando lo vea. —Sale a grandes zancadas de la sala de taquillas.

De pronto me viene a la mente la inquietante imagen de Lali bailando con Sebastian en su fiesta.

Me sitúo en el bloque de salida que hay junto a ella.

—No hace falta que le preguntes nada a Sebastian. Me recogerá a las cuatro. Se lo diré entonces.

Ella me mira y se encoge de hombros.

—Como quieras.

En cuanto mis pies se apartan del bloque, recuerdo que tengo la reunión del periódico a las cuatro. Mi cuerpo se pone rígido y caigo en plancha al agua. El impacto me deja aturdida un instante, pero luego la costumbre se hace con el control y empiezo a nadar.

Mierda. Olvidé decirle a Sebastian lo de la reunión. ¿Y si ya me he ido cuando aparezca? Seguro que Lali le echa la zarpa.

Estoy tan distraída con estos pensamientos que arruino por completo mi zambullida de cisne, que es la más sencilla del repertorio.

—¿Qué narices te pasa, Bradshaw? —exige saber el entrenador Nipsie—. Será mejor que arregles tus tonterías antes del campeonato del viernes.

—Lo haré —replico mientras me seco la cara con la toalla.

—Pasas demasiado tiempo con tu novio —me riñe—. Y eso te desconcentra.

Miro a Lali, que está atenta a nuestra conversación. Por un instante atisbo una sonrisa en su cara, aunque no dura más que un segundo.

—Creí que íbamos a ir al centro comercial Fox Run —dice Sebastian. Y aparta la mirada molesto.

—Lo siento. —Estiro la mano para agarrarle el brazo, pero él da un paso atrás.

—No me toques. Estás empapada.

—Acabo de salir de la piscina.

—Ya me he dado cuenta —asegura con el ceño fruncido.

—La reunión solo durará una hora.

—De todas formas, ¿por qué quieres trabajar para ese periodicucho de mala muerte?

¿Cómo se lo explico? ¿Le digo que estoy intentando labrarme un futuro? Sebastian no lo entendería. Él hace lo posible para no tener ninguno.

—Vamos… —le pido en tono de súplica.

—No quiero ir al Fox Run solo.

Lali se acerca, retuerce su toalla y la sacude en el aire.

—Yo iré contigo —se ofrece.

—Genial —dice él. Me mira con una sonrisa—. Nos reuniremos contigo más tarde, ¿vale?

—Claro. —Todo parece de lo más inocente.

En ese caso, ¿por qué me estremece que haya dicho «nos reuniremos contigo»?

Me planteo mandar el periódico a la mierda y salir corriendo tras él.

Incluso empiezo a seguirlo hasta la puerta, pero, cuando salgo al exterior, me detengo. ¿Voy a ser así toda mi vida? ¿Me comprometeré a algo que parece importante y luego lo dejaré a un lado por un tío?

«Débil. Eres muy débil, Bradley», dice la voz de la Rata en mi cabeza.

Voy a la reunión del periódico.

Gracias a mi indecisión, llego un poco tarde. La plantilla ya está reunida en torno a una enorme mesa de dibujo, a excepción de la señora Smidgens, que se encuentra junto a la ventana, fumándose un cigarrillo a escondidas. Puesto que no está concentrada en la conversación, es la primera que me ve entrar.

—Carrie Bradshaw… —dice—. Así que has decidido honrarnos con tu presencia después de todo.

Peter levanta la vista y me mira a los ojos. Cabrón, pienso al recordar lo que acaba de contarme Lali sobre Peter y Donna LaDonna. Si me causa algún problema a la hora de unirme a la plantilla del periódico, le recordaré lo que le ha dicho a Sebastian.

—Todo el mundo conoce a Carrie, ¿no? Carrie Bradshaw —dice Peter—. Es una estudiante de último año. Y supongo que ha… bueno… que ha decidido unirse al periódico.

El resto de los chicos me observan con expresión vacía.

Además de a Peter, conozco a tres estudiantes de mi curso. Los otros cuatro chicos son alumnos de segundo y tercer curso; también hay una chica con un aspecto tan joven que debe de ser de primero. En resumen, no se trata de un grupo muy prometedor.

—Sigamos con nuestra discusión —dice Peter mientras me siento al final de la mesa—. ¿Sugerencias para el próximo artículo?

La chica joven, que tiene el pelo negro, una piel mal cuidada y pinta de ser una de esas en plan «voy a triunfar aunque eso me cueste la vida», levanta la mano.

—Creo que deberíamos hablar sobre la comida de la cafetería. De dónde procede y por qué es tan mala.

—Ya hemos hablado de eso —señala Peter hastiado—. Hemos hablado sobre eso en casi todos los números. No sirve para nada.

—Claro que sirve —dice un chico con pinta de empollón que lleva las típicas gafas de cristales reforzados—. Hace dos años, la escuela accedió a poner máquinas expendedoras saludables en la cafetería. Ahora al menos podemos comer pipas de girasol.

Ajá… Así que esa es la razón de que tengamos un grupo de alumnos que no dejan de comer pipas de girasol como una manada de jerbos…

—¿Y si hablamos sobre el gimnasio? —dice una chica que lleva una trenza muy tirante—. ¿Por qué no ejercemos presión para poder realizar ejercicios de fitness en vez de baloncesto?

—No creo que haya muchos chicos que quieran practicar aeróbic en el gimnasio —dice Peter con sequedad.

—De cualquier forma, ¿no os parece ridículo escribir sobre cosas que la gente puede hacer en su propia casa? —señala el empollón—. Sería como obligar a todo el mundo a hacer la colada.

—Y aquí tratamos de ofrecer posibilidades, ¿verdad? —dice la de primero—. Eso me recuerda algo: creo que deberíamos hablar sobre la discriminación en el equipo de animadoras.

—Ah, eso... —Peter deja escapar un suspiro—. Carrie, ¿tú qué piensas?

—¿No intentó alguien acabar con eso el año pasado sin éxito alguno?

—Nosotros no nos rendimos —insiste la pipiola—. El equipo de animadoras discrimina a la gente fea. Es anticonstitucional.

—¿En serio? —pregunta Peter.

—Yo creo que debería haber una ley contra las chicas feas en general —dice el empollón. Dicho lo cual, suelta un ruido parecido a un resoplido, que al parecer es su forma de reírse.

Peter lo mira con desaprobación y se dirige a la pipiola.

—Gayle, creo que ya hemos hablado de eso. No puedes utilizar el periódico de la escuela para promover las causas de tu familia. Todos sabemos que tu hermana quiere ser animadora y que Donna LaDonna la ha rechazado dos veces. Si no fuera tu hermana, tal vez pudieras utilizarlo. Pero lo es. Así que daría la sensación de que el periódico trata de obligar al equipo de animadoras a que la acepte. Eso va en contra de todas las normas periodísticas...

—¿Por qué? —pregunto súbitamente interesada. En especial, porque parece que Peter intenta proteger a Donna LaDonna—. ¿El objetivo del periodismo no es lograr que la gente se entere de todos los crímenes del mundo? Y los crímenes comienzan en casa. Justo aquí, en el Instituto Castlebury.

—¡Ella tiene razón! —exclama el empollón, que estampa el puño sobre la mesa.

—De acuerdo, Carrie —dice Peter molesto—. Tú te encargarás de la historia.

—No, de eso nada. No puede hacer eso —dice la señora Smidgens, que interviene de repente—. Sé que Carrie es una alumna de último año, pero, puesto que es un nuevo miembro del periódico, tendrá que encargarse del diseño.

Me encojo de hombros con expresión alegre, como si no me importara en absoluto.

Unos minutos después, Gayle y yo somos relegadas a un rincón de la estancia para colocar las secciones escritas a máquina sobre un gran trozo de papel reglado. El trabajo es de lo más aburrido, así que echo una ojeada a Gayle y me fijo en que tiene el ceño fruncido, ya sea por la concentración o la furia. Se encuentra en la cima de la peor etapa para una chica adolescente, es decir, tiene el pelo grasiento y un rostro que todavía no hace juego con su nariz.

—Típico, ¿eh? —le digo—. Siempre obligan a las chicas a hacer el trabajo menos importante.

—Si no me nombran reportera el año que viene, presentaré la dimisión —replica con ferocidad.

—Hummm… Siempre he creído que hay dos formas de conseguir lo que quieres en la vida. Obligar a la gente a que te lo dé o hacer que deseen dártelo. Según parece, la última forma es la mejor elección. Apuesto a que si hablas con la señora Smidgens, ella te ayudará. Parece bastante razonable.

—Ella no es tan mala. El peor es Peter.

—¿Y eso por qué?

—Se niega a darme una oportunidad.

Quizá sospechando que estamos hablando de él, Peter se acerca.

—Carrie, no tienes por qué hacer esto.

—Bueno, no me importa —le digo con tono despreocupado—. Me encantan los trabajos manuales.

—¿En serio? —pregunta Gayle cuando Peter se aleja.

—¿Bromeas? Los mapas en relieve eran mi peor pesadilla. Y se me daba fatal la costura cuando estaba con las girl scouts.

La pequeña Gayle suelta una risita.

—A mí también. Aunque quería ser como Barbara Walters cuando era pequeña, a pesar de que todo el mundo se reía de ella. Me pregunto si esa mujer tuvo que encargarse alguna vez de hacer esto.

—Es probable. Y es igualmente probable que también hiciera cosas mucho peores.

—¿Tú crees? —pregunta Gayle, animada.

—Estoy segura —contesto por simple diversión. Trabajamos en silencio un rato más, y luego le pregunto—: ¿De qué va esa historia entre tu hermana y Donna LaDonna?

Ella me mira con suspicacia.

—¿Conoces a mi hermana?

—Claro. —Es mentira. En realidad, no la conozco, pero sé quién es. La hermana de Gayle debe de ser una estudiante de último año llamada Ramona; se parece mucho a Gayle, aunque es una versión con menos granos y más refinada. Jamás le he prestado mucha atención, ya que se mudó aquí en primero y empezó a relacionarse de inmediato con otras chicas.

—Es una gimnasta muy buena —dice Gayle—. Al menos lo era cuando vivíamos en Nueva Jersey. Fue campeona estatal a los trece años.

Eso me sorprende.

—¿Por qué no está en el equipo de gimnasia, entonces?

—Creció. Empezó a tener caderas. Y tetas. Y le ocurrió algo a su centro de gravedad.

—Entiendo.

—Pero todavía se le da muy bien hacer el espagat, las volteretas y todas esas cosas que hacen las animadoras. Intentó entrar en el equipo de animadoras; y estaba segura de que lo conseguiría, ya que era mucho mejor que otras chicas. Mejor incluso que Donna La-Donna, que no sabía ni hacer el espagat como es debido. Pero ni siquiera la eligieron para el equipo deportivo júnior. Lo intentó de nuevo el año pasado y, más tarde, Donna LaDonna se acercó a ella y le dijo a la cara que no sería aceptada porque no era lo bastante guapa.

—¿Se acercó a ella y le dijo eso sin más? —pregunto con voz ahogada, atónita.

Gayle asiente.

—Le dijo, literalmente: «No eres lo bastante guapa para formar parte del equipo, así que no malgastes tu tiempo ni el nuestro».

—Vaya... ¿Qué hizo tu hermana?

—Se lo contó al director.

Asiento, pensando en que quizá Ramona tenga por costumbre contar todos los chismes a los adultos y que ese fuera el motivo por el que no la admitieron en el equipo. Pero aun así...

—¿Qué dijo el director?

—Dijo que no podía involucrarse en «asuntos de chicas». Y mi hermana señaló que eso era discriminación, ni más ni menos. Discriminación contra las chicas que no tienen el pelo liso, una nariz diminuta y tetas perfectas. Y él se echó a reír.

—Es un cabrón. Todo el mundo lo sabe.

—Pero eso no hace que sea justo. Así que mi hermana ha intentado llevar adelante el asunto de la discriminación.

—Y tú vas a escribir sobre ello.

—Lo haría, pero Peter no me lo permite. Y Donna LaDonna no querrá hablar conmigo. Soy una novata. Además, hizo saber a todo el mundo que, si alguien hablaba del tema, tendría que vérselas con ella en persona.

—¿De verdad?

—¿Y quién desearía ir en contra de Donna LaDonna? Nadie, afrontémoslo. —Gayle suelta un suspiro—. Ella es quien manda en el instituto.

—Al menos, eso es lo que cree.

En ese momento, regresa Peter.

—Voy a reunirme con Maggie en Fox Run. ¿Quieres venir?

—Claro —le digo mientras recojo mis cosas—. Había quedado allí con Sebastian, de todas formas.

—Adiós, Carrie —me dice Gayle—. Ha sido un placer conocerte. Y no te preocupes, no hablaré contigo si te veo por los pasillos.

—No seas tonta, Gayle. Acércate y habla conmigo siempre que quieras.


—Gayle te habrá contado toda esa historia entre Donna LaDonna y su hermana Ramona, ¿no? —dice Peter mientras atravesamos el aparcamiento en dirección a una ranchera oxidada de color amarillo.

—Hummm…. —murmuro por toda respuesta.

—No es más que una gilipollez. A nadie le interesa lo que pueda pensar esa plasta.

—¿Eso es lo que crees? ¿Que no es más que la cháchara de una plasta?

—Sí. ¿No es eso lo que es?

Abro la puerta del acompañante, tiro un montón de papeles al suelo y me subo al coche.

—Es curioso. Siempre he creído que eras más moderno en lo que a mujeres se refiere.

—¿Qué quieres decir? —Peter gira la llave y pisa el acelerador. Son necesarios unos cuantos intentos para que el motor arranque.

—Jamás me habría podido imaginar que tú fueras uno de esos tíos que no soportan el sonido de la voz de una mujer. Ya sabes, de esos tíos que les dicen a sus novias que se callen cuando ellas están intentando decirles algo.

—¿Quién te ha dicho que soy de esa clase de tíos? ¿Maggie? No soy así, te lo prometo.

—En ese caso, ¿por qué no dejas que Gayle cuente su historia? ¿O en realidad todo esto está relacionado con Donna LaDonna? —pregunto como por casualidad.

—No tiene nada que ver con ella —responde él mientras cambia la marcha con torpeza.

—Sé sincero, ¿la conoces muy bien?

—¿Por qué?

Me encojo de hombros.

—He oído que estuviste hablando sobre ella en la fiesta de Lali.

—¿Y?

—Resulta que Maggie es muy buena amiga mía. Y es una chica genial. No quiero que le hagan daño.

—¿Quién dice que van a hacerle daño?

—Será mejor que no se lo hagan. Eso es todo.

Avanzamos un poco más y Peter dice:

—No tienes por qué hacerlo.

—¿Qué?

—No tienes por qué ser amable con Gayle. Esa chica es como un grano en el culo. Una vez que hablas con ella, no puedes quitártela de encima.

—A mí me parece bastante maja. —Lo miro con desaprobación al recordar que ni siquiera llevó a Maggie a la clínica para que le recetaran los anticonceptivos.

Y, al parecer, se siente culpable.

—Si quieres escribir un artículo para el periódico, puedes hacerlo —dice—. Supongo que te debo una, al fin y al cabo.

—¿Por llevar a Maggie a la clínica? Sí, supongo que me debes una.

—De todas formas, ¿no es mejor que las chicas hagáis esas cosas juntas?

—No lo sé —replico con una voz algo afilada—. ¿Y si Maggie hubiera estado embarazada?

—Eso es lo que intento evitar. Me merezco algún punto por ser un buen novio y hacer que se tome la píldora —señala, como si se mereciera una palmadita en la espalda.

¿Por qué siempre pasa lo mismo con los tíos?

—Creo que Maggie es lo bastante lista para saber que debe tomarse la píldora.

—Oye, no quería decir que…

—Olvídalo —lo interrumpo.

Estoy cabreada. De pronto me viene a la cabeza la imagen de aquella chica de la clínica que no dejaba de llorar porque acababa de abortar. El tío que la había dejado preñada tampoco estaba con ella. Debería hablarle a Peter de eso, pero no sé por dónde empezar.

—Aun así, fue un gesto muy amable por tu parte —admite—. Maggie me dijo que estuviste genial.

—¿Y eso te sorprende?

—No lo sé, Carrie —farfulla—. Bueno… siempre he creído que eras bastante… tonta.

—¡¿Tonta?!

—Es que siempre estás haciendo bromas… Jamás he podido entender por qué te incluyeron en los cursos preparatorios avanzados.

—¿Por qué? ¿Porque soy divertida? ¿Es que una chica no puede ser inteligente y divertida?

—No quería decir que no seas inteligente…

—¿O es porque no voy a ir a Harvard? Maggie insiste en que eres un tipo genial. Pero no lo creo. O quizá solo te hayas convertido en un capullo de primera en los tres últimos días.

—Vaya… Tranquilízate. No tienes por qué enfadarte tanto… ¿Por qué las chicas os lo tomáis todo tan a la tremenda? —pregunta.

Permanezco inmóvil, con los brazos cruzados, sin decir nada. Peter empieza a sentirse incómodo y cambia el culo de posición en el asiento del conductor.

—Bueno… en realidad… —dice—. Deberías escribir un artículo para el periódico. Tal vez el perfil de un profesor, o algo por el estilo. Eso siempre funciona bien.

Coloco el pie sobre el salpicadero.

—Lo pensaré —le digo.

Todavía estoy hirviendo de furia cuando dejamos el coche en el aparcamiento del centro comercial Fox Run. Estoy tan cabreada que no sé si podré seguir siendo amiga de Maggie mientras continúe saliendo con este gilipollas.

Me bajo del coche y cierro de un portazo; es una grosería, lo sé, pero no puedo evitarlo.

—Me reuniré con vosotros dentro, ¿vale?

—Vale —dice, parece nervioso—. Estaremos en Mrs. Fields.

Asiento y después empiezo a rodear el aparcamiento. Rebusco en el bolso hasta que encuentro un cigarrillo y lo enciendo. Y no he hecho más que empezar a fumármelo y a sentirme normal de nuevo cuando el Corvette amarillo llega a la zona de estacionamiento y, con un chirrido de ruedas, aparca en un espacio libre que hay a unos tres metros de distancia. Es Sebastian. Con Lali.

No dejan de reírse mientras salen del coche.

Se me encoge el estómago. ¿Dónde han estado en esta última hora y media?

—Hola, nena —dice Sebastian antes de darme un breve beso en los labios—. Teníamos tanta hambre que hemos ido al Hamburger Shack.

—¿Habéis visto a Walt?

—Ajá —responde Lali.

Sebastian enlaza su brazo con el mío y luego estira el otro para Lali. De esta manera, los tres juntos nos adentramos en el centro comercial.

Mi único consuelo es saber que Sebastian no ha mentido con respecto a lo de haber estado en el Hamburger Shack. Cuando me besó, su aliento olía a cebollas, a pimientos y a tabaco.

## 18

### *Los círculos están para romperlos*

—¿Qué te parece? —le pregunto a la Rata mientras doy golpecitos en la mesa con el bolígrafo.

—¿Lo de atacar a Donna LaDonna en tu primer artículo para *The Nutmeg?* Arriesgado, Bradley. Sobre todo, porque todavía no te has acercado a ella.

—No será porque no lo haya intentado —protesto, aunque eso no es del todo cierto.

La seguí durante un tiempo, pero en realidad no intenté enfrentarme a ella. Lo que hice fue conducir hasta su casa tres veces. Los LaDonna viven en lo alto de la colina, en una enorme y horrorosa casa nueva. El edificio tiene dos columnas, una pared de ladrillos, una pared de estuco y otras dos de madera, como si la persona que diseñó la casa no acabara de entender lo que querían los dueños y al final decidiera utilizarlo todo. Igual que Donna hace con los chicos, supongo.

Dos de las veces la casa estaba desierta, pero, a la tercera, vi salir a Tommy Brewster, seguido de cerca por Donna. Justo antes de subirse al coche, Tommy se inclinó hacia ella, como si intentara besarla, pero ella lo empujó con el dedo índice y se echó a reír. Tommy no había abandonado aún el camino de acceso cuando apareció otro coche (un Mercedes azul), del que salió un chico realmente guapo que pasó junto a Tommy y rodeó la cintura de Donna con el brazo. Ambos entraron en la casa sin volver la vista atrás.

Está claro que Donna lleva una vida de lo más interesante en lo que a chicos se refiere.

—¿Por qué no empiezas con algo menos polémico que Donna LaDonna? —pregunta ahora la Rata—. Espera a que la gente se acostumbre a que escribas para el periódico.

—Pero si no escribo sobre Donna, no tengo nada sobre lo que escribir —protesto. Pongo el pie sobre la mesa e inclino mi silla hacia atrás—. Lo mejor de Donna es que todo el mundo le tiene miedo. Bueno, ¿qué otra cosa en el instituto inspira esa clase de temor generalizado?

—Las pandillas, los círculos de amigos.

—¿Las pandillas? Nosotros ni siquiera tenemos una pandilla.

—Puede que sí, ya que llevamos saliendo con la misma gente durante los últimos diez años.

—Siempre he creído que éramos el perfecto ejemplo de la antipandilla.

—Una antipandilla es también una pandilla, ¿no crees? —pregunta la Rata.

—Puede que eso sea una buena historia —murmuro mientras me reclino aún más en la silla. Cuando estoy casi en posición perpendicular, se me resbalan las piernas y me caigo al suelo, tirando varios libros conmigo. Aterrizo con la silla y me golpeo en la cabeza, y, cuando miro a mi alrededor, veo que la pequeña Gayle está inclinada sobre mí.

Alguien tiene que hablarle a esta chica sobre el Clearasil.

—¿Carrie? —pregunta con voz ahogada—. ¿Te encuentras bien? —Mira a su alrededor con expresión asustada mientras recoge varios libros del suelo—. Será mejor que te levantes antes de que te vea la bibliotecaria. Si te descubre, te echará de aquí.

La Rata estalla en carcajadas.

—No lo entiendo —dice Gayle, que rodea con los brazos una pila de libros. Sus ojos están llenos de lágrimas.

—Cielo —le digo—, no nos estamos riendo de ti. Lo que pasa es que somos alumnas de último año, así que no nos importa que la bibliotecaria nos eche.

—Si lo intenta, es probable que le enseñemos el dedo —añade la Rata mientras levanta el dedo corazón a modo de ejemplo. Nos miramos la una a la otra con una sonrisa de desdén.

—Ah, bueno. —Gayle se muerde el labio inferior en un gesto de nerviosismo.

Separo la silla que hay a mi lado.

—Siéntate.

—¿En serio?

—Esta es Roberta Castells —digo mientras Gayle se sienta con recelo—. También conocida como «Súper Ratón», o la Rata, para abreviar.

—Hola —saluda Gayle con timidez—. Lo sé todo sobre ti. Eres una leyenda. Dicen que eres la chica más inteligente del instituto. Ojalá yo pudiera ser así. La más inteligente. Porque sé que jamás llegaré a ser la más guapa.

Las dos Jen entran en la biblioteca, olisqueando el aire como si fueran sabuesos. Nos ven y se sientan a dos mesas de distancia.

—¿Ves a esas chicas? —Le señalo a las dos Jen con la cabeza—. ¿Crees que son guapas?

—¿Las dos Jen? Sí, creo que sí.

—Ahora —le digo—. Son guapas ahora. Pero dentro de dos años…

—Parecerán muy, muy viejas. Parecerá que tienen cuarenta años —dice la Rata.

La pequeña Gayle se tapa la boca con la mano.

—¿Por qué? ¿Qué les ocurrirá?

—Alcanzarán su punto álgido en el instituto —le explico.

—¡¿Qué?!

—Es cierto —conviene la Rata, que asiente—. Y después del instituto, todo irá a peor. Niños. Maridos infieles. Trabajos sin futuro. No hay que alcanzar el punto álgido en el instituto. Si lo haces, el resto de tu vida será un desastre.

—Nunca me lo había planteado así… —Mira a las dos Jen como si fueran alienígenas abominables de otro planeta.

—Hablando del tema —comienzo a decir—, ¿qué otra cosa detestas del instituto?

—Humm… ¿La comida?

—Eso no es lo bastante bueno. Las historias sobre la cafetería resultan aburridas. Y tampoco puedes elegir a Donna LaDonna.

—Supongo que entonces me decantaré por las pandillas.

—Las pandillas… —Asiento y miro a la Rata con una ceja enarcada—. ¿Por qué?

—Porque hacen que la gente se sienta insegura. Como si siempre supieras que no estás en una de esas pandillas porque esa gente no te habla. Y a veces, cuando formas parte de una pandilla, es como estar en *El señor de las moscas*: siempre te preguntas quién será el próximo al que asesinarán. —Se cubre la boca con la mano una vez más—. ¿He hablado demasiado?

—No, no. Continúa. —Cojo mi cuaderno, lo abro por una página en blanco y empiezo a garabatear.

—Así que esta historia que estoy escribiendo para *The Nutmeg* está saliendo muy bien —comento mientras saco del horno una remesa de galletas con trocitos de chocolate.

Sebastian pasa otra página de la revista *Time*.

—¿De qué trata?

Ya se lo he dicho al menos una docena de veces.

—De las pandillas. He entrevistado a alrededor de diez personas hasta ahora, y he conseguido historias de lo más interesantes.

—Hummm… —dice Sebastian, que no parece estar interesado lo más mínimo.

De todas formas, insisto.

—Walt dice que aunque las pandillas ofrecen protección, también pueden truncar el desarrollo personal. ¿Qué opinas?

—Lo que opino —dice Sebastian sin apartar los ojos de la revista— es que Walt tiene secretos.

—¿Qué clase de secretos?

—¿De verdad te importa? —Me mira por encima del borde de sus gafas de lectura Ray-Ban. Siempre que Sebastian se pone esas gafas se me derrite el corazón. Porque me recuerdan que no es perfecto. Su visión no es perfecta. Y eso es genial.

—Por supuesto que sí.

—Entonces confía en mí y déjalo estar —dice antes de volver a concentrarse en la revista.

Saco las galletas calentitas del molde y las coloco con cuidado sobre una bandeja. Coloco la bandeja delante de Sebastian y me siento frente a él. Mi chico coge una con aire distraído y le da un mordisco.

—¿Qué lees? —pregunto.

—Otro artículo sobre la recesión económica —contesta mientras pasa la página—. No tiene sentido buscar trabajo ahora, eso seguro. Diablos, lo más probable es que no tenga sentido ir a la universidad. Todos estamos condenados a vivir en el sótano de nuestros padres durante el resto de nuestra vida.

Le agarro la muñeca con un movimiento repentino.

—¿Qué sabes sobre Walt?

—Lo he visto. —Se encoge de hombros.

—¡¿Dónde?!

—En un lugar que no conoces y que no querrías conocer.

¿De qué está hablando?

—¿Qué clase de lugar?

Se quita las gafas.

—Olvídalo. Estoy aburrido. Vayamos al Fox Run.

—Yo no estoy aburrida. Quiero que me digas lo de Walt.

—Y yo no quiero hablar sobre ello —dice al tiempo que se pone en pie.

Pufff… Cojo una galleta y me meto la mitad en la boca.

—No puedo ir al centro comercial. Tengo que trabajar en mi artículo. —Al ver que parece extrañado, añado—: El artículo para *The Nutmeg*.

Se encoge de hombros.

—Como quieras. Pero no pienso quedarme aquí sentado mientras escribes.

—Es que quiero que sea un buen artículo…

—Vale —dice él—. Te veo luego.

—¡Espera! —Cojo mi abrigo y corro tras él.

Sebastian me rodea la cintura con el brazo y hacemos un curioso bailecillo que inventamos una noche en The Emerald. No dejamos de hablar hasta que llegamos al coche.

Sin embargo, cuando abandonamos el camino de acceso, vuelvo la vista hacia la casa y me siento embargada por una terrible sensación de culpabilidad. No debería estar haciendo esto. Debería trabajar en mi artículo. ¿Cómo llegaré a ser escritora si no tengo disciplina?

No obstante, Lali tiene un nuevo trabajo en el centro comercial, en The Gap, y, si dejo solo a Sebastian, seguro que se pasa a verla y acaban juntos de nuevo, sin mí. Me siento mal por no confiar en Lali y Sebastian, pero últimamente los dos se han hecho cada vez más coleguitas. Siempre que los veo bromear o chocar las manos, tengo un mal presentimiento. Es como el tictac de un reloj que se aleja cada vez más hasta que deja de sonar… y solo queda el silencio.

Cynthia Viande se encuentra en la tarima del salón de actos y sostiene un ejemplar de *The Nutmeg*.

—Y esta semana tenemos un artículo de Carrie Bradshaw sobre las pandillas.

Se produce una ronda de aplausos poco entusiasta y todo el mundo se pone en pie.

—Has tenido tu parte, Bradley. Felicidades —dice la Rata mientras se acerca a toda prisa.

—Me muero de ganas de leerlo… —murmuran unos chicos que pasan cerca antes de poner los ojos en blanco.

—Contenta de que se haya acabado, ¿eh? —nos interrumpe Sebastian, que le guiña un ojo a la Rata.

—¿A qué te refieres? —pregunto.

—A lo de *The Nutmeg* —le dice a la Rata—. ¿No te ha fastidiado con esa interminable lista de preguntas de reportera?

La Rata parece sorprendida.

—No.

Me ruborizo a causa de la vergüenza.

—De todas formas, ya se ha acabado —dice Sebastian sonriendo.

La Rata me mira con extrañeza, pero yo me encojo de hombros, como si dijera: «¿Qué se puede esperar de los chicos…?».

—Bueno, a mí me ha parecido genial —dice la Rata.


—Aquí viene —grita Maggie—. Aquí llega nuestra estrella.

—Ay, venga, Mags. Solo fue un estúpido artículo para *The Nutmeg*. —No obstante, me siento halagada.

Tomo asiento a su lado en la mesa de picnic del granero. El suelo está congelado y hay una humedad fría en el ambiente que durará meses. Llevo un gorro de lana que termina en un pompón. Maggie, que se enfrenta al invierno fingiendo que no existe y se niega a llevar gorro y guantes salvo cuando esquía, se frota las manos mientras se fuma un cigarrillo que comparte con Peter. Lali lleva unas botas de obrero de la construcción, que al parecer hacen furor.

—Dame una calada de ese cigarrillo —le dice Lali a Maggie. Algo de lo más extraño, porque Lali rara vez fuma.

—El artículo es bueno —dice Peter a regañadientes.

—Todo lo que hace Carrie es bueno —señala Lali. El humo sale por los agujeros de su nariz—. ¿No es cierto? Carrie siempre tiene que tener éxito.

¿Se muestra hostil de manera intencionada? ¿O solo es la de siempre? No lo sé.

Me está mirando con expresión desafiante, como si me retara a descubrirlo.

—No siempre tengo éxito —replico. Saco uno de los cigarrillos del paquete de la madre de Maggie. Según parece, la madre de Maggie ya no quiere dejarlo—. De hecho, suelo fracasar —le aseguro tratando de bromear. Enciendo el cigarrillo y le doy una calada. Mantengo el humo retenido en la boca y exhalo unos cuantos aros perfectos—. Pero de vez en cuando tengo un poco de suerte.

—Vamos… —dice Lali con tono escéptico—. Escribes para *The Nutmeg*, tienes alrededor de cuatro trofeos de salto de trampolín y le robaste Sebastian a Donna LaDonna. A mí me parece que siempre consigues lo que quieres.

Por un momento se produce un silencio incómodo.

—A mí no me da esa impresión —dice la Rata—. ¿Alguno de nosotros consigue alguna vez lo que quiere?

—Tú sí —responde Maggie—. Y también Peter.

—Y Lali. Y tú también, Maggie —insisto—. Además, no puede decirse que le robara Sebastian a Donna LaDonna. Él me dijo que no estaba saliendo con ella. Y aunque saliera con ella… bueno, esa tía no es amiga mía ni nada de eso. No le debo nada.

—Prueba a decirle eso a ella —dice Lali con una sonrisa burlona mientras aplasta el cigarrillo con la bota.

—¿A quién le importa Donna LaDonna? —pregunta Maggie en voz alta. Mira a Peter—. Estoy harta de ella. No quiero que nadie vuelva a pronunciar su nombre nunca más.

—De acuerdo —dice Peter de mala gana.

—Vale —añado.

Peter aparta la mirada mientras se enciende un cigarrillo y luego se vuelve hacia mí.

—Bueno, sabrás que la señora Smidgens espera que escribas otra historia para el periódico, ¿no?

—Me parece bien.

—¿Sobre qué piensas escribir? —pregunta Lali. Coge otro cigarrillo del paquete, lo mira y se lo coloca detrás de la oreja.

—Supongo que ya se me ocurrirá algo —respondo.

Me pregunto una vez más por qué se comporta de esa manera tan extraña.

## 19

## Ca-ca-ca-cambios

—M aggie, esto no está bien —susurro. Acabamos de terminar las clases, y la Rata, Maggie y yo estamos escondidas en el Cadillac.

—Vale. ¿Qué pasa con Lali? —pregunta la Rata cambiando de tema—. ¿No os parece que estuvo muy rara esta mañana en el granero?

—Está celosa —dice Maggie.

—Eso me parece a mí —conviene la Rata.

—Es una persona muy celosa —añade Maggie.

—No, no lo es —protesto—. Lali está muy segura de sí misma, eso es todo. La gente siempre lo entiende al revés.

—No sé, Bradley... —dice la Rata—. Yo me andaría con cuidado si estuviera en tu lugar.

—Vale, chicas. Aquí viene. ¡Agachaos! —ordena Maggie mientras todas nos escondemos.

—Esto está mal —murmuro.

—Eres tú la que siempre ha querido ser escritora —dice Maggie—. Deberías querer descubrirlo.

—Y quiero hacerlo, pero no así. ¿Por qué no podemos preguntárselo y ya está?

—Porque no nos lo diría —contesta Maggie.

—Rata, ¿tú qué piensas?

—A mí me da igual —responde la Rata desde el asiento trasero—. Yo solo estoy aquí de manera extraoficial. —Estira el cuello y mira por la ventanilla trasera—. ¡Se ha subido al coche! ¡Se marcha del aparcamiento! Date prisa o lo perderemos.

Hasta aquí la falta de implicación de la Rata, pienso.

Maggie se levanta al instante, pone la marcha del coche y pisa el acelerador. Sale del aparcamiento por el carril contrario, y, cuando llegamos a una zona sin salida, se sube a la hierba sin dudarlo.

—¡Por el amor de Dios! —exclama la Rata, que se aferra al asiento delantero mientras Maggie describe un giro brusco a la izquierda. Segundos después, estamos dos automóviles por detrás del coche naranja de Walt.

—No seas tan descarada, Maggie —señalo con sequedad.

—Bah, Walt ni se dará cuenta —dice sin mirarnos—. Walt nunca se entera de nada cuando va conduciendo.

Pobre Walt. ¿Por qué accedí a acompañarla cuando Maggie me propuso esta descabellada idea de seguirlo? Por la misma razón que la acompañé a la clínica para que le recetaran los anticonceptivos. No puedo decirle que no a nadie. Ni a Maggie, ni a Sebastian, ni a Lali.

Al final, Lali sacó las malditas entradas para Aztec Two-Step y ahora estamos obligados a ir al concierto el fin de semana después de las vacaciones de Navidad. Aunque todavía faltan unas semanas para eso.

Además, tengo que admitir que me muero por saber adónde va Walt después de clase.

—Apuesto a que tiene una nueva novia —dice Maggie—. Y apuesto a que será una tía mayor. Como la señora Robinson. Es probable que sea la madre de alguien. Por eso se anda con tantos secretitos.

—Tal vez esté estudiando de verdad.

Maggie me mira fijamente.

—Vamos… Ya sabes lo inteligente que es Walt. Nunca tiene que estudiar. Cuando dice que estudia siempre hace otra cosa, como leer sobre orinales del siglo XVIII.

—¿A Walt le gustan las antigüedades? —pregunta la Rata sorprendida.

—Sabe todo lo que hay que saber sobre antigüedades —contesta Maggie orgullosa—. Nuestro plan era mudarnos a Vermont. Allí, Walt abriría una tienda de antigüedades y yo criaría ovejas, hilaría la lana y tejería jerséis.

—Qué… pintoresco —dice la Rata mirándome a los ojos.

—También plantaría verduras —añade Maggie—. Y pondría un puesto en verano. Íbamos a convertirnos en vegetarianos.

Y mira dónde ha quedado ese plan, pienso mientras atravesamos la ciudad siguiendo a Walt.

El coche de nuestro amigo deja atrás Fox Run y continúa por Main Street. En uno de los dos semáforos de la ciudad, su coche gira a la izquierda y se encamina hacia el río.

—Lo sabía… —dice Maggie, que se aferra al volante—. Tiene una cita secreta.

—¿En el bosque? —pregunta la Rata con un resoplido—. Allí abajo no hay nada más que árboles y prados vacíos.

—Tal vez asesinara a alguien sin querer. Quizá haya enterrado el cadáver y regrese para asegurarse de que no ha salido a la luz. —Enciendo un cigarrillo y me reclino en el asiento, preguntándome hasta dónde llegará el asunto.

La carretera conduce hacia el río, pero, en lugar de seguir el polvoriento camino, Walt da otro giro brusco por debajo de la autopista.

—Se dirige a East Milton —grita Maggie, señalando lo obvio.

—¿Qué hay en East Milton? —pregunta la Rata.

—Un consultorio médico.

—¡Carrie! —exclama Maggie.

—Quizá haya conseguido trabajo como enfermero —señalo con tono inocente.

—Carrie, ¿quieres cerrar la boca, por favor? —exige Maggie—. Esto es serio.

—Podría ser enfermero. Será una profesión de lo más chic en los próximos diez años.

—Todos los médicos serán mujeres, y todos los hombres, enfermeros —dice la Rata.

—Yo no querría que me atendiera un enfermero. —Maggie se estremece—. No querría que ningún hombre desconocido tocara mi cuerpo.

—¿Y si fuera un lío de una noche? —pregunto, solo para tomarle el pelo—. ¿Y si salieras por ahí, conocieras a un tío, te creyeras locamente enamorada y te acostaras con él apenas tres horas después?

—Estoy loca por Peter, ¿vale?

—De cualquier manera, eso ahora no cuenta —dice la Rata—. Si lo conoces desde hace tres horas, ya lo conoces bastante, ¿no te parece?

—Para que cuente, hay que follar a lo loco, como el famoso polvo de *Miedo a volar*.

—Por favor, no digas «follar». Odio esa palabra. Se dice «hacer el amor» —señala Maggie.

—¿Cuál es la diferencia entre «follar» y «hacer el amor»? En serio, me gustaría saberlo —aseguro.

—Follar solo implica una relación sexual. Hacer el amor es eso y más cosas —dice la Rata.

—No puedo creer que aún no te hayas acostado con Sebastian —dice Maggie.

—Bueno…

Maggie se vuelve y mira a la Rata con incredulidad, a causa de lo cual casi se sale de la carretera. Cuando nos recuperamos del susto, Maggie dice:

—Todavía eres virgen…

Como si eso fuera un delito o algo así.

—No me gusta considerarme «una virgen». Prefiero pensar que soy «sexualmente incompleta». Ya sabes. Como si todavía no hubiera terminado los estudios.

—Pero ¿por qué? —pregunta Maggie—. Tampoco es para tanto. Piensas que lo es hasta que lo haces. Y después te preguntas: «Dios, ¿para esto he esperado tanto?».

—Vamos, Maggie. A todo el mundo le llega su momento. Carrie todavía no está preparada —dice la Rata.

—Lo único que digo es que si no te acuestas con Sebastian pronto, otra persona lo hará —asegura Maggie en un tono ominoso.

—Si eso ocurre es que Sebastian no es el chico adecuado para ella —insiste la Rata.

—Además, creo que ya lo ha hecho —intervengo—. En el pasado. Y, oye, solo llevo saliendo con él dos meses.

—Yo solo llevaba dos días con Peter cuando lo hicimos —dice Maggie—. Claro que las circunstancias eran muy especiales. Peter llevaba varios años enamorado de mí…

—Maggie… Con respecto a Peter… —empieza a decir la Rata.

Quiero avisarla de que probablemente no sea el mejor momento para sacar a relucir la verdad sobre Peter, pero es demasiado tarde.

—Creo que «instituto» y «universidad» son dos categorías bien diferenciadas para él. Cuando se vaya a Harvard, dejará Castlebury atrás. Tiene que hacerlo. De lo contrario, no tendrá éxito.

—¿Por qué no? —pregunta Maggie retadora.

—Mags —le digo antes de dirigirle una mirada penetrante a la Rata—, la Rata no está hablando de ti específicamente. Lo único que quiere decir es que Peter tendrá que estudiar un montón, y que no tendrá tiempo para relaciones. ¿No es así, Rata?

—Claro. Nuestras vidas serán muy diferentes. Todos tendremos que cambiar.

—Yo al menos no pienso cambiar —dice Maggie con tozudez—. Siempre seré la misma, sin importar lo que ocurra. Creo que así es como debe comportarse la gente. De manera decente.

Estoy de acuerdo.

—Sin importar lo que ocurra, debemos jurar que siempre seremos las mismas.

—¿Hay alguna otra elección? —pregunta la Rata con sequedad.

—¿Dónde estamos? —pregunto mientras echo un vistazo a nuestro alrededor.

—Buena pregunta —señala la Rata emitiendo un murmullo.

Nos encontramos sobre un camino de asfalto lleno de baches que parece estar en mitad de ninguna parte.

A ambos lados hay campos llenos de rocas, salpicados por unas cuantas casas en ruinas. Pasamos junto a un taller de reparaciones y una casa amarilla con un cartel en el que se lee: SUNSHINE. REPARACIÓN DE MUÑECAS. REPARAMOS MUÑECAS GRANDES Y PEQUEÑAS. Más allá de la casa amarilla, Walt vira de repente hacia el pequeño camino de entrada de un gran edificio blanco de aspecto industrial.

El edificio tiene una gigantesca puerta de metal y ventanas pequeñas y selladas; parece desierto.

—¿Qué es este lugar? —pregunta Maggie mientras pasamos muy despacio junto a la entrada.

La Rata se echa hacia atrás y cruza los brazos.

—No tiene buena pinta, eso seguro.

Avanzamos un poco más, hasta que Maggie encuentra un sitio donde dar la vuelta.

—«Un lugar que no querrías conocer» —digo en voz alta, recordando la advertencia de Sebastian.

—¿Qué? —pregunta Maggie.

—Nada —me apresuro a responder mientras la Rata y yo intercambiamos una mirada.

La Rata le da unos golpecitos a Maggie en el hombro.

—Creo que deberíamos irnos a casa. Esto no te va a gustar.

—¿Qué es lo que no me va a gustar? —pregunta Maggie—. No es más que un edificio. Y nuestro deber como amigas es descubrir lo que está tramando Walt.

—O no… —La Rata se encoge de hombros.

Maggie hace caso omiso de sus palabras y continúa por el camino de entrada hasta la parte trasera, donde encontramos un aparcamiento oculto que no se ve desde la calle. Hay varios coches, entre los cuales está el de Walt.

Hay una entrada secreta en la parte posterior, una entrada rodeada por carteles de neón en los que se anuncian cosas como «Vídeos», «Juguetes» y (por si eso no fuera suficiente) «Sexo en directo».

—No lo entiendo. —Maggie contempla encolerizada los carteles de tonalidades púrpura y azules.

—Es un local porno.

—Maggie, no creo que quieras entrar ahí —le advierte la Rata de nuevo.

—¿Por qué no? —pregunta Maggie—. ¿Crees que no podré soportarlo?

—No, creo que no.

—Soy yo quien no podrá soportarlo —añado para solidarizarme con ella—. Y eso que ni siquiera es mi ex novio el que está dentro.

—No me importa. —Maggie aparca el coche cerca de un contenedor, coge un paquete de cigarrillos y sale del coche—. Si queréis venir, estupendo. Si no, podéis quedaros en el auto.

Vaya, esto sí que es un cambio. Me inclino en el asiento y la llamo por la ventanilla.

—Mags, no sabes lo que hay ahí…

—Pienso averiguarlo.

—¿Estás dispuesta a enfrentarte a Walt? ¿Qué pensará cuando descubra que lo has estado espiando?

Maggie se aleja caminando. La Rata y yo nos miramos, salimos del coche y la seguimos.

—Vamos, Mags… Esto está mal… No está bien seguir a las personas. Y menos aún si alguien intenta guardar un secreto. Vámonos…

—¡No!

—De acuerdo. —Me rindo. Señalo el contenedor—. Nos esconderemos ahí detrás. Esperaremos unos minutos y, si no ocurre nada, nos iremos a casa.

Maggie echa otro vistazo a la entrada. Entorna los párpados.

—Vale.

Nos escondemos detrás del contenedor. Hace muchísimo frío, así que me rodeo el pecho con los brazos y doy saltitos para entrar en calor.

—¿Quieres dejar de hacer eso? —susurra Maggie—. Viene alguien.

Me lanzo hacia un arbusto que hay junto al contenedor, lo rodeo a cuatro patas y me siento sobre los talones.

Un Mustang trucado entra en el aparcamiento quemando ruedas. Se oye la música de Black Sabbath cuando se abre la puerta y sale el conductor. Es un tío musculoso y, cuando mira a su alrededor con suspicacia, reconozco a Randy Sandler, un tipo que estaba dos cursos por delante de nosotros y que era el quarterback del equipo de fútbol del instituto.

—Madre mía… Randy Sandler acaba de entrar…

—¿Randy Sandler? —pregunta la Rata. Maggie y ella se acercan a mí gateando.

—Esto es culpa mía —dice Maggie—. Si no hubiera roto con Walt, no le habría hecho falta venir aquí en busca de sexo. Debía de tener un dolor de huevos espantoso.

—Lo del dolor de huevos es un mito —susurro con énfasis—. Es una de esas mentiras que los hombres les cuentan a las mujeres para conseguir sexo.

—No lo creo. Pobre Walt… —gime Maggie.

—Chis —ordena la Rata cuando la puerta se abre.

Randy Sandler aparece de nuevo, pero esta vez no está solo. Walt sale detrás de él, parpadeando para acostumbrarse al cambio de luz. Randy y él intercambian unas cuantas palabras y luego se echan a reír. Después, ambos entran en el coche de Randy. El motor cobra vida, pero, antes de marcharse, Randy se inclina hacia delante y besa a Walt en la boca. Alrededor de un minuto después, se separan; luego Walt baja el espejo de cortesía del parasol y se arregla un poco el pelo.

Por un momento se produce un silencio solo interrumpido por el estruendo del silenciador del coche. Segundos más tarde, el coche se aleja y nosotras nos quedamos agachadas, inmóviles, oyendo el ruido del motor hasta que se convierte en un tenue ronroneo.

—En fin. —Maggie se levanta y se sacude la ropa—. Eso es todo, supongo.

—Oye… —dice la Rata en tono amable—, ¿sabes qué?, es mejor así. Tú estás con Peter y ahora Walt está con Randy.

—Es como en *El sueño de una noche de verano* —añado con un deje de esperanza—, donde todo el mundo acaba con quien se supone que debe acabar.

—Ajá —dice Maggie con una voz apática mientras se dirige al coche.

—Y hay que admitir que Randy Sandler está bastante bueno. Era uno de los chicos más guapos del equipo de fútbol.

—Sí —convengo—. Piensa en todas las chicas que se pondrían celosas si supieran que Randy era…

—¿Gay? —pregunta Maggie a voz en grito—. ¿Si supieran que Randy y Walt son gays? ¿Y que han engañado a todo el mundo? —Abre la puerta del coche de un tirón—. Es genial. Sencillamente, genial. Pensar durante dos años que un chico está enamorado de ti y luego descubrir que ni siquiera le gustan las chicas… Y averiguar que siempre que estaba contigo estaba pensando en… —Hace una pausa, toma aliento y grita—: ¡Algún otro chico!

—Cálmate un poco, Maggie —dice la Rata.

—No pienso calmarme. ¿Por qué iba a hacerlo? —Maggie pone en marcha el motor, acto seguido lo apaga y entierra la cara entre las manos—. Íbamos a mudarnos a Vermont… Íbamos a abrir una tienda de antigüedades… Y un puesto de verduras. Yo creí en él. Y nunca dejó de mentirme.

—Estoy segura de que eso no es cierto —dice la Rata—. Es probable que él no lo supiera. Y luego, cuando rompisteis…

—Él te quería, Mags. Te quería de verdad. Todo el mundo lo sabe —comento.

—Y ahora todo el mundo sabrá lo imbécil que fui. ¿Tienes idea de lo estúpida que me siento ahora mismo? ¿Cómo he podido ser tan estúpida?

—Maggie… —Le sacudo un poco el brazo—. ¿Cómo ibas a saberlo? La sexualidad de una persona es… bueno, asunto suyo, ¿no?

—No, si hace daño a otras personas.

—Walt nunca te ha hecho daño a propósito —le digo, tratando de razonar con ella—. Y, además, Mag… Eso es cosa de Walt. En realidad, no tiene nada que ver contigo.

Ups.

El rostro de Maggie adquiere una expresión furiosa que jamás le había visto con anterioridad.

—Ah, ¿no? —pregunta con un gruñido—. En ese caso, ¿por qué no intentas ponerte en mi lugar? —Dicho lo cual, se echa a llorar.

# 20
## *Terrenos resbaladizos*

—S e supone que esta es la mejor época de nuestras vidas —digo melancólica.

—Ay, Carrie... —George esboza una sonrisa—. ¿De dónde sacas esas ideas tan sentimentaloides? Si echaras un vistazo a tu alrededor, descubrirías que la mitad de la población adulta detesta los años que pasó en el instituto y que jamás querría repetirlos.

—Pero yo no quiero convertirme en parte de ese grupo de población.

—No hay peligro de que así sea. Tú tienes demasiada *joie de vivre*, demasiada alegría de vivir. Y parece que siempre eres capaz de perdonar la naturaleza humana.

—Supongo que descubrí hace mucho tiempo que la mayoría de la gente no puede evitar hacer las cosas que hace —aseguro, animada por su interés—. Y lo que hace no tiene nada que ver contigo, por lo general. Lo que quiero decir es que la gente actúa por instinto y hace lo que cree mejor para ella en un determinado momento, y solo piensa en las consecuencias después, ¿no te parece?

George suelta una carcajada, pero esa es la descripción perfecta de mi comportamiento, comprendo con pesar.

Una ráfaga de viento arranca una fina capa de nieve de las copas de los árboles y la arrastra hasta nuestros rostros. Me estremezco.

—¿Tienes frío? —George me cubre los hombros con un brazo y me estrecha contra su cuerpo.

Asiento mientras tomo una bocanada de aire gélido. Me fijo en la nieve, en los pinos y en las cabañas de troncos. Intento fingir que estoy muy lejos de allí… En Suiza, por ejemplo.

La Rata y yo obligamos a Maggie a hacer un pacto: nunca le contaremos a nadie lo que vimos ese día en East Milton, porque eso es cosa de Walt y debe ser él quien se encargue de arreglarlo. Maggie accedió a no contárselo a nadie (ni siquiera a Peter), pero eso no evitó que acabara destrozada en el plano emocional. Faltó dos días a clase y se los pasó en la cama; al tercer día, cuando por fin apareció en la asamblea, tenía la cara hinchada y llevaba gafas de sol. No se puso nada que no fuera negro durante el resto de la semana. La Rata y yo hicimos todo cuanto pudimos (nos aseguramos de que hubiera al menos una de nosotras con ella durante los descansos y le recogimos la comida en la cafetería, ya que ella se negaba a ponerse en la fila), pero cualquiera habría dicho que el amor de su vida había muerto. Y eso resulta un poco molesto, porque, si lo miras desde una perspectiva lógica, lo único que ha ocurrido en realidad es que salió con un chico durante dos años, rompió con él y luego ambos encontraron a otras personas. ¿De verdad importa si esa «otra persona» es un chico o una chica? Sin embargo, Maggie se niega a verlo de esa forma. Insiste en que es culpa suya… en que no fue «suficiente mujer» para Walt.

Así que cuando me llamó George y se ofreció a llevarme a esquiar, aproveché la oportunidad para alejarme de todo durante unas cuantas horas.

Y en el momento en que vi su rostro sereno y feliz, empecé a contarle mis problemas con Maggie y Walt, que mi artículo salió en *The Nutmeg* y que mi mejor amiga se comporta de una forma muy extraña. Le conté todo, salvo el hecho de que tengo novio. Se lo diré hoy, cuando llegue el momento oportuno. Pero, mientras tanto, me siento tan aliviada por haberme descargado que no quiero estropear la diversión.

Sé que estoy siendo egoísta. No obstante, a George parecen interesarle mucho mis historias.

—Puedes utilizar todo ese material cuando escribas —me dijo mientras viajábamos hacia la montaña.

—No puedo —protesté—. Si escribiera algo de eso en *The Nutmeg*, me echarían del instituto.

—Estás experimentando el dilema de todo escritor. El impulso artístico frente al instinto de proteger a todos aquellos a quienes conoces… y quieres.

—No —le aseguré—. Yo nunca le haría daño a alguien por escribir un artículo. La conciencia no me dejaría vivir después.


—Entrarás en calor en cuanto nos pongamos en movimiento —me dice George.

—Si es que nos ponemos… —le recuerdo. Me asomo por la barandilla del telesilla para echarle un vistazo a la pista que hay más abajo. Se trata de una zona rodeada de pinos en la que varios esquiadores, ataviados con trajes multicolores, surcan la nieve dejando un rastro tras de sí, como si fueran máquinas de coser. Desde este privilegiado observatorio no parecen atletas excepcionales. Si ellos pueden hacerlo, ¿por qué no voy a poder hacerlo yo?

—¿Estás asustada? —pregunta George.

—No… —respondo con valentía. No obstante, he esquiado un total de tres veces en toda mi vida, y siempre en el patio trasero de Lali.

—Recuerda que debes mantener las puntas de los esquís hacia arriba. Deja que el respaldo del asiento te impulse hacia delante.

—Claro —replico mientras me aferro al costado del telesilla. Estamos casi en la cima, y acabo de admitir que en realidad nunca me había subido a un telesilla con anterioridad.

—Lo único que tienes que hacer es soltarte —dice George con expresión divertida—. Si no lo haces, tendrán que cerrar el elevador y los demás esquiadores se cabrearán mucho.

—No quisiera enfadar a esos conejitos de nieve —murmuro mientras me preparo para lo peor. Pocos segundos después, me deslizo con suavidad por una pequeña colina y el telesilla se queda a mi espalda—. Vaya, no ha sido tan difícil —exclamo mientras me vuelvo hacia George. Justo en ese momento, me caigo.

—No está mal para una principiante —dice George cuando me ayuda a levantarme—. Seguro que aprenderás enseguida. Tengo la impresión de que tienes un talento natural para el esquí.

George es siempre tan amable…

Tomamos primero la pista de los conejitos, donde consigo dominar el arte de la frenada y los giros. Después de un par de curvas, cojo confianza y nos trasladamos a la pista adyacente.

—¿Te gusta? —pregunta George en nuestro cuarto viaje en el telesilla.

—Me encanta —le aseguro—. Es divertidísimo.

—Tú sí que eres divertidísima —dice George. Se inclina para darme un beso y le permito que me dé un pico, aunque me siento despreciable al instante. ¿Qué pensaría Sebastian si me viera aquí con George?

—George… —comienzo a decir, decidida a contarle lo de Sebastian ahora mismo, antes de que esto vaya a más.

Pero él me interrumpe.

—Desde que te conocí, no he dejado de preguntarme a quién me recuerdas. Y por fin lo he descubierto.

—¿A quién? —pregunto muerta de curiosidad.

—A mi tía abuela —contesta con orgullo.

—¿A tu tía abuela? —inquiero con una mueca de indignación—. ¿Tan vieja te parezco?

—No es por tu aspecto. Es por tu espíritu. Ella es una amante de la diversión, como tú. Es de ese tipo personas que atrae a la gente. —Y entonces deja caer la bomba—: Es escritora.

—¿Escritora? —pregunto con voz ahogada—. ¿Una escritora de verdad?

Asiente.

—Fue muy famosa en su época. Pero ahora ya tiene ochenta años…

—¿Cómo se llama?

—No pienso decírtelo —asegura con malicia—. Todavía no. Pero te llevaré a visitarla alguna vez.

—¡Dímelo! —le exijo mientras tiro juguetonamente de su brazo.

—No. Quiero que sea una sorpresa.

Hoy George es una caja de sorpresas. La verdad es que lo estoy pasando muy bien.

—Tengo muchas ganas de que la conozcas. Os vais a llevar de maravilla.

—Yo también tengo muchas ganas de conocerla —añado entusiasmada.

Vaya… Una escritora de verdad. Nunca he conocido a ninguna, con la excepción de Mary Gordon Howard.

Nos apeamos del telesilla y nos detenemos en la parte alta de la pendiente. Echo un vistazo a la pista que se extiende más abajo. Es empinada. Muy empinada.

—Me gustaría ir delante esta vez —señalo agarrando bien mis palos.

—Todo irá bien —me dice él con voz tranquilizadora—. Ve despacio y no realices muchos giros.

Lo hago bastante bien en la parte superior. Pero cuando llegamos a la primera bajada, de pronto me siento aterrorizada. Me detengo, presa del pánico.

—No puedo hacer esto. —Hago una mueca—. ¿Puedo quitarme los esquís y bajar andando?

—Si lo haces, parecerás una cobardica —dice George—. Vamos, niña… Te adelanto. Sígueme, haz lo que yo haga y todo saldrá bien.

George se impulsa hacia delante. Doblo las rodillas y me imagino con muletas… Justo entonces, una mujer pasa a mi lado. Solo veo su perfil de refilón, pero me resulta extrañamente familiar. Luego me fijo en que es increíblemente guapa, con el pelo rubio y largo; lleva puesta una cinta para el cabello de auténtica piel blanca de conejo y un mono de esquiar blanco con estrellas plateadas en el costado. Sin embargo, no soy la única que se ha fijado en ella.

—¡Amelia! —grita George.

La fantástica, la extraordinaria Amelia, que parece haber nacido para anunciar alguna pasta dentífrica fresca y blanqueante, se desliza con suavidad hasta detenerse, se sube las gafas y sonríe de oreja a oreja.

—¡George! —exclama.

—¡Hola! —dice George antes de deslizarse hacia ella.

Se acabó lo de ayudar a la esquiadora discapacitada.

Se acerca a ella, la besa en ambas mejillas, intercambian unas cuantas palabras y luego mira colina arriba.

—¡Carrie! —grita al tiempo que me hace un gesto con la mano—. Ven aquí. Quiero que conozcas a una amiga mía.

—¡Es un placer! —chillo desde lo lejos.

—¡Baja! —grita George.

—No podemos llegar hasta ti, así que será mejor que vengas tú —añade la tal Amelia, que comienza a fastidiarme con su perfección. Resulta evidente que es una de esas expertas que aprendió a esquiar antes de saber andar.

Estoy lista. Flexiono las rodillas y me apoyo en los bastones.

Fantástico. Avanzo directamente hacia ellos. Solo hay un problema: no puedo parar.

—¡Cuidado! —grito. Por algún milagro de la naturaleza, no atropello a Amelia, tan solo rozo las puntas de sus esquís. Sin embargo, sí que me agarro a su brazo para pararme, y en ese momento me caigo y la arrastro encima de mí.

Durante algunos segundos, nos quedamos tumbadas, con nuestras cabezas a escasos centímetros de distancia. Una vez más, tengo la desagradable sensación de que conozco a Amelia. ¿Es una actriz o algo así?

Y luego nos rodea la gente. Lo que nadie te dice acerca de esquiar es que, si te caes, en menos de lo que canta un gallo vendrá mucha gente a rescatarte, siempre esquiadores mucho mejores de lo que tú serás y cargados con todo tipo de consejos. Estoy segura de que dentro de unos instantes vendrá la patrulla de primeros auxilios con una camilla.

—Estoy bien —insisto—. No ha sido nada.

Amelia se ha levantado, lista para marcharse (al fin y al cabo, solo la han derribado), pero yo, por el contrario, no lo estoy. Estoy paralizada, visualizando otra precipitada caída montaña abajo. Sin embargo, me informan (por suerte para mí) de que uno de mis esquís siguió adelante solo y se estrelló contra un árbol. El esquí tiene una pequeña grieta («¡Mejor el esquí que tu cabeza!», repite George una y otra vez), así que después de todo no tendré que escenificar una típica huida a lo Bradshaw.

Por desgracia, la única forma de bajar la montaña ahora es en camilla. Algo tremendamente humillante y dramático en exceso. Alzo mi mano cubierta por la manopla y me despido de George y de Amelia mientras ellos se bajan las gafas, clavan los bastones en la nieve y se lanzan al abismo.

—¿Has esquiado mucho? —pregunta el tipo de la patrulla de primeros auxilios mientras tensa una correa sobre mi pecho.

—La verdad es que no.

—No deberías estar en la pista intermedia —me reprende—. Aquí le damos mucha importancia a la seguridad. Los esquiadores nunca deberían bajar por zonas que se encuentran por encima de sus posibilidades.

—Es la causa principal de los accidentes —añade un segundo auxiliar—. Has tenido suerte esta vez. Inténtalo de nuevo y no solo te pondrás tú en peligro, sino también a otros esquiadores.

Vale, perdónnnnnn.

Ahora me siento como una auténtica patosa.

George (el leal y bueno de George) está esperándome al final.

—¿Estás bien de verdad? —me pregunta mientras se inclina sobre la camilla.

—Estoy bien. Mi orgullo está algo magullado, pero mi cuerpo parece intacto. —Y, al parecer, listo para más humillaciones.

—Estupendo —dice al tiempo que me agarra del brazo—. Le he dicho a Amelia que nos reuniríamos con ella en el refugio para tomarnos un café irlandés. Es una vieja amiga de Brown. No te preocupes —añade al ver mi expresión—. No puede competir contigo. Es un par de años «más vieja».

Entramos en el refugio, que está calentito y lleno de ruidos, de gente feliz que no deja de brindar por el maravilloso día que han pasado esquiando. Amelia está sentada cerca de la chimenea; se ha quitado la chaqueta, de modo que ahora puede verse el ceñido top plateado que lleva puesto. Además, se ha peinado y se ha pintado los labios, así que parece lista para un anuncio de laca para el cabello.

—Amelia, esta es Carrie —dice George—. Creo que no os había presentado como es debido.

—No, no lo habías hecho —comenta Amelia con calidez mientras estrecha mi mano—. En cualquier caso, no es culpa tuya, Carrie. George nunca debería haberte llevado a esa pista. Es un hombre muy peligroso.

—¿En serio? —pregunto antes de sentarme en una silla.

—¿Recuerdas aquel descenso en piragua? —pregunta ella; luego se gira hacia a mí y añade—: En Colorado. —Y ya está, como si yo debiera estar familiarizada con ese incidente.

—No estabas asustada —insiste George.

—Sí que lo estaba. Estaba muerta de miedo.

—Ni de coña… —George la señala con el dedo índice para enfatizar sus palabras—. Amelia no le teme a nada.

—Eso no es cierto. Tengo miedo de no poder entrar en esa facultad de derecho.

Ay, madre. Así que la tal Amelia es guapa y, además, inteligente.

—¿De dónde eres, Carrie? —pregunta en un intento de introducirme en la conversación.

—De Castlebury. Pero es probable que nunca hayas oído hablar de ese lugar. Es una diminuta ciudad industrial que está cerca del río…

—Bueno, lo sé todo sobre esa ciudad —dice con una sonrisa simpática—. Crecí allí.

De pronto me siento incómoda.

—¿Cómo te apellidas? —pregunta ella con curiosidad.

—Bradshaw —responde George antes de hacerle un gesto al camarero.

Amelia arquea las cejas al reconocer el apellido.

—Soy Amelia Kydd. Creo que tú estás saliendo con mi hermano.

—¿Eh? —pregunta George, que deja de mirar a Amelia para concentrarse en mí.

Me sonrojo hasta las orejas.

—¿Sebastian? —pregunto con voz ronca. Recuerdo a Sebastian hablando sobre una hermana mayor y sobre lo fantástica que era, pero se suponía que estaba en la universidad, en California.

—No deja de hablar de ti.

—¿De verdad? —murmuro.

Miro de reojo a George. Está pálido como la cera, salvo por las dos manchas rojas de sus mejillas.

Me ignora deliberadamente.

—Quiero saber todo lo que has hecho desde la última vez que te vi —le dice a Amelia.

Estoy empapada en sudor. Ojalá me hubiera roto la pierna, después de todo.

Hacemos el viaje de vuelta a casa en silencio.

Sí, debería haberle dicho a George que tengo novio. Debería habérselo dicho la primera vez que cenamos juntos. Pero luego detuvieron a Dorrit y no hubo tiempo. Debería habérselo dicho por teléfono, pero, admitámoslo, me estaba ayudando mucho con lo de escribir y no quería fastidiarlo. Y debería habérselo dicho hoy, pero nos hemos encontrado con Amelia, que resulta que es la hermana de Sebastian. Supongo que podría argumentar que no es del todo culpa mía, ya que George nunca me ha preguntado si tenía novio o no. Sin embargo, quizá no haya necesidad de preguntarle a una persona si tiene pareja cuando acepta salir contigo… varias veces. Tal vez lo de los novios sea como una especie de código de honor: si estás comprometido, tu deber moral es hacérselo saber a la otra persona de inmediato.

El problema es que la gente no siempre sigue las reglas.

¿Cómo voy a explicarle esto a George? ¿Y qué pasará con Sebastian? Me he pasado la mayor parte del tiempo preocupada por la posibilidad de que Sebastian me engañe, y sin embargo a quien debía temer era a mí misma.

Echo una ojeada a George. Tiene el ceño fruncido y mira al frente como si su vida dependiera de ello.

—George... —digo con tristeza—, lo siento muchísimo, de verdad. Pensaba decírtelo...

—Lo cierto es que yo también salgo con otras mujeres —asegura con frialdad.

—Vale.

—Pero no me gusta que me pongan en una situación que me hace quedar como un imbécil.

—No eres ningún imbécil. Y me gustas, de verdad...

—Pero te gusta más Sebastian Kydd —añade con sequedad—. No te preocupes. Lo entiendo.

Llegamos al camino de entrada a mi casa.

—¿Podemos seguir siendo amigos al menos? —le suplico en un último esfuerzo por enmendar la situación.

Él no aparta la mirada del frente.

—Por supuesto, Carrie Bradshaw. Voy a proponerte una cosa: ¿por qué no me das un toque cuando Sebastian y tú rompáis? Tu pequeña aventura con Sebastian no durará mucho. Puedes estar segura de ello.

Durante un instante permanezco inmóvil, dolida.

—Si quieres que las cosas sean así, pues vale. Pero yo no pretendía hacerte daño. Y ya he dicho que lo siento. —Estoy a punto de salir del coche cuando él me agarra de la muñeca.

—Lo siento, Carrie —dice súbitamente arrepentido—. No quería ser tan desagradable. Pero sabes por qué echaron a Sebastian del otro colegio, ¿no?

—¿Por vender drogas? —pregunto con rigidez.

—Ay, Carrie... —Deja escapar un suspiro—. Sebastian no tiene agallas para ser un camello. Lo echaron por copiar.

No digo nada. De pronto me siento furiosa.

—Gracias, George —le digo antes de salir del coche—. Gracias por un día tan maravilloso.

Me quedo en pie en el camino de acceso, observándolo mientras se aleja. Supongo que no iré a ver a George a Nueva York, después de todo. Y está claro que no conoceré a su tía abuela, la escritora. Quienquiera que sea.

Dorrit sale de casa y se acerca a mí.

—¿Adónde va George? —pregunta en tono lastimero—. ¿Por qué no ha entrado?

—Creo que no volveremos a ver a George Carter —le aseguro con una mezcla de pena y alivio.

Dejo a Dorrit en la entrada, muy decepcionada al parecer.

# 21
## El campeonato amistoso

Los jueces mantienen sus resultados: cuatro con tres. Cuatro con uno. Tres con nueve. Se oye un gruñido colectivo en las gradas.

Eso me coloca en el penúltimo lugar.

Cojo una toalla y me la coloco sobre la cabeza antes de empezar a frotarme el pelo. El entrenador Nipsie está a mi lado, mirando el marcador con los brazos cruzados.

—Concentración, Bradshaw —murmura.

Ocupo mi lugar en las gradas, junto a Lali.

—Mala suerte —me dice. Lali lo está haciendo genial en este campeonato amistoso. Ha ganado su prueba eliminatoria, lo cual la convierte en favorita para ganar los doscientos metros estilo libre—. Todavía te queda un salto —añade para animarme.

Asiento al tiempo que examino las gradas que hay al otro lado en busca de Sebastian. Está en la tercera fila, al lado de Walt y Maggie.

—¿Tienes la regla? —pregunta Lali. Tal vez sea porque hemos pasado mucho tiempo juntas, pero Lali y yo solemos tener el mismo ciclo. Ojalá pudiera culpar a las hormonas de mi actuación, pero no es así. He pasado demasiado tiempo con Sebastian, y eso se nota.

—No —respondo con tono abatido—. ¿Y tú?

—La tuve la semana pasada —contesta Lali. Mira hacia el otro lado de la piscina, ve a Sebastian y lo saluda con la mano. Él le devuelve el saludo—. Sebastian está mirando —me dice cuando me levanto para hacer mi último salto—. No la cagues.

Suspiro e intento concentrarme mientras subo la escalera. Me sitúo en la palanca, con los brazos a los lados y las palmas hacia atrás. Justo en ese instante tengo una inquietante revelación: no quiero seguir haciendo esto.

Doy cuatro pasos y salto. Lanzo mi cuerpo al aire, pero, en lugar de subir, caigo de repente. Por una fracción de segundo, me veo cayendo por un precipicio, preguntándome qué sucederá cuando llegue al fondo. ¿Despertaré o acabaré muerta?

Entro en el agua con las rodillas flexionadas, seguida de un espantoso chapoteo.

Estoy acabada. Me dirijo a la sala de taquillas, me quito el bañador y me meto en la ducha.

Siempre he sabido que algún día tendría que dejar los saltos. Nunca han formado parte de mi futuro… sabía que jamás sería lo bastante buena para formar parte del equipo de saltos de una universidad. No obstante, no era el deporte en sí lo que me divertía. Eran los ruidosos viajes en autobús hasta otras escuelas, las partidas de backgammon que jugábamos entre las pruebas, la emoción de saber que vas a ganar y de salirte con la tuya. Había días malos también, cuando sabía que iba a quedarme fuera. Me reprendía a mí misma, me juraba que entrenaría con más ganas y seguiría adelante. Sin embargo, los desastrosos saltos de hoy demuestran algo más que un mal día. Según parece, sin poder evitarlo, he alcanzado el límite de mis posibilidades.

Estoy acabada.

Salgo de la ducha y me envuelvo en una toalla. Limpio el vapor de un trozo de espejo y contemplo mi rostro. No parezco diferente. Pero me siento diferente.

Esta no soy yo. Sacudo el cabello y recojo las puntas hacia dentro, preguntándome cómo estaría con el pelo más corto. Lali se lo ha cortado hace poco, así que ahora se pone de punta la parte de arriba y se lo rocía con un bote de laca que guarda en la taquilla.

Lali nunca se ha preocupado mucho por su pelo, y cuando se lo comenté, dijo:

—Hemos llegado a una edad en la que deberíamos empezar a pensar qué piensan los chicos de nosotras.

Me lo tomé a broma.

—¿Qué chicos? —le pregunté.

Y ella me contestó:

—Todos los chicos. —Y luego me miró de arriba abajo con una sonrisa.

¿Se referiría a Sebastian?

Si me retiro del equipo de natación, podré pasar más tiempo con él.

Han pasado dos semanas desde el incidente con George. Durante días temí que la hermana de Sebastian, Amelia, le contara que me había visto con George, pero hasta el momento Sebastian no me ha dicho nada. Lo que significa que, o bien ella no se lo ha dicho o bien que lo ha hecho y a él no le importa. Incluso he intentado llegar al fondo de la cuestión preguntándole a Sebastian por su hermana, pero lo único que dijo fue: «Es una tía genial» y «Tal vez la conozcas algún día».

Después he intentado preguntarle por qué dejó el otro colegio y se vino al Instituto Castlebury. No quería creer que lo que me dijo George era cierto... Después de todo, ¿por qué iba a copiar Sebastian si es lo bastante inteligente para elegir asignaturas como cálculo? Sin embargo, él simplemente se limitó a reír y me dijo: «Necesitaba un cambio».

George solo estaba celoso, decidí.

Tras garantizarme un respiro en el asunto de George, me propuse ser una mejor novia para Sebastian. Por desgracia, hasta el momento, eso ha significado dejar a un lado la mayor parte de mis actividades. Como la natación.

Casi todos los días, Sebastian intenta que me salte los entrenamientos tentándome con un plan alternativo.

—Vayamos al Mystic Aquarium a ver las ballenas asesinas.

—Tengo entrenamiento de natación. Y luego tengo que estudiar.

—El acuario es un lugar de lo más educativo.

—No creo que observar las orcas vaya a ayudarme a entrar en la universidad.

—Eres un rollazo —me dijo con un tono que dejaba claro que, si no iba con él, alguna otra chica lo haría.

—Sáltate el entrenamiento y vamos a ver *Cowboy de ciudad* —me dijo otra tarde—. Podemos enrollarnos en el cine.

Esa vez accedí. Hacía un día malísimo y lo último que me apetecía era meterme en una piscina helada... pero me sentí culpable durante toda la película y Sebastian me cabreó muchísimo cuando empezó a colocarme la mano en la parte delantera de sus pantalones para que le apretara el pene. Sebastian está mucho más avanzado que yo en cuestiones de sexo; a menudo hace referencia a varias «novias» con las que salió en el otro colegio… pero esas novias al parecer nunca le duraron más de unas semanas.

—¿Qué pasó con ellas? —pregunté.

—Se volvieron locas —dijo sin más, como si la locura fuera una consecuencia inevitable de salir con él.

Abro mi taquilla de un tirón y me quedo inmóvil, preguntándome si he sido maldecida con la misma enfermedad.

Mi taquilla está vacía.

La cierro y compruebo el número. Es mi taquilla, sí. La abro de nuevo pensando que debo de haberme equivocado, pero sigue vacía. Compruebo las taquillas que hay a la izquierda y a la derecha. También están vacías. Me enrollo la toalla a la cintura y me siento en el banco. ¿Dónde demonios están mis cosas? Y en ese momento comprendo la verdad: Donna LaDonna y las dos Jen.

Las vi al principio del campeonato, sentadas en el extremo de una de las gradas, sonriendo con desprecio, pero no le di mayor importancia. En realidad, me preocupó un poco, pero nunca creí que llegaran tan lejos. Sobre todo, porque Donna parece tener un nuevo novio: el tipo con el que la vi entrar en su casa. Las dos Jen han estado muy ocupadas chismorreando sobre él, contando a todo el que quisiera escucharlas que es un chico mayor que va a la Universidad de Boston, pero que también es un famoso modelo masculino que sale en un anuncio de Paco Rabanne. Poco después, pegada a la taquilla de Donna LaDonna, apareció una página arrancada de un periódico en la que aparecía una foto de un tío con un frasco de loción para después del afeitado. La imagen se quedó allí varios días, hasta que Lali no pudo soportarlo más y dibujó un bocadillo que salía de la cabeza del modelo antes de escribir en su interior: SOY RETRASADO Y ESTÚPIDO.

Es probable que Donna creyera que lo hice yo y que ahora esté buscando venganza.

Ya basta. Abro de un tirón la puerta de la piscina y estoy a punto de entrar en el recinto cuando me doy cuenta de que hay una carrera en progreso y que Lali está nadando. No puedo salir ahí fuera cubierta únicamente por una toalla. Examino las gradas desde la puerta. Donna LaDonna y las dos Jen han desaparecido. Sebastian está absorto en la carrera, y levanta el puño cuando Lali llega en primer lugar. Walt mira a su alrededor, como si planeara su huida, mientras Maggie bosteza a su lado.

Maggie. Tengo que llegar hasta Maggie.

Corro hasta el fondo de la sala de taquillas y me asomo por la puerta que da al pasillo; luego salgo pitando por el corredor y atravieso una de las entradas para salir a la calle. Hace mucho frío y estoy descalza, pero hasta el momento nadie me ha visto. Corro alrededor del edificio hacia la parte trasera y me escabullo a través de una puerta abierta que conduce justo a la parte posterior de las gradas. Avanzo con sigilo bajo la maraña de zapatos y agarro el pie de Maggie. Ella da un respingo y mira a su alrededor.

—Mags... —susurro.

—¿Carrie? —pregunta mientras echa una ojeada entre los tablones—. ¿Qué haces ahí abajo? ¿Dónde está tu ropa?

—Déjame tu abrigo —le suplico.

—¿Por qué?

—Maggie, por favor... —Tiro de su abrigo, que está en el asiento que hay justo al lado de ella—. No preguntes. Reúnete conmigo en la sala de taquillas y te lo explicaré. —Cojo el abrigo y echo a correr.

—¿Carrie? —me llama pocos minutos después. Su voz resuena en la sala de taquillas vacía.

—Estoy aquí. —Estoy buscando en el cubo de las toallas sucias, con la idea de que tal vez Donna dejara allí mi ropa. Encuentro unos asquerosos pantalones cortos de gimnasia, un calcetín sucio y una cinta para el pelo amarilla—. Donna LaDonna se ha llevado mi ropa —le explico antes de rendirme.

Maggie entorna los ojos.

—¿Cómo lo sabes?

—Venga, Mags… —Me coloco su abrigo sobre los hombros. Todavía tengo frío por la carrera al aire libre—. ¿Quién más habría hecho algo así?

Ella se deja caer sobre un banco.

—Esto tiene que acabar.

—A mí me lo vas a decir.

—No. Te lo digo en serio, Carrie. Tiene que acabar.

—¿Qué quieres que haga?

—No quiero que hagas nada. Quiero que Sebastian haga algo. Dile que hable con ella para que esto termine de una vez.

—En realidad, no es culpa suya.

—Sí que lo es. ¿Es que has olvidado que Sebastian le hizo creer que salía con ella y luego la dejó tirada para salir contigo?

—Le advirtió de que no iba en serio, que acababa de mudarse y que quería conocer a más gente.

—Bueno, eso está claro. Después de todo, ya había conseguido lo que quería.

—Eso es cierto —replico. El odio que siento por Donna LaDonna es algo casi físico (duro y redondo) alojado en mi vientre.

—Y debería defenderte. De ella.

—¿Y si no quiere hacerlo?

—Entonces deberías romper con él.

—Pero es que no quiero romper con él…

—Lo único que sé es que Peter me defendería —asegura Maggie con vehemencia.

¿Lo está haciendo a propósito? ¿Intenta que rompa con Sebastian? ¿Hay algún tipo de conspiración en marcha de la que yo no me he enterado?

—Hacer que un chico te defienda… está pasado de moda —replico con sequedad—. ¿No deberíamos defendernos sin ayuda?

—Yo quiero un chico que se ponga de mi lado —insiste Maggie testaruda—. Pasa lo mismo que con los amigos. ¿Aguantarías a un amigo que no se pusiera de tu lado?

—No —admito a regañadientes.

—Pues eso. —La puerta de la sala de taquillas se abre y entra Lali, seguida de varias compañeras del equipo. Chocan las manos y sacuden las toallas húmedas.

—¿Dónde estabas? —me pregunta al tiempo que se quita el bañador—. He ganado.

—Sabía que lo conseguirías —le digo mientras choco la mano con ella.

—En serio. Has desaparecido. No estarás cabreada, ¿verdad? Por haberla fastidiado con los saltos, quiero decir.

—No, estoy bien. —Hay muchas otras cosas que me preocupan más ahora—. No tendrás un par de zapatos de sobra, ¿verdad?

—Bueno, a mí me parece de lo más divertido —declara Lali—. Me he reído tanto que casi me meo encima.

—Claro… —comento con ironía—. Yo todavía me estoy riendo.

—Tienes que admitir que es bastante divertido —dice Sebastian.

—No tengo por qué admitir nada —replico al tiempo que cruzo los brazos. Estamos entrando en el camino de acceso a mi casa, y de repente me siento abrumada por la rabia—. Y no me parece divertido en absoluto. —Abro la puerta, salgo del coche y cierro la puerta con tanta fuerza como puedo. Entro corriendo en casa mientras imagino a Lali y a Sebastian mirándome alucinados. Luego se mirarán el uno al otro y estallarán en carcajadas.

Se reirán de mí.

Corro escaleras arriba, hacia mi habitación.

—¿Qué pasa? —pregunta Missy cuando paso a su lado como un torbellino.

—¡Nada!

—Creí que ibas a ir al baile.

—Y voy a ir. —Cierro de golpe la puerta de mi habitación.

—Madre mía… —dice Dorrit desde el otro lado.

Estoy harta. Hasta las mismísimas narices. Abro el armario y empiezo a lanzar zapatos al otro lado de la habitación.

—¿Carrie? —Missy llama a la puerta—. ¿Puedo entrar?

—¡Sí! Siempre que no te importe acabar con un ojo morado de un zapatazo…

—¿Qué te ocurre? —grita Missy en cuanto entra en el dormitorio.

—Estoy harta de que cada vez que salgo con mi novio tenga que venir también mi mejor amiga. Estoy harta de que los dos se rían de mí. Y estoy harta de esas imbéciles… —Grito las últimas palabras con todas mis fuerzas—… que me siguen a todas partes y convierten mi vida en un infierno. —Lanzo uno de los zapatos de tacón de mi abuela con tanto ímpetu que el tacón se clava en el lomo de un libro.

Missy parece tan tranquila. Se sienta sobre la cama con las piernas cruzadas y asiente, pensativa.

—Me alegra que hayas sacado el tema. Llevo un tiempo queriendo hablar contigo sobre esto. Creo que Lali intenta estropear tu relación con Sebastian.

—¿No me digas? —le pregunto con un gruñido antes de correr la cortina para mirar por la ventana. Todavía siguen fuera, en el coche. Riéndose.

Pero ¿qué puedo hacer? Si salgo ahí afuera y me enfrento a ellos, voy a quedar como una chica poco segura de sí misma. Si no digo nada, seguirán igual.

Missy enlaza las manos por debajo de su barbilla.

—¿Sabes cuál es el problema? Mamá nunca nos enseñó a utilizar las artimañas femeninas.

—¿Y se suponía que debía hacerlo?

—Bueno, nosotras no sabemos nada sobre chicos. No sabemos nada sobre cómo conseguirlos ni sobre cómo mantenerlos a nuestro lado.

—Eso se debe a que, cuando se conocieron, papá y mamá se enamoraron al instante y él le pidió matrimonio de inmediato —señalo con tristeza—. Ella nunca tuvo que intentar nada. No tuvo que utilizar ninguna artimaña. No tuvo que enfrentarse con una Lali. Ni con una Donna LaDonna. Ni con las dos Jen. Es probable que pensara que nos ocurriría lo mismo que a ella. Que algún chico se enamoraría inmediatamente de nosotras y que jamás tendríamos que volver a preocuparnos de nada.

—Sí, claro. Creo que, en lo que se refiere a los hombres, estamos malditas —dice Missy.

# 22
## *La vida loca*

—¿Qué te parece? —pregunta la Rata con timidez mientras introduce el dedo en un frasco de brillo y se lo aplica en los labios.

—Es encantador, Rata. De verdad que sí.

La Rata ha cumplido al fin su promesa: nos ha presentado a su misterioso novio de Washington, Danny Chai, y lo ha traído al baile. Es un chico alto y delgado con el pelo negro, gafas y unos modales adorables. Buscó un lugar para colgar nuestros abrigos y nos trajo dos vasos de ponche a los que añadió, muy inteligentemente, un poco de vodka de la petaca que llevaba escondida en su chaqueta. Nunca había visto a la Rata insegura, pero ya me ha arrastrado varias veces hasta el baño para asegurarse de que su peinado sigue en su sitio y de que la camisa sigue dentro de sus vaqueros.

—Y me parece encantador que te hayas puesto brillo de labios —añado para bromear.

—¿Es demasiado? —pregunta alarmada.

—No. Te queda genial. Es solo que nunca te había visto con brillo de labios antes.

Se mira en el espejo mientras reflexiona.

—Tal vez debería quitármelo. No quiero que piense que me tomo demasiadas molestias.

—Rata, no va a pensar que te tomas demasiadas molestias. Lo único que va a pensar es que eres bonita.

—Carrie... —susurra, como una niñita con un secreto—. Creo que me gusta de verdad. Creo que puede ser el elegido.

—Eso es fantástico. —Le doy un abrazo—. Te mereces a alguien genial.

—Tú también, Bradley. —Titubea—. ¿Qué sucede con Sebastian? —pregunta como de pasada.

Me encojo de hombros y finjo buscar algo en mi bolso. ¿Cómo explicárselo? Estoy loca por Sebastian, tanto que mis sentimientos resultan abrumadores, sorprendentes y probablemente poco saludables. Al principio, estar con Sebastian era como estar en el mejor sueño que pudiera haber tenido en mi vida, pero ahora resulta sobre todo agotador. Estoy emocionada en un momento dado y hundida al siguiente; me cuestiono todo lo que digo y lo que hago. Me cuestiono incluso mi cordura.

—¿Bradley?

—No lo sé —respondo mientras pienso en cómo se reían Lali y Sebastian y en la ropa que me robaron Donna LaDonna y las dos Jen—. A veces pienso que...

—¿Qué? —pregunta la Rata con sequedad.

Sacudo la cabeza. No puedo hacerlo. No puedo decirle a la Rata que a veces pienso que mi novio prefiere a mi mejor amiga antes que a mí. Suena paranoico y escalofriante.

—Creo que Lali necesita un novio —dice la Rata—. ¿Sebastian no tiene un amigo que podamos endosarle?

Esa es mi solución. Si Lali tuviera novio, estaría demasiado preocupada por él para seguir pegada a Sebastian y a mí. Aunque lo cierto es que nunca le he dicho que no saliera con nosotros. Supongo que me siento culpable por tener novio cuando ella no lo tiene. No quiero que se sienta abandonada. No quiero ser una de esas chicas que se olvidan de las amigas en cuanto aparece un chico.

—Pensaré en ello —digo, y siento que recupero parte de mi antigua seguridad en mí misma.

No obstante, me desinflo de inmediato, en cuanto abro la puerta que conduce al gimnasio. La música disco resuena a través de los altavoces, y veo la parte superior de la cabeza de Sebastian, saltando de arriba abajo y balanceándose mientras la multitud da gritos y palmas. Está bailando el *hustle*, pero ¿con quién? Siento un nudo en la garganta. Imagino que con Lali, pero en ese instante ella viene y me agarra del brazo.

—Creo que necesitas un trago.

—Ya tengo bebida —le digo antes de señalar mi ponche con vodka.

—Necesitas otro.

Avanzo hacia la gente apiñada.

—¡Bradley! ¡No querrás ver eso! —Lali parece aterrada mientras me abro camino hacia la parte central.

Sebastian está bailando con Donna LaDonna.

De inmediato me siento abrumada por un deseo de correr hacia él y echarle la copa en la cara. Me imagino la escena: sacudo mi mano hacia delante, le arrojo el líquido pegajoso sobre la pálida piel de su rostro y contemplo su expresión desconcertada, seguida de un frenético manoteo. Pero Lali me detiene.

—No lo hagas, Bradley. No les des esa satisfacción. —Se da la vuelta y ve a la Rata y a Danny. La Rata susurra enfadada algo al oído de su novio; sin duda le explica la horrible situación.

—Perdona —dice Lali, que se sitúa entre ambos—. ¿Te importa si me llevo prestado a tu novio?

Y, antes de que Danny pueda protestar, Lali lo coge del brazo y lo conduce hasta la pista de baile, donde me agarra de la muñeca a mí también. Hacemos un sándwich con Danny entre ambas y empezamos a movernos arriba y abajo junto a sus piernas antes de hacerlo girar; el resultado es un gran revuelo que da como resultado que las gafas de Danny salgan volando de su cara. Pobre muchacho. Por desgracia, no puedo preocuparme mucho por él, pues estoy demasiado ocupada intentando ignorar a Sebastian y a Donna LaDonna.

Nuestras payasadas llaman la atención de la gente, y mientras Lali y yo mareamos a Danny por la pista, Donna LaDonna se retira hacia uno de los extremos con una sonrisa tensa. De repente, Sebastian está detrás de mí y me rodea la cintura con las manos. Me doy la vuelta y pego mis labios a su oreja antes de susurrar:

—¡Que te jodan!

—¿Eh? —Está sorprendido. Y luego divertido; está claro que piensa que estoy bromeando.

—Hablo en serio. Que te jodan.

No puedo creer que le haya dicho eso.

En un momento dado estoy hirviendo de furia y el zumbido de mi cabeza ahoga todos los demás sonidos. Luego, el impacto de lo que he dicho penetra en mi mente como un aguijón y me siento horrorizada y avergonzada. Creo que nunca le había dicho «Que te jodan» a nadie... tal vez una o dos veces de pasada y entre dientes, pero nunca en un enfrentamiento cara a cara. Esas palabras, horribles y feas, se sitúan entre nosotros como un muro gigantesco que no me permite ver más allá.

Es demasiado tarde para decir «lo siento». Y, además, no quiero hacerlo, porque no lo siento. Estaba bailando con Donna LaDonna. Delante de todo el mundo.

Es un comportamiento inexcusable, ¿no?

Tiene una expresión tensa y los ojos entornados, como un niño al que han pillado haciendo algo malo y cuyo primer impulso es negarlo y culpar al que lo acusa.

—¿Cómo has podido? —le pregunto en voz más alta de lo que pretendía, lo bastante alta para que el pequeño grupo de personas que nos rodea lo oiga.

—Estás loca —dice antes de dar un paso atrás.

De pronto soy consciente de los movimientos de la multitud, que se da codazos con caras sonrientes. La indecisión me deja paralizada. Si avanzo hacia él, quizá me aparte de un empujón. Si me alejo, es probable que este sea el final de nuestra relación.

—Sebastian…

—¿Qué? —pregunta con una mueca de desprecio.

—Olvídalo. —Y, antes de que él pueda decir algo más, me marcho tan rápido como puedo.

Mis amigos me rodean de inmediato.

—¿Qué ha ocurrido?

—¿Qué te ha dicho?

—¿Por qué estaba bailando con Donna LaDonna?

—Voy a machacarlo. —Esa es Lali.

—No. No empeoréis las cosas.

—¿Vas a romper con él? —pregunta Maggie.

—¿Tiene otra elección? —dice Lali.

Estoy atontada.

—¿He hecho mal? —le pregunto a la Rata.

—Desde luego que no. Se está portando como un cabrón.

—¿Qué debería hacer?

—No te acerques a él, pase lo que pase —dice Danny, que da un paso hacia delante—. Ignóralo. Deja que sea él quien venga. De lo contrario, parecerás desesperada.

Este Danny… es muy listo. Con todo, no puedo evitar examinar el gimnasio en busca de Sebastian.

Se ha ido.

Siento una opresión en el pecho.

—Quizá deba marcharme a casa —comento embargada por la incertidumbre.

La Rata y Danny intercambian una mirada.

—Nosotros te llevaremos —asegura la Rata con firmeza.

—¿Lali? —pregunto.

—Deberías irte a casa, Bradley —conviene—. Has tenido un día de lo más horrible.

Gracias.

—Si Sebastian…

—No te preocupes. Yo cuidaré de él —dice antes de aplastar el puño contra la palma de la otra mano.

Dejo que la Rata y Danny me guíen hasta la salida.

El coche de Sebastian sigue en el aparcamiento, justo donde lo habíamos dejado hace una hora, cuando todavía éramos felices y estábamos enamorados.

¿Cómo es posible? ¿Cómo pueden acabar tres meses de relación en menos de quince minutos? Pero es que el mundo puede cambiar en cuestión de segundos. Hay accidentes de tráfico. Y muertes. Dicen que puedes considerarte afortunado si alguien a quien conoces va a morir, ya que de ese modo tienes tiempo de despedirte.

Se me doblan las rodillas. Me acerco como puedo al bordillo de la acera y me dejo caer, hecha un guiñapo.

—¡Carrie! ¿Estás bien?

Asiento con abatimiento.

—Quizá no deba irme. Tal vez deba quedarme para enfrentarme a él.

La Rata y Danny intercambian otra mirada, como si compartieran una especie de percepción extrasensorial secreta.

—No creo que sea una buena idea —dice Danny con voz serena—. Lo más probable es que esté borracho. Y tú también estás un poco bebida. No sería muy inteligente enfrentarte a él cuando está borracho.

—¿Por qué no? —Me pregunto dónde habrá encontrado la Rata a este chico.

—Porque cuando un chico está borracho, solo piensa en ganar. En no quedar mal.

—Walt —digo—. Quiero ver a Walt.


Por una vez, Walt está trabajando de verdad en el Hamburger Shack.

—¿Estás segura de que te encuentras bien? —pregunta la Rata una vez más.

—Estoy bien —contesto con voz alegre, a sabiendas de que ella quiere estar a solas con Danny.

Danny me acompaña hasta la entrada. Cuando nos despedimos, me mira a los ojos con lo que parece una profunda y agradable comprensión, y, de pronto, envidio a la Rata. Una chica puede sentirse cómoda con un chico como Danny. No tiene que preguntarse si va a coquetear con su mejor amiga o a bailar con su peor enemiga. Me pregunto si alguna vez encontraré a un tío así. Y si, en el caso de que lo haga, seré lo bastante lista para quedármelo.

—Hola —dice Walt cuando me acerco al mostrador. Son casi las nueve y media, la hora de cerrar, así que mi amigo está limpiando y colocando las cebollas y los pimientos cortados en un Tupperware—. Espero que no hayas venido a comer.

—He venido a verte —respondo, aunque de repente me doy cuenta de que estoy muerta de hambre—. Aunque una hamburguesa con queso me vendría genial, la verdad…

Walt echa un vistazo al reloj.

—Necesito salir de aquí…

—Walt, por favor…

Me mira con extrañeza, pero desenvuelve una hamburguesa y la coloca sobre la parrilla.

—¿Dónde está ese novio tuyo? —pregunta, como si «novio» fuera una palabra que no merece la pena pronunciar.

—Hemos roto.

—Estupendo —replica Walt—. Parece que tu semana ha sido tan buena como la mía.

—¿Por qué? —Saco unas cuantas servilletas de papel del servilletero de metal—. ¿Tú también has roto con alguien?

Niega con la cabeza de forma brusca.

—¿Qué se supone que significa eso?

—Nada —respondo con fingida inocencia—. Vamos, Walt. Solíamos ser muy buenos amigos. Nos lo contábamos todo.

—No todo, Carrie.

—Bueno, pues un montón de cosas.

—Eso fue antes de que me dejaras plantado por Maggie —dice con tono sarcástico. Luego añade con rapidez—: No te enfades. Yo no lo estoy. Ya sabía que cuando Maggie y yo nos «divorciáramos», todo el mundo se pondría de su lado. Maggie se ha quedado con todos nuestros amigos.

Eso me hace reír.

—Te he echado de menos.

—Ya. Yo también te he echado bastante de menos. —Le da la vuelta a la hamburguesa, coloca una loncha de queso encima, abre un bollo y pone ambas mitades a cada lado de la carne.

—¿Quieres cebolla y pimientos?

—Claro. —Me hago un lío con los botes de mostaza y de ketchup hasta que no puedo seguir soportando la sensación de culpabilidad—. Walt, tengo que decirte una cosa. Es horrible, y es probable que te entren ganas de matarme, pero no lo hagas, ¿vale?

Coloca la hamburguesa encima de la mitad inferior del bollo.

—Déjame adivinar… Maggie está embarazada.

—¿En serio? —pregunto perpleja.

—¿Cómo voy a saberlo yo? —inquiere él antes de dejar la hamburguesa sobre el plato de plástico y empujarlo hacia mí.

Clavo la vista en la hamburguesa.

—Walt, lo sé.

—Así que está embarazada… —dice él con aire resignado, como si eso fuera algo inevitable.

—No hablo de Maggie —le doy un mordisco a la hamburguesa—, sino de ti.

Limpia la barra con una bayeta.

—Te aseguro que yo no estoy embarazado.

—Vamos, Walt… —Titubeo, y sujeto la hamburguesa entre mis manos como si fuera un escudo. Si voy a decírselo, tiene que ser ahora—. No te enfades, por favor… Es que últimamente has actuado de una manera muy extraña… Así que creí que estabas metido en algún lío. Y luego Sebastian…

—¿Qué pasa con Sebastian? —pregunta con voz tensa.

—Dijo que te había visto… en ese lugar. Y luego la Rata y yo… te espiamos.

Ya está. Lo he dicho. Y no le contaré que Maggie también estaba allí. Bueno, al final se lo diré. Cuando asimile la información.

Walt suelta una carcajada nerviosa.

—¿Y qué visteis?

Me alivia tanto que no esté enfadado que le doy otro bocado a la hamburguesa.

—A ti —le digo con la boca llena—. Y a Randy Sandler.

Se queda helado y luego se saca el delantal por la cabeza de un tirón.

—Genial —dice con amargura—. ¿Quién más lo sabe aparte de vosotras?

—Nadie —aseguro—. No se lo hemos dicho a nadie. No se nos ocurriría. Porque eso es cosa tuya, no nuestra, ¿no crees?

—Según parece, también es cosa vuestra. —Tira el delantal al fregadero y sale indignado por la puerta oscilante de la parte trasera.

Exhalo un suspiro. ¿Esta noche puede ser aún peor?

Cojo mi abrigo y corro tras él. Está en la parte trasera del restaurante, intentando encender un cigarrillo.

—Walt, lo siento.

Sacude la cabeza mientras inhala, retiene el humo en los pulmones y luego lo suelta muy despacio.

—De todas formas, iba a contarlo. —Da otra calada—. Aunque esperaba poder mantenerlo en secreto hasta que me fuera a la universidad y estuviera lejos de mi padre.

—¿Por qué? ¿Qué va a hacer él?

—Castigarme. O enviarme a uno de esos loqueros que supuestamente te convierten en alguien «normal». O tal vez me obligue a ver a un sacerdote para que me diga que soy un pecador. ¿No sería irónico?

—Me siento fatal.

—¿Por qué te sientes mal? Tú no eres gay. —Suelta el humo y mira hacia el cielo—. De todas formas, dudo mucho de que le pille por sorpresa. Él ya me llama sarasa y afeminado... aunque prefiere referirse a mí como «el mariquita» a mis espaldas.

—¿Tu propio padre?

—Sí, Carrie, mi propio padre —asegura antes de aplastar el cigarrillo con el zapato—. Que le den por el culo —suelta de repente—. No se merece mi respeto. Si se avergüenza, es asunto suyo. —Le echa un vistazo al reloj—. Supongo que no vas a volver al baile.

—No puedo.

—Randy va a venir a recogerme. Iremos a algún sitio. ¿Quieres venir?

Randy llega unos cinco minutos después en su Mustang trucado. Walt y él mantienen una conversación entre susurros y luego Walt me hace una señal para que me acerque al coche.

Diez minutos más tarde, estoy embutida en el diminuto asiento trasero mientras nos dirigimos hacia el sur por la Ruta 91. La música está a un volumen atronador y no consigo olvidar que estoy con el supermacho Randy Sandler, el ex quarterback del equipo de fútbol americano del Instituto Castlebury, que ahora es el novio de Walt. Supongo que no sé tanto sobre la gente como me creía. Tengo un montón de cosas que aprender, pero resulta bastante emocionante.

—¿Adónde vamos? —grito para hacerme oír por encima de la música.

—A P-Town —responde Walt a voz en grito.

—¿Provincetown?

—Tenemos que marcharnos a otro estado para divertirnos —dice Randy—. Es una putada.

Madre mía… Provincetown está en el extremo de Cape Cod, a al menos una hora de distancia. Pienso que probablemente no debería hacer esto. Voy a meterme en un lío. Pero luego recuerdo a Donna LaDonna, a Sebastian y toda mi asquerosa vida y pienso: «¿Qué demonios?»; siempre intento portarme bien, ¿y adónde me ha llevado eso?

A ningún sitio.

—¿Te parece bien? —grita Randy.

—Me parece bien cualquier cosa.

—Así que ese chico, Sebastian Kydd, estaba bailando con tu peor enemiga, ¿no? —chilla Randy por encima de la música.

—¡Sí! —exclamo tratando de hacerme oír.

—Y nos vio. En Chuckie's —le dice Walt a Randy.

—Tal vez también sea gay —grito.

—Creo que conozco a ese tío —vocifera Randy mientras mira a Walt—. ¿Es un tipo alto y rubio, como uno de esos capullos de los anuncios de Ralph Lauren?

—¡Es él! —chillo.

—Está bueno —dice Randy—, pero no es gay. Lo he visto alquilando películas porno. Le gustan las tetas grandes… y ese tipo de cosas.

¿Porno? ¿Tetas grandes? ¿Quién es Sebastian?

—¡Genial! —grito.

—Olvídate de ese imbécil —chilla Randy—. Estás a punto de conocer a doscientos tíos que se volverán locos por ti.

# 23
## *Asunción de X*

—¿C̲arrie? —pregunta Missy.
            —¡Despierta! —me grita Dorrit al oído.

Suelto un gemido mientras la visión del movimiento de caderas inunda mi cabeza.

—¿Carrie? ¿Estás viva?

—Glups... —Trago saliva con fuerza.

—Ay... —dice Dorrit cuando aparto la colcha hacia atrás.

—¡Quitaos de en medio! —Salto de la cama, corro al cuarto de baño y vomito.

Cuando levanto la vista, Missy y Dorrit están a mi lado. Los labios de Dorrit se han curvado en una sonrisa maliciosa y triunfal, como la del Grinch que creyó haber robado la Navidad.

—¿Lo sabe papá? —pregunto.

—¿Que llegaste a casa a las tres de la madrugada? Creo que no —susurra Missy.

—No se lo digáis —les advierto mientras clavo la mirada en Dorrit.

—Sebastian está abajo —me dice ella con dulzura.

¡¡¿Eh?!!

Está sentado a la mesa del comedor, enfrente de mi padre.

—Si asumes que X es igual a –Y elevada a diez —dice mi padre mientras escribe la ecuación en la parte posterior de un sobre—, resulta obvio que Z se convierte en un número entero aleatorio. —Empuja el sobre hacia Sebastian, que lo examina con educación.

—Hola —digo mientras saludo con un leve gesto de la mano.

—Buenos días —replica mi padre. Su comportamiento indica que está considerando la idea de preguntarme por mi desastroso aspecto, pero al parecer le resulta más interesante la ecuación—. ¿Lo ves, Sebastian? —continúa dando golpecitos con el lápiz a la X—. El peligro reside en la asunción de X…

Paso a toda prisa por su lado y corro hacia la cocina, donde cojo un viejo tarro de café instantáneo, echo la mitad en una taza y espero a que hierva el agua. Me viene a la cabeza el dicho «La olla observada nunca hierve». Pero no es cierto. Si aplicas el calor adecuado, el agua hervirá al final, tanto si alguien lo observa como si no. Y eso parece de lo más relevante en esta situación. O quizá solo sea mi cerebro lo que está hirviendo.

Llevo la taza al comedor y me siento. Mi padre ha dejado las ecuaciones a un lado y ahora acribilla a Sebastian con preguntas sobre su futuro.

—¿A qué universidad has dicho que ibas a ir? —pregunta con voz tensa, señal de que Sebastian no ha conseguido impresionarlo con sus conocimientos sobre las ecuaciones.

—No lo he dicho. —Sebastian sonríe y me da unos golpecitos posesivos en la pierna, algo que seguro que cabrea a mi padre. Le aprieto la mano para que deje de hacerlo—. Tengo pensado tomarme un año de descanso —dice Sebastian—. Viajar por el mundo. Ir al Himalaya… ese tipo de cosas.

Doy un sorbo a mi café mientras contemplo la expresión escéptica de mi padre. El café todavía está demasiado caliente, y tiene la consistencia del barro.

—Aún no estoy preparado para encajonarme —añade Sebastian, como si eso explicara su falta de ambición.

—En ese caso, debes de tener algún dinero.

—¡Papá! —exclamo.

—Lo cierto es que sí. Al morir, mi abuela nos dejó sus propiedades a mi hermana y a mí.

—Ajá. —Mi padre asiente—. Entiendo. Eres un joven muy afortunado. Apuesto a que cuando te metes en líos siempre consigues salir bien parado.

—No sé a qué se refiere, señor —replica Sebastian con tono educado—. Pero me considero afortunado. —Me mira y coloca su mano sobre la mía—. He tenido suerte de conocer a su hija, por lo menos.

Supongo que eso debería entusiasmarme, pero solo consigue que se me revuelva el estómago otra vez. ¿Qué nuevo juego es este?

Mi padre me echa una mirada, como si no pudiera creer a Sebastian, pero yo solo consigo esbozar una sonrisa forzada.

—Bueno… —dice Sebastian al tiempo que da una palmada—. Me preguntaba si te apetecería ir a patinar sobre hielo. —¿A patinar sobre hielo?—. Date prisa en terminarte el café, anda. —Se pone en pie y estrecha la mano de mi padre—. Ha sido un placer conocerlo, señor Bradshaw.

—Lo mismo digo —replica mi padre. Me consta que no sabe muy bien qué pensar de él, porque le da unas palmaditas a Sebastian en el hombro.

Los hombres son muy raros.

¿Quién se supone que debe empezar esta conversación, él o yo? ¿O vamos a fingir que anoche no pasó nada?

—¿Cómo está Donna LaDonna? ¿Crees que podrás conseguir que me devuelva mi ropa?

El carácter repentino de mi ataque lo deja sorprendido. El patín se desliza y, por un instante, pierde el equilibrio.

—¡Ja! Mira quién fue a hablar…

Se recupera y seguimos deslizándonos en silencio, aunque no dejo de darle vueltas a su respuesta.

¿Es culpa mía?

¿Qué he hecho yo? Me bajo el gorro para taparme las orejas. Un chico con patines de hockey avanza hacia nosotros, riéndose con sus compañeros, ajeno al hecho de que hay muchas otras personas patinando en el estanque. Sebastian sujeta al chico por los hombros cuando está a punto de chocar con nosotros y lo empuja en otra dirección.

—¡Ten cuidado! —exclama.

—¡Ten cuidado tú! —replica el chaval casi con un gruñido.

Patino hacia uno de los lados, donde se han instalado varios caballetes para señalar una zona de hielo peligrosa. El agua oscura salpica los bordes irregulares de un agujero.

—Eres tú quien desapareció anoche —señala Sebastian con un matiz triunfal en la voz.

Le dirijo una mirada que trasluce enfado y desconcierto a la vez.

—Te busqué por todas partes. Luego Lali me dijo que te habías marchado. En serio, Carrie… —dice al tiempo que sacude la cabeza—, eso fue una grosería.

—¿Y no fue una grosería por tu parte bailar con Donna LaDonna?

—Solo bailamos. Eso es lo que la gente hace en los bailes. Bailar. —Saca un paquete de cigarrillos del bolsillo interior de su cazadora de cuero.

—¿No me digas? Pero no bailan con la peor enemiga de su novia. ¡Con alguien que le roba la ropa!

—Carrie —dice en tono paciente—, Donna LaDonna no te robó la ropa.

—¿Quién fue, entonces?

—Lali.

—¡¿Qué?!

—Mantuve una larga charla con Lali después de que te marcharas. —Sostiene el cigarrillo entre el índice y el pulgar mientras lo enciende—. Pretendía gastarte una broma.

De pronto me siento mareada. Un poco más mareada, mejor dicho, ya que el aire fresco ha hecho bien poco por aliviar los efectos de la resaca.

—No te enfades. Ella tenía miedo de contártelo después del jaleo que montaste. Le dije que te lo diría yo y me pidió que no lo hiciera, porque no quería que te cabrearas. —Hace una pausa, da otra calada y arroja el cigarrillo a la zona de agua oscura, donde chisporrotea como un petardo antes de empezar a flotar bajo el hielo—. Ambos sabemos lo sensible que eres.

—¿Así que ahora soy sensible?

—Vamos… Después de lo que le ocurrió a tu madre…

—¿También te ha hablado Lali sobre mi madre?

—No —replica a la defensiva—. Bueno, quizá lo mencionó un par de veces… Pero ¿cuál es el problema? Todos saben…

Creo que voy a vomitar otra vez.

No metas a mi madre en esto. Hoy no. No puedo soportarlo. Sin hablar, cojo un trocito de madera y lo arrojo al agujero de hielo.

—¿Estás llorando? —pregunta con una sonrisa entre burlona y compasiva.

—Por supuesto que no.

—Sí que lo estás. —Su voz suena casi alegre—. Actúas con frialdad, como si todo te diera igual, pero en realidad sí que te importa. Eres una romántica. Quieres que alguien te quiera.

¿No quiere eso todo el mundo? Estoy a punto de hablar, pero algo en su expresión me detiene. Hay una pizca de hostilidad mezclada con una abrasadora compasión. ¿Me está ofreciendo su amor o arrojándomelo a la cara?

Vacilo. Estoy segura de que siempre recordaré el aspecto que tiene en este momento, porque no puedo averiguar sus intenciones.

—¿Por qué? —pregunto—. ¿Por qué robó Lali mi ropa?

—Porque le parecía que te estabas convirtiendo en una plasta.

—¿A qué se refería?

—No lo sé. Dijo que vosotras dos siempre os gastabais ese tipo de bromas. Que una vez le diste un chicle con laxante antes de un campeonato amistoso.

—Teníamos doce años.

—¿Y?

—Pues que…

—¿Vas a romper conmigo? —pregunta de repente.

—Ay, Dios… —Me coloco el gorro de punto delante de la cara.

Por eso estaba en mi casa esta mañana. Por eso me ha llevado a patinar. Quiere romper conmigo, pero no sabe cómo hacerlo, así que quiere que lo haga yo. Por eso estaba bailando anoche con Donna LaDonna. Piensa comportarse tan mal como le sea posible hasta que a mí no me quede más remedio que dejarlo.

Y no es que no me lo haya planteado en las últimas doce horas…

Mientras bailaba con Walt y con Randy en el club de Provincetown, la idea de «mandar a ese cabrón a la mierda» era como una carga explosiva que me propulsaba hacia la bendita estratosfera del olvido. Bailaba más y más para librarme de la rabia que me consumía. Me preguntaba para qué necesitaba a Sebastian si podía tener aquello… ese carnaval de cuerpos sudorosos que relampagueaban como fuegos artificiales. Pura diversión.

«¡Que se joda Sebastian!», grité mientras balanceaba los brazos por encima de la cabeza, como una creyente enloquecida en una reunión evangelista.

Randy, que se contoneaba a mi lado, replicó:

«Cariño, todo sucede por una razón».

Pero ahora no lo tengo tan claro. ¿De verdad quiero romper con él? Lo echaré de menos. Y seguro que me aburriré sin él. ¿Pueden cambiar los sentimientos en un solo día?

Y tal vez (solo tal vez) sea Sebastian el que está aterrorizado. Quizá le dé miedo decepcionar a una chica, o no ser lo bastante bueno para ella, así que la aleja antes de que ella pueda descubrir que no es el chico increíble y especial que pretende ser. Cuando dijo que yo era fría por fuera pero que por dentro deseaba amor… tal vez no hablara de mí. Tal vez hablara de él.

—No lo sé. ¿Tengo que decidirlo ahora mismo? —Aparto el gorro de mi cara para mirarlo.

Y eso era lo que debía decir, porque me mira y se echa a reír.

—Estás loca.

—Tú también.

—¿Estás segura de que no quieres romper conmigo?

—Solo porque tú pareces muy seguro de que quiero hacerlo. No es tan fácil, ¿sabes?

—Sí, lo sé. —Me coge de la mano mientras patinamos por el estanque.


—Quiero hacerlo, pero no puedo —susurro.

—¿Por qué no?

Estamos en su habitación.

—¿Estás asustada? —pregunta.

—Un poco. —Me giro para apoyarme sobre el codo—. No lo sé.

—No siempre duele. A algunas chicas les encanta la primera vez.

—Ya. Como a Maggie.

—¿Ves? Todas tus amigas lo hacen. ¿No te sientes un poco estúpida por ser la única que no lo ha hecho aún?

No.

—Sí.

—Entonces, ¿por qué no te acuestas conmigo?

—Tal vez no tenga nada que ver contigo.

—Por supuesto que sí —dice mientras se incorpora para ponerse los calcetines—. De lo contrario, lo harías.

—Pero nunca me he acostado con nadie… —Gateo tras él y le rodeo los hombros con los brazos—. Por favor, no te enfades conmigo. Es que no puedo hacerlo… al menos, hoy. Lo haremos otro día, te lo prometo.

—Eso es lo que dices siempre.

—Pero esta vez lo digo en serio.

—De acuerdo —me dice como si fuera una advertencia—. Pero no creas que voy a esperarte mucho más tiempo.

Se pone los vaqueros y yo vuelvo a tumbarme en la cama, riéndome.

—¿Qué te resulta tan gracioso? —exige saber.

Apenas puedo pronunciar las palabras.

—Siempre puedes ver una de esas pelis porno. ¡De tetas grandes!

—¿Cómo te has enterado de eso? —pregunta furioso.

Me tapo la cara con su almohada.

—¿Es que aún no te has dado cuenta? Yo lo sé todo.

## 24
### *El circo llega a la ciudad*

—Dos días más —dice Walt antes de darle una calada al porro—. Dos días más de libertad y luego se acabó.

—¿Qué pasa con el verano? —pregunta Maggie.

—Ah, sí. El largo verano de Maggie —murmura Walt—. Bronceándose en la piscina, untándose con aceite para bebés…

—Poniéndose protector solar en el pelo…

—Eres tú la que te pones protector solar en el pelo —dice Maggie antes de darse la vuelta.

—Es verdad —admito.

—Esto es un rollo. —Lali se levanta del sofá—. Sois un puñado de gorrones. Dadme una calada de eso.

—Creí que nunca lo pedirías… —dice la Rata antes de entregarle el porro.

—¿Estás segura de que quieres fumar? —le pregunto en broma—. La última vez te comiste después medio kilo de beicon. ¿Te acuerdas de eso?

—¡Estaba cocido! —protesta—. Dios, Carrie, ¿por qué siempre sacas a relucir esas cosas?

—¿Porque es divertido?

Los seis (Walt, Maggie, la Rata, Lali, Peter y yo) estamos en el antiguo cuarto de los juguetes del garaje de la Rata. Es la víspera de Año Nuevo, y nos sentimos satisfechos y orgullosos por haber sido lo bastante guays para no haber ido a ninguna fiesta. Aunque lo cierto es que no había ninguna fiesta a la que nos apeteciera ir. Las opciones son un baile para las personas mayores en el club de campo («Mortal», según la Rata), y una noche de cine en la biblioteca («Personas con un nivel cultural medio que fingen ser intelectuales», según Walt). También hay una cena de lujo en casa de Cynthia Viande, donde las chicas van vestidas de largo, los chicos alquilan esmóquines, se beben benjamines de champán y todos fingen ser adultos. No obstante, el acceso está limitado a los veinte amigos más íntimos y allegados de Cynthia, aunque no entiendo cómo alguien puede incluir a las dos Jen y a Donna LaDonna en la categoría de «amigas del alma». Ninguno de nosotros pasó el corte, con la excepción de Peter, a quien solo invitaron en el último momento porque Cynthia necesitaba «un hombre adicional». Con la intención de librar a Peter de semejante deshonra, decidimos reunirnos en casa de la Rata para fumar hierba, beber Rusos Blancos y fingir que no somos unos fracasados.

—Oye —le dice Peter a Maggie mientras le da golpecitos a su botellín de cerveza—, el hombre adicional necesita otra birra.

—El hombre adicional puede cogerla él mismo —dice Maggie entre risas—. ¿No es para eso para lo que sirven los hombres adicionales? ¿Para hacer el trabajo extra?

—¿Y qué pasa con las mujeres adicionales? —pregunta Lali antes de pasarme el porro—. ¿Por qué nadie quiere una mujer adicional?

—Porque una mujer adicional es una amante.

—O una solterona —añade la Rata.

Empiezo a toser y me alejo de la vieja silla, de donde no me he movido en la última hora.

—¿Nadie quiere otra copa? —pregunto mirando a la Rata. Ella se encoge de hombros, ya que sabe muy bien lo que acaba de decir.

Si Lali se ha ofendido, no da muestras de ello.

—Yo tomaré otra. Y que sea doble.

—¡Marchando! —Encima de una vieja mesa de cartas hay una bolsa de hielo, copas de plástico y varias bebidas alcohólicas. Empiezo a mezclar dos bebidas y relleno la copa de Lali con vodka. Es un poco cruel, pero lo cierto es que estoy algo enfadada con Lali desde que Sebastian me contó que había sido ella quien me robó la ropa. Nos lo tomamos a risa, pero existe cierta tensión entre nosotras, como la sombra de una nube en un hermoso día de verano, cuando levantas la vista y te das cuenta de que estás en medio de una tormenta.

—¿Cuándo vuelve Sebastian? —pregunta Lali con deliberada indiferencia, lo cual puede ser una reacción al comentario de la «solterona» de la Rata. Sabe que Sebastian regresa mañana después de pasar las vacaciones con su familia. Y también sabe que tenemos entradas para ir a ver el concierto de los Aztec Two-Step en el Shaboo Inn el domingo. No ha dejado de hablar de ello ni un minuto. Hasta ahora.

—Mañana —respondo, como si no tuviera importancia.

Lo que a Lali no le hace falta saber es que he contado los días que faltan para su regreso. He imaginado nuestro reencuentro una y otra vez en mi cabeza. Él vendrá a buscarme en su Corvette amarillo.

Yo correré a su encuentro y él me cogerá en brazos y me besará apasionadamente antes de murmurar: «Te quiero». Sin embargo, cuando imagino la escena, en lugar de verme a mí veo a Julie Christie en *Doctor Zhivago*. Tengo veintipocos, el pelo oscuro y llevo puesto un sombrero de armiño blanco.

—¿Qué hora es? —pregunta Walt de repente.

—Las diez y cuarto.

—No sé si aguantaré hasta medianoche —dice Maggie con aire satisfecho.

—Tienes que aguantar —insisto—. El hecho de que seamos unos fracasados no significa que seamos chusma.

—Habla por ti. —Walt coge la botella de vodka y le da un buen trago.

—Walt, eso es una asquerosidad —lo reprende Maggie.

—No te parecía asqueroso cuando intercambiábamos saliva —replica él.

—¡Oye! —Peter se pone en pie de un salto y empieza a mover las manos como si boxeara, sin apartar la mirada de la cabeza de Walt.

—Tranquilo, amiguete. —Walt me mira y da otro trago a la botella de vodka.

—¿Quieres un vaso?

—No. —Deja la botella sobre la mesa y da una palmada—. Bueno, gente —dice en voz alta—. Tengo algo que anunciar…

Mierda. Allá va. El momento que todos estábamos esperando. Miro a la Rata y a Maggie. La Rata emite pequeños ruidos de ánimo y sonríe con amabilidad, el tipo de sonrisa que le dedicarías a un niño de cinco años que acaba de mostrarte el dibujo de monigotes que representa a su familia. Maggie se ha tapado la boca con las manos y nos mira a la Rata y a mí con expresión aterrada, como si esperara que una de nosotras dos le dijera lo que tiene que hacer.

—Has ingresado en Penn —dice Peter.

—No.

Me coloco detrás de Walt y fulmino a Maggie con la mirada. Hago una mueca y me llevo el dedo índice a los labios.

—Oye… ¿qué pasa aquí? —pregunta Lali, que me ha visto—. Ya sé. Te han ascendido a gerente en el Hamburger Shack.

—Que te la pique un pollo… —replica Walt. Es una frase que no le había oído decir nunca, así que supongo que se la habrá oído a Randy—. Esta sorpresa es mucho mejor —añade balanceándose un poco de lado a lado—. Iba a esperar hasta medianoche, pero supongo que para entonces ya estaré inconsciente. —Echa un vistazo a la estancia para asegurarse de que le prestamos toda nuestra atención. Luego deja caer la bomba con aire indiferente—: Quiero que sepáis, aquellos que todavía no lo hayáis adivinado, que ahora soy oficialmente gay.

Por un momento, todo se queda en silencio. Todos estamos reflexionando sobre cómo debemos reaccionar ante esta información según nuestros conocimientos previos o nuestra falta de los mismos.

El silencio se rompe con una carcajada satisfecha.

—¿Eso es todo? —declara Lali—. ¿Que eres gay? ¡Pues vaya una cosa!

—Oh, muchas gracias —dice Walt con fingida indignación.

—Felicidades, tío —dice Peter. Atraviesa el cuarto para darle a Walt un abrazo cariñoso y unas palmaditas en la espalda—. ¿Cuándo lo descubriste? —pregunta, como si Walt acabara de anunciar que va a tener un bebé.

—¿Cuándo descubriste tú que eras hetero, Peter? —pregunto entre risas.

—Bueno —dice Maggie con timidez—, nosotras siempre lo hemos sabido.

En realidad, «nosotras» no lo sabíamos. Pero, por suerte, diez días después de que esas «nosotras» a las que se refiere Maggie lo descubriéramos, ella se embarcó en la preparación de un viaje de acampada con Peter y se olvidó por completo del insulto que Walt le había hecho a su feminidad.

Alzo mi copa.

—Por Walt —brindo.

—¡Por Walt!

—Y por nosotros —añado—. Por el año mil novecientos ochenta y…

Alguien llama con fuerza a la puerta.

—Mierda. —La Rata recoge toda la parafernalia relacionada con la marihuana y la mete debajo de los cojines del sofá. Peter esconde la botella de vodka detrás de una silla. Todos nos peinamos un poco con los dedos y nos sacudimos la ceniza de la ropa.

—Adelante —dice la Rata.

Es su padre, el señor Castells. Aunque es bastante mayor, siempre me quedo asombrada al ver lo guapo que todavía es. La Rata dice que cuando era joven lo conocían como «el Cary Grant de Cuba».

—Espero que os lo estéis pasando bien —dice con educación mientras entra en el cuarto. Por su manera de actuar, sé que esta no viene de visita—. Carrie —me mira a los ojos—, tu padre ha llamado por teléfono. Necesita hablar contigo inmediatamente.

—Al parecer, tienen un viejo coche que nadie utiliza. No se dieron cuenta de que no estaba hasta que yo llamé —dice mi padre. Tiene la cara pálida. Está en estado de shock… y probablemente aterrado.

—Papá, estoy segura de todo saldrá bien —le digo, aunque rezo para que no note que ahora tiene dos delincuentes juveniles por hijas: Dorrit, la fugitiva, y yo, la porrera. No obstante, me siento sobria y despejada—. ¿Hasta dónde pueden llegar? Ninguna de ellas tiene permiso de conducir. ¿Cómo es posible que Cheryl sepa conducir siquiera?

—No sé nada sobre esa gente, nada salvo que la madre de Cheryl ha estado casada tres veces.

Asiento mientras observo la carretera que tengo delante. A pesar de que estamos en la víspera de Año Nuevo, las calles están oscuras y casi desiertas. Estoy convencida de que esta nueva crisis con Dorrit es de algún modo culpa mía. Pero ¿cómo iba a saberlo? Dijo que iba a la biblioteca, a lo de la noche de cine… Mi padre incluso la dejó allí a las cuatro y esperó a que llegara su amiga Maura, a quien conocemos desde hace años. La madre de Maura iba a ir a recogerlas a las siete y dejaría a Dorrit en casa antes de dirigirse a una fiesta. Sin embargo, cuando llegó a la biblioteca, Maura le dijo que Dorrit se había ido al centro comercial y que yo me encargaría de ir a buscarla para llevarla a casa.

Al ver que no estaba en casa a las nueve, a mi padre empezó a entrarle el pánico. Estuvo llamando a la madre de Maura, pero no obtuvo respuesta hasta después de las diez. Llamó a casa de Cheryl, suponiendo que Dorrit se habría escapado con ella, pero el hermano pequeño de Cheryl le dijo que su hermana no estaba en casa y que sus padres habían ido a The Emerald. Así que mi padre llamó a The Emerald, y la madre y el padrastro de Cheryl regresaron a casa y descubrieron que el coche no estaba. Y ahora nos dirigimos a casa de Cheryl para intentar averiguar qué podemos hacer.

—Lo siento, papá. —Él no dice nada, solo sacude la cabeza—. Lo más probable es que esté en el centro comercial. O en el campo de golf. O tal vez en los prados.

—No lo creo —dice él—. Se ha llevado cincuenta dólares que había en mi cajón de los calcetines.

Aparto la mirada cuando salimos de Main Street y pasamos junto a The Emerald, como si ni siquiera me hubiera fijado en ese local. Continuamos un poco más allá, hacia una estrecha carretera rodeada de una multitud de casas casi idénticas, y nos detenemos frente a una casa colonial con la pintura descascarillada y el porche delantero recientemente remodelado. La luz se cuela a través de los listones de las persianas, y, cuando examinamos la casa, se asoma un hombre que nos fulmina con la mirada. Su rostro parece tener un color rojo intenso, pero puede ser por el efecto de la luz.

—Debería haberlo sabido —dice mi padre con tono sombrío—. Mack Kelter.

—¿Quién es?

—El contratista local —dice mi padre, como si eso lo explicara todo. Deja el coche en el camino de entrada, detrás de una camioneta. Al lado de la casa hay un garaje de aspecto ruinoso con espacio para dos vehículos. Una de las puertas está abierta, y el interior está iluminado por una bombilla desnuda.

—¿Qué significa eso? —pregunto.

—Mack Kelter es conocido por ser un tipo de dudosa reputación. —Mi padre se desabrocha el cinturón de seguridad y se quita las gafas, demorando el inevitable encuentro—. Tu madre se negaba a hacer tratos con él. Tuvieron algunos altercados por unos edificios en construcción. Una noche encontramos a Mack Kelter en la entrada de nuestra casa con una palanca en la mano.

Me asombra no recordarlo. O tal vez sí que me acuerde. Recuerdo vagamente la sensación de histeria vivida y que nos dijeron a mis hermanas y a mí que nos escondiéramos en el sótano.

—¿Llamasteis a la policía?

—No, tu madre salió fuera y se enfrentó a él. Yo estaba muerto de miedo, pero ella no. Ya sabes cómo era tu madre —dice con los ojos llenos de lágrimas—. Era pequeña, pero dura como el acero. Nadie se metía con Mimi.

—Lo sé. Y sé que jamás tuvo que levantar la voz —añado con tristeza, recitando mi parte del repertorio de historias familiares sobre mi madre.

—Era algo relacionado con sus modales… Era una dama de la cabeza a los pies, y los hombres lo sabían —dice mi padre, que ahora recita el suyo. Deja escapar un suspiro—. Le dijo unas cuantas cosas a Mack Kelter y él salió huyendo con el rabo entre las piernas.

Esa era mi madre, una Dama con mayúsculas. Una Dama. Incluso cuando era niña, sabía que jamás llegaría a ser como mi madre. Era demasiado bruta. Quería ir a todos los sitios que mis padres consideraban malos, como Nueva York. Hice que Missy y Dorrit quemaran sus muñecas Barbie en una hoguera. Les dije a mis primos que Santa Claus no existía.

Sospecho que mi madre también sabía que yo jamás llegaría a ser una dama, que nunca sería como ella. Pero eso nunca pareció importarle.

—¿Crees que Dorrit sabe lo de Mack Kelter? ¿Y lo que mamá pensaba acerca de él? —Si así fuera, eso explicaría parte del comportamiento de mi hermana—. Papá, creo que Dorrit necesita ver a un psiquiatra.

Le he hecho esa misma sugerencia un montón de veces, pero mi padre siempre se niega. Pertenece a una generación que piensa que los psiquiatras son malos. Mi padre no cambiará de opinión, ni siquiera en una situación tan espantosa como esta.

—Ahora no, Carrie —dice. Y, con el aspecto de alguien que se dirige a una ejecución, sale del coche.

La puerta se abre antes de que llamemos, y Mack Kelter se presenta en la entrada, impidiéndonos el paso. Es atractivo, aunque de esa manera sucia que te hace sentir avergonzada por el mero hecho de haberlo mirado.

—¿Bradshaw? —pregunta con una sonrisa de desprecio—. Sí —añade, respondiendo a su propia pregunta—. Pasa.

Espero que no haya ninguna palanca de hierro ahí dentro.

—Por aquí. —Señala el salón con una botella de cerveza.

Nos sentamos con cierta vacilación, sin saber muy bien qué esperar. Junto a la pared hay un enorme aparato de televisión flanqueado por dos altavoces. Hay una chimenea de ladrillos, un montón de juguetes esparcidos sobre una alfombra blanca de pelo largo, dos pequeños caniches amarillentos con los ojos llorosos y un enorme sofá modular. Tendida en él, con lo que parece ser un gin tonic en una mano y una bolsa de hielo en la otra, está la madre de Cheryl, Connie.

—Mi niñita… —gimotea al vernos. Deja la bebida a un lado y extiende las manos, así que no nos queda más remedio que cogérselas—. Mi niñita… No es más que una niña pequeña… —solloza.

—No es tan pequeña —resopla Mack Kelter.

—¿Y si las han raptado? —Connie parpadea con rapidez—. ¿Y si están tiradas en alguna cuneta por ahí…?

—No te pongas melodramática, Connie —dice Mack Kelter—. Se han llevado el coche. Iban bebidas. Cuando vuelva, Cheryl se va a llevar una buena paliza. Eso es todo.

Mi padre, entretanto, ha conseguido liberar sus manos disimuladamente de las de Connie y está rígido, como si fingiera no encontrarse en esta situación.

—¿Han llamado a la policía?

—¿Por qué íbamos a meter a los polis en esto? —pregunta Mack Kelter—. Solo causarían problemas. Además, no investigan los casos de personas desaparecidas hasta que no han pasado al menos veinticuatro horas.

—¡Para entonces podrían estar muertas! —grita Connie. Se lleva la mano al pecho, como si le faltara el aire—. Esta es mi recompensa por una vida miserable. Tengo una hija que es una delincuente juvenil y un marido que es un borracho y un holgazán.

—¿Quieres que te dé un mamporro? —pregunta Mack Kelter—. Te he dicho que cierres la boca.

Mi padre y yo nos miramos horrorizados.

—Creo que deberíamos buscarlas. —Consulto mi reloj—. Son las once menos cuarto. Llevan fuera casi tres horas…

—A estas alturas podrían estar en Boston —dice Connie. Mira a su marido.

—Yo vuelvo a The Emerald —anuncia él. Se fija en nuestras expresiones sorprendidas y añade—: Eh, que no es hija mía. Y hay un tipo llamado Jack Daniel's que me espera en el bar.

Mi padre, Connie y yo recorremos en coche la ciudad, en busca de Dorrit y de Cheryl. Buscamos en los prados, en el club de campo y en muchos pequeños bares que Connie conoce, aunque ni mi padre ni yo llegamos a comprender por qué cree que alguien podría servirles alcohol a dos niñas de trece años.

Seguimos buscándolas sin éxito. A las dos de la madrugada, nos rendimos por fin.

—¿La habéis encontrado? —pregunta Missy esperanzada cuando entramos en casa.

—No.

—¿Qué vamos a hacer?

—¿Qué podemos hacer?

—¿Cómo ha podido ocurrir algo así? —solloza Missy.

Nos quedamos un momento en silencio, aterradas, y luego avanzamos de puntillas y echamos un vistazo a escondidas a la sala de estar, donde mi padre se ha retirado para sufrir en soledad. Está sentado en el sofá y pasa muy despacio las páginas de un viejo álbum de fotos que comenzó mi madre cuando mi padre y ella se comprometieron.

Regreso a la cocina con la intención de prepararme para una noche muy larga. Saco el pan de molde, la mayonesa y el queso de la nevera para hacerme un sándwich.

Suena el teléfono.

El ruido resulta estruendoso, crispante y en cierto modo inevitable. Dejo el pan para cogerlo.

—¿Carrie? —pregunta una voz masculina.

—¿George? —respondo desconcertada. Y es entonces cuando me siento decepcionada. Y furiosa. ¿Por qué llama George ahora, cuando hace tanto que pasó la medianoche de la víspera de Año Nuevo? Debe de estar borracho—. George, no es un buen momento para...

Él me interrumpe.

—Hay alguien aquí que quiere hablar contigo.

—¿Quién?

—¡Feliz Año Nuevo! —exclama Dorrit entre risas cuando se pone al teléfono.

## 25
### *Confinamiento en Bralcatraz*

Llevo evitando el teléfono toda la mañana.

Sé que debo hacer lo correcto. Y, cuanto antes hagas lo correcto, mejor. Acabas de una vez y no tienes que volver a preocuparte por ello nunca más. Pero ¿quién hace eso en la vida real? En lugar de hacer lo que es debido, andas con dilaciones y piensas en ello, y lo descartas, y vuelves a pensar en ello un poco más, hasta que un simple granito de arena se convierte en un gigantesco bloque dentro de tu cabeza. No es más que una llamada telefónica, me recuerdo a mí misma. Pero antes tengo muchas cosas importantes que hacer.

Como limpiar el cuarto que hay sobre el garaje, donde me encuentro en estos momentos. Me he puesto un plumón largo hasta los pies, unos guantes que parecen de peluche y una estola de visón. La estola era de mi abuela, y es una de esas cosas espeluznantes que tiene en los extremos las cabezas y las diminutas garras de los visones. Yo siempre coloco las cabezas juntas, como si estuviesen hablando entre ellos:

«Hola».

«¿Cómo estás?»

«No muy bien. Alguien me ha robado la cola y las patas traseras.»

«Bueno… ¿Quién necesita una cola, de todas formas?»

Encontré la vieja estola cuando rebuscaba en una caja llena de cosas de mi abuela, que, con excepción de la estola, ha resultado ser un cofre lleno de fantásticos tesoros, como sombreros antiguos con velos y plumas. Me coloco uno de ellos sobre la cabeza y me bajo el velo hasta la nariz. Me imagino caminando por la Quinta Avenida, haciendo una paradita frente a Tiffany de camino a mi almuerzo en el Plaza.

Con el sombrero en la cabeza, aparto a un lado algunas cajas más. Estoy buscando algo, pero no sé qué. Lo sabré cuando lo encuentre.

Mi nariz se ve asaltada por el olor rancio de los libros antiguos cuando levanto las solapas de una caja que tiene estampada en la parte exterior el logo borroso de las conservas de maíz Del Monte. Mi abuela siempre se describía a sí misma como «una gran lectora», y se jactaba de leer cinco libros a la semana, aunque su elección del material de lectura consistía sobre todo en novelas románticas y mitología griega. Los fines de semana de verano que pasábamos en la cabaña que tenía junto al río, yo me colocaba justo detrás de ella y devoraba esas novelas románticas como si fueran caramelos. Pensaba que algún día podría hacer eso que leía. Luego le daba la vuelta a los libros y examinaba las fotografías de las autoras con sus peinados cardados, tendidas sobre canapés de color rosa o apoyadas sobre camas con dosel. Creía que esas autoras eran inmensamente ricas y, a diferencia de los personajes femeninos de sus novelas, conseguían su dinero sin necesidad de que un hombre las rescatara. La idea de convertirme en una de esas damas escritoras me llenaba de una secreta excitación que resultaba casi sexual, pero también aterradora: si una mujer puede cuidar de sí misma, ¿seguirá necesitando a un hombre? ¿Le apetecerá siquiera estar con un hombre? Y si no quiere estar con ningún hombre, ¿qué clase de mujer es? ¿Será siquiera una mujer? Porque me parecía que, siendo mujer, lo único que podías desear era a un hombre.

Creo que por entonces tenía unos ocho años. Tal vez diez. Inhalar la esencia de esos viejos libros es como oler a la chiquilla de mi niñez. Desde entonces he descubierto una cosa: es probable que yo siempre desee a un hombre, sin importar lo que ocurra.

¿Hay algo digno de compasión en ello?

Cierro la caja y elijo otra. Y de repente encuentro lo que busco: una caja blanca rectangular con los bordes amarillentos; una de esas cajas en las que las tintorerías guardan las camisas de caballero. Levanto la tapa, saco un viejo cuaderno y lo abro por la primera página. *Las aventuras de Pinky Weatherton*, dice la descuidada caligrafía que yo tenía por aquel entonces.

¡Mi vieja amiga Pinky! La inventé cuando tenía seis años. Pinky era una espía con poderes especiales: podía encogerse hasta adquirir el tamaño de un dedal y respirar bajo el agua. Pinky siempre acababa arrastrada hacia el sumidero del fregadero, así que luego nadaba a través de las tuberías y salía por la bañera de alguna persona.

Extraigo con cuidado el contenido de la caja y lo dejo sobre el suelo. Además de Pinky, hay dibujos y tarjetas hechas a mano, diarios con candados de metal (nunca conseguí anotar más que un par de entradas en cada uno de ellos, aunque recuerdo que me castigaba por mi falta de disciplina, ya que incluso entonces sabía que los escritores suelen tener diarios) y, en el fondo, mis conatos de historias, tecleadas torpemente con la máquina de escribir Royale de mi madre. Es como una fiesta sorpresa, como si hubiera llegado de repente a una habitación llena de amigos. Pero también es la señal, decido antes de coger la caja y llevarla escaleras abajo. Es la señal de que debo llamar a George.

—Tienes que llamar a George. —Esas fueron las primeras palabras que salieron por la boca de mi padre esta mañana.

—Lo haré, papá. No te preocupes.

Estaba un poco cabreada. Había jurado que nunca volvería a hablar con George, no después de lo que dijo de Sebastian. Tenía pensado evitarlo aunque acabara estudiando en Brown (algo que parece cada vez más probable, ya que no he conseguido encontrar una alternativa viable). Pero, pese a todo, él había conseguido inmiscuirse una vez más en nuestras vidas (en mi vida), y eso no estaba bien. No lo quería en mi vida. Sabía que mis sentimientos no eran los adecuados (no era culpa de George), pero estaba convencida de que él era el responsable de alguna manera. Si no le hubiera prestado tanta atención a Dorrit cuando la detuvieron, si no se hubiera comportado de una forma tan agradable con ella, mi hermana jamás se habría enamorado de él. Solo era uno de esos enamoramientos irracionales que las jóvenes adolescentes sienten por los cantantes guapos, pero ¿por qué de George? Era bastante mono, pero guapo no, desde luego. Ni siquiera era un tipo peligroso.

Quizá no fuera el peligro lo que buscaba Dorrit, sino la estabilidad.

Y tal vez cierto elemento competitivo también. Dorrit se había vuelto más descarada con cada infracción; había empezado robando pendientes y brillo de labios y había terminado con el bolso de mi madre. Quizá sea lógico que George se convirtiera en su objetivo final.

Cuando vuelvo a casa, encuentro a mi padre en la misma posición que tenía hace dos horas: sentado frente al pequeño escritorio en el que guardamos el correo, contemplando un trozo de papel en blanco con un lápiz en la mano.

—¿Ya has llamado a George? —pregunta antes de levantar la vista.

—Voy a hacerlo ahora mismo.

—Le debes una llamada telefónica. ¿Qué habría ocurrido si George no hubiera estado allí? Debo encontrar un modo de devolverle el favor.

Se me ocurre una idea terrible: quizá deba ofrecerme como compensación, como una de esas heroínas de las novelas románticas de mi abuela, cuyas familias las obligaban a casarse con hombres a los que no querían. Y Sebastian tendrá que rescatarme. Aunque no podrá hacerlo, ya que mi padre nos ha prohibido salir de casa si no es en compañía de un adulto. Ni siquiera podemos hablar por teléfono, a menos que primero le pidamos permiso a mi padre.

Subo las escaleras hacia mi habitación odiando a mi padre, a Dorrit y, sobre todo, a George.

Guardo la caja de los cuentos bajo la cama y cojo el teléfono. Tal vez George todavía esté dormido. O quizá haya salido. Al menos podré decir que lo he intentado.

Responde al segundo timbre.

—¿Cómo lo llevas?

—Estoy bien.

—¿Y Dorrit?

—Encerrada en su habitación. —Me quedo callada un momento—. De todas formas, quiero darte las gracias. No sé qué habríamos hecho sin ti. —Hago lo posible por parecer sincera al pronunciar esta última frase, pero sin mucho éxito.

No obstante, George no parece notarlo.

—No te preocupes —dice rebosante de buen humor—. Estas cosas pasan. Me alegro de haber podido ayudar en algo.

—Gracias otra vez. —Puesto que ya he cumplido con mi deber, estoy a punto de colgar, pero cometo un tremendo error—. ¿Por qué te ha elegido a ti?

Él se echa a reír.

—Eso suena casi como un insulto.

—No lo es. Eres un tío genial…

—¿En serio? —inquiere con mucho interés.

—Bueno, claro que sí —respondo mientras busco una manera de salir de este lío—. Pero ella solo tiene trece años. Me parece exageradísimo robar un coche y conducir hasta Provincetown…

Oigo un ruido delator que indica que mi padre ha cogido el teléfono que hay abajo y que está escuchando.

—Quiero hablar contigo sobre eso —dice George, que baja la voz—. ¿Podría pasarme a verte la semana que viene?

—Lo consultaré con mi padre. —Dejo escapar un suspiro, porque sé que mi padre dirá que sí. Me sorprende que no haya interrumpido nuestra conversación para decirlo él mismo.

Cuando George y yo colgamos, bajo las escaleras para encararme con mi padre.

—¿Piensas escuchar todas las conversaciones telefónicas que tenga a partir de ahora?

—Lo siento, Carrie, pero sí. Y no estoy escuchando, sino controlando.

—Fantástico… —comento con sarcasmo.

—Y si tenías pensado ver a Sebastian más tarde, ya puedes ir olvidándote del tema —añade—. No quiero a ningún M-I-E-R-D-A rondando por mi casa.

—Pero, papá…

—Lo siento, Carrie.

—¡Es mi novio!

—Así son las cosas —concluye impertérrito ante mi evidente angustia—. Nada de chicos. Y eso excluye también a Sebastian.

—¿Qué es esto? ¿Alcatraz?

Mi padre no dice anda.

Arrrggghhh…

Mi furia es bastante rudimentaria, una bestia unicelular, un virus que estalla en pedazos, paraliza todo pensamiento racional y descarta todos los objetivos menos uno…

—¡Te voy a matar! —grito mientras subo las escaleras hacia la habitación de Dorrit.

Salto encima de ella, pero ya estaba preparada, puesto que ha levantado las piernas en posición defensiva. Sé que en algún lugar del mundo, en las auténticas familias perfectas, las hermanas no se pelean. Pero nosotros no somos una de ellas. Antes nos dábamos puñetazos, patadas, nos retorcíamos los brazos, nos perseguíamos con palas y rastrillos, nos encerrábamos en el coche o fuera de casa, nos tirábamos de los árboles, nos escondíamos en armarios y bajo la cama o corríamos unas tras otras como conejitos.

—¡Te mataré! —grito de nuevo.

Levanto una almohada por encima de mi cabeza en el mismo momento en que Dorrit me da una patada entre las ingles. Intento aplastar la almohada contra su cara, pero ella la esquiva y la almohada acaba sobre el suelo. Se levanta e intenta subirse a mi espalda. Corcoveo como un caballo, pero no me suelta. Me esfuerzo por levantarme y ambas nos desequilibramos. Caemos sobre la cama, pero estoy encima de ella.

Las malditas emociones afloran y empezamos a reírnos como histéricas.

—No tiene nada de gracioso —protesto, aunque las lágrimas se deslizan por mis mejillas—. Me has arruinado la vida. Te mereces morir.

—¿Qué pasa? —pregunta Missy, que aparece junto a la puerta.

Dorrit la señala con el dedo, algo que tampoco tiene gracia, pero consigue que nos dé un nuevo ataque de risa.

—Dejad de reíros —nos regaña Missy—. Acabo de hablar con papá. Está pensando en la posibilidad de enviar a Dorrit a un reformatorio.

—¿Tendré que llevar uniforme? —chilla Dorrit muerta de risa.

—Esta vez hablaba en serio. —Missy frunce el ceño—. Ha dicho que no bromeaba. Estamos metidas en un buen lío. Todas nosotras. Ni siquiera nos permite tener amigos.

—Estamos en Bralcatraz —añado.

—¡Ja! —exclama Dorrit con despreocupación. Se levanta de la cama y se mira en el espejo mientras se retuerce un mechón de pelo azul por delante de su cara—. Lo superará. Siempre lo hace —añade con crueldad.

—Dorrit…

—Ni siquiera entiendo por qué solo nos queda él —dice—. Debería estar muerto. Y mamá debería seguir con vida. —Nos mira a

Missy y a mí, y su rostro muestra un gesto desafiante al ver nuestras expresiones de espanto.

Es algo que todas hemos pensado, pero que jamás nos hemos atrevido a decir en voz alta.

—Y me da igual que me envíe a un reformatorio —añade—. Cualquier cosa es mejor que estar atrapada en esta familia.

# 26
## *Con la M-I-E-R-D-A hasta el cuello*

El sonido de un claxon en la entrada rompe el silencio.

Por favor, que sea la Rata, rezo para mis adentros.

Missy, Dorrit, mi padre y yo estamos sentados a la mesa, fingiendo que nos comemos la cena en un vano intento por aparentar algún tipo de normalidad. Al oír el claxon, mi padre se acerca a la ventana, corre la cortina y se asoma.

—Es Roberta —confirma.

Me levanto de un salto para coger el abrigo y el bolso con mi nombre pintado, que ya tenía preparados.

—No tan deprisa. Tenemos que repasar esto una vez más —me interrumpe mi padre, lo cual hace que Dorrit ponga los ojos en blanco—. Vas a ir a ver *La importancia de llamarse Ernesto* al teatro de Hartford. Llamarás durante el intermedio. Estarás en casa a las once en punto.

—A las once, más o menos —le digo antes de meter los brazos en las mangas del abrigo.

—Te esperaré levantado. —Echa un vistazo a Missy y a Dorrit. Las dos tienen la cabeza agachada y fingen comer, como si no supieran lo que voy a hacer en realidad.

—Claro, papá. —Me enrollo la vieja estola de visón de mi abuela alrededor del cuello. Por lo general, nunca me pondría algo así, pero supongo que es la clase de cosa que uno llevaría al teatro, y necesito representar bien mi papel.

Camino con rapidez hasta el coche, como si tuviera una diana en la espalda.

He mentido. Pero no en todo. La Rata y yo vamos a ir a un espectáculo, aunque no al teatro de Hartford. Nos reuniremos con Lali y con Sebastian en el concierto de Aztec Two-Step. No es precisamente así como había imaginado mi reencuentro con Sebastian, pero da igual. Cada célula de mi cuerpo palpita de expectación.

Una ráfaga de aire caliente y seco me golpea cuando abro la puerta del Gremlin. La Rata me dirige una mirada triunfal mientras me pongo el cinturón, a sabiendas de que mi padre me está vigilando.

—¿Algún problema? —pregunta.

—No. No sospecha nada. —Cuando estamos a salvo, lejos del camino de entrada y ya en la autopista, suelto una carcajada de emoción mientras reviso mi pintura de labios en el diminuto espejo incrustado en el parasol—. ¡No puedo creer que lo hayamos logrado! —exclamo con un chillido nervioso—. Rata, eres la mejor.

—Oye —dice ella—, ¿para qué están las amigas?

Me apoyo en el respaldo del asiento sonriendo como una chiflada.

Cuando Sebastian me llamó ayer a las tres y mi padre le dijo que no podía ponerme, ocurrieron cosas horribles en *chez* Bradshaw. Grité y amenacé con arrancarme el pelo, pero no sirvió de nada. Mi padre desconectó todos los teléfonos y se encerró en su habitación. Entonces mis hermanas y yo trazamos un plan para apoderarnos del coche, pero mi padre ya lo había previsto y había escondido las llaves. Intentamos entrar a la fuerza en su dormitorio, pero nos pareció oírlo llorar, así que fuimos a la sala de estar y nos acurrucamos en el sofá como tres pobres huérfanas aterrorizadas. Cuando mi padre apareció por fin, Missy dijo:

—Lo siento, papá. —Y empezó a llorar.

—No es culpa tuya —dijo mi padre—. Lo que pasa es que quiero demasiado a mis hijas.

Y todos estuvimos de acuerdo en que debíamos intentar comportarnos mejor en el futuro. No obstante, yo solamente pensaba en Sebastian y en cómo ponerme en contacto con él. Saber que estábamos a escasos minutos de distancia y que no podía verlo me provocaba un nudo en el estómago, una sensación angustiosa en el vientre.

Al final, subí las escaleras, saqué la caja con mis viejos cuentos e intenté tranquilizarme imaginándome un futuro mejor, un futuro en el que viviría en Nueva York , escribiría libros y tendría una vida completamente distinta. Imaginé mi futuro como una joya enterrada en mi interior, donde nadie podría arrebatármela ni aunque estuviera encerrada en Bralcatraz durante el resto de mi vida.

En ese momento, mi padre llamó con suavidad a la puerta de mi habitación.

—No pretendía mostrarme tan inflexible contigo —dijo.

Obtendría la libertad condicional si conseguía mostrarme razonable y permanecer en calma.

—No pasa nada, papá.

—Solo intento ser justo. Si os dejo salir a Missy y a ti, tendré que darle permiso a Dorrit también. Y me preocupa que vuelva a escaparse.

—Claro, papá —le dije con voz tranquila.

—No será para siempre. Solo durante una semana o dos. Hasta que sepa qué debo hacer.

—Lo entiendo.

—Verás, Carrie —me dijo antes de sentarse en el borde de la cama—, todo está relacionado con los sistemas. Y eso es lo que nos falta en esta casa, un sistema. Si aplicamos un sistema de éxito a las acciones de los seres humanos… si reducimos el ser humano a su ecuación molecular más básica… después de todo, no somos más que moléculas y electrones, y los electrones están gobernados por un rígido grupo de normas. Bueno… —dijo antes de levantarse de nuevo, como si realmente hubiera encontrado una solución a nuestros problemas—. Sé que puedo contar contigo. Te lo agradezco. Te lo agradezco de verdad.

Me abrazó con torpeza y me dijo lo que siempre dice en estas situaciones:

—Recuerda que no solo te quiero. También me caes bien.

—Tú también me caes bien, papá —le dije mientras maquinaba mi plan—. Papá, ¿puedo hacer una llamada telefónica? —Y antes de que pudiera negarse, añadí con rapidez—: Necesito llamar a la Rata. Se supone que había quedado con ella.

Imagino que se sintió muy mal, porque accedió.


Esta mañana, cuando las cosas se han calmado un poco y mi padre ha accedido a restaurar el servicio telefónico (aunque todavía insiste en responder todas las llamadas él mismo), la Rata ha llamado y ha hablado con él mientras yo escuchaba por el otro terminal.

—Sé que Carrie no puede salir, pero es que tenemos las entradas desde hace meses… Son para el teatro de Hartford, y no admiten devoluciones. Y es una obra que entra en el temario de nuestra clase de literatura clásica… No es obligatorio ir, pero si no vamos, tal vez afecte a nuestras notas.

Y ahora… la libertad. Dentro del Gremlin, con la radio a todo volumen, la Rata y yo cantamos a gritos las canciones de los B-52's. La emoción de la escapada ha convertido mi mente en un hervidero. Estoy dispuesta a darlo todo en el concierto. Me da la impresión de que soy invencible.

O no. A mitad de camino de nuestro destino, empiezo a preocuparme. ¿Y si Sebastian llega tarde? ¿Y si no aparece? ¿Y por qué siempre tengo que ponerme en lo peor? ¿Las cosas malas se hacen realidad cuando las piensas? ¿O es solo una especie de premonición?

Sin embargo, el Corvette amarillo está ahí, aparcado junto a la entrada llena de porquería.

Abro la puerta del club. Sebastian está sentado junto a la barra, y me fijo vagamente en que Lali también está allí.

—¡Hola! —grito.

Lali me ve primero. Su rostro tiene una expresión extraña, como decepcionada. Algo va mal. Él se da la vuelta y Lali le susurra algo al oído.

Sebastian tiene un intenso bronceado; muestra ese aire de chico veraniego despreocupado que le da un aspecto dulce y pícaro a un tiempo. Me saluda con una inclinación de cabeza y una sonrisa tensa, que no es la reacción que yo esperaba del amor de mi vida después de dos semanas de separación. Pero quizá sea como un perro al que su dueño ha dejado un tiempo solo: le llevará algún tiempo acostumbrarse a mí de nuevo.

—Hola —repito. Mi voz suena demasiado alta y entusiasta. Lo rodeo con los brazos y empiezo a saltar.

—¡Bueno, bueno! —dice él antes de darme un beso en la mejilla—. ¿Te encuentras bien?

—Por supuesto.

—¿Qué pasa con Dorrit? —pregunta Lali.

—Ah, eso… —digo con un gesto despreocupado de la mano—. No es nada. Todo acabó bien. Estoy encantada de estar aquí. —Cojo un taburete que hay a su lado y pido una cerveza.

—¿Dónde está la Rata? —pregunta él.

¿La Rata? ¿Y qué pasa conmigo?

—Está en el baño. Bueno, ¿cuándo has regresado? —pregunto con interés, aunque sé cuándo volvió… porque me llamó.

—Ayer por la tarde. —Se rasca el brazo.

—Siento no haber podido hablar contigo… pero la Rata te llamó y te lo contó, ¿no? ¿No te contó lo que ocurrió con Dorrit?

Lali y Sebastian intercambian una mirada.

—En realidad —empieza a decir él—, cuando tu padre me colgó, llamé a Lali. Ella me dijo que había ocurrido algo con Dorrit el viernes por la noche…

—Así que nos fuimos a The Emerald —dice Lali, terminando su frase.

—Sabía que tú tenías problemas —se apresura a añadir Sebastian antes de darme unos golpecitos en la punta de la nariz con el dedo—, y no me apetecía quedarme sentado en casa con mis padres una noche más.

Un nudo se abre paso en mis entrañas antes de asentarse en el estómago.

—Bueno, ¿qué tal las vacaciones?

—Aburridas —responde.

Atisbo la expresión de Lali por encima de su hombro. Parece enferma. ¿Ocurrió algo anoche? ¿Es que Lali y Sebastian…? No. Ella es mi mejor amiga. Él es mi novio. Tienen que ser amigos.

No te pongas celosa, me reprendo. Eso solo te hará parecer más débil.

—Hola a todos. —La Rata se acerca a la barra.

Sebastian le da un abrazo de oso.

—¡Rata! —exclama.

—Hola. —Ella le da unas palmaditas en la espalda, tan confundida por su efusivo saludo como yo. Sebastian nunca se había mostrado tan amigable antes.

Le doy un trago a la cerveza. ¿Estoy loca o aquí está pasando algo muy raro?

—Tengo que ir al baño. —Me bajo del taburete de un salto y miro a Lali—. ¿Quieres venir?

Ella vacila, mira de reojo a Sebastian y deja a un lado la cerveza.

—Claro.

—¿Son imaginaciones mías o Sebastian se está comportando de una manera muy extraña? —pregunto desde el compartimento del retrete.

—Yo no le he notado nada.

—Vamos… está muy raro. —Cuando salgo del compartimento, Lali está junto al lavabo, mirándose en el descolorido espejo mientras se atusa el pelo.

No me mira.

—Tal vez sea porque ha estado lejos.

—¿Crees que ha pasado algo mientras estaba de vacaciones? Tal vez haya conocido a otra chica.

—Tal vez.

Esa no es la respuesta adecuada. La respuesta correcta es: «No. De ninguna manera. Está loco por ti». O algo en esa línea.

—Así que fuisteis a The Emerald anoche, ¿eh? —le digo.

—Sí.

—¿Te mencionó algo sobre otra chica?

—No. —Juguetea con un mechón suelto de su nuca.

—¿Cuánto tiempo estuvisteis allí?

—No lo sé. Nos tomamos una copa. Él quería salir de casa, y yo también. Así que…

—Ya… —Asiento, desesperada por saber más. Qué canciones escucharon, qué bebieron y si bailaron juntos o no. Quiero sacarle información, meterme en su cerebro y descubrir qué ocurrió exactamente. Pero no puedo. No quiero oír algo que sé que no podré soportar.

Cuando volvemos, la Rata está absorta en su conversación con Sebastian.

—¿De qué habláis, chicos? —pregunto.

—De ti —responde Sebastian, que se vuelve hacia a mí con una inusual expresión seria.

—¿Qué pasa conmigo? —Suelto una risotada.

—De lo duro que es para ti —dice.

Otra vez no.

—No es tan duro —aseguro con despreocupación. Termino mi cerveza y pido otra. Luego pido un chupito.

—Vamos a tomarnos un chupito todos —dice Sebastian.

Pensar en el alcohol aligera el ánimo. Levantamos nuestros vasos y brindamos: por el nuevo año, por el próximo verano y por nuestro futuro. Sebastian se fuma un cigarrillo con el brazo apoyado sobre mi hombro. La Rata habla con Lali. Me apoyo en Sebastian y comparto su cigarrillo.

—¿Algo va mal? —le pregunto.

—¿A qué te refieres? —Le da una calada al cigarrillo y gira la cabeza. Hay un matiz agresivo en su voz.

—No lo sé. Te comportas de una forma muy extraña.

—¿En serio? A mí me parece que la que está rara eres tú.

—¿Yo?

—Sí —responde. Me mira con los ojos abiertos de par en par.

Doy un paso atrás.

—Tal vez tengas razón. Puede que todo lo que ocurrió con Dorrit…

—Hummm… —Aparta la mirada mientras apaga el cigarrillo.

—De todas formas, no pienso dejar que me afecte. Quiero pasarlo bien. —Y, tras decir eso, lo arrastro hasta la pista de baile.

Lo estoy pasando genial. Llega el grupo y todos cantamos juntos. El alcohol obra su magia y de repente ya no me preocupa nada. Me quito la estola y obligo al visón a beber cerveza. Otras personas se agrupan a nuestro alrededor para unirse a la diversión. Llegan las nueve en punto, y pasan, y yo no me doy cuenta hasta que ya es bastante más tarde.

A las diez y cuarto, la Rata señala su reloj.

—Bradley, tenemos que irnos.

—No quiero irme.

—Dos canciones más —me advierte—. Después nos vamos.

—Vale. —Cojo mi cerveza y me abro paso entre la multitud hasta la parte delantera del escenario. El cantante principal me ve, me sonríe y me guiña un ojo. Es mono. Muy mono. Tiene el rostro suave y el pelo rizado, como uno de esos tipos de los cuadros del Renacimiento. Lali está loca por él desde que teníamos catorce años. En aquella época poníamos sus discos mientras Lali contemplaba su fotografía ensimismada. Cuando la canción termina, él se inclina hacia delante y me pregunta qué quiero escuchar.

—¡«My Cosmos Lady»! —grito.

Empieza la canción. El cantante no deja de mirarme; su boca se mueve sobre el micrófono mientras la música sube de volumen, envolviéndome como una pomposa nube de helio. Luego desaparece todo menos la música y el cantante, con sus labios suaves y carnosos, y de repente es como si me encontrara de nuevo en el club de Provincetown con Walt y Randy. Me siento libre y salvaje. Escuchar la música no es suficiente. Tengo que participar. Tengo que... cantar.

En el escenario. Delante de todo el mundo.

Y parece que pensar en mi deseo ha logrado que se haga realidad, porque el cantante extiende la mano. La cojo y tira de mí hacia el escenario, y luego me hace un sitio junto al micro. Y allí estoy, cantando con el corazón, y, antes de que me dé cuenta, la canción termina y la multitud ríe y aplaude. El cantante principal se inclina hacia el micrófono y dice:

—Esta ha sido...

—¡Carrie Bradshaw! —añado a voz en grito. Y mi nombre resuena como una explosión.

—Un enorme aplauso para... Carrie Bradshaw —dice él.

Le hago al público una pequeña reverencia, me bajo del escenario y me abro paso entre el gentío, divertida por la tontería que acabo de hacer. Divertida, creo.

Ya estoy… aquí.

—No puedo creer lo que acabas de hacer —dice Lali atónita cuando llego a la barra.

Miro a Lali, a la Rata y a Sebastian antes de coger la cerveza con la mano temblorosa.

—¿Por qué? —Cuando la cerveza baja por mi garganta, recupero parte de la confianza en mí misma—. ¿Qué tiene de malo?

—No es exactamente malo… —dice Sebastian.

—Has estado genial, Bradley —asegura la Rata.

Le dirijo a Sebastian una mirada acusadora.

—No tenía ni idea de que sabías cantar —señala él, de nuevo a la defensiva—. Me has sorprendido, eso es todo.

—Bueno, Carrie siempre ha sabido cantar —dice Lali con un tono venenoso—. Cantaba en el coro del colegio en tercero.

—Será mejor que nos vayamos —dice la Rata.

—Se acabó la fiesta. —Sebastian se inclina hacia delante y me da un breve beso en los labios.

—¿Vosotros también os vais? —pregunto.

Lali y Sebastian intercambian otra misteriosa mirada y luego Lali aparta la vista.

—Dentro de un minuto.

—Vamos, Bradley. A tu padre no le hacen falta más disgustos —dice la Rata, dándome mi estola.

—Claro. —Me enrollo la estola en el cuello—. Bueno… —empiezo a decir con torpeza.

—Bueno… —repite Sebastian—. Nos vemos mañana, ¿vale?

—Sí. —Me doy la vuelta para seguir a la Rata.

Pero en el aparcamiento, de repente me abruman los remordimientos.

—No debería haber hecho eso.

—¿Hacer el qué?

—Subirme al escenario. Puede que a Sebastian no le hiciera gracia.

—Ese es su problema. A mí me ha parecido muy divertido —asegura la Rata con tono firme.

Nos subimos al coche y arranca el motor. Hemos empezado a retroceder cuando aplasto la mano contra el salpicadero.

—Para el coche.

—¿Qué? —pregunta ella al tiempo que pisa el freno.

Salgo del vehículo a toda prisa.

—Pasa algo malo. Debo disculparme. Sebastian está cabreado. No puedo irme a casa con esta sensación.

—¡Carrie, no lo hagas! —grita la Rata, pero ya es demasiado tarde.

Me detengo pasada la puerta para examinar el club. Mis ojos barren el bar y, de pronto, me siento confundida. No están aquí. ¿Cómo es posible que hayan salido antes que nosotras? Avanzo unos cuantos pasos y me doy cuenta de que estoy equivocada. Están aquí. Siguen en el bar. Pero al principio no los he reconocido porque sus rostros están pegados el uno al otro y sus cuerpos están entrelazados. Se están enrollando como si fueran las dos últimas personas en la Tierra.

No puede ser. Debo de estar viendo alucinaciones. He bebido demasiado.

—Hey —les llamo. Mis ojos no me engañan: se están enrollando. Pero mi mente todavía no ha asimilado que es una escena real—. Hey… —repito—. ¡Hey!

Sus ojos giran hacia mí y después, de mala gana, separan sus bocas. Por un momento, todo se paraliza; es como si estuviésemos dentro de una de esas bolas de cristal con nieve. Entonces noto que asiento con la cabeza. Sí, dice una voz en mi cerebro. Sabías que esto iba a pasar. Sabías que era inevitable.

Me oigo decir:

—¿Creíais que no lo descubriría? —Empiezo a darme la vuelta y, por el rabillo del ojo, veo que Lali se baja de un salto del taburete y que sus labios articulan mi nombre. Sebastian estira el brazo y le sujeta la muñeca.

Atravieso la sala y salgo por la puerta. No miro hacia atrás.

El Gremlin está parado junto a la entrada. Me subo al coche y cierro la puerta con fuerza.

—Vámonos.

A mitad de camino, le pido a la Rata que pare el coche una vez más. Ella aparca a un lado de la carretera. Salgo del coche y vomito varias veces.

Las luces de la planta baja están encendidas cuando por fin llegamos a mi casa. Camino con decisión por el sendero de entrada, entro en la casa y me detengo junto a la puerta de la sala de estar. Mi padre está sentado en el sofá, leyendo una revista. Levanta la mirada, cierra la revista y la deja con cuidado sobre la mesita de café.

—Me alegro de que ya estés en casa —me dice.

—Yo también. —Le agradezco que no me regañe por no haber llamado a las nueve.

—¿Qué tal la representación?

—Bien. —Imagino un castillo de cartas; en cada carta está impresa la pregunta: «¿Y si…?». Las cartas empiezan a tambalearse, se vienen abajo y se convierten en un montón de cenizas.

¿Y si Dorrit no hubiera huido? ¿Y si hubiera podido salir con Sebastian anoche? ¿Y si no me hubiera subido al escenario a hacer el tonto?

¿Y si Sebastian hubiera conseguido lo que quería? ¿Y si me hubiera acostado con él?

—Buenas noches, papá.

—Buenas noches, Carrie.

## 27
### *La chica que…*

U n ataúd. Aunque en realidad no es un ataúd. Se parece más a un bote de remos. Y se aleja. Tengo que subirme a él, pero la gente me impide el paso. No puedo rodear a la gente, y entre ella se encuentra Mary Gordon Howard. Agarra la manga de mi abrigo y tira de mí hacia atrás. Se burla de mí.

—Nunca lo superarás. Quedarás marcada para toda la vida. Ningún hombre te querrá jamás…

No. Noooooooooo.


Despierto. Me siento como una mierda. Recuerdo que algo malo pasó anoche.

Recuerdo lo que es.

Me niego a creerlo.

Pero sé que es verdad.

Me pregunto qué hacer. ¿Me vuelvo loca y llamo a Lali y a Sebastian para gritarles? ¿O derramo un cubo de sangre de cerdo sobre ellos, como en la película *Carrie*? (Aunque lo cierto es que no sé dónde conseguir la sangre y, además, es demasiado asqueroso). También puedo fingir una enfermedad seria, un intento de suicidio (entonces sí que se sentirían arrepentidos, pero ¿para qué darles esa satisfacción?) o que no ha ocurrido nada en absoluto. Puedo actuar como si Sebastian y yo aún siguiéramos juntos y lo de Lali no fuera más que una extraña mancha en un romance largo y feliz.

Pasan cinco minutos. Tengo extrañas ideas. Como que en la vida solo hay cuatro tipos de chicas:

La chica que juega con fuego.

La chica que abre la caja de Pandora.

La chica que le entrega a Adán la manzana.

Y la chica a quien su mejor amiga le roba el novio.

No. Es imposible que ella le guste más que yo. No puede ser. Aunque, por supuesto, es evidente que sí es posible.

¿Por qué? Aplasto los puños sobre la cama, intento rasgar el tejido (la parte de arriba de un pijama de franela que no recuerdo haberme puesto) y grito contra la almohada. Caigo sobre la cama conmocionada. Contemplo el techo mientras reflexiono sobre una terrible idea:

¿Y si nadie quiere mantener relaciones sexuales conmigo? ¿Y si permanezco virgen durante el resto de mi vida?

Salgo de la cama con dificultad, corro escaleras abajo y cojo el teléfono.

—No tienes muy buen aspecto —dice Dorrit.

—Hablaré contigo más tarde —replico con un gruñido.

Cojo el teléfono y me escabullo hasta mi habitación como una ardilla. Cierro la puerta con cuidado. Con dedos temblorosos, marco el número de Lali.

—¿Está Lali?

—¿Carrie? —pregunta.

Parece algo temerosa, pero no tan asustada como yo esperaba. Eso es una mala señal.

—Por favor, dime que lo de anoche no ocurrió.

—Hummm… Bueno. Sí ocurrió.

—¿Por qué?

—¿Cómo que por qué?

—¿Cómo has podido hacer algo así?

Grito de agonía.

Silencio.

Luego:

—No quería decírtelo… —Se queda callada mientras me hundo en arenas movedizas emocionales. La muerte parece inevitable—, pero estoy saliendo con Sebastian. —Así de sencillo. Así de natural. Así de indiscutible.

Esto no puede estar ocurriendo.

—Llevamos viéndonos un tiempo —añade.

Lo sabía. Sabía que había algo entre ellos, pero no podía creerlo. Sigo sin poder creerlo.

—¿Cuánto tiempo? —exijo saber.

—¿De verdad quieres saberlo?

—Sí —susurro.

—Llevamos juntos desde antes de que se marchara de vacaciones.

—¿¿¿Qué???

—Me necesita.

—¡A mí también me dijo que me necesitaba!

—Supongo que ha cambiado de opinión.

—O puede que tú le hayas hecho cambiar de opinión.

—Piensa lo que quieras —replica grosera—. Él me quiere.

—No, no es cierto —señalo con desprecio—. Lo que pasa es que tú lo quieres a él más que a mí.

—¿Qué significa eso?

—¿No lo pillas? Ya no somos amigas. Jamás volveremos a ser amigas. Ni siquiera sé por qué te dirijo la palabra.

Se produce un largo y horrible silencio.

Al final:

—Lo quiero, Carrie.

Chasquido, seguido del pitido de la señal.

Me siento en la cama atónita.

No puedo ir a la asamblea. En lugar de eso, me escabullo hasta el granero. Puede que me pase todo el día aquí. Me fumo tres cigarrillos seguidos. Hace un frío de la hostia. Decido que voy a soltar tacos a la menor oportunidad.

¿Cómo puede haberme ocurrido esto? ¿Qué tiene ella que no tenga yo? Bueno, eso ya lo había resuelto. Al parecer, soy inadecuada. O me lo merezco. Se lo quité a Donna LaDonna y ahora Lali me lo ha quitado a mí. Es el karma: recibes lo que das. Al final, otra chica se lo quitará a Lali.

¿Cómo he sido tan estúpida? Siempre he sabido que jamás se quedaría conmigo. No soy lo bastante interesante. Ni lo bastante sexy. Ni lo bastante guapa. Ni lo bastante inteligente.

¿O quizá soy demasiado inteligente para él?

Me cubro la cabeza con las manos. Algunas veces me comportaba como una imbécil cuando estaba con él. Decía cosas como:

«¡Anda! ¿Era eso?», cuando sabía perfectamente de qué estaba hablando. Eso me hacía sentir que ni siquiera sabía quién era yo misma, o quién se suponía que era. Reía como una estúpida por cosas que no tenían gracia. Era muy consciente de mi boca, o de cómo movía las manos. Empecé a hundirme en un agujero negro de inseguridades que se había apoderado de mi conciencia como un pariente indeseado que se niega a marcharse de tu casa aunque no deja de criticarla.

Debería sentirme aliviada. Parece que hubiera estado en la guerra.

—¿Carrie? —pregunta Maggie con cautela. Levanto la mirada y ahí está, con sus mejillas sonrosadas y el pelo recogido en dos largas trenzas. Se ha colocado las manos enfundadas en unas manoplas al lado de la boca—. ¿Te encuentras bien?

—No. —Mi voz es un leve susurro.

—La Rata me ha contado lo que pasó —murmura.

Asiento. Pronto lo sabrá todo el mundo. Hablarán de mí y se burlarán a mis espaldas. Me convertiré en el hazmerreír de todos. La chica que no ha sabido retener a su novio. La chica que no es lo bastante buena. La chica que ha sido traicionada por su mejor amiga. La chica que se deja pisotear. La chica sin importancia.

—¿Qué piensas hacer? —pregunta Maggie indignada.

—¿Qué puedo hacer? Ella dice que Sebastian le dijo que la necesitaba.

—Miente —asegura Maggie—. No es más que una mentirosa. Siempre anda fanfarroneando sobre sus cosas. Siempre tiene que ser el centro de atención. Te ha robado a Sebastian porque está celosa.

—Quizá él la prefiera a ella —digo con la voz agotada.

—No puede ser. Y si es así, es que es un estúpido. Los dos son personas despreciables, y se merecen el uno al otro. Que se vayan a la mierda. No es lo bastante bueno para ti.

Sí que lo es. Es todo lo que siempre he deseado. Nuestro destino era estar juntos. Jamás querré a otro chico como lo he querido a él.

—Tienes que hacer algo —dice Maggie—. Tienes que vengarte de ella. Vuélale la camioneta.

—Ay, Mags... —Levanto la cabeza—. Estoy demasiado cansada.


Me escondo en la biblioteca durante la clase de cálculo. Leo furiosa los signos del horóscopo. Lali es leo. Sebastian (Se-bastardo) es escorpio, figúrate. Al parecer, mantendrán relaciones sexuales explosivas.

Intento decidir qué es lo que más odio de esta situación. ¿La sensación de culpabilidad y la humillación? ¿La pérdida de mi novio y de mi mejor amiga? ¿O la traición? Deben de haberlo planeado durante semanas. Deben de haber hablado de mí, de cómo librarse de mí. Seguro que han planificado citas a escondidas. Se habrán comido la cabeza buscando una manera de decírmelo. Pero no me lo han dicho. No han tenido la decencia de hacerlo. Sencillamente, lo han hecho delante de mis narices. Como si la única forma de encarar la situación fuera que yo los pillara con las manos en la masa. No han pensado en cómo me sentiría. Yo no soy más que un obstáculo en sus planes, porque no les importo una mierda. No soy nadie para ellos.

Todos estos años de amistad... ¿han sido una mentira?

Recuerdo que cuando estábamos en sexto curso, Lali celebró su fiesta de cumpleaños y no me invitó. Llegué al colegio un buen día y

Lali no me hablaba, y tampoco los demás. O eso me parecía. Maggie y la Rata todavía me hablaban, pero Lali no, ni tampoco las chicas con las que salíamos, entre las que estaba Jen P. Yo no sabía qué hacer. Mi madre me dijo que debería llamar a Lali, y, cuando lo hice, la madre de Lali dijo que ella no estaba en casa, a pesar de que podía oírla hablando con Jen P. y riéndose en el patio.

—¿Por qué me hacen esto? —le pregunté a mi madre.

—No sé qué decirte —respondió ella impotente—. Es una de esas cosas que hacen las chicas.

—Pero ¿por qué?

Ella negó con la cabeza.

—Son celos.

Pero yo no creía que fueran celos. Me parecía que era algo más instintivo, como formar parte de una manada de animales salvajes que conducen a uno de sus miembros hacia la jungla para que muera.

Era espeluznante comprobar que una chica no puede vivir sin amigos.

—Tú no les hagas ni caso —me aconsejó mi madre—. Actúa como si todo fuera normal. Lali volverá. Ya lo verás.

Mi madre tenía razón. Pasé por alto el asunto y el cumpleaños de Lali llegó y pasó. Como era de esperar, cuatro días después, Lali y yo éramos amigas de nuevo.

Semanas después, sin embargo, cuando Lali mencionó su fiesta de cumpleaños (había invitado a seis chicas a un parque de atracciones), me puse como un tomate al recordar con vergüenza que me había dado de lado. Cuando al final le pregunté a Lali por qué no me había invitado, ella me miró con sorpresa.

—Pero tú viniste, ¿no?

Yo negué con la cabeza.

—Ah… —dijo ella—. Entonces sería porque te estabas portando como una idiota o algo así.

—Esa Lali es una zopenca —dijo mi madre. «Zopenco» era un insulto que reservaba para aquellos a los que incluía entre los seres humanos de más baja estofa.

Lo dejé pasar. Supuse que así era la forma de ser de las chicas. Pero esto… esta traición… ¿así es la forma de ser de las chicas?

—Hola —dice la Rata, que me encuentra entre las estanterías—. Él no estaba en clase de cálculo. Y ella tampoco estaba en la asamblea. Deben de sentirse muy culpables.

—O quizá estén en algún hotel. Follando.

—No puedes dejar que te atormenten, Bradley. No puedes dejarles que ganen. Tienes que actuar como si no te importara.

—Pero sí me importa.

—Lo sé. Pero a veces hay que actuar de forma contraria a como la gente espera. Ellos quieren que te vuelvas loca. Quieren que los odies. Cuanto más los odies, más fuertes se harán.

—Solo quiero saber por qué.


—Menudos cobardes… —dice Walt, que coloca su bandeja junto a la mía—. Ni siquiera han tenido el valor de venir a clase.

Miro fijamente mi plato. El pollo frito parece de repente un insecto enorme, y el puré de patatas, un mejunje nacarado. Aparto el plato a un lado.

—¿Por qué lo ha hecho? Me gustaría conocer el punto de vista masculino de este asunto.

—Ella es diferente. Y más fácil. Al principio siempre resulta fácil. —Walt hace una pausa—. Tal vez no tenga nada que ver contigo.

Entonces, ¿por qué me parece que tiene mucho que ver conmigo?

Asisto al resto de las clases. Estoy allí físicamente, pero mi mente no deja de reproducir una y otra vez la misma imagen: la expresión atónita de Lali cuando la pillé besando a Sebastian y el gesto de desagrado de Sebastian cuando vio que yo regresaba.

Quizá quisiera estar con las dos a la vez.

—Es una zorra —dice Maggie.

—Creí que te caía bien —señalo con astucia. Necesito saber quién está de mi lado y quién no.

—Me caía bien —replica Maggie. Gira el volante del Cadillac a destiempo y toma la curva pasada, así que terminamos en el carril contrario de la carretera—. Hasta esto.

—Así que si no lo hubiera hecho seguiría cayéndote bien.

—No lo sé. Supongo que sí. Aunque nunca la he considerado una amiga íntima, de todas formas. Es bastante arrogante y egocéntrica. Como si todo lo que hiciera fuera genial.

—Ya… —añado con amargura. Las palabras de Lali («Él me necesita») resuenan una y otra vez en mi cabeza. Abro la guantera y cojo un cigarrillo. Me tiembla la mano—. ¿Sabes lo que me resulta aterrador?, que si no hubiera hecho esto, lo más probable es que siguiéramos siendo amigas.

—¿Y?

—Que resulta extraño, ¿sabes? Ser amiga de alguien durante tanto tiempo y que se acabe así, de pronto. Antes no eran malas personas. O al menos no te lo parecían. Así que te preguntas si la maldad siempre estuvo ahí, esperando a salir a la luz, o si ha sido algo ocasional y todavía siguen siendo buenas personas, aunque ya hayas dejado de confiar en ellos.

—Carrie, ha sido Lali quien te ha hecho esto —dice Maggie en tono resolutivo—. Y eso significa que es una mala persona. Nunca te habías dado cuenta antes, pero al final lo habrías descubierto.

Pisa el freno cuando la fachada de ladrillos de la casa de Sebastian aparece ante nuestros ojos. Pasamos al lado muy despacio. La camioneta roja de Lali está aparcada en la entrada, detrás del Corvette amarillo. Me encojo como si me hubieran dado una patada en el estómago.

—Te lo dije —señala Maggie con expresión triunfal—. Ahora, por favor, ¿te importaría actuar con normalidad y admitir que la odias a muerte?

Día dos: me despierto alterada y furiosa, ya que me he pasado la noche soñando que intentaba darle un puñetazo a Sebastian en la cara y no lograba acertar.

Me quedo tumbada en la cama hasta el último minuto. No puedo creer que todavía tenga que enfrentarme a esto. ¿Cuándo acabará?

Lo más seguro es que hoy vayan al instituto.

No puedo saltarme la asamblea y la clase de cálculo dos días seguidos. Llego al instituto. Decido que necesito un cigarrillo antes de enfrentarme a ellos.

Al parecer, Sebastian tiene la misma necesidad. Esta allí, en el granero, sentado junto a la mesa de picnic con Lali. Y con Walt.

—Hola —saluda con aire indiferente.

—Vaya, menos mal… —exclama Walt nervioso—. ¿Tienes un cigarrillo?

—No —contesto con los ojos entornados—. ¿Tú tampoco?

Lali ni siquiera me ha mirado todavía.

—Tomad uno de los míos —dice Sebastian, que me ofrece su paquete. Lo miro con recelo mientras cojo un cigarrillo. Él le quita la tapa al encendedor, ese que tiene un caballo rampante grabado en un costado, y me ofrece fuego.

—Gracias —le digo. Inhalo y expulso de inmediato una nube de humo.

¿Qué están haciendo aquí? Por un instante tengo la vaga esperanza de que quieran pedirme disculpas, de que Sebastian diga que cometió un error, que lo que vi hace un par de noches no era lo que yo pensaba. Pero, en lugar de eso, coloca el brazo sobre la muñeca de Lali y le da la mano. Los ojos de mi ex amiga me miran mientras su boca dibuja una sonrisa incómoda.

Es una prueba. Intentan averiguar hasta dónde pueden presionarme antes de que explote.

Aparto la mirada.

—Bueno… —Sebastian se gira hacia Walt—. Lali me ha dicho que hiciste un gran anuncio la noche de Año Nuevo…

—¡Venga ya, tío! Cierra el pico, anda —dice Walt. Tira el cigarrillo y se marcha.

Yo levanto el brazo y tiro también el mío antes de aplastarlo con la punta del pie.

Walt me está esperando fuera.

—Solo tengo una cosa que decirte —dice—: Venganza.

# 28
## Hermosas fotografías

Ha pasado una semana. Sin embargo, cada vez que veo a Lali, mi corazón se acelera y me abruma una sensación de pánico, como si mi vida corriera peligro. Hago lo posible por evitarla, lo que significa que la vigilo constantemente: examino los pasillos en busca de su pelo de punta, miro por encima del hombro para localizar su camioneta roja, incluso me agacho para observar los zapatos por debajo de las puertas de los compartimentos del baño.

Conozco tan bien a Lali (su forma de andar, la manera en que se lleva las manos a la cara cuando quiere dejar claro su punto de vista, el desafiante incisivo que sobresale más de la cuenta) que podría localizarla entre la multitud a un kilómetro y medio a la redonda.

Aun así, nos hemos encontrado cara a cara sin querer en dos ocasiones. En cada una de ellas he soltado una exclamación ahogada y ambas hemos apartado la vista con rapidez antes de seguir avanzando como silenciosos icebergs.

Observo a Lali cuando ella no mira. No quiero hacerlo, pero no puedo evitarlo.

Sebastian y ella ya no se sientan con nosotros durante el almuerzo.

La mayoría de las veces evitan la cafetería, y en ocasiones, cuando subo la colina para ir al granero antes del descanso, veo el Corvette amarillo de Sebastian saliendo del aparcamiento del instituto, y Lali ocupa el asiento del acompañante. Cuando comen en la cafetería, se sientan con las dos Jen, Donna LaDonna, Cynthia Viande y Tommy Brewster. Tal vez sea ese lugar donde Sebastian debió sentarse siempre, pero no podía hacerlo conmigo. Quizá por eso haya elegido a Lali.

Jen P. se comporta de una forma muy extraña últimamente. El otro día incluso llegó a sentarse con nosotros durante el almuerzo, y no dejó de reírse y actuar como si fuéramos buenas amigas.

—¿Qué ha pasado entre Sebastian y tú? —preguntó con tono preocupado—. Creí que estabais bien juntos.

La falsedad… la hipocresía… es espectacular.

Luego les preguntó a Maggie y a Peter si querían formar parte del comité de baile de graduación.

—Claro —dijo Peter, que miró a Maggie en busca de aprobación.

—¿Por qué no? —respondió Maggie. La chica que odia las fiestas, la que ni siquiera sale del coche cuando vamos a una.

Algunas veces me pregunto si estoy empezando a odiar a todo el mundo. Las únicas dos personas a las que puedo soportar son la Rata y Walt.

Walt y yo nos mofamos de todo el mundo. Pasamos todo nuestro tiempo libre en el granero. Nos reímos de lo imbécil que es Tommy Brewster, de la marca de nacimiento que Jen P. tiene en el cuello, y de lo estúpidos que son Maggie y Peter por estar en el comité de baile. Juramos que no iremos al baile porque no es digno de nosotros, y luego decidimos que podemos ir, pero solo si vamos juntos y vestidos de punks.

El miércoles por la tarde, Peter se queda parado justo al lado de mi taquilla.

—Hola —dice a modo de saludo. Su tono de voz me hace sospechar que piensa fingir que no sabe lo que ha ocurrido entre Sebastian y yo—. ¿Vienes a la reunión del periódico?

—¿Por qué? —pregunto; intuyo que Maggie le ha pedido que haga esto.

—He pensado que tal vez te apetecería. —Se encoge de hombros—. De todas formas, a mí me da igual.

Se aleja mientras miro fijamente mi taquilla. La cierro de un portazo y corro tras él. ¿Por qué voy a permitir que salve la situación con tanta facilidad?

—¿Qué te parece lo de Sebastian y Lali? —le pregunto.

—Creo que esto es el instituto.

—¿Y eso qué significa?

—Significa que no tiene importancia. Es el instituto: un desagradable aunque relativamente corto período de tu vida. Dentro de cinco meses ninguno de nosotros seguirá aquí. Dentro de cinco meses a nadie le importará.

«Nadie» es mucho decir. A mí me importará.

Lo sigo escaleras arriba hacia la reunión del periódico. Nadie parece sorprenderse cuando tomo asiento frente al lugar del profesor. La señora Smidgens me saluda con una inclinación de cabeza. Al parecer, ha decidido no cumplir a rajatabla las normas relativas a la asistencia. El curso está a punto de terminar, y no merece la pena molestarse.

La pequeña Gayle entra y se sienta a mi lado.

—Estoy decepcionada —dice.

Mierda. ¿Incluso los novatos se han enterado de lo que ha ocurrido entre Sebastian y yo? Esto es peor de lo que pensaba.

—Dijiste que ibas a escribir la historia de las animadoras. Dijiste que ibas a delatar a Donna LaDonna. Dijiste que…

—Dije un montón de cosas, ¿vale?

—¿Por qué dijiste que lo harías si no tenías intención de…?

Me llevo el dedo índice a los labios para silenciarla.

—No digo que no vaya a hacerlo. Lo único que he dicho es que no he tenido tiempo.

—Pero lo harás, ¿verdad?

—Ya veremos.

—Pero…

De pronto no puedo soportar las protestas de Gayle. Sin pensarlo, hago algo que jamás había hecho con anterioridad pero que siempre había deseado hacer: cojo mis libros, me levanto y me marcho. Así, sin más, sin despedirme de nadie.

Me siento bien.

Bajo las escaleras y salgo al exterior, donde me recibe el viento fresco.

¿Y ahora qué?

La biblioteca pública. Es uno de los pocos lugares que aún no han sido contaminados por la presencia de Lali y Sebastian. A Lali nunca le ha gustado ir a la biblioteca. Y las veces que estuve allí con Sebastian, me sentí feliz.

¿Volveré a ser feliz algún día?

No lo creo.

Pocos minutos después, avanzo con dificultad por la nieve medio derretida del porche delantero. Mucha gente me adelanta al entrar.

La biblioteca parece muy llena hoy. La agradable bibliotecaria, la señora Detooten, se encuentra junto a las escaleras.

—Hola, Carrie —dice—. Hace mucho que no te veía.

—He estado muy ocupada —murmuro.

—¿Has venido al curso de fotografía? Es en la planta de arriba.

¿Curso de fotografía? ¿Por qué no? Siempre me ha interesado la fotografía.

Subo las escaleras para ver de qué va.

La estancia es reducida y hay unas veinte sillas plegables. La mayoría de ellas ya están ocupadas por personas de diferentes edades: este debe de ser uno de esos cursos gratuitos que ofrece la comunidad para animar a la gente a ir a la biblioteca. Me siento en la parte de atrás. Un tipo bastante atractivo de unos treinta años, con el pelo oscuro y un grueso bigote, se sitúa detrás de una mesa. Contempla la sala y sonríe.

—De acuerdo —comienza—. Soy Todd Upsky. Soy un fotógrafo profesional y trabajo aquí, en esta misma ciudad. Trabajo para *The Castlebury Citizen*. Me considero un fotógrafo artístico, pero también hago reportajes de bodas. Así que si conocéis a alguien que vaya a casarse, no dudéis en enviármelo.

Sonríe, como si hubiera hecho ese chiste muchas veces, y el público murmura con aprobación.

—Este es un curso de doce semanas —continúa—. Nos reuniremos una vez por semana. En cada una de estas reuniones, haréis una fotografía, la revelaréis y discutiremos sobre lo que funciona y lo que no…

De repente deja de hablar y contempla con agradable sorpresa la parte posterior de la sala.

Giro la cabeza. Ay, no. No puede ser. Es Donna LaDonna, que lleva uno de esos plumones largos y unas orejeras de piel de conejo.

¿Qué demonios está haciendo aquí?

—Siento llegar tarde —dice casi sin aliento.

—No pasa nada —replica Todd Upsky. Su sonrisa es descomunal—. Siéntate en cualquier parte. Allí —dice señalando la silla vacía que hay a mi lado.

Mierda.

No respiro ni una sola vez durante los minutos que Donna La-Donna invierte en quitarse el abrigo, deshacerse de las orejeras, arreglarse bien el pelo y sacar la funda de una cámara que está debajo de la silla.

Esto no puede estar pasando.

—Muy bien —dice Todd Upsky al mismo tiempo que da una palmada para captar la atención de todo el mundo—. ¿Quién tiene una cámara? —Varias personas alzan la mano, entre ellas, Donna—. ¿Y quién no la tiene?

Levanto la mano, preguntándome cuándo podré escaparme.

—Estupendo —comenta Upsky—. Trabajaremos en equipo. La gente que tenga cámara se emparejará con aquellos que no la tengan. Usted, señorita. —Señala a Donna con la cabeza—. ¿Por qué no forma equipo con la niña que tiene al lado?

¿Niña?

—Los equipos saldrán afuera y tomarán fotos de la naturaleza: un árbol, una raíz, cualquier cosa que les parezca interesante o peculiar. Tienen quince minutos —añade.

Donna se vuelve hacia mí, separa los labios y sonríe.

Es como mirar la boca de un caimán.

—Que conste que estoy disfrutando de esta situación tanto como tú —le digo.

Donna coge la cámara.

—¿Por qué asistes a este curso?

—¿Por qué asistes tú? —replico. Además, no estoy segura de si seguiré asistiendo. Especialmente ahora que sé que Donna piensa venir.

—Por si no te has dado cuenta, voy a ser modelo.

—Creí que las modelos se situaban frente a la cámara. —Cojo una ramita y la lanzo tan lejos como puedo. Gira en el aire y cae a medio metro de distancia.

—Las mejores modelos conocen a fondo la fotografía. Sé que te crees especial, pero no eres la única que se marchará de Castlebury. Mi prima piensa que yo debería ser modelo. Vive en Nueva York. Le envié algunas fotografías, y ella va a mandárselas a Eileen Ford.

—Sí, claro… —comento con sarcasmo—. Y yo espero que todos tus sueños se hagan realidad. Espero que te conviertas en modelo y que tu rostro aparezca en la portada de todas las revistas del país.

—Bueno, esa es mi idea.

—No me cabe duda —digo con un tono cargado de cinismo.

Donna saca una foto a un pequeño arbusto con las ramas desnudas.

—¿Qué se supone que significa eso?

—Nada. —Extiendo la mano para coger la cámara. He visto un tocón que me resulta interesante. Parece el resumen de mi vida en estos momentos: insulsa, truncada a la altura de las rodillas y algo podrida.

—Escucha, señorita Remilgada —dice con desprecio—, si lo que intentas decir es que no soy lo bastante bonita...

—¿Qué? —pregunto con sorna, asombrada de que Donna La-Donna tenga alguna duda sobre su aspecto. Parece que tiene una debilidad, después de todo.

—Déjame recordarte que he tenido que aguantar todo tipo de gilipolleces de imbéciles como tú durante toda mi vida.

—¿En serio? —Aprieto el botón del obturador y le devuelvo la cámara. ¿Ella ha tenido que aguantar gilipolleces? ¿Y qué pasa con las gilipolleces que suelta ella? ¿Qué pasa con todos los chicos a los que Donna LaDonna les ha arruinado la vida?

—Perdona, pero me atrevería a decir que la mayoría de la gente piensa justo lo contrario. —Cuando estoy nerviosa utilizo frases como «me atrevería a decir». Está claro que leo demasiado.

—Perdona —protesta ella—. Pero tú no sabes de qué coño estás hablando.

—¿Ramona Marquart? —replico.

—¿Quién?

—La chica que quería formar parte del equipo de animadoras. La chica a la que rechazaste por ser demasiado fea.

—¿Ella? —pregunta desconcertada.

—¿Alguna vez te has parado a pensar que le destrozaste la vida? Sonríe con desprecio.

—Supongo que esa es una forma de verlo.

—¿Acaso hay otra?

—Tal vez la salvara de la humillación. ¿Qué crees que habría ocurrido si le hubiera permitido salir al campo? La gente es cruel, por si no lo habías notado. Esa muchacha se habría convertido en el hazmerreír de todos. Todos los chicos se habrían burlado de ella. Los chicos no van a los partidos a ver mujeres feas.

—Me tomas el pelo, ¿verdad? —pregunto, como si no pudiera creer lo que dice. Pero lo creo. Un poco. Este mundo es horrible. Sin embargo, no estoy dispuesta a admitirlo—. ¿Es así como planeas vivir tu vida? ¿Basándote en lo que les gusta a los chicos y lo que no? Es patético.

Ella sonríe, segura de sí misma.

—¿Y qué? Es la verdad. Y si hay alguien patético aquí, esa eres tú. Las chicas que no consiguen a los chicos que quieren siempre piensan que hay algo malo en las que sí los consiguen. Te aseguro que si tú pudieras tener al chico que quisieras no estaríamos manteniendo esta conversación.

—¿Y eso?

—Solo tengo dos palabras que decirte: Sebastian Kydd. —Suelta una carcajada.

Tengo que apretar los dientes para contener el impulso de saltar encima de ella y borrarle esa cara bonita a puñetazos.

Y luego me echo a reír.

—Te dejó plantada, ¿recuerdas? Te dejó para salir conmigo. —Sonrío con malicia—. Y creo recordar que te pasaste casi todo el otoño amargándome la vida porque yo salía con Sebastian y tú no.

—¿Sebastian Kydd? —pregunta con desdén—. ¿Crees que Sebastian Kydd me importa una mierda? Es mono, eso está claro. Y bastante sexy. Pero ya lo tuve. Aparte de eso, Sebastian no sirve para nada. Sebastian Kydd no tiene ninguna relevancia en mi vida.

—En ese caso, ¿por qué te molestaste en…?

Se encoge de hombros.

—Quería amargarte la vida porque eres una gilipollas.

¿Soy una gilipollas?

—Supongo que estamos en paz. Porque yo también creo que eres una gilipollas.

—En realidad, eres más que una gilipollas. Eres una esnob.

¿¿¿Eh???

—Si quieres saber la verdad —añade—, te odio desde el primer día de guardería. Y no soy la única.

—¿Desde la guardería? —pregunto atónita.

—Llevabas unas manoletinas de auténtico cuero rojo. Y te creías muy especial. Te creías mejor que todos los demás. Porque tenías esos zapatos rojos y nadie más los tenía.

Vale. Recuerdo aquellos zapatos. Mi madre los compró para hacerme un regalo especial al empezar la guardería. No me los quitaba nunca... incluso intenté ponérmelos para dormir. Pero, aun así, no eran más que unos zapatos. ¿Quién se habría imaginado que unos zapatos despertarían tantos celos?

—¿Me odiabas por unos zapatos que llevaba cuando tenía cuatro años? —pregunto con incredulidad.

—No era solo por los zapatos —replica ella—. Era toda tu actitud. Tú y tu perfecta familia. Las chicas Bradshaw —dice en tono burlón—. ¿Verdad que son monas? Y tienen muy buenos modales...

Si ella supiera...

De repente me siento muy cansada. ¿Por qué las chicas arrastran ese rencor durante años y años? ¿Los chicos también lo hacen?

Pienso en Lali y me estremezco.

Donna me mira, emite un pequeño grito de victoria y vuelve a entrar.

Y yo me quedo aquí, preguntándome qué hacer. ¿Me voy a casa? ¿Doy el día por finalizado? Si me marcho, Donna LaDonna habrá ganado. Reclamará el curso como su territorio y mi ausencia significará que ha conseguido echarme.

No pienso dejar que gane. Aunque eso requiera estar a su lado una vez a la semana.

¿De verdad mi vida puede empeorar aún más?

Abro la pesada puerta, subo las escaleras y me siento junto a ella.

Y durante los siguientes treinta minutos, mientras Todd Upsky habla sobre el índice de apertura de la lente, los puntos F y la velocidad del obturador, guardamos silencio, fingiendo que la otra no existe.

Lo mismo que hago con Lali.

## 29

## *La Gorgona*

—¿Por qué no escribes sobre ello? —pregunta George.

—No —digo mientras rompo la punta de la rama de un árbol. La observo y froto la madera suave y seca entre los dedos antes de volver a tirarla al suelo.

—¿Por qué no?

—Porque no. —Acelero el paso por el sendero que asciende hasta una empinada colina.

Por detrás de mí oigo la respiración de George, jadeante por el esfuerzo. Me agarro a un árbol joven que hay en mitad del ascenso y lo utilizo para impulsarme hasta la cima—. No quiero ser escritora para escribir sobre mi vida. Quiero ser escritora para escapar de ella.

—Entonces no deberías ser escritora —dice George con un resoplido.

Ahí queda eso.

—Estoy harta de que todo el mundo me diga lo que debería o no debería hacer. Tal vez no quiera ser lo que tú consideras una escritora. ¿Te has parado a pensarlo alguna vez?

—Oye… —replica él—, tranquilízate.

—No pienso tranquilizarme. Y no voy a escucharte, ni a ti ni a nadie. Porque ¿sabes una cosa?, todo el mundo cree que sabe muchísimo sobre cualquier cosa, y nadie sabe una puta mierda sobre nada.

—Lo siento —dice, aunque su boca se frunce en un primoroso gesto de desaprobación—. Solo intentaba ayudarte.

Respiro hondo. Sebastian se habría reído de mí. Su risa me habría cabreado un poco, pero después también le habría encontrado la gracia al asunto. George, sin embargo, se lo toma todo muy en serio.

Y, no obstante, tiene razón. Solo intenta ayudar.

Y Sebastian no está. Me ha dejado tirada, tal y como George dijo que haría.

Debería sentirme agradecida. George al menos ha tenido la decencia de no pronunciar esas horribles palabras: «Te lo dije».

—¿Recuerdas que te dije que te presentaría a mi tía abuela? —me pregunta.

—¿La escritora? —replico, todavía un poco mosqueada.

—La misma. ¿Quieres conocerla?

—Ay, George… —Ahora me siento culpable.

—Lo arreglaré para la semana que viene. Creo que eso te animará un poco.

Me daría de patadas. George es el mejor. Ojalá pudiera enamorarme de él.



Atravesamos Hartford y giramos hacia una calle amplia flanqueada por arces. Las viviendas están alejadas de la carretera (grandes, blancas, casi mansiones) y tienen columnas y diminutas vidrieras decorativas. Esto es West Hartford, donde viven las familias ricas y antiguas, donde (creo yo) la gente tiene jardinero que atiende sus rosas, piscinas y pistas de tenis de tierra batida.

No me sorprende que sea George quien me ha traído aquí. La familia de George es rica, después de todo… Él nunca habla de ello, pero debe de serlo, ya que tiene un piso de ocho dormitorios en la Quinta Avenida, su padre trabaja en Wall Street y su madre pasa los veranos en Southampton, dondequiera que esté eso.

Nos adentramos en un camino de acceso de grava rodeado de setos y aparcamos frente a un garaje con una cúpula en el techo.

—¿Tu tía vive aquí?

—Te dije que tenía éxito. —George sonríe misterioso.

Siento un aguijonazo de pánico. Una cosa es imaginar que alguien tiene dinero y otra muy distinta observar el tamaño de su fortuna. Un sendero de baldosas rodea el costado de la casa hasta un invernadero acristalado lleno de plantas y muebles de jardín de hierro forjado. George llama a la puerta y la abre, dejando escapar una nube de aire cálido y vaporoso.

—¿Bunny? —dice a voz en grito.

¿¿¿Bunny??? ¿Como «Conejita»? Ay, madre…

Una mujer pelirroja de mediana edad ataviada con un uniforme gris atraviesa la estancia.

—Señor George —dice—, me ha sorprendido.

—Hola, Gwyneth. Esta es mi amiga, Carrie Bradshaw. ¿Está Bunny en casa?

—Lo está esperando.

Seguimos a Gwyneth por un largo pasillo, dejamos atrás el comedor y la biblioteca, y nos adentramos en un gigantesco salón.

Hay una chimenea con repisa de mármol en uno de los extremos, y por encima se encuentra el retrato de una mujer joven ataviada con un vestido de seda rosa. Tiene unos ojos grandes, castaños y autoritarios… Yo he visto esos ojos antes, estoy segura. Pero ¿cuándo?

George se acerca a un carrito de bronce y coge una botella de jerez.

—¿Bebes? —pregunta.

—¿Debería? —susurro sin dejar de mirar el cuadro.

—Por supuesto. A Bunny siempre le gusta tomar un poco de jerez. Y se pone furiosa cuando la gente no bebe con ella.

—Entonces esta… ejem… «Bunny»… ¿No es de peluche y blandita?

—Más bien no. —Los ojos de George se abren de par en par a causa de la diversión mientras me ofrece una copa de cristal llena de un líquido ambarino—. Algunas personas la consideran un monstruo.

—¿Quiénes? —pregunta una voz atronadora. De no haber sabido que Bunny es una mujer, habría pensado que esa voz pertenecía a un hombre.

—Hola, viejecilla —dice George mientras atraviesa la estancia para saludarla.

—¿Y a quién tenemos aquí? —pregunta señalándome—. ¿A quién has arrastrado hasta aquí para conocerme esta vez?

George pasa por alto el insulto. Debe de estar acostumbrado a su desagradable sentido del humor.

—Carrie —dice con orgullo—, esta es mi tía Bunny.

Inclino la cabeza para saludarla y extiendo la mano.

—Bu… Bu… Bun… —tartamudeo, incapaz de hablar.

Bunny es Mary Gordon Howard.

Mary Gordon Howard toma asiento en el sofá como si fuera una preciosa pieza de porcelana. Físicamente parece más frágil de lo que recuerdo, pero George ha dicho que tiene ochenta años. No obstante, su persona resulta tan aterradora como hace cuatro años, cuando me atacó en la biblioteca.

Esto no puede estar ocurriendo…

Tiene el pelo blanco y fuerte, apartado de la frente en un voluminoso recogido. Sin embargo, sus ojos parecen débiles; el iris tiene un color castaño acuoso, como si el tiempo hubiera diluido su verdadero color.

—Bueno, querida. —Toma un trago de jerez y se lame maliciosamente el exceso de los labios—. George dice que quieres ser escritora.

Ay, no. Otra vez no. Me tiembla la mano cuando cojo la copa.

—No es que quiera ser escritora. Es que lo es —interviene George, que sonríe de oreja a oreja con orgullo—. He leído algunas de sus historias. Tiene mucho potencial…

—Ya veo… —dice MGH con un suspiro. Sin duda, ha oído eso mismo muchas veces. Se embarca en un discurso que al parecer se sabe de memoria—: Solo hay dos clases de personas que se convierten en grandes escritores: los grandes artistas, aquellos procedentes de las clases superiores que tienen acceso a la mejor educación, o aquellos que han sufrido enormemente. Las clases medias —me mira con desaprobación— a veces consiguen algo parecido al arte, pero sus obras suelen ser pseudointelectuales o sutilmente comerciales, sin ningún valor real. No es más que un pasatiempo de oropel.

Asiento, perpleja. Puedo ver el rostro de mi madre, con las mejillas hundidas hasta la mandíbula y la cabeza tan pequeña como la de un bebé.

—Yo… bueno… en realidad, la conocí hace tiempo. —Mi voz apenas se oye—. En la biblioteca. En Castlebury. ¿Lo recuerda?

—Por Dios, he ofrecido muchas de esas pequeñas conferencias.

—Le pedí que firmara un libro para mi madre, que se estaba muriendo.

—¿Y lo hizo? Morirse, me refiero —pregunta.

—Sí. Murió.

—Ay, Carrie. —George cambia de posición, incómodo—. Qué detalle más bonito. Regalarle un libro firmado por Bunny.

De pronto, Bunny se inclina hacia delante y dice con espeluznante intensidad:

—Ah, sí. Recuerdo haberte visto. Llevabas lazos amarillos.

—Sí.

¿Cómo es posible que me recuerde? ¿Le causé algún impacto, después de todo?

—Y creo que te dije que no te convirtieras en escritora. Es evidente que no seguiste mi consejo. —Bunny se atusa el pelo con aire victorioso—. Nunca olvido una cara.

—Tía, eres un genio —dice George.

Los miro a uno y a otro atónita. Y luego lo entiendo: juegan conmigo a una especie de juego perverso.

—¿Por qué no debería convertirse en escritora? —George se echa a reír. Según parece, encuentra muy gracioso todo lo que dice «la tía Bunny».

Pues, ¿sabéis qué? Que yo también sé jugar.

—Es demasiado bonita —responde la tía Bun-Bun.

—Perdón, ¿cómo dice? —Me ahogo con el jerez, que me sabe a jarabe para la tos.

Ironía de ironías: demasiado bonita para ser escritora, pero no lo suficiente para retener a mi novio.

—No lo bastante bonita para ser una estrella de cine. No posee esa clase de belleza —añade—. Pero sí lo suficiente para creer que puede salir adelante en la vida gracias a su aspecto.

—¿Y para qué iba a utilizar mi aspecto?

—Para conseguir un marido —dice mirando a George.

Ajá. Así que cree que voy detrás de su sobrino…

Todo esto es demasiado extraño; parece salido de una novela de Jane Austen.

—Pues a mí me parece que Carrie es muy bonita —le responde George.

—Y después, por supuesto, querrás tener hijos —dice MGH con un tono cargado de veneno.

—Tía Bun… —dice George, que está sonriendo de oreja a oreja—. ¿Cómo sabes eso?

—Porque todas las mujeres quieren hijos. A menos que sea una gran excepción. Yo misma jamás he deseado tenerlos. —Le ofrece su copa a George para indicarle que quiere que se la rellene—. Si quieres ser una gran escritora, no puedes tener hijos. ¡Tus hijos deben ser tus libros!

Me pregunto si Bunny ha bebido demasiado y los efectos comienzan a mostrarse ahora.

Y, de pronto, no puedo aguantarlo más. Las palabras escapan de mis labios.

—¿Los libros también necesitan que les cambien los pañales? —Mi voz rezuma sarcasmo.

Bunny se queda boquiabierta. Es evidente que no está acostumbrada a que se cuestione su autoridad. Mira a George, que se encoge de hombros como si yo fuera la criatura más deliciosa del mundo.

Y luego Bunny se echa a reír. En realidad, se troncha de risa. Le da unos golpecitos al sofá, a su lado.

—¿Cómo has dicho que te llamas, querida? ¿Carrie Bradshaw? —Mira a George y le guiña un ojo—. Ven, siéntate. George siempre me dice que me estoy convirtiendo en una vieja amargada y que me vendría bien algo de diversión.


*La vida de una escritora*, por Mary Gordon Howard. Abro la cubierta y leo la dedicatoria:


«Para Carrie Bradshaw. No olvides cambiar los pañales a tus bebés.»


Paso la página.

«Capítulo primero: La importancia de llevar un diario».

Uf… Lo dejo sobre la mesa y cojo un grueso cuaderno con la cubierta de cuero negro, un regalo de George.

—¡Te dije que te adoraría! —exclamó en el coche de camino a casa.

Y estaba tan emocionado por el éxito de la visita que insistió en detenerse en una papelería para regalarme mi propio diario.

Contemplo el libro de Bunny por encima del diario y lo ojeo un poco. Aterrizo en el «Capítulo cuarto: Creación de personajes».

El público pregunta a menudo si los personajes están basados en «personas reales». De hecho, el impulso del aficionado es escribir sobre aquellos «a quienes conoce». El profesional, sin embargo, comprende que esa tarea resulta imposible. El «creador» del personaje debe saber más del personaje de lo que uno llegaría a saber jamás de una «persona real». El autor debe tener un conocimiento absoluto: qué llevaba el personaje puesto la mañana de Navidad cuando tenía cinco años, qué regalo recibió, quién se lo dio y cómo se lo dio. Un «personaje», por tanto, es una «persona real» que existe en otro plano, en un universo paralelo basado en la percepción de la realidad del autor.

Por lo que respecta a las personas… no escribas sobre alguien a quien conozcas, sino sobre lo que sabes de la naturaleza humana.

# 30
## *Las cosas pasan*

He escrito un relato corto sobre Mary Gordon Howard. Su doncella le puso veneno en el jerez y murió tras un interminable instante de agonía. Tiene seis páginas, y es una mierda. Lo he guardado en el cajón.

Hablo mucho por teléfono con George. Llevo a Dorrit al psiquiatra que George le buscó en West Hartford.

Me da la impresión de que estoy estancada.

Dorrit está de mal humor, pero no ha vuelto a meterse en problemas.

—Papá dice que vas a ir a Brown —dice una tarde, cuando la llevo a casa después de su cita.

—Todavía no he aceptado.

—Espero que lo hagas —dice—. Papá siempre ha querido que una de sus hijas fuera a Brown, su alma máter. Si tú vas, yo ya no tendré que preocuparme por ello.

—¿Y si no quiero ir a Brown?

—Entonces es que eres tonta —replica Dorrit.

—¡Carrie! —grita Missy, que sale corriendo de casa—. ¡Carrie! —Sacude un sobre muy grueso—. Es de Brown.

—¿Ves? —dice Dorrit. Incluso ella está emocionada.

Abro el sobre. Está lleno de programas, mapas y folletos con títulos como «La vida del estudiante». Me tiemblan las manos cuando abro la carta: «Querida señorita Bradshaw —dice—. Felicidades por…».

Ay, Dios.

—¡Voy a ir a Brown! —Empiezo a dar saltos de alegría y a correr alrededor del coche. Luego me detengo. Solo está a cuarenta y cinco minutos de aquí. Mi vida será exactamente igual, con la excepción de que estudiaré en la universidad.

Pero iré a Brown. Y eso está muy bien. Es genial.

—Brown… —dice Missy con voz aguda—. Papá se pondrá contentísimo.

—Lo sé —replico, medio flotando.

Tal vez cambie mi suerte. Tal vez mi vida siga por fin la dirección correcta.

—Bueno, papá —digo más tarde, después de que mi padre me abrace, me dé unas palmaditas en la espalda y diga cosas como: «Siempre he sabido que lo conseguirías si te aplicabas lo suficiente»—, puesto que voy a ir a Brown… —titubeo, ya que quiero decirle esto de la mejor manera posible—, me preguntaba si podría pasar el verano en Nueva York.

La pregunta lo pilla desprevenido, pero está demasiado contento con lo de Brown para ponerse a analizarla.

—¿Con George? —pregunta.

—No necesariamente —me apresuro a contestar—. Hay un curso para escritores en el que he intentado entrar…

—¿Para escritores? —dice—. Pero ahora que vas a ir a Brown, querrás ser científica, ¿no?

—Papá, no estoy segura de…

—No importa —dice con un gesto de la mano, como si descartara el asunto—. Lo importante es que irás a Brown. No tienes por qué decidir tu vida en este mismo momento.


Y llega de nuevo el día en que comienzan los entrenamientos de natación.

Se acabó el respiro. Tendré que ver a Lali.

Han pasado seis semanas y sigue saliendo con Sebastian.

No tengo por qué ir. De hecho, no tengo por qué hacer nada más. Me han aceptado en la universidad. Mi padre ya ha enviado un cheque. Puedo saltarme las clases, dejar el equipo de natación, ir borracha a clase… cualquier cosa. Y nadie puede hacerme nada. Ya estoy dentro.

Así que quizá sea la más pura perversidad lo que me impulsa a seguir el pasillo hasta la sala de taquillas.

Está allí. De pie frente a las taquillas donde nos cambiábamos siempre. Como si reclamara nuestro espacio para ella sola, de la misma forma que ha reclamado a Sebastian. Me hierve la sangre. Ella es la mala aquí, la que ha hecho las cosas mal. Es ella quien debería tener la decencia de trasladarse a una zona diferente de la sala de taquillas.

De repente siento como si tuviera la cabeza cubierta de cemento.

Dejo caer la bolsa del gimnasio al lado de la suya. Lali se pone rígida; percibe mi presencia igual que yo percibo la suya, incluso cuando se encuentra al otro extremo del pasillo. Abro la puerta de mi taquilla. Golpea la suya y casi le aplasta un dedo.

Aparta la mano en el último momento. Me fulmina con la mirada, primero sorprendida y luego furiosa.

Me encojo de hombros.

Nos quitamos la ropa. Pero ahora no me esfuerzo por ocultar mi desnudez como solía hacer. De todas formas, no me está mirando. Se retuerce para ponerse el bañador y se coloca los tirantes sobre los hombros con un chasquido.

Se habrá ido dentro de un momento.

—¿Qué tal Sebastian? —pregunto.

Esta vez, cuando me mira, veo todo lo que necesito saber.

Jamás se disculpará. Jamás admitirá que ha hecho algo malo. Jamás reconocerá que me ha hecho daño. Jamás dirá que me echa de menos o que se siente mal. Seguirá adelante como si no hubiese ocurrido nada, como si fuéramos amigas, aunque en realidad nunca lo fuimos.

—Bien. —Se aleja mientras se coloca las gafas.

Bien. Vuelvo a ponerme la ropa. No necesito estar cerca de ella. Que se quede con el equipo de natación. Que se quede con Sebastian también. Si lo necesita hasta el punto de romper una amistad, lo siento por ella.

De camino a la salida, oigo un grito procedente del gimnasio. Me asomo por el ventanuco de cristal de la puerta de madera. El equipo de animadoras está en plena sesión de prácticas.

Camino sobre el suelo pulido hasta las gradas, me siento en la cuarta fila y me apoyo en las manos para inclinarme hacia atrás. Me pregunto por qué hago esto.

Las componentes del equipo visten mallas o camisetas con leggins, y llevan el pelo recogido en una cola de caballo. Calzan esos anticuados zapatos blancos y negros. El ritmo apagado de la canción «Bad, Bad, Leroy Brown» emerge del radiocasete situado en un rincón mientras las chicas colocadas en fila agitan sus pompones, dan un paso adelante y otro atrás, giran a la derecha, colocan una mano en el hombro de la compañera que tienen delante y, una por una, con diferentes grados de elegancia y habilidad, separan sus piernas para hacer el espagat.

La canción termina y se ponen en pie agitando los pompones por encima de la cabeza y gritando: «¡Ánimo, equipo!».

¿Sinceramente? Apesta.

El grupo se separa. Donna LaDonna utiliza la cinta del pelo que llevaba en la frente para secarse la cara. Ella y otra de las animadoras, una chica llamada Naomi, se dirigen a las gradas y, haciendo caso omiso de mi presencia, se sientan dos filas por delante de mí.

Donna se alborota el pelo.

—Becky tiene que hacer algo con su olor corporal —dice, refiriéndose a una de las animadoras más jóvenes.

—Podríamos regalarle una caja de desodorante —dice Naomi.

—El desodorante no sirve para nada. No con esa clase de olor. Creo que le vendría mejor algo relacionado con la higiene femenina.
—Donna sonríe con sorna y Naomi se ríe por lo bajo tras ese último comentario. Luego, Donna sube el tono de voz y cambia súbitamente de tema—. ¿Te puedes creer que Sebastian Kydd sigue saliendo con Lali Kandesie?

—He oído que le gustan las vírgenes —dice Naomi—. Hasta que dejan de serlo. Entonces las deja tiradas.

—Es como si proporcionara una especie de servicio. —Donna LaDonna sube el tono de voz todavía más, como si no pudiera contener la risa—. Me pregunto quién será la siguiente. Es muy probable que no sea una chica bonita… todas las chicas bonitas han mantenido relaciones sexuales. Seguro que es una fea. Como esa tal Ramona. ¿Recuerdas a la chica que intentó entrar en el equipo de animadoras tres años seguidos? Algunas personas nunca captan la indirecta. Es una pena.

Se vuelve de pronto y exclama con fingida sorpresa:

—¡Carrie Bradshaw! —Abre los ojos de par en par y tensa los labios en una exuberante sonrisa—. Justo estábamos hablando de ti. Dime una cosa, ¿cómo es Sebastian? Me refiero a cómo es en la cama, por supuesto. ¿Folla tan bien como dice Lali?

Me esperaba esto. Llevo esperándolo desde el principio.

—Dios mío, Donna —replico con tono inocente—. ¿No lo sabes? ¿No lo hiciste con él una hora después de conocerlo? ¿O fue quince minutos después?

—En serio, Carrie —dice con los ojos entornados—, creí que me conocías mejor. Sebastian es demasiado inexperto para mí. Yo no me acuesto con niños.

Me inclino hacia delante y la miro a los ojos.

—Siempre me he preguntado cómo sería ser tú. —Contemplo el gimnasio y dejo escapar un suspiro—. Debe de resultar… agotador.

Cojo mis cosas y me bajo de las gradas de un salto. Mientras camino hacia la puerta, oigo gritar a Donna:

—¡Ya te gustaría, Carrie Bradshaw! ¡Nunca serás tan afortunada!

Ni tú. Estás muerta.

¿Por qué sigo haciendo esto? ¿Por qué me expongo a estas situaciones horribles en las que sé que no puedo ganar? Parece que no puedo evitarlo. Es como cuando te quemas una vez, luego te acostumbras a la sensación y quieres quemarte una y otra vez. Solo para demostrarte que sigues con vida. Para recordarte que aún puedes sentir algo.

El psiquiatra de Dorrit dice que es mejor sentir algo que no sentir. Y Dorrit había dejado de sentir. Al principio le daba miedo el dolor, y luego, no sentir nada. Por eso entró en acción.

Todo muy bonito y bien ordenado. Adorna tus problemas con un gran lazo y quizá puedas fingir que son un regalo.

Fuera, junto a la puerta que conduce a la piscina, veo a Sebastian Kydd, que está aparcando su coche.

Echo a correr. No para alejarme de él, que sería lo razonable, sino hacia él.

Sebastian no tiene ni idea de lo que se le viene encima, ya que se está mirando la barba incipiente en el espejo retrovisor.

Cojo el más pesado de mis libros (el de cálculo) y lo lanzo contra su coche. El libro roza apenas el maletero, se desgarra y aterriza boca abajo en el suelo, con las páginas abiertas como las piernas de una animadora. El ruido que hace es lo bastante fuerte para sacar a Sebastian de su egocéntrica contemplación. Vuelve la cabeza de inmediato, preguntándose qué ha pasado, si es que ha pasado algo. Me acerco aún más y lanzo otro libro hacia su coche. Se trata de un ejemplar en rústica de *Fiesta*, de Hemingway, y golpea la ventanilla delantera. Al instante siguiente, Sebastian sale del coche, preparado para la batalla.

—¿Qué estás haciendo?

—¿Qué crees que estoy haciendo? —grito mientras intento tirarle el libro de biología a la cabeza. Casi se me resbala la cubierta de papel satinado, así que levanto el libro por encima de mi cabeza y arremeto contra él en lugar de arrojárselo.

Él extiende los brazos sobre el coche a la defensiva.

—No lo hagas, Carrie —dice a modo de advertencia—. No toques mi coche. Nadie araña a mi pequeño y sale indemne.

Me imagino su coche convertido en un millón de pedazos de plástico y cristal esparcidos por el aparcamiento como si fueran los restos de una explosión. De pronto asimilo el comentario ridículo que acaba de hacer y me detengo en seco. Pero solo un instante. La sangre afluye a mi cabeza cuando me abalanzo sobre él.

—Me importa un comino tu coche. Solo quiero hacerte daño.

Le apunto con el libro de biología, pero él me lo arrebata antes de que pueda golpearlo. Sigo avanzando, más allá de él, más allá de su coche; avanzo con torpeza sobre el pavimento hasta que tropiezo con el bordillo y caigo de bruces sobre el césped helado. Me sigue mi libro de biología, que aterriza con un golpe seco a mi lado.

No estoy orgullosa de mi comportamiento. Pero no he llegado tan lejos para echarme atrás ahora.

—¿Cómo has podido? —grito mientras me pongo en pie.

—¡Basta! ¡Basta! —exclama al tiempo que me sujeta las muñecas—. ¡Estás loca!

—¡Dime por qué!

—No —contesta furioso.

Me alegra ver que al final también se ha cabreado.

—Me lo debes.

—No te debo nada, joder. —Aparta las manos de mis brazos como si no soportara tocarme. Lo persigo y me arrojo sobre él como el payaso de una caja sorpresa.

—¿Qué pasa? ¿Tienes miedo? —pregunto con sorna.

—Lárgate.

—Me debes una explicación.

—¿De verdad quieres saberlo? —Se detiene, se da la vuelta y me mira a la cara.

—Sí.

—Ella es más agradable —dice sin más.

¿Más agradable?

¿Qué narices significa eso?

—Yo soy agradable. —Me golpeo el pecho con las manos. Me pica la nariz, y eso significa que las lágrimas no tardarán mucho en asomar.

—Déjalo estar, ¿quieres? —Entierra los dedos en su cabello.

—No puedo. No quiero. Esto no es justo…

—Ella es más agradable, ¿vale? Solo eso.

—¿Qué significa eso? —pregunto con un gemido lastimero.

—No es… ya sabes, tan competitiva.

¿Lali? ¿Que no es competitiva?

—Es la persona más competitiva que conozco.

Él sacude la cabeza.

—Es agradable.

Agradable… ¿Agradable? ¿Por qué no deja de repetir esa palabra? ¿Qué quiere decir?

Y entonces lo entiendo. Agradable significa sexo. Se ha acostado con él. Ha llegado hasta el final. Y yo no.

—Espero que seáis muy felices juntos —le digo, y doy un paso atrás—. Espero que seáis tan felices que os caséis y tengáis hijos. Y espero que os quedéis en esta estúpida ciudad durante el resto de vuestras vidas, y que os pudráis… como un par de manzanas agusanadas.

—Gracias —replica él con ironía mientras se dirige al gimnasio.

Esta vez no intento detenerlo. En lugar de eso, le grito palabras absurdas a la espalda. Palabras como «gusanos», «moho» y «nacarado».

Soy una estúpida, lo sé. Pero ya no me importa.

Cojo un papel en blanco y lo introduzco en la máquina de escribir Royale de mi madre. Unos cuantos minutos después, escribo: «El truco para ser una abeja reina no es necesariamente la belleza, sino el afán. La belleza ayuda, pero sin la ambición de llegar arriba y quedarse allí, la belleza solo te convertirá en una abeja dama de honor».

Tres horas después, repaso lo que he escrito. No está mal. Ahora lo único que necesito es un seudónimo. Uno que le demuestre a la gente que voy en serio, que no soy alguien con quien se puedan meter. Sin embargo, también debe transmitir sentido del humor… incluso irracionalidad. Alargo las páginas sin darme cuenta mientras reflexiono.

Vuelvo a leer mi título: *Antología de Castlebury: una guía de la fauna y flora del instituto*, seguido de «Capítulo primero: La abeja reina». Cojo un bolígrafo, pulso el botón que saca la punta una vez, y otra, y otra… hasta que al final me viene un nombre. «Por Pinky Weatherton», escribo con pulcras letras mayúsculas.

## 31
### *Pinky se apodera de Castlebury*

—M aggie me obliga a asistir a esa reunión del comité de baile con ella —dice Peter entre susurros—. ¿Te importaría preparar el periódico para la impresión?

—No hay problema. Pásalo bien. Gayle y yo nos encargaremos de todo.

—No se lo digas a la señora Smidgens, ¿vale?

—No lo haré —le aseguro—. Puedes confiar en mí plenamente.

Peter no parece del todo convencido, pero no le queda otra opción. Maggie ha entrado en el departamento de arte y está detrás de él.

—¿Peter? —pregunta.

—Ya voy.

—Venga, Gayle —digo cuando ellos ya están al otro lado del pasillo—. Es hora de ponerse a trabajar.

—¿No te da miedo meterte en problemas?

—No. Un escritor no debe tener miedo. Un escritor debe ser como un animal con garras.

—¿Quién lo dice?

—Mary Gordon Howard.

—¿Quién es esa?

—Da igual. ¿No te alegras de que por fin podamos vengarnos de Donna LaDonna?

—Sí. Pero ¿y si ella no sabe que el artículo se refiere a ella?

—Aunque ella no lo sepa, todos los demás lo sabrán, te lo prometo.

Gayle y yo trabajamos deprisa para quitar el artículo de Peter sobre la eliminación de los requerimientos gimnásticos de los estudiantes de último año y lo sustituimos por mi historia de la abeja reina... también conocida como Donna LaDonna. Luego, Gayle y yo llevamos la maqueta de la edición de mañana de *The Nutmeg* a la sala de audiovisuales, donde muchos empollones felices que trabajan allí la convertirán en un periódico. Peter y la señora Smidgens se pondrán furiosos, por supuesto. Pero ¿qué van a hacer? ¿Despedirme? No lo creo.

Me despierto temprano a la mañana siguiente. Por primera vez en mucho tiempo, me emociona de verdad ir al instituto. Corro hasta la cocina, donde mi padre está friendo un huevo.

—¡Ya te has levantado! —exclama.

—Sí —replico mientras me preparo una tostada con mantequilla.

—Pareces contenta —señala con tiento antes de llevar el huevo a la mesa—. ¿Eres feliz?

—Claro, papá. ¿Por qué no iba a serlo?

—No quería sacar el tema —dice nervioso e incómodo—, pero Missy me contó algo sobre lo que ocurrió con... bueno... con Sebastian. No quisiera empeorar las cosas, pero durante semanas he querido decirte que… bueno… que no puedes dejar que tu felicidad dependa de nadie. —Pincha la yema del huevo mientras asiente, como si quisiera mostrarse de acuerdo con su propio consejo—. Sé que crees que no soy más que un viejo y que no sé mucho sobre lo que pasa a mi alrededor, pero soy un gran observador. Y he observado el pesar que te ha causado este incidente. Deseaba ayudarte (créeme, nada le duele más a un padre que ver el dolor de su propia hija), pero sabía que no podía hacerlo. Cuando ocurren esa clase de cosas, estás solo. Ojalá no fuera así, pero lo es. Y si logras superar esas cosas por ti mismo, te conviertes en una persona más fuerte. Tiene un gran impacto en tu desarrollo como ser humano saber que posees las fuerzas necesarias para salir del bache y…

—Gracias, papá —le digo antes de darle un beso en la coronilla—. Lo he entendido.

Subo las escaleras y rebusco en mi armario. Considero la posibilidad de ponerme algo estrafalario, como unos leggins de rayas con una camisa de cuadros, pero decido no hacerlo. No quiero atraer atención innecesaria. Me pongo un jersey de algodón de cuello vuelto, unos pantalones de pana y unos mocasines.

Fuera hace uno de esos días de abril inusualmente cálidos que te hacen pensar que la primavera está cerca. Decido disfrutar del clima y caminar hasta el instituto.

En autobús, el trayecto es de seis kilómetros y medio. Pero conozco todos los atajos, y, si zigzagueo entre las callejuelas que hay detrás del instituto, puedo llegar allí en veinticinco minutos. Mi ruta pasa junto a la casa de Walt, un bonito edificio de dos plantas con un enorme seto en la parte delantera. Los exteriores de la casa están muy bien cuidados gracias a los esfuerzos de Walt, pero siempre me sorprende que su familia quepa en una morada tan diminuta. Son cinco chicos y hay cuatro dormitorios, lo que significa que Walt siempre ha tenido que compartir su habitación con su hermano pequeño, algo que detesta.

Cuando llego a casa de Walt, sin embargo, noto algo inusual. Han montado una tienda de campaña de color verde en el extremo más alejado del patio, y hay un cable naranja que sale de la casa y llega hasta la tienda. Sé muy bien que Walt jamás permitiría que alguien montara una tienda en el patio... lo consideraría una abominación. Me acerco más, y justo en ese momento la solapa de la tienda se abre y aparece Walt, pálido y desaseado, con una camiseta arrugada y unos vaqueros que tienen el aspecto de que ha dormido con ellos. Se frota los ojos y mira con furia a un petirrojo que da saltitos en las cercanías en busca de gusanos.

—Lárgate. ¡Fuera! —exclama mientras se acerca al petirrojo moviendo los brazos—. Malditos pájaros... —dice cuando el animalillo sale volando.

—¿Walt?

—¿Eh? —Entorna los párpados. Walt necesita gafas, pero se niega a ponérselas porque piensa que las gafas solo conseguirán empeorarle la vista—. ¿Carrie? ¿Qué estás haciendo aquí?

—¿Qué haces tú en esa tienda? —pregunto con el mismo tono perplejo.

—Es mi nuevo hogar —responde con una mezcla de ironía y sarcasmo—. ¿No te parece fabuloso?

—No lo entiendo.

—Espera un momento —dice—. Tengo que mear. Vuelvo ahora mismo.

Entra en la casa y sale varios minutos después con una taza de café.

—Te invitaría a entrar, pero te prometo que no encontrarías nada agradable en su interior.

—¿Qué está pasando? —Lo sigo dentro de la tienda. Hay una lona impermeable en el suelo, un saco de dormir, una áspera manta del ejército, una pila de ropa y una pequeña mesa de plástico con una vieja lámpara y un paquete abierto de galletas Oreo. Walt revuelve la pila de ropa, saca un paquete de cigarrillos y me lo ofrece.

—Una de las ventajas de no vivir en casa es que nadie te dice que no fumes.

—Ja… —Me siento de piernas cruzadas sobre el saco de dormir. Enciendo un cigarrillo mientras intento comprender la situación.

—¿Así que no vives en tu casa? —pregunto.

—No —responde—, me mudé hace unos cuantos días.

—¿No hace un poco de frío para acampar?

—Hoy no. —Se gira a un lado y sacude la ceniza del cigarrillo en un rincón de la tienda—. De cualquier forma, estoy acostumbrado. Me chifla pasar penurias.

—¿En serio?

Deja escapar un suspiro.

—¿Tú qué crees?

—¿Por qué estás aquí, entonces?

Inhala profundamente.

—Mi padre. Richard descubrió que soy gay. Ay, sí… —añade al ver mi expresión horrorizada—. Mi hermano leyó mi diario…

—¿Tú tienes un diario?

362

—Por supuesto, Carrie —contesta con impaciencia—. Siempre lo he hecho. La mayor parte del contenido está relacionado con la arquitectura (recortes de edificios que me gustan y algunos dibujos), pero también hay algunas cosas personales (unas cuantas polaroids en las que aparecemos Randy y yo), y el imbécil de mi hermano consiguió de algún modo sumar dos y dos y se lo dijo a mis padres.

—Mierda...

—Sí. —Walt apaga el cigarrillo y enciende otro de inmediato—. A mi madre le importa un bledo, por supuesto... tiene un hermano que es gay, aunque nadie habla de ello. Lo consideran «un solterón empedernido». Pero mi padre se ha vuelto loco. Es tan gilipollas que nadie diría que es una persona religiosa, pero lo es. Cree que ser «homosexual» es un pecado mortal o algo así. De cualquier forma, ya no me permite ir a la iglesia y eso es un alivio. No obstante, mi padre ha decidido que no puede estar tranquilo si duermo en casa. Teme que pueda contagiárselo a mis hermanos.

—Pero, Walt, eso es ridículo...

—Podría ser peor. Al menos me deja utilizar la cocina y el baño.

—¿Por qué no me lo habías dicho?

—Como si tú no tuvieras ya bastantes cosas de las que preocuparte...

—Sí, pero siempre tengo tiempo para las preocupaciones de mis amigos...

—Pues quién lo diría.

—Ay, Dios... ¿Es que he me he comportado como una mala amiga?

—Mala amiga, no —dice Walt—. Pero estabas absorta en tus propios problemas.

Me hago un ovillo abrazándome las rodillas y clavo la mirada en las paredes de lona.

—Lo siento, Walt. No tenía ni idea. Puedes venirte a vivir a mi casa hasta que se suavicen las cosas. Tu padre no puede seguir estando cabreado contigo para siempre.

—¿Te apuestas algo? —pregunta—. Según él, soy un engendro del diablo. Ya no me considera hijo suyo.

—¿Por qué no te marchas? ¿Por qué no huyes de aquí?

—¿Para ir adónde? —pregunta lanzando un resoplido—. Además, ¿qué sentido tendría? Richard se niega a pagarme la universidad como castigo por ser gay. Teme que lo único que haga allí sea vestirme de mujer e ir a las discotecas, o algo parecido... Así que necesito ahorrar todo lo que pueda. Supongo que viviré en esta tienda hasta septiembre, cuando me vaya a la escuela de diseño de Rhode Island. —Se apoya contra la almohada húmeda—. No está tan mal. Casi me gusta vivir aquí.

—Bueno, pues a mí no. Te quedarás en mi casa. Yo dormiré en la habitación de mi hermana y tú puedes quedarte con la mía...

—No quiero caridad, Carrie.

—Pero seguro que tu madre...

—Nunca se opone a mi padre cuando él está así. Eso solo empeora las cosas.

—Odio a los hombres heterosexuales.

—Ya... —Walt deja escapar un suspiro—. Yo también.

Estoy tan desconcertada por la situación de Walt que tardo unos minutos en darme cuenta de que hay algo diferente en la asamblea esta mañana. El salón de actos está algo más tranquilo de lo habitual, y cuando me siento al lado de Tommy Brewster, veo que está leyendo *The Nutmeg*.

—¿Has visto esto? —me pregunta mientras señala el periódico.

—No —respondo con indiferencia—. ¿Por qué?

—Creí que escribías para este periodicucho.

—Y lo hice. Una vez. Pero eso fue hace meses.

—Bueno, pues será mejor que lo leas —me dice en tono de advertencia.

—Vale. —Me encojo de hombros. Y para enfatizar que no tengo nada que ver con el asunto, me levanto, camino hasta la parte delantera del salón de actos y cojo un ejemplar de *The Nutmeg* del montón que hay en uno de los rincones del escenario. Cuando me doy la vuelta, veo que tres chicas de primero esperan detrás de mí.

—¿Podemos coger un ejemplar? —pregunta una de ellas mientras las otras se agrupan a su alrededor.

—He oído que hablan sobre Donna LaDonna —dice otra—. ¿Puedes creerlo? ¿Puedes creer que alguien haya hecho eso?

Les entrego tres periódicos y camino hacia mi sitio, aunque debo clavarme las uñas en la palma de la mano para controlar los temblores. Mierda. ¿Y si me pillan? No me pillarán si actúo con normalidad y Gayle mantiene la boca cerrada.

Esta es mi teoría: puedes salirte con la tuya siempre que actúes como si no hubieras hecho nada malo.

Abro el periódico y finjo leerlo mientras echo una miradita de reojo para ver si Peter ha llegado ya. Ha llegado, y también está absorto en *The Nutmeg*. Está totalmente sonrojado, desde las mejillas hasta la mandíbula.

Vuelvo a sentarme en mi lugar. Al parecer, Tommy ya ha terminado de leer el artículo y está que echa humo por las orejas.

—Quienquiera que haya escrito esto debería ser expulsado del instituto. —Observa la página principal de nuevo para buscar el nombre—. ¿Quién es Pinky Weatherton? Jamás he oído hablar de él.

¿Él?

—Yo tampoco. —Aprieto los labios, como si me hubiera quedado perpleja también. No puedo creer que Tommy piense que Pinky Weatherton es un alumno real… y un chico, nada menos. Pero ahora que Tommy ha presentado esa posibilidad, le sigo el juego—. Debe de ser alguien nuevo.

—El único nuevo en este instituto es Sebastian Kydd. ¿Crees que él podría haber hecho esto?

Cruzo los brazos y miro hacia el techo, como si la respuesta pudiera estar allí.

—Bueno, salió con Donna LaDonna. ¿Y no lo dejó ella plantado o algo así? Quizá esta sea su forma de vengarse.

—Eso es verdad —dice Tommy, señalando el periódico con el dedo—. Ya decía yo que ese capullo tenía algo raro. ¿Sabías que había estado en un colegio privado? He oído que su familia es rica. Lo más seguro es que los chicos normales le parezcamos chusma. Se cree mejor que nosotros.

—Claro… —Asiento de manera entusiasta.

Tommy se golpea la palma con el puño de la otra mano.

—Tenemos que hacer algo con ese tío. Rajarle las ruedas. O hacer que lo expulsen del instituto. Oye… —Se queda callado de repente y se rasca la cabeza—. ¿No saliste tú también con él? ¿No he oído yo que…?

—Un par de veces, sí —admito antes de que pueda encajar las piezas—. Pero resultó ser tal y como tú lo has descrito. Un auténtico capullo.


Siento los ojos de Peter clavados detrás de mí durante toda la clase de cálculo. Sebastian también está allí, pero, desde el incidente del aparcamiento, he evitado mirarlo. Hoy, sin embargo, no puedo reprimir una sonrisa cuando lo veo entrar en clase. Él me mira extrañado y luego me devuelve la sonrisa, como si lo aliviara que yo no siguiera enfadada con él.

¡Ja! Si él supiera...

Salgo a toda prisa del aula en cuanto suena el timbre, pero Peter me pisa los talones.

—¿Cómo es posible que haya ocurrido esto? —exige saber.

—¿El qué? —pregunto, fingiendo fastidio.

—¿«El qué»? —Pone los ojos en blanco, como si no pudiera creer que le tome el pelo de esa manera—. Lo del artículo de *The Nutmeg*, eso.

—No tengo ni idea —respondo antes de empezar a alejarme—. Hice exactamente lo que me pediste que hiciera. Llevé la maqueta a la sala de audiovisuales...

—Hiciste algo —insiste.

—Peter... —Dejo escapar un suspiro—. Si te soy sincera, no sé de qué me hablas.

—Bueno, pues será mejor que lo descubras. La señora Smidgens quiere verme en su despacho. Ahora. Y tú vas a venir conmigo.

Me agarra del brazo, pero lo retuerzo para liberarme.

—¿Estás seguro? ¿De verdad quieres decirle que no fuiste tú quien cerraste el periódico?

—Joder… —dice. Me fulmina con la mirada—. Será mejor que pienses algo rápido, es todo cuanto puedo decirte.

—No hay problema. —La posibilidad de contemplar una escena entre la señora Smidgens y Peter es algo demasiado tentador para resistirse. Soy como una pirómana que no puede mantenerse alejada del incendio que ha provocado.

La señora Smidgens está sentada detrás de su escritorio, y tiene un ejemplar de *The Nutmeg* frente a ella. El extremo de su cigarrillo sujeta precariamente casi cinco centímetros de ceniza.

—Hola, Peter —dice antes de llevarse el cigarrillo a los labios.

Me pregunto fascinada cuánto tardará en caerse la ceniza. Deja el cigarrillo sobre una pila de colillas, con la ceniza todavía intacta. Las virutas de humo se elevan desde las colillas mal apagadas del cenicero de cerámica.

Peter toma asiento. La señora Smidgens me saluda con un gesto de la cabeza; está claro que no le interesa lo más mínimo si estoy presente o no. Me siento de todas formas.

—Y bien… —dice mientras enciende otro cigarrillo—. ¿Quién es Pinky Weatherton?

Peter la mira fijamente y luego vuelve la cabeza para clavar su mirada en mí.

—Es un chico nuevo —contesto.

—¿Un chico?

—O una chica —dice Peter—. Él, o ella, acaba de trasladarse aquí.

La señora Smidgens no parece impresionada.

—¿De veras? ¿Desde dónde?

—Hummm... ¿Missouri? —replica Peter.

—¿Por qué no he podido localizarlo (o localizarla) en mi lista de alumnos?

—Porque el chico acaba de trasladarse —replico—. Ayer mismo. Bueno, no exactamente ayer. Quizá la semana pasada, o algo así.

—Es probable que aún no aparezca en los sistemas.

—Ya veo... —La señora Smidgens coge el ejemplar de *The Nutmeg*—. Pues la verdad es que ese tal Pinky Weatherton es un escritor bastante bueno. Me gustaría ver más trabajos suyos en el periódico.

—Claro —dice Peter titubeante.

La señora Smidgens sonríe a Peter con malicia. Sacude su cigarrillo y está a punto de añadir algo cuando de pronto la larga columna de ceniza se desprende y cae por dentro de su escote. La profesora da un salto y empieza a sacudirse la ceniza de la blusa mientras Peter y yo intentamos llevar a cabo una retirada rápida. Estamos al lado de la puerta cuando ella dice:

—Esperad.

Nos damos la vuelta muy despacio.

—Respecto a ese tal Pinky... —dice entornando los ojos para protegerse del humo. Sus labios dibujan una sonrisa desagradable—. Quiero conocerlo. O conocerla. Y dile a ese tal Pinky que se decida por uno de los dos sexos.

—¿Has visto esto? —pregunta Maggie mientras deja caer un ejemplar de *The Nutmeg* sobre la mesa de la cafetería.

—Ah, sí —dice la Rata, al tiempo que se echa agua caliente en su sopa instantánea—. Nadie en el instituto habla de otra cosa.

—¿Cómo es posible que no me haya enterado de esto hasta ahora? —pregunta Maggie antes de dirigir a Peter una mirada acusadora.

—¿Porque has estado muy ocupada con el comité de baile? —inquiere Peter. Se sienta entre Maggie y la Rata.

Maggie coge el periódico y señala el titular.

—¿Qué clase de nombre es Pinky Weatherton, de todas formas?

—Tal vez sea un apodo. Como «la Rata».

—Pero «la Rata» no es el nombre real de Roberta. Quiero decir que ella nunca firmaría sus cosas como «La Rata».

Peter me echa una mirada y le da unas palmaditas a Maggie en la cabeza.

—No hay necesidad de que te preocupes por el funcionamiento interno de *The Nutmeg*. Lo tengo todo bajo control.

—¿De verdad? —Maggie lo mira con asombro—. En ese caso, ¿qué piensas hacer con Donna LaDonna? Apuesto a que está muy cabreada.

—En realidad —dice la Rata antes de soplar su sopa—, parece estar disfrutando con todo esto.

—¿En serio? —pregunta Maggie. Se vuelve desde la silla y mira hacia el lado opuesto de la cafetería.

La Rata está en lo cierto. Donna LaDonna parece encantada con tanta atención. Está sentada en su mesa habitual, rodeada por sus esbirros y sus abejas de honor, que se han agrupado en torno a ella como si fuera una estrella de cine que necesita protección de sus fans. Donna posa, sonríe y baja la barbilla mientras alza los hombros de manera seductora, como si todos sus movimientos estuvieran siendo filmados por una cámara. Entretanto, Lali y Sebastian están misteriosamente ausentes. Solo cuando me levanto para vaciar mi bandeja los veo por fin, acurrucados juntos en el extremo de una mesa situada en un rincón de la cafetería. Estoy a punto de alejarme cuando me llama Donna LaDonna en persona.

—¡Carrie! —Su voz suena tan alta como el timbre que indica el final de las clases. Me doy la vuelta y veo que agita la mano por encima de la cabeza de Tommy Brewster.

—¿Sí? —digo mientras me acerco con cautela.

—¿Has visto la historia que han escrito sobre mí en *The Nutmeg*? —pregunta complacida.

—¿Cómo iba a perdérmela?

—La verdad es que es una tontería —me dice, dándoselas de modesta—. Aunque sí les he dicho a Tommy y a Jen P. que quien sea que haya escrito eso debe de conocerme muy, muy bien.

—Supongo que sí —le contesto, sin darle mucha importancia.

Donna pestañea unas cuantas veces mientras me mira y, de pronto, por más que lo intento, ya no puedo seguir odiándola. He intentado acabar con ella, pero de algún modo ha conseguido invertir la situación y salir victoriosa.

Bravo por ella, pienso mientras me alejo.

## 32

# El Príncipe de los Empollones

—¿Sabías que Walt está viviendo en una tienda de campaña? —le pregunto a Maggie. Tenemos los brazos cargados con bolsas de confeti.

—Pues no… —responde Maggie en un tono que indica que cree que me lo he inventado—. ¿Por qué iba a hacer algo así?

—Su padre ha descubierto que es gay y no quiere que Walt duerma dentro de la casa.

Maggie sacude la cabeza.

—Ese Richard… Es un hombre muy estúpido. Pero nunca obligaría a Walt a dormir en la calle. —Se inclina hacia mí y susurra—: Walt se está convirtiendo en toda una reina del drama ahora que es… bueno, ya sabes.

—¿Gay?

—Eso mismo —dice mientras entramos en el gimnasio.

Puf… Eso me pasa por intentar ser una buena amiga.

Después de descubrir a Walt en la tienda, decidí que tenía razón… que había estado tan ensimismada con Sebastian y su posterior traición que ni siquiera me había fijado en lo que les ocurría a mis amigos. De ahí que haya aceptado la invitación de Maggie para ayudar a decorar el gimnasio para el baile de graduación. No será más que una vez, me recuerdo a mí misma. Y es una forma de pasar más tiempo con Maggie.

—Ah, genial —dice Jen P., que se acerca a nosotras a toda prisa—. Confeti. ¿Habéis conseguido las doce bolsas?

—Ajá. —Maggie asiente.

Jen P. observa con ojo crítico las bolsas que llevamos en brazos.

—No estoy segura de que sean suficientes. ¿Os parece que necesitaremos más?

Maggie parece derrotada; nunca se le ha dado bien organizar, y me sorprende que haya aguantado tanto en el comité de planificación.

—¿Cuánto confeti podríamos necesitar? —pregunto.

—Dejadlo por ahí y ya lo pensaremos más tarde —ordena Jen P., que señala una zona llena de montones de serpentinas y papel de seda—. ¿Has visto ese artículo de *The Nutmeg*? ¿El que habla sobre quiénes serán el rey y la reina del baile? Pinky Weatherton tiene razón. ¿Cómo va a ser Donna LaDonna la reina si vendrá acompañada de un chico de fuera? ¿Quién querría echar un vistazo al viejo álbum del baile de graduación y no recordar siquiera quién era el rey? Y, por supuesto, Cindy Viande piensa que ella y Tommy son los mejores candidatos. Pero a mí me gusta la parte que habla sobre mí, la que dice que, si consiguiera un buen acompañante, podría ser una de las candidatas. —Respira hondo, le da un pequeño codazo a Maggie y continúa—: Pero, tal y como dice Pinky, nunca se sabe. Peter y tú podríais ser los candidatos sorpresa... después de todo, lleváis saliendo seis meses.

He creado un monstruo, pienso mientras suelto las bolsas de confeti.

Esta semana en *The Nutmeg* Pinky Weatherton ha reducido las posibilidades de todo el mundo de convertirse en el rey y la reina del baile, y ahora la gente no habla de otra cosa. Cada vez que me doy la vuelta, hay alguien hablando sobre el artículo.

«Debemos tener en cuenta a todas las parejas que hayan colaborado para mejorar el instituto... y que sean un ejemplo de amor verdadero.»

No sé por qué añadí la parte del «amor verdadero», pero debió de ser para que Lali y Sebastian no se consideraran buenos candidatos.

Maggie se sonroja.

—Nunca he querido ser la reina del baile. Me moriría si tuviera que plantarme, delante de todo el mundo.

—¿De verdad? A mí me encantaría. Pero cada uno es como es, ¿no? —Jen P. le da unas palmaditas en el hombro, me dirige una mirada penetrante y se aleja.

—Claro... —murmuro entre dientes. Miro de soslayo a Maggie, que parece perpleja.

Quizá no debí escribir aquella parte del artículo...

Ha pasado un mes desde que el «famoso» Pinky Weatherton hizo su debut en *The Nutmeg*, y desde entonces se ha mantenido muy ocupado escribiendo una historia cada semana: «La trepa de las pandillas», una historia sobre una chica que consigue ascender hasta lo más alto convirtiéndose en la recadera de todo el mundo; «El Príncipe de los Empollones», que va sobre un empollón que podría convertirse en uno de los tíos buenos del último año; y «¡Carrera de caballos en Castlebury! ¿Quiénes serán el rey y la reina del baile?». Pinky también ha escrito una historia titulada «Ladronas de novios y los chicos que las quisieron», un relato sobre la relación de Lali y Sebastian que todavía no ha entregado y que planea publicar la última semana de clase.

Entretanto he hecho fotocopias de las cinco historias y las he enviado a la New School. George insiste en que llame para asegurarme de que las han recibido. En condiciones normales, nunca habría hecho algo así, pero George dice que el mundo está lleno de gente que busca lo mismo y que hay que hacer algo adicional para que te recuerden. Le dije que podría correr desnuda por los pasillos, pero no le hizo mucha gracia. Así que llamé.

—Sí, señorita Bradshaw —dijo una voz masculina grave y melodiosa al otro lado de la línea—. Hemos recibido sus historias y vamos a devolvérselas.

—Pero ¿cuándo?

—Se las devolveremos —repitió antes de colgar.

Jamás conseguiré entrar en ese maldito curso.

—¡Es una pesada! —exclama Maggie frunciendo el ceño.

—¿Jen P.? Creí que habías dicho que te caía bastante bien.

—Y así era… al principio. Pero es demasiado amistosa, ¿sabes? —Maggie coloca la bolsa de confeti en su lugar con la punta del pie—. Siempre anda cerca. Te lo juro, Carrie, desde que Pinky Weatherton escribió esa historia sobre Peter…

Ay, no. Otra vez no.

—¿«El Príncipe de los Empollones»? —pregunto—. ¿Cómo sabes que habla de Peter?

—¿De quién si no? ¿Qué otro chico en este instituto era un empollón y se ha convertido en un tío bueno?

—Hummm… —respondo mientras repaso el artículo en mi mente.

Suele empezar en septiembre. Si eres una chica, y una alumna de último año, miras a tu alrededor y te preguntas: «¿Tendré pareja para el baile de graduación? Y si no es así, ¿cómo puedo encontrar una?». Y es en ese punto donde el Príncipe de los Empollones entra en acción.

Es el tío a quien no le prestabas atención ni en primero, ni en segundo ni en tercero. Primero porque era un chico bajo y con voz aguda. Luego porque era el más alto y tenía muchos granos. Pero más tarde ocurre algo. Su voz se vuelve más grave. Empieza a relacionarse. Y, de repente, te das cuenta de que te has sentado a su lado en clase de biología y piensas: «Oye, este chico podría llegar a gustarme...».

Además, el Príncipe de los Empollones tiene sus ventajas. Dado que no se ha corrompido por haber sido un tío bueno toda su vida, se siente agradecido. Y, puesto que nunca le han gritado los entrenadores ni lo han pisoteado en el equipo de fútbol, es bastante agradable. Puedes confiar en él...

Maggie cruza los brazos, fulmina a Jen P. con la mirada y luego continúa:

—Desde que salió ese artículo sobre Peter, Jen P. no ha dejado de perseguirlo. Deberías ver cómo lo mira...

—Venga, Mags... Estoy segura de que eso no es cierto. Además, a Peter jamás le gustaría Jen P. Él odia a esa clase de chicas.

Maggie sacude la cabeza.

—No sé, Carrie. Peter ha cambiado.

—¿En qué sentido?

—Es como si ahora creyera que se merece algo más.

—No conseguirá nada mejor que tú, Mags —señalo con dulzura—. Y él lo sabe.

—Puede que Peter lo sepa, pero Jen P. no.

Y luego, como si quisiera ilustrar lo que Maggie acaba de decir, Peter entra en el gimnasio. Maggie lo saluda con la mano, pero Peter no la ve, probablemente porque Jen P. se ha acercado a él primero, sin dejar de reír y agitar los brazos. Peter la saluda con un gesto de la cabeza y sonríe.

—Maggie… —Me doy la vuelta para hablar con ella, pero se ha marchado.

La encuentro en el aparcamiento, sentada en el Cadillac. Está llorando y ha cerrado las puertas.

—¡Maggie! —Doy unos golpecitos en el parabrisas.

Ella sacude la cabeza, enciende un cigarrillo y al final baja la ventanilla.

—¿Sí?

—Venga, Maggie… solo estaban hablando. —Igual que Sebastian y Lali… al principio solo hablaban. Me siento fatal—. Déjame entrar.

Ella quita el seguro de las puertas y me pongo en el asiento trasero.

—Cariño, no seas paranoica… —Pero me temo que no lo es. ¿Será esto culpa mía? Si no hubiera escrito esa historia sobre el Príncipe de los Empollones…

—Odio a Pinky Weatherton —señala—. Si alguna vez llego a conocerlo, voy a dejarle muy clarito lo que pienso de él. Ahora Peter tiene la cabeza llena de pájaros, y se cree un regalo del cielo. —Se da la vuelta de repente—. Tú trabajas en *The Nutmeg*. Deberías conocer a Pinky Weatherton.

—Maggie, no lo conozco. Te lo juro.

—Bueno… —dice al tiempo que entorna los ojos con suspicacia—, ¿quién lo conoce entonces?

—No lo sé —respondo impotente—. Ese tal Pinky… le entrega las historias a Gayle, y Gayle…

—¿Quién es Gayle? —exige saber—. Tal vez Gayle sea Pinky Weatherton.

—No lo creo, Mags. —Examino mis cutículas—. Gayle es una alumna de primero.

—Necesito hablar con Peter.

—Es una buena idea —aseguro en tono tranquilizador—. Estoy segura de que Peter podrá solucionarlo todo.

—Así que ahora estás de su lado…

—Estoy de tu lado, Maggie. Solo intento ayudarte.

—Entonces ve a buscarlo —ordena—. Ve al gimnasio y encuéntralo. Dile que necesito verlo. Inmediatamente.

—Claro. —Salgo del coche de un salto y regreso al interior a toda prisa. Jen P. todavía mantiene cautivo a Peter y no deja de parlotear sobre la importancia de los globos de helio.

Los interrumpo y le doy a Peter el mensaje de Maggie. Parece molesto, pero me sigue fuera del gimnasio y se despide a regañadientes de Jen P., aunque le asegura que volverá en unos minutos. Lo veo atravesar el aparcamiento, y la furia es evidente en cada uno de sus pasos. Para el momento en que llega al Cadillac, está tan cabreado que abre la puerta de un tirón y cierra con un portazo.

Quizá haya llegado el momento de que Pinky regrese a Missouri.

## 33
### *Sujétate las bragas*

La Rata viene a cenar el sábado por la noche. Le sirvo *coq au vin*; me ha llevado todo el día prepararlo, pero hace poco he descubierto que cocinar es una manera genial de olvidarte de tus problemas y de sentir que has hecho algo bien. Sientes que haces algo útil, aun cuando horas más tarde te hayas comido todas las pruebas. Además, intento pasar más tiempo en casa con Dorrit, que, según el psiquiatra, necesita sentir que aún forma parte de un núcleo familiar. Ahora, una vez a la semana, preparo una de las recetas del libro de Julia Child, una receta de esas complicadas que requieren mucho tiempo.

Mi padre, por supuesto, adora a la Rata (que puede charlar sobre teoremas casi con tanta facilidad como él) y, después de hablar un rato sobre matemáticas, la conversación se centra en la universidad y en lo mucho que le emociona a la Rata que yo vaya a ir a Brown y ella a Yale. Después, no sé cómo, empezamos a hablar de chicos.

La Rata le cuenta a mi padre todo sobre Danny y al final sale a colación el nombre de George.

—Carrie tiene un amigo muy agradable que se interesa por ella —dice mi padre—. Pero ella lo rechazó.

Dejo escapar un suspiro.

—No he rechazado a George, papá. No dejamos de hablar por teléfono. Somos amigos.

—Cuando yo era joven, los chicos y las chicas no eran «amigos». Si eran «amigos» significaba que…

—Sé lo que significaba, papá —lo interrumpo—. Pero ahora las cosas no son así. Los chicos y las chicas pueden ser amigos de verdad.

—¿Quién es ese tal George? —pregunta la Rata. Yo gruño. Cada vez que llama George, alrededor de una vez a la semana, me pide que salgamos juntos y le digo que no, que todavía no estoy preparada. Pero lo cierto es que, en lo que se refiere a George, creo que nunca estaré preparada.

—Es un tío de Brown —respondo.

—Es un joven muy agradable —señala mi padre—. Justo el tipo de chico que un padre querría para su hija.

—Y también el tipo de chico con el que la hija sabe que debería salir, pero no puede. Porque no se siente atraída por él.

Mi padre levanta las manos.

—¿Por qué se le da tanta importancia a la atracción? El amor es lo que cuenta.

La Rata y yo nos miramos y nos echamos a reír. Si me sintiera atraída por George, se acabarían todos mis problemas. Tendría incluso una pareja para el baile de graduación. Podría pedírselo, y estoy segura de que vendría, pero no quiero que se haga ilusiones. No sería justo.

—¿Podemos hablar de alguna otra cosa, por favor? —Y de pronto, como si fuera la respuesta a mis plegarias, se oyen unos golpes frenéticos en la puerta trasera.

—¡Es Maggie! —grita Missy.

—¿Te importaría decirle a Maggie que entre, por favor? —le pide mi padre.

—Dice que no va a entrar. Que quiere hablar con Carrie a solas. Dice que es una emergencia.

La Rata pone los ojos en blanco.

—¿Y ahora qué quiere? —Dejo la servilleta sobre la mesa y me acerco a la puerta.

Maggie tiene la cara hinchada de tanto llorar y el pelo enredado, como si hubiera intentado arrancárselo de raíz. Me hace un gesto para que salga. Intento darle un abrazo, pero retrocede hecha una furia.

—Sabía que esto iba a ocurrir. Lo sabía.

—¿Qué es lo que sabías? —pregunto cada vez más alarmada.

—No puedo hablarte de esto aquí. No estando tu padre tan cerca. Reúnete conmigo en The Emerald dentro de cinco minutos.

—Pero… —Echo un vistazo a la casa por encima del hombro—. La Rata está aquí y…

—Pues tráete a la Rata también —replica con sequedad—. En The Emerald. Dentro de cinco minutos. No faltes.


—¿Qué mosca le ha picado ahora? —pregunta la Rata mientras aparcamos junto al coche de Maggie. Está vacío, lo que significa que Maggie ha entrado sola… y eso en sí ya es motivo de preocupación.

—No lo sé —respondo en tono abatido—. Creo que tiene algo que ver con Peter. Y con ese artículo que apareció en *The Nutmeg*. El del Príncipe de los Empollones.

La Rata hace una mueca.

—Ese artículo no tiene por qué referirse a Peter.

—Maggie cree que sí.

—Típico. Maggie siempre cree que todo gira en torno a ella.

—Lo sé, pero… —Estoy considerando la idea de contarle quién es en realidad Pinky Weatherton cuando la puerta de The Emerald se abre y Maggie asoma la cabeza.

—¡Así que estáis aquí! —exclama con gravedad antes de volver adentro.

Está sentada junto a la barra, bebiendo lo que parece un vodka sin hielo. Engulle todo el contenido del vaso y pide otro. La Rata pide un whisky y yo un Singapore Sling, como de costumbre. Me da la impresión de que esto va a resultar desagradable, así que necesito beber algo rico.

—Bueno… —dice Maggie—. Ella lo ha conseguido.

—¿Quién es «ella» y qué es lo que ha conseguido? —pregunta la Rata. Sé que no pretende parecer sarcástica, pero lo parece. Al menos, un poco.

—Roberta… —la regaña Maggie—, te juro que no es el momento adecuado.

La Rata levanta las manos y se encoge de hombros.

—Solo preguntaba.

—Aunque supongo que también es culpa tuya, al menos en parte. —Maggie se toma otro trago de vodka—. Eres tú quien nos presentó.

—¿Peter? Vamos, Maggie… Lo conoces desde hace años. Lo que pasa es que nunca te habías fijado en él. Y me parece recordar que yo no te dije que lo persiguieras.

—En eso tiene toda la razón —intervengo—. Nadie te obligó a acostarte con él.

—El simple hecho de que tú no te hayas ac...

—Lo sé, lo sé. Soy virgen, vale. No es culpa mía. Lo más probable es que me hubiera acostado con Sebastian si Lali no me lo hubiera robado.

—¿De verdad? —pregunta la Rata.

—Sí. ¿Por qué no? ¿Con qué otro chico iba a acostarme? —Echo una ojeada al bar—. Supongo que podría elegir a un tío al azar y hacerlo en el aparcamiento...

—Perdona... —me interrumpe Maggie, que golpea la barra con su vaso—. Estamos hablando de mí, ¿vale? Soy yo la que tiene problemas. Soy yo la que está cabreada. Soy yo la que está a punto de suicidarse...

—No lo hagas —comenta la Rata—. Se monta un follón y...

—¡Basta! —grita Maggie.

La Rata y yo intercambiamos una mirada y cerramos el pico de inmediato.

—Está bien. —Maggie respira hondo—. Ha ocurrido. Mi mayor temor se ha hecho realidad.

La Rata clava la mirada en el techo.

—Maggie —dice armándose de paciencia—, no podremos ayudarte a menos que nos digas qué es lo que ha ocurrido.

—¿Es que no lo sabéis? —Su voz se convierte en un aullido—. Peter me ha dejado. Me ha dejado para salir con Jen P.

Estoy a punto de caerme del taburete.

—Como lo oís —refunfuña—. Tuvimos una pelea muy fuerte el miércoles por la tarde... Ya sabes —me mira a mí—, ese día que coqueteaba con Jen P. en el gimnasio, y se puso a gritarme como un loco, pero luego nos acostamos y creí que todo estaba solucionado. Sin embargo, esta tarde me ha llamado y me ha dicho que teníamos que hablar.

—Ay…

—Así que ha venido a mi casa… —Los hombros de Maggie se hunden al recordarlo—. Y me… me ha dicho que no podía seguir saliendo conmigo. Me ha dicho que lo nuestro ha terminado.

—Pero ¿por qué?

—Porque le gusta Jen P. Quiere salir con ella.

Mierda. Esto es culpa mía. ¿Cómo he podido ser tan estúpida? Aunque lo cierto es que jamás pensé que nadie se tomaría en serio los artículos de *The Nutmeg*.

—No me lo creo —dice la Rata al final.

—Pues créetelo —replica Maggie. Pide otro vodka, da un trago y deja el vaso sobre la barra. Comienza a chapurrear las palabras—. Dice que le preguntó a su madre lo que pensaba (a su madre, ¿os parece normal?), y que ella le dijo que era demasiado joven para salir en serio con una chica, que debía «explorar sus opciones». ¿Habéis oído a alguien hablar así? Pero no ha sido idea de su madre, eso está claro. Ha sido idea suya. Y ha utilizado a su madre como excusa.

—Eso es repugnante. Menudo calzonazos. —Chupo con fuerza de la pajita de mi copa.

—Lo cierto es que Peter no es un calzonazos —dice la Rata—. Tal vez sea un gilipollas, pero…

—Es un calzonazos con un buen corte de pelo.

—¡Pues se lo aconsejé yo! —exclama Maggie—. Fui yo quien le dijo que se cortara el pelo. Es como… como si lo hubiera convertido en un tío bueno y ahora todas las chicas lo desearan. Yo lo creé. ¿Y así es como me lo paga?

—Es indignante.

—Vamos, Maggie, no es culpa tuya. Peter es como los demás chicos. Hay que pensar que los tíos son como los electrones. Están llenos de cargas externas y siempre buscan un agujero donde meterlas…

—¿Te refieres al pene? —pregunta Maggie, que me fulmina con la mirada.

—El pene sería una exageración —señala la Rata, que continúa con mi teoría—. No hablamos de materia real. Es una forma más elemental de electricidad…

Maggie aprieta los dientes.

—La va a llevar al baile de graduación.

Me apoyo en la barra, abatida por la culpa. Debería decirle a Maggie la verdad. Es probable que no vuelva a hablarme de nuevo, pero…

Un hombre se acerca a nosotras y se sienta en el taburete que hay al lado de Maggie.

—Pareces algo molesta —le dice mientras le acaricia el brazo—. ¿Quieres que te pida una copa?

¡¿Eh?!

La Rata y yo nos miramos antes de clavar la vista de nuevo en Maggie.

—¿Por qué no? —Levanta su vaso vacío—. Llénamelo.

—¡Maggie! —grito a modo de aviso.

—¿Qué pasa? Tengo sed.

Intento mirarla de soslayo para hacerle entender que no nos gusta ese tío y que no deberíamos permitirle que nos invite a nada, pero ella no capta el mensaje.

—Vodka —dice con una sonrisa coqueta—. Estoy bebiendo vodka.

—Perdone —le dice la Rata al hombre—. ¿Lo conocemos de algo?

—No lo creo —responde él, todo encanto. No es exactamente viejo (tendrá unos veinticinco o así), pero es demasiado mayor para nosotras. Lleva una camisa de rayas blancas y azules y una chaqueta de color azul marino con botones dorados—. Soy Jackson —se presenta antes de ofrecernos la mano.

Maggie se la estrecha.

—Yo soy Maggie. Y estas son Carrie y la Rata. —Tiene hipo—. Roberta, quiero decir.

—Chinchín. —Jackson alza su copa—. Otra ronda para mis nuevas amigas —le dice al camarero.

La Rata y yo intercambiamos otra mirada.

—Maggie… —Le doy unas palmaditas en el hombro—. Deberíamos irnos.

—No hasta que no me termine la copa. —Me da una patada en el tobillo—. Además, quiero hablar con Jackson. Bueno, Jackson —dice inclinando la cabeza—, ¿qué haces por aquí?

—Acabo de trasladarme a Castlebury. —Parece una persona bastante razonable… y con razonable me refiero a que no parece estar del todo borracho… todavía—. Trabajo en un banco —añade.

—Vayaaaaaa… un banquero —chapurrea Maggie—. Mi madre siempre ha dicho que debería casarme con un banquero.

—¿Y eso? —Jackson coloca la mano en la espalda de Maggie para impedir que se caiga.

—Maggie… —le digo mosqueada.

—Chisss. —Se lleva el dedo índice a los labios—. Lo estoy pasando bien. ¿Es que aquí está prohibido divertirse o qué? —Se baja a trompicones del taburete—. Baño —dice antes de alejarse haciendo eses.

Un minuto después, Jackson se excusa y desaparece también.

—¿Qué hacemos? —le pregunto a la Rata.

—Sugiero que la metamos en la parte trasera de su coche y que tú la lleves a casa.

—Es un buen plan.

Sin embargo, cuando pasan diez minutos y Maggie aún no ha vuelto, empieza a entrarnos el pánico. Comprobamos el cuarto de baño, pero Maggie no está allí. Al lado del aseo hay un pequeño pasillo que conduce al aparcamiento. Salimos a toda prisa.

—Su coche sigue ahí —digo aliviada—. No puede haber ido muy lejos.

—Es muy posible que se haya quedado inconsciente en el asiento de atrás.

Puede que Maggie esté durmiendo, pero su coche, sin embargo, parece estar enfrascado en una actividad mucho más violenta. Se mueve de arriba abajo, y las ventanillas están empañadas.

—¿Maggie? —grito mientras aporreo la ventanilla trasera—. ¡¿Maggie?!

Comprobamos las puertas. Están todas cerradas menos una.

La abro de un tirón. Maggie está tumbada en el asiento trasero y Jackson está encima de ella.

—¡Mierda! —exclama el tío.

La Rata asoma la cabeza al interior.

—¿Qué está haciendo? ¡Fuera! ¡Salga del coche!

Jackson manosea la manija que tiene detrás de la cabeza. Consigue quitarle el seguro y la puerta se abre de repente, así que Jackson cae al suelo.

Veo aliviada que todavía está casi completamente vestido. Y Maggie también.

La Rata rodea el coche para enfrentarse a él.

—¿Qué es usted, una especie de pervertido o qué?

—Tranquila —dice al tiempo que da un paso atrás—. No ha sido idea mía. Era ella quien quería...

—¡Me da igual! —ruge la Rata. Recoge su chaqueta del coche y se la arroja—. Llévese su ridícula chaqueta y lárguese antes de que llame a la policía. ¡Y no se atreva a volver por aquí! —añade mientras Jackson, que utiliza su chaqueta como escudo defensivo, se marcha a la carrera.

—¿Qué está pasando? —pregunta Maggie con voz soñolienta.

—Maggie... —Le doy unas palmaditas en la cara—, ¿estás bien? Ese hombre no te ha... no te ha...

—¿Atacado? No... —Suelta una risita—. Lo ataqué yo a él. O lo intenté, al menos. Pero no conseguí quitarle los pantalones. ¿Y sabéis una cosa? —Suelta un hipido—. Me ha gustado. Me ha gustado mucho, mucho, mucho. Un montón.

—¿Carrie? ¿Estás enfadada conmigo?

—No —aseguro—. ¿Por qué iba a enfadarme contigo, Mags?

—Porque he estado con más chicos que tú —responde con otro hipido y una sonrisa.

—No te preocupes. Algún día te alcanzaré.

—Eso espero. Porque es muy divertido, ¿sabes? Y también te hace sentir… poderosa. Como si tuvieras algún tipo de poder sobre los tíos.

—Claro… —replico con cautela.

—No se lo digas a Peter, ¿de acuerdo?

—No, no se lo diré a Peter. Será nuestro pequeño secreto.

—Y la Rata tampoco, ¿vale? También será su pequeño secreto.

—Por supuesto…

—O pensándolo mejor… —levanta el dedo índice—, quizá sería mejor que Peter se enterara. Quiero que se ponga celoso. Quiero que piense en lo que se está perdiendo. —Ahoga una exclamación y se tapa la boca con la mano. Aparco a un lado de la carretera. Maggie sale del coche con dificultad y empieza a vomitar mientras yo le sujeto el pelo.

Cuando sube al coche de nuevo, parece estar mucho más sobria, pero también más seria.

—He hecho una gilipollez, ¿verdad? —se lamenta.

—No te preocupes por eso, Mags. Todos hacemos gilipolleces de vez en cuando.

—Ay, Dios… soy una furcia. —Se cubre la cara con las manos—. Casi me acuesto con dos hombres.

—Venga, Maggie, no eres ninguna furcia —insisto—. Da igual con cuántos tíos te hayas acostado. Lo que importa es cómo te acostaste con ellos.

—¿Qué significa eso?

—No tengo ni idea. Pero queda bien, ¿verdad?

Aparco con cuidado en el camino de acceso a su casa. Los padres de Maggie están profundamente dormidos, así que consigo llevarla hasta su habitación y ponerle el camisón sin que se enteren. Incluso la convenzo para que se tome un vaso de agua y un par de aspirinas. Se mete en la cama y se tumba de espaldas, con la mirada clavada en el techo. Luego se acurruca en posición fetal.

—Algunas veces me gustaría ser una niña de nuevo, ¿sabes?

—Sí. —Suspiro—. Sé muy bien lo que quieres decir. —Espero un momento para asegurarme de que se ha dormido y luego apago la luz y salgo a hurtadillas de su casa.

# 34
## Transformación

«Querida señorita Bradshaw», comienza la carta.

Nos complace informarle de que ha quedado disponible una plaza en el seminario de verano para escritores, que cuenta con el galardonado novelista nacional Viktor Greene. Si usted desea asistir, háganoslo saber de inmediato, por favor, ya que las plazas son limitadas.

THE NEW SCHOOL

¡Me han aceptado! Me han aceptado, me han aceptado, me han aceptado... O al menos eso es lo que creo. ¿Dice específicamente que me han aceptado? «Ha quedado una plaza disponible.» ¿En el último minuto? ¿Alguien ha renunciado? ¿Soy una especie de alumna de reserva? «Las plazas son limitadas»... Ya. Eso significa que, si no la acepto, se la ofrecerán a otra persona. Tienen decenas de personas esperando, quizá centenares...

—¡Papáááááá!

—¿Qué? —pregunta sorprendido.

—Tengo... He recibido esta carta... Nueva York...

—Deja de saltar y dime de qué se trata.

Me llevo la mano al pecho para intentar controlar los estruendosos latidos de mi corazón.

—Me han aceptado en ese curso para escritores. En Nueva York. Y, si no acepto la plaza de inmediato, se la ofrecerán a otra persona.

—¡Nueva York! —exclama mi padre—. ¿Y qué pasa con Brown?

—No lo entiendes, papá. ¿Ves? Justo aquí: curso de verano para escritores. Del 22 de junio al 19 de agosto. Y Brown no empieza hasta el día del Trabajo, el 1 de septiembre. Hay tiempo de sobra para…

—No lo sé, Carrie.

—Pero, papá…

—Creí que eso de escribir no era más que un pasatiempo.

Lo miro fijamente, atónita.

—No lo es. Es lo que realmente quiero hacer. —No puedo expresar con palabras lo mucho que lo deseo. Y no quiero asustarlo.

—Pensaremos en ello, ¿de acuerdo?

—¡No! —grito. Pensará en ello, lo volverá a pensar y luego otra vez, y, para cuando se lo haya pensado del todo, ya será demasiado tarde. Sacudo la carta bajo sus narices—. Tengo que decidirme ahora. De lo contrario…

Al final, se sienta y lee la carta.

—No estoy seguro —dice—. ¿Nueva York en verano? Puede ser un sitio muy peligroso.

—Millones de personas viven allí. Y están bien.

—Hummm… —murmura él mientras reflexiona—. ¿Sabe George algo de esto?

—¿Si sabe que me han aceptado? Todavía no. Pero fue él quien me animó a enviar mis relatos. George me da todo su apoyo.

—Bueno…

—Papá, por favor.

—Si George va a estar allí…

¿Qué tiene que ver George en todo esto? ¿A quién le importa George? Esto está relacionado conmigo, no con George.

—Estará allí todo el verano. Realizará un período de prácticas en el *New York Times*.

—¿En serio? —Mi padre parece impresionado.

—Ya ves, lo de pasar todo el verano en Nueva York es algo apropiado hasta para un gran alumno de Brown.

Mi padre se quita las gafas y se pellizca el puente de la nariz.

—Está muy lejos…

—A dos horas de aquí.

—Es otro mundo… Detesto la idea de que ya te estoy perdiendo…

—Papá, me perderás de todas formas antes o después. ¿Por qué no nos quedamos con «antes»? De esa forma tendremos más tiempo para acostumbrarnos.

Mi padre se echa a reír.

¡Sí!… estoy dentro.

—Supongo que dos meses en Nueva York no te vendrán mal —dice, como si intentara convencerse a sí mismo—. El primer curso en Brown es muy intenso. Y sé lo difícil que ha sido este año para ti. —Se frota la nariz en un intento de retrasar lo inevitable—. Mis hijas… significan mucho para mí.

Y, como si esa fuera la señal, empieza a llorar.

—Me has sorprendido —dice Donna LaDonna unos días después—. Eres mucho más dura de lo que pensaba.

—Ya… —Entorno los ojos para mirar por el visor—. Gira la cabeza hacia la derecha. E intenta no parecer tan feliz. Se supone que tu vida es deprimente.

—No quiero parecer fea.

Suspiro y levanto la cabeza.

—Solo intenta no parecer una maldita animadora, ¿vale?

—Vale —accede a regañadientes. Levanta la rodilla hasta la barbilla y me mira a través de esas pestañas embadurnadas de máscara.

—Genial. —Aprieto el botón del disparador y recuerdo el «secretillo» de Donna LaDonna: detesta sus pestañas. Sin la máscara, no son más que pelillos cortos y claros, como las pestañas de un perro. Es el mayor temor de Donna, que un chico la vea algún día sin la máscara de pestañas y salga corriendo y dando gritos.

Una pena. Hago unas cuantas fotos más y luego grito:

—¡Ya está! —Dejo la cámara mientras Donna baja las piernas de la barandilla del porche.

—¿Cuándo vamos a hacer lo de Marilyn? —pregunta mientras la sigo hasta su casa.

—Podemos hacer lo de Marilyn esta tarde. Pero eso significa que tendremos que dejar lo punk para mañana.

Sube por las escaleras y asoma la cabeza por uno de los lados.

—Odio lo punk. Es de lo más vulgar.

—Te daremos un toque andrógino —le digo con el fin de conseguir que el proyecto le resulte lo más atractivo posible—. Como el de David Bowie. Vamos a pintar todo tu cuerpo de rojo.

—Estás loca. —Sacude la cabeza y corre a cambiarse, pero no está enfadada. He aprendido muchas cosas sobre ella. Las rabietas son la forma de bromear de Donna LaDonna.

Aparto una caja de cereales y me siento en la encimera de mármol a esperarla. La casa de Donna es una amalgama de texturas (mármol, dorados, gruesas cortinas de seda...) que no encajan juntas. Cuando uno entra en su casa, tiene la impresión de que ha entrado en una especie de casa de los horrores. Aunque en los últimos días he llegado a acostumbrarme.

Supongo que puedes acostumbrarte a cualquier cosa si la vives el tiempo suficiente.

Puedes acostumbrarte incluso a la idea de que tu ex mejor amiga siga saliendo con tu ex novio, y a que vayan a ir al baile de graduación juntos. Pero eso no significa que tengas que hablar con ellos. Y tampoco significa que tengas que hablar sobre ellos. No cuando la cosa dura ya cuatro meses.

Es otra de esas cosas que tienes que superar.

Cojo la cámara y examino las lentes. Soplo con suavidad para eliminar una mota de polvo y luego vuelvo a ponerle la tapa.

—¿Donna? —la llamo—. ¡Date prisa!

—¡No puedo subirme la cremallera! —contesta a voces.

Pongo los ojos en blanco y dejo la cámara sobre la encimera con mucho cuidado. ¿Voy a tener que verla en ropa interior otra vez? Donna, según he podido comprobar, es una de esas chicas que están dispuestas a quitarse la ropa a la menor oportunidad. No le hace falta ningún tipo de provocación, tan solo cierta intimidad. Lo primero que hizo (lo primero que hace siempre, según me dijo ella misma cuando me llevó a su casa después de clase) fue quitarse la ropa.

—Creo que el cuerpo humano es hermoso —dijo mientras se quitaba el suéter y la falda para arrojarlos sobre la colcha.

Intenté no mirar, pero no pude resistirme.

—Claro, si se tiene un cuerpo como el tuyo…

—Bueno, tu cuerpo no está mal —dijo de forma despectiva—. Aunque te vendrían bien algo más de curvas.

—No reparten las tetas perfectas como si fueran caramelos, ¿sabes? No es algo que puedas comprar en unos grandes almacenes.

—Eres muy graciosa. Cuando era pequeña, mi abuela solía decirnos que los bebés se compraban en los grandes almacenes.

—Pues se equivocaba de extremo a extremo.

Subo las escaleras hacia la habitación de Donna y me pregunto una vez más cómo hemos llegado a ser amigas. O a llevarnos bien, al menos. En realidad, no somos amigas. Somos demasiado diferentes para eso. Jamás llegaré a entenderla del todo, y ella no tiene ningún interés en llegar a entenderme a mí. Pero, aparte de eso, es una gran chica.

Me parece que han pasado un millón de años desde que entré en aquel curso de fotografía que se impartía en la biblioteca y me emparejaron con ella. Seguí asistiendo a las clases, y ella también, y, después del artículo sobre la abeja reina, su actitud hacia mí comenzó a cambiar.

—Todavía no he logrado entender lo de los dichosos «Puntos F» —me dijo una tarde—. Cada vez que veo la letra F, pienso en la palabra «follar». No puedo evitarlo.

—Puntos Folladeros —dije—. Son como pequeños moteles de carretera, pero la gente solo va allí para mantener relaciones sexuales.

Después de eso, Donna dejó de odiarme y decidió que yo era una chica chiflada, divertida y estrafalaria. Y cuando nos ordenaron trabajar en parejas de nuevo, Donna me eligió como compañera.

Esta semana debemos elegir un tema y fotografiarlo. Donna y yo hemos elegido la «transformación». En realidad, yo elegí el tema y a Donna le encantó. Con el aspecto de Donna, supuse que podría vestirla con distintos disfraces y transformarla en tres mujeres diferentes. De las fotografías me encargaría yo.

—¿Donna? —la llamo una vez más.

Tiene la puerta abierta, pero llamo de todas formas, por educación. Está inclinada hacia delante y se esfuerza por subirse la cremallera del vestido negro de aire retro que encontré entre la vieja ropa de mi madre. Gira la cabeza y se pone en jarras.

—Carrie, por el amor de Dios, no hace falta que llames a la puerta. ¿Quieres acercarte y ayudarme un poco?

Se da la vuelta y por un momento, al verla con el vestido de mi madre, siento que el pasado y el futuro se unen como dos ríos que desembocan en el mar. Me siento aislada… como la superviviente de un naufragio sin tierra a la vista.

—¿Carrie? —me llama—. ¿Te ocurre algo?

Respiro hondo y sacudo la cabeza. Ahora tengo un remo, me recuerdo a mí misma. Ha llegado la hora de remar hacia mi futuro.

Doy un paso hacia delante y le subo la cremallera.

—Gracias —dice.

En la planta baja, Donna se tumba en el sofá y adopta una pose seductora mientras yo preparo el trípode.

—Eres una chica muy singular, ¿sabes?

—Sí, claro —replico con una sonrisa.

—No singular en el mal sentido —dice, apoyada sobre los codos—, sino en el bueno. No eres lo que pareces.

—¿A qué te refieres?

—Bueno, siempre he pensado que eras rarita. Una especie de empollona. Quiero decir que eres bonita y todo eso, pero nunca has querido explotarlo.

—Tal vez prefiera utilizar mi cerebro.

—No, no es eso —susurra—. Supongo que creía que podía pasarte por encima sin problemas. Pero luego leí aquel artículo en *The Nutmeg*. Debería haberme cabreado, pero me hizo admirarte. Pensé: «Esta chica puede valerse por sí misma. Es una digna rival para mí». Y no hay muchas chicas de las que pueda decir lo mismo. —Levanta la vista—. Porque tú eres Pinky Weatherton, ¿no?

Abro la boca con la intención de soltar un montón de explicaciones y argumentos que dejan claro que no lo soy, pero luego la cierro de nuevo. Ya no necesito fingir.

—Sí —digo sin más.

—Vaya… Seguro que has engañado a un montón de gente. ¿No te da miedo que se descubra?

—Da igual. Ya no necesito seguir escribiendo para *The Nutmeg*. Me voy a Nueva York este verano.

—Bueno… —Donna parece un poco impresionada, pero también algo celosa. Para no quedar por debajo, añade—: ¿Sabes que tengo una prima en Nueva York?

—Sí. —Asiento—. Me lo has dicho un millón de veces.

—Es un pez gordo de la publicidad. Y tiene a un millón de tíos detrás de ella. Y es muy guapa.

—Me alegro.

—Me refiero a que es guapa de verdad. Y tiene mucho éxito. Además… —Hace una pausa para colocarse el vestido—. Deberías conocerla.

—Está bien.

—No, en serio —insiste—. Te daré su número de teléfono. Deberías llamarla y salir con ella. Te caerá bien. Es aún más salvaje que yo.


Entro en el camino de acceso y me detengo confusa.

Hay una camioneta roja aparcada frente al garaje, y tardo unos segundos en darme cuenta de que es la furgoneta de Lali. Ha venido a mi casa y me está esperando.

Tal vez haya roto con Sebastian, pienso con crueldad. Tal vez lo hayan dejado y haya venido a pedirme disculpas, así que quizá, solo quizá, yo pueda quedar de nuevo con Sebastian y volver a ser amiga de Lali…

Hago una mueca cuando aparco junto a la camioneta. ¿En qué estoy pensando? Jamás podría volver a salir con Sebastian. Ese chico es historia para mí, como un suéter favorito con una mancha horrible. ¿Y mi amistad con Lali? Estropeada de por vida. Así que ¿qué demonios hace aquí?

La encuentro sentada en el patio, con mi hermana. Siempre educada, Missy le da conversación, aunque es probable que la presencia de Lali aquí la haya dejado tan perpleja como a mí.

—¿Y cómo está tu madre? —pregunta Missy incómoda.

—Bien —responde Lali—. Mi padre le ha regalado un nuevo cachorrito, así que es feliz.

—Estupendo —dice Missy con una sonrisa forzada. Aparta la mirada y ve que me acerco por el camino—. ¡Carrie! —Se pone en pie de un salto—. ¡Gracias a Dios que estás aquí! Tengo que practicar —dice al tiempo que mueve los dedos sobre un piano imaginario.

—Me alegro de haberte visto —dice Lali.

Sigue a Missy con la mirada hasta que mi hermana entra en la casa. Luego se vuelve hacia mí.

—¿Y bien? —le pregunto al tiempo que cruzo los brazos.

—¿Cómo has podido? —inquiere.

—¿Eh? —Me deja desconcertada. Esperaba que me suplicara perdón, y en vez de eso... ¿me ataca?—. ¿Cómo pudiste tú? —replico atónita.

Y en ese momento me fijo en los papeles que tiene en la mano. Se me cae el alma a los pies. Comprendo de inmediato qué son esos papeles: el relato que escribí sobre Sebastian y ella. El que le di a Gayle hace semanas para que lo guardara. Tenía pensado llamarla para decirle que no se molestara en publicarlo.

—¿Cómo has podido escribir esto? —pregunta Lali.

Doy un paso vacilante hacia ella y luego me siento al otro lado de la mesa. Juega a hacerse la dura, pero tiene los ojos vidriosos, como si hubiera estado llorando.

—¿De qué hablas?

—¡De esto! —Arroja los papeles sobre la mesa. Los folios se separan, pero ella se apresura a juntarlos de nuevo—. Ni se te ocurra intentar negarlo. Sé que lo has escrito tú.

—¿En serio?

Se limpia la comisura del ojo.

—No puedes engañarme. Aquí hay cosas que solo sabes tú.

Mierda. Y otra vez mierda. Ahora sí que me siento mal. Y culpable.

Pero entonces me recuerdo a mí misma que ella es la persona responsable de todo este lío.

Me reclino en la silla y coloco los pies sobre la mesa.

—¿De dónde lo has sacado?

—Me lo dio Jen P.

Seguro que Jen P. fue con Peter al departamento de arte, lo encontró en el cajón de Gayle y lo robó.

—¿Y por qué iba a dártelo Jen P.?

—La conozco desde hace mucho tiempo —dice pronunciando lentamente las palabras—. Algunas personas son leales.

Así que piensa ponerse en plan cruel… A mí también me conoce hace mucho tiempo. A lo mejor se le ha olvidado.

—Parece que eso de «Dios los cría y ellos se juntan» es cierto. Tú me robaste a Sebastian y ella le robó Peter a Maggie.

—Ay, Carrie… —Deja escapar un suspiro—. Siempre has sido una estúpida con los chicos. No se le puede robar el novio a alguien si él no quiere.

—¿En serio?

—Eres perversa —dice mientras sacude los folios—. ¿Cómo has podido escribir esto?

—¿Porque te lo merecías?

—¿Quién eres tú para decidir lo que se merece cada uno? ¿Quién te crees que eres? ¿Dios? Siempre te has creído un poco mejor que todos los demás. Siempre has creído que te ocurrían cosas mejores. Como esto… —Señala el patio trasero de mi casa—. Siempre has actuado como si esta no fuera realmente tu vida. Como si no fuera más que un escalón hacia un lugar mejor.

—Tal vez lo sea —replico.

—Y tal vez no.

Nos miramos la una a la otra, asombradas por la hostilidad que se respira en el ambiente.

—Bueno… —Echo la cabeza hacia atrás—. ¿Lo ha visto Sebastian?

La pregunta parece alterarla aún más. Aparta la mirada y se aprieta los ojos con los dedos. Respira hondo, como si intentara tomar una decisión, y luego se inclina sobre la mesa con una expresión atormentada.

—No.

—¿Por qué no? Yo diría que sería otro ladrillo más en el edificio «Odiemos-a-Bradley» que estáis construyendo.

—Él no lo ha visto y nunca lo verá. —Su expresión se endurece—. Hemos roto.

—¿En serio? —Mi voz se convierte en un chillido—. ¿Por qué?

—Porque lo pillé enrollándose con mi hermana pequeña.

Recojo las páginas que ha tirado sobre la mesa y les doy golpecitos hasta que las esquinas están alineadas. Luego suelto una risita. Intento reprimirme, pero es imposible. Me tapo la boca y me sale la risa por la nariz. Meto la cabeza entre las rodillas, pero no sirve de nada. Mi boca se abre y empiezo a partirme de risa.

—¡No tiene gracia! —Hace ademán de levantarse, pero en lugar de eso aplasta el puño contra la mesa—. ¡No tiene ninguna gracia! —repite.

—Claro que la tiene. —Asiento, riéndome como una histérica—. Es divertidísimo.

## 35
### Un hombre libre en París

«2 0 de junio», escribo.

Me llevo los nudillos a los labios y miro a través de la ventanilla.

Tren Amtrak. Papá, Missy y Dorrit me han acompañado hasta la estación para despedirse. No dejé de decirles a Missy y a Dorrit que no hacía falta que vinieran. No dejé de decirles que no era para tanto. No dejé de decirles que solamente pasaría el verano fuera. Pero todos estábamos nerviosos, y chocamos los unos con los otros mientras me acompañaban hasta la puerta. No es que estuviéramos en el año 1893 y yo pensara irme a China ni nada de eso, pero está claro que actuábamos como si así fuera.

Y allí estábamos, de pie en el andén, intentando charlar sobre cosas sin importancia.

—¿Tienes la dirección? —me preguntó mi padre por enésima vez.

—Sí, papá. La he copiado en mi libreta de direcciones. —Solo para asegurarme, saco la libreta de direcciones del bolso en el que pinté «Carrie» y leo la entrada en voz alta—: El número 245 de la calle Cuarenta y siete Este.

—¿Y dinero? ¿Llevas dinero?

—Doscientos dólares.

—Eso es solo para las emergencias. No irás a gastártelo todo en algún sitio, ¿verdad?

—No.

—Y llama cuando llegues.

—Lo intentaré.

Lo intentaré... pero mis palabras quedan ahogadas por el largo y lento aullido del tren que se acerca. Los altavoces cobran vida: «El tren de las once cero tres hacia la estación Penn de Nueva York y hacia Washington capital llegará dentro de aproximadamente un minuto...».

—Adiós, adiós... —Nos abrazamos todos mientras la gigantesca locomotora se detiene sobre las vías y las ruedas graznan como una bandada de cuervos—. Adiós, adiós... —Mientras mi padre me sube la maleta al tren y yo me sujeto el gorro sobre la cabeza—. Adiós, adiós... —El tren se pone en marcha con una sacudida, las puertas se cierran y siento el corazón en la boca del estómago—. Adiós, adiós...

Alivio.

Me abro camino por el pasillo como un marinero borracho. Nueva York, pienso mientras me dejo caer sobre un asiento de cuero rojo agrietado y saco mi diario.

Ayer me despedí de todos mis amigos. Maggie, Walt, la Rata y yo nos reunimos en el Hamburger Shack para comernos una última hamburguesa con cebollas y pimientos a la brasa. Walt ya no trabaja allí. Ha conseguido un trabajo de recepcionista en un despacho de abogados. Su padre ha dicho que, aunque no puede perdonarle que sea gay, está dispuesto a pasarlo por alto si consigue tener éxito. La Rata se irá al campamento gubernamental de verano en Washington, y Maggie pasará el verano en Hilton Head, donde su hermana y su cuñado han alquilado un chalet. Maggie va a ayudarles con los niños, y sin duda se ligará a unos cuantos socorristas mientras tanto.

Me enteré de que Lali va a ir a la Universidad de Hartford, donde planea estudiar contabilidad.

Sin embargo, todavía había una persona a la que quería ver.

Sabía que debía dejarlo correr.

Pero no pude hacerlo.

Sentía curiosidad. O tal vez tenía que comprobar por mí misma si se había acabado de verdad. Necesitaba pruebas de que ya no me quería y de que nunca lo había hecho.

El sábado por la tarde, alrededor de las siete, me acerqué en coche hasta su casa. No esperaba que estuviese allí. Había planeado dejarle una nota para decirle que me iba a Nueva York y que esperaba que pasara un buen verano. Me convencí a mí misma de que era lo más correcto, lo más cortés, y que comportarme así me convertiría en mejor persona de algún modo.

Su coche estaba en el camino de entrada.

Me dije que no llamaría a la puerta. Le dejaría la nota en el parabrisas del coche.

Pero justo entonces oí la música que salía de la casa. La puerta de tela metálica estaba abierta, y supe de repente que tenía que verlo una última vez.

Llamé a la puerta.

—¿Sí? —Su voz, algo molesta, venía del salón.

Volví a llamar.

—¿Quién es? —quiso saber, más irritado todavía.

—¿Sebastian? —lo llamé.

Y allí estaba, mirándome a través de la mosquitera. Me gustaría decir que ya no me afectaba, que verlo fue algo así como una decepción. Pero no es cierto. Sentí algo tan fuerte por él como aquel primer día que lo vi en clase de cálculo.

Parecía sorprendido.

—¿Qué pasa?

—He venido a despedirme.

—Ah. —Abrió la puerta y salió afuera—. ¿Adónde vas?

—A Nueva York. Me han aceptado en el curso para escritores —dije a toda velocidad—. Te he escrito una nota. Iba a dejártela en el coche, pero… —Cogí el trozo de papel doblado y se lo entregué.

Lo leyó por encima con rapidez.

—Bueno —dijo con un movimiento de cabeza—. Buena suerte.

Arrugó la nota y me la devolvió.

—¿Qué vas a hacer? Este verano, quiero decir —le pregunté, desesperada por retenerlo allí un momento más.

—Francia —dijo—. Me voy a Francia. —Y luego esbozó una sonrisa—. ¿Quieres venir?


Tengo una teoría: si perdonas a alguien, ya no puede hacerte más daño.

El tren se sacude y repiquetea. Dejamos atrás edificios sin terminar llenos de grafitis y vallas publicitarias con anuncios de pasta dentífrica, de cremas antihemorroidales y una en la que aparece una chica disfrazada de sirena que señala con el dedo una palabra en mayúsculas: ¡LLÁMAME! Luego el paisaje desaparece y nos adentramos en un túnel.

—Ciudad de Nueva York —dice el revisor—. Estación Penn.

Cierro el diario y lo guardo en la maleta. Las luces dentro del vagón parpadean y luego se apagan.

Y, al igual que un recién nacido, comienzo mi futuro en la oscuridad.



Una escalera mecánica que sube hasta el infinito. Y luego un lugar enorme, cubierto con azulejos como los de los baños, y el intenso hedor a orines y sudor. La estación Penn.

Gente por todas partes.

Me detengo para ajustarme el sombrero. Es uno de los viejos sombreros de mi abuela, con una pluma verde y un pequeño velo de red. Por alguna razón, me pareció apropiado. Quería llegar a Nueva York con un sombrero puesto.

Formaba parte de mi fantasía.

—¡Mira por dónde vas!

—Apártate de mi camino.

—¿Es que no sabes adónde vas? —Esto último lo ha dicho una señora de mediana edad que lleva un traje negro y luce un ceño fruncido casi más negro aún.

—¿La salida? ¿Los taxis? —pregunto.

—Por ahí —me dice, señalando otra escalera mecánica que parece subir hacia la estratosfera.

Avanzo como puedo, ocultando la maleta detrás de mí. Un hombre avanza zigzagueando hacia donde estoy y se coloca a mi espalda;

lleva pantalones de rayas, una gorra de lana y unas gafas de sol con cristales de color verde oscuro y montura dorada que ocultan sus ojos.

—Oye, niñita, pareces perdida.

—No lo estoy —replico.

—¿Estás segura? —pregunta—. Tengo un sitio precioso en el que podrías quedarte, un sitio realmente precioso, con agua caliente en la ducha y ropa bonita. Deja que te ayude con esa maleta, cielo, parece que pesa mucho…

—Ya tengo sitio donde quedarme. Gracias.

El tipo se encoge de hombros y se aleja con paso rápido.

—¡Oiga! ¡Oiga! —grita alguien con impaciencia—. ¿Quiere un taxi o no? No puedo pasarme aquí todo el día…

—Sí, por favor —contesto sin aliento mientras arrastro la maleta por la acera hacia un taxi amarillo. Dejo la maleta sobre el bordillo, coloco mi bolso de Carrie encima y me inclino hacia la ventanilla abierta.

—¿Cuánto? —pregunto.

—¿Adónde va?

Me doy la vuelta para coger el bolso y decirle la dirección.

¡¿Eh?!

—Espere un momento, señor.

—¿Qué pasa?

—Nada. —Busco el bolso alrededor de la maleta. Debe de haberse caído.

Siento un vuelco en el corazón, y me ruborizo a causa de la vergüenza y del miedo.

Ha desaparecido.

—¿Adónde va? —pregunta el conductor del taxi una vez más.

—¿Va a coger ese taxi o no? —dice un hombre vestido con un traje gris.

—No… yo…

El tipo pasa a mi lado, se sube en el taxi y cierra la puerta con fuerza.

Me han robado.

Contemplo la entrada de la estación Penn.

No. No voy a volver. No pienso hacerlo.

Pero no tengo dinero. Ni siquiera tengo la dirección del lugar donde voy a quedarme. Podría llamar a George, pero tampoco tengo su número.

Dos hombres pasan a mi lado con un gigantesco equipo estéreo portátil. Los altavoces retumban con una canción discotequera: «Macho Man».

Cojo mi maleta. Una marea de gente me arrastra por la Séptima Avenida y me deposita frente a un grupo de cabinas telefónicas.

—Disculpe —les digo a varios de los transeúntes—. ¿Tiene una moneda? Necesito una moneda para hacer una llamada telefónica. —Jamás habría hecho algo así (suplicar) en Castlebury, pero ya no estoy en Castlebury.

Y estoy desesperada.

—Te daré cincuenta centavos por tu sombrero. —Un tipo con las cejas arqueadas me mira con curiosidad.

—¿Mi sombrero?

—Esa pluma… —dice—… es total.

—Era de mi abuela.

—Claro que sí. Cincuenta centavos. Lo tomas o lo dejas.

—Lo tomo.

Coloca cinco monedas de diez centavos en la palma de mi mano. Introduzco la primera moneda en la ranura.

—Operadora, ¿dígame?

—¿Podría darme el número de George Carter?

—Tengo quince George Carter. ¿Cuál es la calle?

—Vive en la Quinta Avenida.

—Tengo a un William Carter en el cruce de la Quinta Avenida con la calle Setenta y dos. ¿Quiere el número?

—Sí.

Me da el número y lo repito una y otra vez en mi cabeza mientras introduzco la segunda moneda en la ranura.

Contesta una mujer.

—¿Hola? —dice con un fuerte acento alemán.

—¿Vive ahí George Carter?

—¿El señor Carter? Sí, vive aquí.

Alivio.

—¿Podría hablar con él?

—Ha salido.

—¿Qué?

—Ha salido. No sé cuándo volverá. Nunca me dice cuándo volverá.

—Pero...

—¿Quiere dejarle algún mensaje?

—Sí —respondo abatida—. ¿Podría decirle que lo ha llamado Carrie Bradshaw?

Cuelgo el teléfono y me cubro la cara con la mano. ¿Y ahora qué? De pronto me siento abrumada... exhausta, asustada y con la adrenalina a tope. Cojo mi maleta y empiezo a caminar.

Consigo caminar una manzana; después tengo que parar. Me siento sobre la maleta para descansar. Mierda. Ahora tengo treinta centavos, algo de ropa y mi diario.

De repente, me levanto, abro la maleta y saco el diario. ¿Será posible? Llevaba el diario conmigo aquel día en casa de Donna LaDonna.

Paso las páginas, dejo atrás las notas sobre la abeja reina y el Príncipe de los Empollones y Lali y Sebastian… y aquí está, escrito en su propia página con la extraña letra de Donna LaDonna y rodeado por tres círculos.

Un número. Y debajo, un nombre.

Llevo la maleta hasta una esquina en la que hay otro grupo de cabinas telefónicas. Me tiembla la mano cuando introduzco mi tercera moneda de diez centavos. Marco el número. El teléfono suena y suena. Siete veces. Nueve. Al duodécimo timbre, alguien lo coge.

—Debes de estar desesperado por verme. —La voz suena lánguida, seductora, como si su dueña acabara de despertarse.

Ahogo una exclamación, sin saber muy bien qué decir.

—¿Hola? ¿Eres tú, Charlie? —coquetea—. Si no vas a decir nada…

—¡Espere! —grito.

—¿Sí? —La voz se ha vuelto suspicaz.

Respiro hondo.

—¿Samantha Jones? —pregunto.

# Índice